Édition bilingue audio
ANGLAIS-FRANÇAIS

Pour écouter la lecture de ce livre
dans sa version anglaise ou dans sa traduction française
scannez le code en début de chapitre
avec votre téléphone portable ou tablette

Roman
Littérature britannique

Titre original :
THE MAN WHO WAS THURSDAY, A NIGHTMARE

Traduction française :
Jean Florence

Lecture en anglais :
Zachary Brewster-Geisz

Lecture en français :
Ritou

ISBN : 978-2-37808-016-7

GILBERT KEITH CHESTERTON

1

The two poets of Saffron Park

The suburb of Saffron Park lay on the sunset side of London, as red and ragged as a cloud of sunset. It was built of a bright brick throughout; its sky-line was fantastic, and even its ground plan was wild.

It had been the outburst of a speculative builder, faintly tinged with art, who called its architecture sometimes Elizabethan and sometimes Queen Anne, apparently under the impression that the two sovereigns were identical.

It was described with some justice as an artistic colony, though it never in any definable way produced any art.

But although its pretensions to be an intellectual centre were a little vague, its pretensions to be a pleasant place were quite indisputable. The stranger who looked for

1
Les deux poètes de Saffron Park

Le faubourg de Saffron Park s'étendait à l'est de Londres, rouge et déchiré comme un nuage au couchant, dessinant sur le ciel une silhouette fantastique de maisons bizarres, toutes construites en briques claires. Le sol même en était étrangement tourmenté.

On devait cette création à la fantaisie d'un spéculateur audacieux, qui possédait quelque vague teinture d'art. Il qualifiait l'architecture de son faubourg tantôt de « style Elizabeth », tantôt de « style reine Anne » ; sans doute, dans sa pensée, les deux souveraines n'en faisaient qu'une.

Dans le public, on traitait ce faubourg de colonie d'artistes. Non qu'aucun art y fût particulièrement cultivé, mais l'aspect, l'atmosphère en était « artiste ».

Endroit fort agréable, d'ailleurs, si ses prétentions au titre de centre intellectuel pouvaient passer pour exagérées. L'étranger, qui jetait pour la première fois un regard sur

the first time at the quaint red houses could only think how very oddly shaped the people must be who could fit in to them. Nor when he met the people was he disappointed in this respect. The place was not only pleasant, but perfect, if once he could regard it not as a deception but rather as a dream. Even if the people were not "artists," the whole was nevertheless *artistic*.

That young man with the long, auburn hair and the impudent face—that young man was not really a poet; but surely he was a poem.

That old gentleman with the wild, white beard and the wild, white hat—that venerable humbug was not really a philosopher; but at least he was the cause of philosophy in others.

That scientific gentleman with the bald, egg-like head and the bare, bird-like neck had no real right to the airs of science that he assumed. He had not discovered anything new in biology; but what biological creature could he have discovered more singular than himself?

Thus, and thus only, the whole place had properly to be regarded; it had to be considered not so much as a workshop for artists, but as a frail but finished work of art. A man who stepped into its social atmosphere felt as if he had stepped into a written comedy.

ces curieuses maisons rouges, devait faire sans doute quelque effort d'imagination pour se représenter la structure singulière de leurs habitants. Et, s'il rencontrait l'un d'eux, son impression n'en était pas modifiée. Cet endroit était non seulement agréable, il était parfait pour peu qu'on le considérât non comme truqué mais plutôt comme un rêve. Si ce n'étaient pas des artistes qui habitaient là, l'ensemble n'en avait pas moins un caractère *artiste.*

Ce jeune homme, par exemple, avec ses longs cheveux châtains et sa mine impertinente, ne voyez pas en lui un poète : c'est un poème.

Ce vieux monsieur, avec sa vaste barbe sauvage et son vaste et sauvage chapeau, ce vénérable charlatan, ce n'est pas un philosophe : c'est un thème de philosophie.

Ce personnage aux apparences doctorales, au crâne chauve et brillant comme un œuf, au long cou décharné comme celui d'un oiseau, n'a aucun droit aux dehors de savant qu'il se donne ; il n'a fait aucune découverte en biologie : mais n'est-il pas lui-même la plus extraordinaire créature que puissent étudier les biologistes ?

Voilà, disons-nous, le bon point de vue d'où il convenait d'observer le faubourg de Saffron Park : non pas un atelier d'artistes, mais une œuvre d'art, délicate et parfaite. On avait, en y entrant, l'impression qu'on allait prendre part à quelque comédie.

More especially this attractive unreality fell upon it about nightfall, when the extravagant roofs were dark against the afterglow and the whole insane village seemed as separate as a drifting cloud. This again was more strongly true of the many nights of local festivity, when the little gardens were often illuminated, and the big Chinese lanterns glowed in the dwarfish trees like some fierce and monstrous fruit.

And this was strongest of all on one particular evening, still vaguely remembered in the locality, of which the auburn-haired poet was the hero.

It was not by any means the only evening of which he was the hero. On many nights those passing by his little back garden might hear his high, didactic voice laying down the law to men and particularly to women. The attitude of women in such cases was indeed one of the paradoxes of the place. Most of the women were of the kind vaguely called emancipated, and professed some protest against male supremacy. Yet these new women would always pay to a man the extravagant compliment which no ordinary woman ever pays to him, that of listening while he is talking.

And Mr. Lucian Gregory, the red-haired poet, was really (in some sense) a man worth listening to, even if one only laughed at the end of it. He put the old cant of the lawlessness of art and the art of lawlessness

Ce charme de l'irréel était surtout sensible le soir, quand les toits bizarres se découpaient en valeurs sombres sur le couchant et que tout le chimérique endroit se détachait, en quelque sorte, visiblement du monde ordinaire, comme une nuée flotte dans le ciel. Ce charme était, véritablement, irrésistible les soirs de fête locale, quand de grosses lanternes vénitiennes, fruits monstrueux des arbres nains, illuminaient les jardinets.

Et ce charme fut plus sensible, plus irrésistible que jamais, un certain soir dont on se souvient encore dans le voisinage et dont le poète aux cheveux châtains fut le héros.

Il avait été, du reste, le héros de bien d'autres soirs avant celui-là. Il ne se passait guère de jour qu'on ne pût entendre, dès le crépuscule tombé, la voix haute et professorale de ce jeune homme dicter, du fond de son petit jardin, des lois à l'humanité entière, et plus particulièrement aux femmes. L'attitude des femmes, dans ces occasions, était même fort remarquable. Elles appartenaient presque toutes — je parle de celles qui habitaient le faubourg, — à la catégorie des émancipées, et faisaient en conséquence profession de protester contre la suprématie du mâle. Or, ces personnes « nouvelles » étaient toujours disposées à vous accorder cet honneur que jamais aucune femme ordinaire n'accorde à aucun homme : elles vous écoutaient tandis que vous parliez.

À vrai dire, M. Lucien Gregory méritait qu'on l'écoutât, ne fût-ce que pour rire, ensuite, de ses discours. Il débitait la vieille fable de l'anarchie de l'art et de l'art de l'anarchie

with a certain impudent freshness which gave at least a momentary pleasure.

He was helped in some degree by the arresting oddity of his appearance, which he worked, as the phrase goes, for all it was worth. His dark red hair parted in the middle was literally like a woman's, and curved into the slow curls of a virgin in a pre-Raphaelite picture. From within this almost saintly oval, however, his face projected suddenly broad and brutal, the chin carried forward with a look of cockney contempt. This combination at once tickled and terrified the nerves of a neurotic population. He seemed like a walking blasphemy, a blend of the angel and the ape.

This particular evening, if it is remembered for nothing else, will be remembered in that place for its strange sunset. It looked like the end of the world. All the heaven seemed covered with a quite vivid and palpable plumage; you could only say that the sky was full of feathers, and of feathers that almost brushed the face. Across the great part of the dome they were grey, with the strangest tints of violet and mauve and an unnatural pink or pale green; but towards the west the whole grew past description, transparent and passionate, and the last red-hot plumes of it covered up the sun like something too good to be seen. The whole was so close about the earth, as to express nothing but a violent secrecy.

avec une certaine fraîcheur, un ragoût d'insolence où l'on pouvait trouver quelque bref agrément.

L'originalité de son aspect physique le servait à souhait, et il savait en jouer, en connaissant la valeur. Ses cheveux d'un rouge sombre, séparés au milieu, étaient longs comme des cheveux de femme ; ils bouclaient en décrivant les molles courbes dont les peintres préraphaélites ne manquent pas d'agrémenter les chevelures de leurs Vierges. Mais de ce cadre mystique jaillissait une face large et brutale ; le menton avançait avec une expression méprisante qui sentait le cockney. Ce contraste surexcitait jusqu'à la peur une galerie de femmes neurasthéniques : elles goûtaient ce blasphème vivant, cette combinaison d'ange et de singe.

La soirée dont il s'agit restera mémorable tout au moins par son étonnant coucher de soleil. Un coucher de soleil de fin du monde. Tout le ciel paraissait couvert d'un plumage palpable et vivant. Un ciel plein de plumes, de plumes qu'on croyait sentir vous effleurer le visage. Au milieu du dôme céleste, ces plumes étaient grises, avec de bizarres touches de violet, de mauve, de rose, de vert pâle invraisemblablement. Mais il est impossible de rendre la transparence et le ton passionné de l'occident ; les dernières plumes, d'un rouge feu, couvraient le soleil comme une chose trop belle pour que personne méritât de la voir. Et tout cela était si rapproché du sol qu'on ne pouvait s'expliquer le phénomène.

The very empyrean seemed to be a secret. It expressed that splendid smallness which is the soul of local patriotism. The very sky seemed small.

I say that there are some inhabitants who may remember the evening if only by that oppressive sky. There are others who may remember it because it marked the first appearance in the place of the second poet of Saffron Park.

For a long time the red-haired revolutionary had reigned without a rival; it was upon the night of the sunset that his solitude suddenly ended.

The new poet, who introduced himself by the name of Gabriel Syme was a very mild-looking mortal, with a fair, pointed beard and faint, yellow hair. But an impression grew that he was less meek than he looked.

He signalised his entrance by differing with the established poet, Gregory, upon the whole nature of poetry. He said that he (Syme) was poet of law, a poet of order; nay, he said he was a poet of respectability. So all the Saffron Parkers looked at him as if he had that moment fallen out of that impossible sky.

In fact, Mr. Lucian Gregory, the anarchic poet, connected the two events.

L'empyrée tout entier semblait l'expression d'un secret impénétrable. Il était l'image et l'expression de cette splendide petitesse qui est l'âme du patriotisme local : le ciel même paraissait petit.

Les uns, donc, se rappelleront cette soirée à cause de l'oppression que faisait peser le ciel ; les autres, parce qu'elle marqua l'apparition d'un second poète à Saffron Park.

Longtemps le révolutionnaire aux cheveux rouges avait régné sans rival. Le soir du fameux coucher de soleil, sa solitude prit subitement fin.

Le nouveau poète, qui se présentait sous le nom de Gabriel Syme, avait les apparences d'un mortel de mœurs fort douces. Les cheveux d'or pâle ; la barbe blonde, taillée en pointe. On le soupçonnait, toutefois, assez vite d'être moins doux qu'il n'en avait l'air.

Son entrée fut signalée par un différend entre lui et le poète établi, Gregory, sur la nature même de la poésie. Syme se donna pour le poète de la Loi, le poète de l'Ordre — bien plus : le poète des Convenances. Les gens de Saffron Park le regardèrent avec stupeur, comme s'il venait de tomber de l'impossible ciel de ce soir-là.

M. Lucien Gregory, le poète anarchiste, remarqua expressément qu'il y avait entre les deux phénomènes un rapport :

"It may well be," he said, in his sudden lyrical manner, "it may well be on such a night of clouds and cruel colours that there is brought forth upon the earth such a portent as a respectable poet. You say you are a poet of law; I say you are a contradiction in terms. I only wonder there were not comets and earthquakes on the night you appeared in this garden."

The man with the meek blue eyes and the pale, pointed beard endured these thunders with a certain submissive solemnity.

The third party of the group, Gregory's sister Rosamond, who had her brother's braids of red hair, but a kindlier face underneath them, laughed with such mixture of admiration and disapproval as she gave commonly to the family oracle.

Gregory resumed in high oratorical good humour.

"An artist is identical with an anarchist," he cried. "You might transpose the words anywhere. An anarchist is an artist. The man who throws a bomb is an artist, because he prefers a great moment to everything. He sees how much more valuable is one burst of blazing light, one peal of perfect thunder, than the mere common bodies of a few shapeless policemen. An artist disregards all governments, abolishes all conventions. The poet delights in disorder only. If it were not so, the most poetical thing in the world would be the Underground Railway."

— Sans doute, dit-il à sa façon brusque et lyrique, sans doute il fallait une soirée comme celle-ci, il fallait ces nuages aux couleurs cruelles pour que se montrât à la terre un monstre tel qu'un poète convenable. Vous dites que vous êtes le poète de la loi : je dis que vous êtes une contradiction dans les termes. Je m'étonne que nulle comète et pas le moindre tremblement de terre n'ait annoncé votre présence dans ce jardin.

L'homme aux doux yeux bleus et à la pâle barbe en pointe se laissa foudroyer d'un air soumis et solennel.

Une troisième personne du groupe, Rosamonde, la sœur de Gregory, qui avait des cheveux tout pareils à ceux de son frère, mais un visage plus agréable, éclata de rire, et dans le ton de ce rire, elle mit ce mélange d'admiration et de désapprobation qu'elle éprouvait pour l'oracle de la famille.

Gregory reprit, avec l'aisance et la bonne humeur d'un orateur de grand style :

— Artiste, anarchiste ; personnages identiques, termes interchangeables. L'homme qui jette une bombe est un artiste, parce qu'il préfère à toutes choses la beauté d'un grand instant. Il sait qu'un jet éblouissant de lumière, un coup de tonnerre harmonieux ont plus de prix que les corps vulgaires de quelques informes *policemen*. L'artiste nie tous les gouvernements, abolit toutes les conventions. Le désordre, voilà l'atmosphère nécessaire du poète. Si je me trompais, il faudrait donc dire que le métropolitain de Londres est la chose la plus poétique du monde !

"So it is," said Mr. Syme.

"Nonsense!" said Gregory, who was very rational when anyone else attempted paradox.

"Why do all the clerks and navvies in the railway trains look so sad and tired, so very sad and tired? I will tell you. It is because they know that the train is going right. It is because they know that whatever place they have taken a ticket for that place they will reach. It is because after they have passed Sloane Square they know that the next station must be Victoria, and nothing but Victoria. Oh, their wild rapture! oh, their eyes like stars and their souls again in Eden, if the next station were unaccountably Baker Street!"

"It is you who are unpoetical," replied the poet Syme. "If what you say of clerks is true, they can only be as prosaic as your poetry. The rare, strange thing is to hit the mark; the gross, obvious thing is to miss it. We feel it is epical when man with one wild arrow strikes a distant bird. Is it not also epical when man with one wild engine strikes a distant station? Chaos is dull; because in chaos the train might indeed go anywhere, to Baker Street or to Bagdad. But man is a magician, and his whole magic is in this, that he does say Victoria, and lo! it is Victoria.

— Il faut le dire, en effet, répliqua Syme.

— Ridicule ! Non-sens ! s'écria Gregory qui devenait tout à coup très raisonnable dès qu'un autre se permettait devant lui quelque paradoxe.

« Pourquoi, continua-t-il, tous les employés, tous les ouvriers qui prennent le métropolitain ont-ils l'air si triste et si fatigué, si profondément triste et fatigué ? Je vais vous le dire. C'est parce qu'ils savent que le train *va comme il faut.* C'est parce qu'ils savent qu'ils arriveront à la station pour laquelle ils ont pris leur billet. C'est parce qu'ils savent qu'après Sloane Street la prochaine station sera Victoria et jamais une autre que Victoria. Oh ! quel ravissement, comme tous ces yeux morts jetteraient soudain des rayons, comme toutes ces âmes mornes seraient emparadisées, si la prochaine station, sans qu'on pût dire pourquoi, était Baker Street !

— C'est vous qui manquez de poésie, répliqua Syme. Si ce que vous dites des employés est vrai, c'est qu'ils sont aussi prosaïques que votre poésie. Le rare, le merveilleux, c'est d'atteindre le but ; le vulgaire, le normal, c'est de le manquer. Nous admirons comme un beau poème épique qu'un homme d'une flèche tirée de son arc frappe un oiseau, loin dans le ciel. N'est-il pas tout aussi épique que l'homme au moyen d'une sauvage machine atteigne une lointaine station ? Le chaos est stupide, et, que le train aille à Baker Street ou à Bagdad ou n'importe où quand c'est à Victoria qu'il devrait aller, c'est le chaos. L'homme n'est un magicien que parce qu'il peut aller à Victoria, ayant dit : Je veux aller à Victoria.

No, take your books of mere poetry and prose; let me read a time table, with tears of pride. Take your Byron, who commemorates the defeats of man; give me Bradshaw, who commemorates his victories. Give me Bradshaw, I say!"

"Must you go?" inquired Gregory sarcastically.

"I tell you," went on Syme with passion, "that every time a train comes in I feel that it has broken past batteries of besiegers, and that man has won a battle against chaos. You say contemptuously that when one has left Sloane Square one must come to Victoria. I say that one might do a thousand things instead, and that whenever I really come there I have the sense of hairbreadth escape. And when I hear the guard shout out the word 'Victoria,' it is not an unmeaning word. It is to me the cry of a herald announcing conquest. It is to me indeed 'Victoria'; it is the victory of Adam."

Gregory wagged his heavy, red head with a slow and sad smile.

"And even then," he said, "we poets always ask the question, 'And what is Victoria now that you have got there?' You think Victoria is like the New Jerusalem. We know that the New Jerusalem will only be like Victoria. Yes, the poet will be discontented even in the streets of heaven. The poet is always in revolt."

Gardez pour vous vos livres de vers ou de prose ; moi, je verserai des larmes d'orgueil en lisant un horaire. Gardez votre Byron qui commémore les défaites des hommes, et donnez-moi l'horaire de Bradshaw qui raconte leurs victoires, donnez-moi l'horaire, entendez-vous !

— Allez-vous loin ? demanda Gregory sarcastique.

— Je vous l'assure, continua Syme avec ardeur, chaque fois qu'un train arrive en gare, j'ai le sentiment qu'il s'est frayé son chemin sous le feu d'innombrables batteries ennemies et que l'homme a vaincu le chaos. Vous trouvez pitoyable qu'après avoir quitté Sloane Street on arrive nécessairement à Victoria ; et moi, je vous dis qu'on pourrait fort bien ne jamais arriver à Victoria, qu'il est merveilleux qu'on y arrive et qu'en y arrivant je me félicite d'avoir échappé de très près à mille malheurs. Victoria ! Ce n'est pas un mot dépourvu de sens, pour moi, quand c'est le conducteur qui le crie ! C'est pour moi le cri du héraut annonçant la victoire : la victoire d'Adam !

Gregory, lentement, branla sa lourde tête fauve, en souriant avec mélancolie.

— Et nous, dit-il, nous autres, les poètes, en arrivant à Victoria, nous nous disons : « Qu'est-ce donc que Victoria, maintenant que nous y sommes ? » Victoria vous apparaît comme la Jérusalem Nouvelle : et nous, la Jérusalem Nouvelle nous apparaît simplement comme une autre et toute pareille Victoria. Oui, même dans les rues du ciel, le poète restera mécontent. Le poète est l'éternel révolté.

"There again," said Syme irritably, "what is there poetical about being in revolt? You might as well say that it is poetical to be sea-sick. Being sick is a revolt. Both being sick and being rebellious may be the wholesome thing on certain desperate occasions; but I'm hanged if I can see why they are poetical. Revolt in the abstract is—revolting. It's mere vomiting."

The girl winced for a flash at the unpleasant word, but Syme was too hot to heed her.

"It is things going right," he cried, "that is poetical! Our digestions, for instance, going sacredly and silently right, that is the foundation of all poetry. Yes, the most poetical thing, more poetical than the flowers, more poetical than the stars—the most poetical thing in the world is not being sick."

"Really," said Gregory superciliously, "the examples you choose—"

"I beg your pardon," said Syme grimly, "I forgot we had abolished all conventions."

For the first time a red patch appeared on Gregory's forehead.

"You don't expect me," he said, "to revolutionise society on this lawn?"

Syme looked straight into his eyes and smiled sweetly.

— Encore une fois, s'écria Syme irrité, qu'y a-t-il de poétique dans la révolte ? Autant dire que le mal de mer est poétique ! La maladie est une révolte. Dans certains cas désespérés, il se peut que la maladie et la révolte soient des signes de santé, mais que je sois pendu si j'y vois la moindre poésie ! La révolte en elle-même est révoltante. Ce n'est qu'un vomissement.

La jeune fille, à ce mot choquant, fit la grimace, mais Syme était trop emporté pour y prendre garde.

— C'est le cours normal des choses qui est poétique ! La digestion, par exemple, qui s'accomplit à souhait dans un silence sacré, voilà le principe de toute poésie. Oui, la chose la plus poétique, plus poétique que les fleurs, plus poétique que les étoiles, la chose la plus poétique du monde, c'est de n'être point malade !

— Vraiment, observa Gregory avec hauteur, les exemples que vous choisissez…

— Je vous demande pardon, dit Syme amèrement, j'avais oublié que toutes les conventions étaient abolies entre nous.

Pour la première fois, le rouge monta au front de Gregory.

— Vous n'attendez pas de moi, fit-il, que je révolutionne la société sur cette pelouse !

Syme le regarda en face et sourit :

"No, I don't," he said; "but I suppose that if you were serious about your anarchism, that is exactly what you would do."

Gregory's big bull's eyes blinked suddenly like those of an angry lion, and one could almost fancy that his red mane rose.

"Don't you think, then," he said in a dangerous voice, "that I am serious about my anarchism?"

"I beg your pardon?" said Syme.

"Am I not serious about my anarchism?" cried Gregory, with knotted fists.

"My dear fellow!" said Syme, and strolled away.

With surprise, but with a curious pleasure, he found Rosamond Gregory still in his company.

"Mr. Syme," she said, "do the people who talk like you and my brother often mean what they say? Do you mean what you say now?"

Syme smiled.

"Do you?" he asked.

"What do you mean?" asked the girl, with grave eyes.

"My dear Miss Gregory," said Syme gently, "there are many kinds of sincerity and insincerity. When you say 'thank you' for the salt, do you mean what you say? No. When you say 'the world is round,'

— Non, je ne vous demande rien de tel. C'est pourtant ce que vous feriez, je pense, si vous étiez un anarchiste sérieux.

Les gros yeux de taureau de Gregory jetèrent un éclair, et l'on aurait cru voir sa crinière fauve se hérisser.

— Vous pensez donc, s'écria-t-il d'une voix mauvaise, que je ne suis pas un anarchiste sérieux ?

— Plaît-il ? fit Syme.

— Oui ou non, suis-je un anarchiste sérieux ? interrogea Gregory en serrant les poings.

— Mon cher garçon !... dit Syme. Et il s'éloigna.

Avec surprise, mais non sans plaisir, il vit Rosamonde se lever pour l'accompagner.

— Monsieur Syme, dit-elle en le rejoignant, les gens qui parlent comme vous et mon frère pensent-ils souvent ce qu'ils disent ? Pensez-vous vous-même ce que vous venez de dire ?

Syme sourit.

— Pensez-vous vous-même ce que vous dites ? demanda-t-il.

— Comment l'entendez-vous ? fit la jeune fille, et il y avait de la gravité dans son regard.

— Chère miss Gregory, dit Syme doucement, la sincérité et l'insincérité ont bien des formes ! Quand vous dites : « Merci ! » à la personne qui vous passe le sel, pensez-vous ce que vous dites ? Quand vous dites : « La terre est ronde »,

do you mean what you say? No. It is true, but you don't mean it. Now, sometimes a man like your brother really finds a thing he does mean. It may be only a half-truth, quarter-truth, tenth-truth; but then he says more than he means—from sheer force of meaning it."

She was looking at him from under level brows; her face was grave and open, and there had fallen upon it the shadow of that unreasoning responsibility which is at the bottom of the most frivolous woman, the maternal watch which is as old as the world.

"Is he really an anarchist, then?" she asked.

"Only in that sense I speak of," replied Syme; "or if you prefer it, in that nonsense."

She drew her broad brows together and said abruptly—

"He wouldn't really use—bombs or that sort of thing?"

Syme broke into a great laugh, that seemed too large for his slight and somewhat dandified figure.

"Good Lord, no!" he said, "that has to be done anonymously."

And at that the corners of her own mouth broke into a smile, and she thought with a simultaneous pleasure of Gregory's absurdity and of his safety.

pensez-vous ce que vous dites ? Non, n'est-ce pas ? Ce que vous dites alors est vrai, mais vous ne le pensez pas. Eh bien, il arrive parfois qu'un homme comme votre frère finisse par trouver quelque chose qu'il pense réellement. Peut-être n'est-ce qu'à demi vrai, au quart, au dixième : mais il le dit avec plus de force qu'il ne le pense — à force d'y penser.

Elle le regardait de dessous ses sourcils égaux ; son visage était sérieux et franc : on y lisait la préoccupation instinctive de la responsabilité, qui est au fond de la femme la plus frivole, cette sollicitude maternelle, aussi vieille que le monde.

— Enfin, interrogea-t-elle encore, est-il vraiment un anarchiste ?

— Au sens restreint que je viens de dire, oui, et ce sens est insensé.

Le front de Rosamonde se crispa, et brusquement :

— Il ne jettera donc pas de... de bombe, ou quoi que ce soit de ce genre, dit-elle.

Syme éclata d'un rire énorme qui paraissait trop fort pour sa frêle stature, d'un rire excessif pour le dandy qu'il était un peu.

— Seigneur ! s'écria-t-il, certes non ! Cela ne se fait que sous l'anonymat.

Rosamonde rit aussi. Elle pensait avec plaisir à la fois que Gregory était absurde et qu'il ne se compromettrait pas.

Syme strolled with her to a seat in the corner of the garden, and continued to pour out his opinions. For he was a sincere man, and in spite of his superficial airs and graces, at root a humble one. And it is always the humble man who talks too much; the proud man watches himself too closely. He defended respectability with violence and exaggeration. He grew passionate in his praise of tidiness and propriety. All the time there was a smell of lilac all round him. Once he heard very faintly in some distant street a barrel-organ begin to play, and it seemed to him that his heroic words were moving to a tiny tune from under or beyond the world.

He stared and talked at the girl's red hair and amused face for what seemed to be a few minutes; and then, feeling that the groups in such a place should mix, rose to his feet. To his astonishment, he discovered the whole garden empty. Everyone had gone long ago, and he went himself with a rather hurried apology.

He left with a sense of champagne in his head, which he could not afterwards explain. In the wild events which were to follow this girl had no part at all; he never saw her again until all his tale was over. And yet, in some indescribable way, she kept recurring like a motive in music through all his mad adventures afterwards, and the glory of her strange hair ran like a red thread through those dark and ill-drawn tapestries

Ils firent quelques pas ensemble et gagnèrent un banc dans un coin du jardin. Syme continuait à développer avec abondance ses opinions. C'était un homme sincère et, malgré l'affectation de son attitude et ses grâces artificielles, un homme plein d'humilité au fond. C'est toujours l'homme humble qui parle trop ; l'orgueilleux s'observe de plus près. Il défendait les convenances et la respectabilité avec violence, avec exagération. Il louait la correction, la simplicité, avec emportement. Une odeur de lilas flottait autour de lui. À un certain moment, les sons lointains d'un orgue de Barbarie lui parvinrent et il lui sembla qu'une voix mystérieuse et menue s'élevait du fond de la terre ou d'au-delà pour accompagner ses héroïques discours.

Il n'y avait, semblait-il, que quelques minutes qu'il parlait ainsi, sans perdre du regard la fauve chevelure de la jeune fille, quand, songeant tout à coup qu'en un pareil endroit les couples ne devaient pas s'isoler, il se leva. À sa grande surprise, il vit que le jardin était désert. Tout le monde était parti. Il se retira à son tour, en présentant rapidement ses excuses.

La tête lui pesait, comme s'il avait bu un peu trop de Champagne — ce qu'il ne put, dans la suite, s'expliquer. Dans les incroyables événements qui allaient se produire, la jeune fille n'avait aucun rôle ; Syme ne devait pas la revoir avant le dénouement de l'aventure. Et pourtant, à travers ces folles aventures, sans qu'on pût dire comment, elle ne cessait de revenir, comme un leitmotiv, la gloire de son étrange chevelure fauve transparaissait à travers les tendres tapisseries mal tissées

of the night. For what followed was so improbable, that it might well have been a dream.

When Syme went out into the starlit street, he found it for the moment empty. Then he realised (in some odd way) that the silence was rather a living silence than a dead one. Directly outside the door stood a street lamp, whose gleam gilded the leaves of the tree that bent out over the fence behind him. About a foot from the lamp-post stood a figure almost as rigid and motionless as the lamp-post itself. The tall hat and long frock coat were black; the face, in an abrupt shadow, was almost as dark. Only a fringe of fiery hair against the light, and also something aggressive in the attitude, proclaimed that it was the poet Gregory. He had something of the look of a masked bravo waiting sword in hand for his foe.

He made a sort of doubtful salute, which Syme somewhat more formally returned.

"I was waiting for you," said Gregory. "Might I have a moment's conversation?"

"Certainly. About what?" asked Syme in a sort of weak wonder.

Gregory struck out with his stick at the lamp-post, and then at the tree.

de la nuit : car ce qui suivit fut si invraisemblable qu'aussi bien eût-ce pu être un rêve.

Ayant gagné la rue qu'éclairaient les étoiles, Syme la trouva déserte. Puis, il se rendit compte obscurément que le silence était vivant. Juste en face de la porte qui venait de se fermer derrière lui, brillait la lumière d'un réverbère, jetant un éclat d'or sur les feuilles de l'arbre qui dépassaient la grille. À un pied, à peu près, du réverbère se tenait un homme, presque aussi droit et immobile que le réverbère lui-même. Le grand chapeau et la longue redingote étaient noirs ; le visage, dans l'ombre, paraissait noir aussi. À quelques mèches de cheveux rouges qui dépassaient les bords du chapeau et à je ne sais quoi d'agressif dans l'attitude, Syme reconnut le poète Gregory. Il avait un peu l'air d'un bravo attendant, l'épée à la main, son ennemi.

Il esquissa un salut équivoque, que Syme lui rendit plus correctement.

— Je vous attendais, dit Gregory. Pourrais-je vous parler un instant ?

— Certainement. Et de quoi ? demanda Syme avec une nuance d'étonnement.

Gregory frappa de sa canne le réverbère, puis un arbre voisin.

"About this and this," he cried; "about order and anarchy. There is your precious order, that lean, iron lamp, ugly and barren; and there is anarchy, rich, living, reproducing itself—there is anarchy, splendid in green and gold."

"All the same," replied Syme patiently, "just at present you only see the tree by the light of the lamp. I wonder when you would ever see the lamp by the light of the tree."

Then after a pause he said, "But may I ask if you have been standing out here in the dark only to resume our little argument?"

"No," cried out Gregory, in a voice that rang down the street, "I did not stand here to resume our argument, but to end it for ever."

The silence fell again, and Syme, though he understood nothing, listened instinctively for something serious. Gregory began in a smooth voice and with a rather bewildering smile.

"Mr. Syme," he said, "this evening you succeeded in doing something rather remarkable. You did something to me that no man born of woman has ever succeeded in doing before."

"Indeed!"

— De ceci, répondit-il, et de ceci : de l'ordre et de l'anarchie. Voici cet ordre qui vous est si cher ; c'est cette mince lampe de fer, laide et stérile. Et voici l'anarchie, riche, vivante, féconde, voilà l'anarchie dans sa splendeur verte et dorée.

— Et pourtant, répliqua Syme avec patience, en ce moment même vous ne pouvez voir l'arbre qu'à la lumière de la lampe. Pourriez-vous jamais voir le réverbère à la lumière de l'arbre ?

Puis, après un silence :

— Me permettez-vous de vous demander si vous êtes resté ici, dans l'obscurité, uniquement pour reprendre notre petite discussion ?

— Non ! cria Gregory, et sa voix remplit la rue. Je ne vous ai pas attendu pour reprendre notre discussion, mais pour y mettre fin à jamais.

Le silence retomba. Syme, sans y rien comprendre, s'apprêtait à écouter, s'attendant à quelque chose de sérieux. Gregory commença, sur un ton singulièrement radouci, avec un sourire inquiétant :

— Monsieur Syme, ce soir, vous avez réussi quelque chose d'assez remarquable. Vous avez fait ce que, jusqu'à cette heure, personne, ni homme ni femme, n'était encore parvenu à faire.

— Vraiment !

"Now I remember," resumed Gregory reflectively, "one other person succeeded in doing it. The captain of a penny steamer (if I remember correctly) at Southend. You have irritated me."

"I am very sorry," replied Syme with gravity.

"I am afraid my fury and your insult are too shocking to be wiped out even with an apology," said Gregory very calmly. "No duel could wipe it out. If I struck you dead I could not wipe it out. There is only one way by which that insult can be erased, and that way I choose. I am going, at the possible sacrifice of my life and honour, to prove to you that you were wrong in what you said."

"In what I said?"

"You said I was not serious about being an anarchist."

"There are degrees of seriousness," replied Syme. "I have never doubted that you were perfectly sincere in this sense, that you thought what you said well worth saying, that you thought a paradox might wake men up to a neglected truth."

Gregory stared at him steadily and painfully.

"And in no other sense," he asked, "you think me serious? You think me a flaneur who lets fall occasional truths. You do not think that in a deeper, a more deadly sense, I am serious."

— Attendez, reprit Gregory pensif. Maintenant que j'y songe, il me semble que quelqu'un y est parvenu avant vous. C'était le capitaine d'un bateau-mouche, si mes souvenirs sont exacts, à Southend. Monsieur Syme, vous m'avez irrité.

— Je le regrette profondément, dit Syme avec gravité.

— Je crains, continua Gregory, très calme, que ma fureur et votre insulte ne soient trop grandes l'une et l'autre pour que des excuses puissent les faire oublier. Un duel ne les effacerait pas. Votre mort ne les effacerait pas. Il n'y a qu'un moyen d'en détruire la trace et je vais l'employer. Je vais vous prouver, au prix peut-être de ma vie et de mon honneur, que vous avez eu tort de dire ce que vous avez dit.

— Qu'ai-je dit ?

— Vous avez dit que je ne suis pas un anarchiste sérieux.

— Il y a des degrés dans le sérieux, répliqua Syme. Je n'ai jamais douté de votre parfaite sincérité, en ce sens que vous jugiez vos paroles bonnes à dire, que vous recouriez au paradoxe pour réveiller les esprits et les ouvrir à quelque vérité négligée.

Gregory le regardait fixement, avec douleur.

— Et vous ne me croyez pas sérieux en un autre sens encore ? Vous me prenez pour un oisif, pour un flâneur qui laisse parfois tomber de ses lèvres quelque vérité, par hasard ? Vous ne me croyez pas plus profondément sérieux, en un sens plus fatal ?

Syme struck his stick violently on the stones of the road.

"Serious!" he cried. "Good Lord! is this street serious? Are these damned Chinese lanterns serious? Is the whole caboodle serious? One comes here and talks a pack of bosh, and perhaps some sense as well, but I should think very little of a man who didn't keep something in the background of his life that was more serious than all this talking—something more serious, whether it was religion or only drink."

"Very well," said Gregory, his face darkening, "you shall see something more serious than either drink or religion."

Syme stood waiting with his usual air of mildness until Gregory again opened his lips.

"You spoke just now of having a religion. Is it really true that you have one?"

"Oh," said Syme with a beaming smile, "we are all Catholics now."

"Then may I ask you to swear by whatever gods or saints your religion involves that you will not reveal what I am now going to tell you to any son of Adam, and especially not to the police? Will you swear that! If you will take upon yourself this awful abnegation if you will consent to burden your soul with a vow that you should never make and a knowledge you should never dream about, I will promise you in return—"

Syme frappa violemment de sa canne les pavés de la rue.

— Sérieux ! s'écria-t-il. Eh ! bon Dieu ! qu'y a-t-il de sérieux dans cette rue, dans les lanternes vénitiennes et dans toute la boutique ? On arrive ici, on parle à tort et à travers... Peut-être aussi dit-on quelques paroles sensées ; mais je n'aurais pas haute opinion d'un homme qui ne saurait se réserver à l'arrière-plan de son existence quelque chose de plus sérieux que de telles conversations, — oui, quelque chose de plus sérieux, que ce soit une religion, ou seulement de l'ivrognerie !

— Fort bien, dit Gregory, et son visage s'assombrissait : vous allez voir quelque chose de plus sérieux qui n'est ni l'ivrognerie ni la religion.

Syme attendit, avec son expression familière de douceur extrême, que Gregory ouvrît de nouveau la bouche.

— Vous venez de parler de religion. Est-il donc vrai que vous en ayez une ?

— Oh ! répondit Syme, le visage épanoui d'un grand sourire, nous sommes tous catholiques aujourd'hui.

— Eh bien ! puis-je vous prier de jurer par tous les dieux ou par tous les saints de votre religion que vous ne révélerez à aucun des fils d'Adam, particulièrement aux gens de la police, ce que je vais vous dire ? Le jurez-vous ? Si vous prenez cet engagement solennel, si vous consentez à charger votre âme d'un serment que, du reste, vous ne devriez pas prononcer, et de certaines connaissances auxquelles vous ne devriez pas même rêver, moi, de mon côté, je vous promets...

"You will promise me in return?" inquired Syme, as the other paused.

"I will promise you a very entertaining evening."

Syme suddenly took off his hat.

"Your offer," he said, "is far too idiotic to be declined. You say that a poet is always an anarchist. I disagree; but I hope at least that he is always a sportsman. Permit me, here and now, to swear as a Christian, and promise as a good comrade and a fellow-artist, that I will not report anything of this, whatever it is, to the police. And now, in the name of Colney Hatch, what is it?"

"I think," said Gregory, with placid irrelevancy, "that we will call a cab."

He gave two long whistles, and a hansom came rattling down the road. The two got into it in silence. Gregory gave through the trap the address of an obscure public-house on the Chiswick bank of the river. The cab whisked itself away again, and in it these two fantastics quitted their fantastic town.

— Que me promettez-vous ? demanda Syme, comme l'autre s'interrompait.

— Je vous promets une soirée vraiment amusante.

Syme aussitôt enleva son chapeau.

— L'offre que vous me faites est trop séduisante pour que je la décline. Vous prétendez que tout poète est un anarchiste. Ce n'est pas mon avis. Mais j'espère, du moins, que tout poète est un galant homme. Ici et maintenant, je vous jure, foi de chrétien, et je vous promets en bon camarade et compagnon d'art que je ne rapporterai rien de tout ceci — quoi que ce soit — à la police. Et maintenant, au nom de Colney Hatch, de quoi s'agit-il ?

— Je pense, dit Gregory avec placidité, que nous allons prendre un cab.

Il siffla deux fois, longuement ; un cab ne tarda pas à se ranger au pied du réverbère. Ils prirent place, en silence, sur la banquette. Gregory donna au cocher l'adresse d'un bar obscur, situé au bord de la rivière du côté de Chiswick. Le cab partit d'un trait. Ainsi les deux fantasques poètes quittèrent le fantastique faubourg.

2

The secret of Gabriel Syme

The cab pulled up before a particularly dreary and greasy beershop, into which Gregory rapidly conducted his companion. They seated themselves in a close and dim sort of bar-parlour, at a stained wooden table with one wooden leg.

The room was so small and dark, that very little could be seen of the attendant who was summoned, beyond a vague and dark impression of something bulky and bearded.

"Will you take a little supper?" asked Gregory politely. "The pate de foie gras is not good here, but I can recommend the game."

Syme received the remark with stolidity, imagining it to be a joke. Accepting the vein of humour, he said, with a well-bred indifference—

"Oh, bring me some lobster mayonnaise."

2

Le secret de Gabriel Syme

Le cab s'arrêta devant un bar particulièrement sale et répugnant, où Gregory se hâta d'introduire son compagnon. Ils s'assirent, dans une sorte d'arrière-boutique sombre et mal aérée, devant une table de bois souillée, portée par un pied de bois unique.

La pièce était si mal éclairée qu'il était impossible de distinguer les traits du garçon ; Syme n'eut que l'impression vague de quelque chose de puissant, de massif, de barbu.

— Voulez-vous prendre un léger souper ? demanda Gregory, affable. Le pâté de foie gras n'est pas fameux ici ; mais je peux vous recommander le gibier.

Syme ne broncha pas, croyant à une plaisanterie, et, dans la même veine d'humour, avec le ton détaché d'un homme bien élevé :

— Donnez-moi plutôt une langouste à la mayonnaise, dit-il.

To his indescribable astonishment, the man only said "Certainly, sir!" and went away apparently to get it.

"What will you drink?" resumed Gregory, with the same careless yet apologetic air. "I shall only have a creme de menthe myself; I have dined. But the champagne can really be trusted. Do let me start you with a half-bottle of Pommery at least?"

"Thank you!" said the motionless Syme. "You are very good."

His further attempts at conversation, somewhat disorganised in themselves, were cut short finally as by a thunderbolt by the actual appearance of the lobster. Syme tasted it, and found it particularly good. Then he suddenly began to eat with great rapidity and appetite.

"Excuse me if I enjoy myself rather obviously!" he said to Gregory, smiling. "I don't often have the luck to have a dream like this. It is new to me for a nightmare to lead to a lobster. It is commonly the other way."

"You are not asleep, I assure you," said Gregory. "You are, on the contrary, close to the most actual and rousing moment of your existence. Ah, here comes your champagne! I admit that there may be a slight disproportion, let us say, between the inner arrangements of this excellent hotel and its simple and unpretentious exterior. But that is all our modesty. We are the most modest men that ever lived on earth."

À sa grande surprise, il entendit le garçon lui répondre :

— Bien, monsieur.

Et il le vit s'éloigner, sans doute pour aller chercher ce qu'on venait de lui demander.

— Que boirez-vous ? reprit Gregory. Pour moi, je ne prendrai qu'une crème de menthe ; j'ai dîné. Mais le Champagne de cette maison n'est pas à dédaigner. Commencez, du moins, par une demi-bouteille de pommery.

— Merci, fit Syme impassible. Bien aimable…

Il essaya de renouer la conversation ; mais il fut interrompu, dès la première phrase, par la soudaine apparition de la langouste. Il la goûta, la trouva excellente et se mit à manger de bon appétit.

— Vous m'excuserez si je ne vous cache pas mon plaisir, dit-il à Gregory, gaîment. Je n'ai pas souvent la chance de rêver comme aujourd'hui. Car ce n'est pas un fait banal qu'un cauchemar aboutisse à une langouste. D'ordinaire c'est le contraire qui arrive.

— Mais vous ne dormez pas, je vous l'assure ! Vous approchez même du moment le plus vivant et le plus poignant de votre existence… Ah ! voici votre Champagne… Je conviens qu'il peut y avoir, disons une certaine disproportion entre l'organisation intérieure de cet excellent hôtel et ses dehors simples et sans prétention. Ce contraste est un effet de notre modestie. Car nous sommes les gens les plus modestes qu'il y ait jamais eu au monde.

"And who are we?" asked Syme, emptying his champagne glass.

"It is quite simple," replied Gregory. "We are the serious anarchists, in whom you do not believe."

"Oh!" said Syme shortly. "You do yourselves well in drinks."

"Yes, we are serious about everything," answered Gregory.

Then after a pause he added—

"If in a few moments this table begins to turn round a little, don't put it down to your inroads into the champagne. I don't wish you to do yourself an injustice."

"Well, if I am not drunk, I am mad," replied Syme with perfect calm; "but I trust I can behave like a gentleman in either condition. May I smoke?"

"Certainly!" said Gregory, producing a cigar-case. "Try one of mine."

Syme took the cigar, clipped the end off with a cigar-cutter out of his waistcoat pocket, put it in his mouth, lit it slowly, and let out a long cloud of smoke. It is not a little to his credit that he performed these rites with so much composure, for almost before he had begun them the table at which he sat had begun to revolve, first slowly, and then rapidly, as if at an insane seance.

— Et qui sommes-*nous* ? demanda Syme en vidant son verre.

— Mais, c'est tout simple : nous sommes ces anarchistes sérieux auxquels vous refusez de croire.

— Vraiment ! dit Syme, sèchement, vous vous fournissez très bien en vins.

Et, après un silence, Gregory ajouta :

— Oui. Nous sommes sérieux en tout.

Et il continua :

— Si, dans quelques instants, cette table se met à tourner un peu, n'attribuez pas le phénomène au Champagne que vous avez bu. Je ne voudrais pas que vous vous fissiez injure.

— Eh bien, dit Syme parfaitement calme, si je ne suis pas ivre, je suis fou. Mais je pense que je saurai me conduire convenablement dans l'un et l'autre cas. Puis-je fumer ?

— Certainement !

Et Gregory tira un étui de sa poche. Syme choisit un cigare, en coupa la pointe avec un coupe-cigare qu'il tira de la poche de son gilet, le porta à la bouche, l'alluma lentement et exhala un épais nuage de fumée. Il eût pu être fier d'avoir accompli ces rites avec tant de sérénité, car, pendant ce temps, la table s'était mise à tourner, lentement d'abord, puis très vite, comme à quelque folle séance de spiritisme.

"You must not mind it," said Gregory; "it's a kind of screw."

"Quite so," said Syme placidly, "a kind of screw. How simple that is!"

The next moment the smoke of his cigar, which had been wavering across the room in snaky twists, went straight up as if from a factory chimney, and the two, with their chairs and table, shot down through the floor as if the earth had swallowed them. They went rattling down a kind of roaring chimney as rapidly as a lift cut loose, and they came with an abrupt bump to the bottom. But when Gregory threw open a pair of doors and let in a red subterranean light, Syme was still smoking with one leg thrown over the other, and had not turned a yellow hair.

Gregory led him down a low, vaulted passage, at the end of which was the red light. It was an enormous crimson lantern, nearly as big as a fireplace, fixed over a small but heavy iron door. In the door there was a sort of hatchway or grating, and on this Gregory struck five times. A heavy voice with a foreign accent asked him who he was. To this he gave the more or less unexpected reply, "Mr. Joseph Chamberlain."

The heavy hinges began to move; it was obviously some kind of password.

— Ne faites pas attention, dit Gregory, c'est une espèce de tire-bouchon.

— C'est cela même, consentit Syme, toujours placide, une espèce de tire-bouchon. Que cela est donc simple !

Le moment d'après, la fumée de son cigare, qui avait flotté jusqu'alors dans la pièce en serpentant, prit une direction verticale, comme si elle montait d'un tuyau d'usine, et les deux hommes, avec leurs chaises et leur table, s'enfoncèrent à travers le plancher. Ils descendirent par une sorte de cheminée mugissante, avec la rapidité d'un ascenseur dont le câble aurait été coupé et s'arrêtèrent brusquement. Mais quand Gregory eut ouvert deux portes et qu'une rouge lumière souterraine se fut produite, Syme n'avait pas cessé de fumer, une jambe repliée sur l'autre, et pas un cheveu n'avait bougé sur sa tête.

Gregory le conduisit par un passage bas et voûté, au bout duquel brillait la lumière rouge. C'était une énorme lanterne de couleur écarlate, presque aussi grande qu'une cheminée, et fixée à une petite et lourde porte de fer. Il y avait dans cette porte une sorte de grillage ou de judas. Gregory y frappa cinq coups. Une lourde voix à l'accent étranger lui demanda qui il était. Il fit à cette question cette réponse plus ou moins inattendue : « M. Joseph Chamberlain. »

C'était évidemment le mot de passe. Les gonds puissants se mirent à tourner.

Inside the doorway the passage gleamed as if it were lined with a network of steel. On a second glance, Syme saw that the glittering pattern was really made up of ranks and ranks of rifles and revolvers, closely packed or interlocked.

"I must ask you to forgive me all these formalities," said Gregory; "we have to be very strict here."

"Oh, don't apologise," said Syme. "I know your passion for law and order," and he stepped into the passage lined with the steel weapons. With his long, fair hair and rather foppish frock-coat, he looked a singularly frail and fanciful figure as he walked down that shining avenue of death.

They passed through several such passages, and came out at last into a queer steel chamber with curved walls, almost spherical in shape, but presenting, with its tiers of benches, something of the appearance of a scientific lecture-theatre. There were no rifles or pistols in this apartment, but round the walls of it were hung more dubious and dreadful shapes, things that looked like the bulbs of iron plants, or the eggs of iron birds. They were bombs, and the very room itself seemed like the inside of a bomb.

Syme knocked his cigar ash off against the wall, and went in.

De l'autre côté de la porte, le passage étincelait comme s'il eût été tapissé d'acier. Syme eut bientôt constaté que cette tapisserie étincelante était faite de rangées superposées de fusils et de revolvers.

— Je vous prie d'excuser ces formalités, dit Gregory. Nous sommes obligés à la plus grande prudence…

— Ne vous excusez pas, protesta Syme. Je sais quelle passion vous avez pour l'ordre et la loi.

Et il s'engagea dans le passage garni d'armes d'acier. Avec ses longs cheveux blonds et sa redingote à la mode, il faisait une curieuse figure, singulièrement fragile, comme il passait par cette rayonnante avenue de mort.

Ils traversèrent plusieurs corridors pareillement décorés et aboutirent enfin à une chambre d'acier aux parois courbes. De forme presque sphérique, cette pièce, meublée de bancs parallèlement rangés, n'était pas sans analogie avec un amphithéâtre académique. Il n'y avait là ni pistolets ni fusils ; mais les murs étaient garnis d'objets autrement redoutables, et qui ressemblaient à des bulbes de plantes métalliques, à des œufs de métalliques oiseaux… C'étaient des bombes, et la pièce elle-même semblait l'intérieur d'une bombe.

Syme, en entrant, fit tomber la cendre de son cigare contre l'un de ces engins meurtriers.

"And now, my dear Mr. Syme," said Gregory, throwing himself in an expansive manner on the bench under the largest bomb, "now we are quite cosy, so let us talk properly. Now no human words can give you any notion of why I brought you here. It was one of those quite arbitrary emotions, like jumping off a cliff or falling in love. Suffice it to say that you were an inexpressibly irritating fellow, and, to do you justice, you are still. I would break twenty oaths of secrecy for the pleasure of taking you down a peg. That way you have of lighting a cigar would make a priest break the seal of confession. Well, you said that you were quite certain I was not a serious anarchist. Does this place strike you as being serious?"

"It does seem to have a moral under all its gaiety," assented Syme; "but may I ask you two questions? You need not fear to give me information, because, as you remember, you very wisely extorted from me a promise not to tell the police, a promise I shall certainly keep. So it is in mere curiosity that I make my queries. First of all, what is it really all about? What is it you object to? You want to abolish Government?"

— Et maintenant, cher monsieur Syme, dit Gregory en s'asseyant avec négligence sous la plus grosse bombe, maintenant que nous sommes vraiment à l'aise, causons comme il faut. Il n'y a pas de mots pour définir le sentiment auquel j'ai obéi en vous amenant ici. C'est un sentiment impérieux, fatal, comme celui qui vous obligerait à sauter du haut d'un rocher ou à tomber amoureux. Il me suffira de vous rappeler que vous avez été irritant au-delà de toute expression. Il faut d'ailleurs vous rendre cette justice que vous l'êtes encore, j'aurais vingt fois juré de me taire que je violerais vingt fois mon serment, pour le seul plaisir de vous faire baisser le ton d'un cran. Votre manière d'allumer un cigare induirait un prêtre à rompre le sceau de la confession... Vous vous disiez donc tout à fait persuadé que je ne suis pas un anarchiste sérieux. La pièce où nous sommes vous paraît-elle sérieuse, oui ou non ?

— Elle semble, en effet, cacher quelque moralité sous la gaîté de ses apparences, reconnut Syme. Mais, puis-je vous poser deux questions ? Ne craignez pas de me renseigner, puisque, très prudemment, vous m'avez extorqué la promesse de ne rien rapporter à la police. Vous savez assez que, cette promesse, je la tiendrai. C'est donc par simple curiosité que je vous questionne. Et d'abord, que signifie tout cela ? Quel est votre but ? Avez-vous le projet d'abolir le gouvernement ?

"To abolish God!" said Gregory, opening the eyes of a fanatic. "We do not only want to upset a few despotisms and police regulations; that sort of anarchism does exist, but it is a mere branch of the Nonconformists. We dig deeper and we blow you higher. We wish to deny all those arbitrary distinctions of vice and virtue, honour and treachery, upon which mere rebels base themselves. The silly sentimentalists of the French Revolution talked of the Rights of Man! We hate Rights as we hate Wrongs. We have abolished Right and Wrong."

"And Right and Left," said Syme with a simple eagerness, "I hope you will abolish them too. They are much more troublesome to me."

"You spoke of a second question," snapped Gregory.

"With pleasure," resumed Syme. "In all your present acts and surroundings there is a scientific attempt at secrecy. I have an aunt who lived over a shop, but this is the first time I have found people living from preference under a public-house. You have a heavy iron door. You cannot pass it without submitting to the humiliation of calling yourself Mr. Chamberlain. You surround yourself with steel instruments which make the place, if I may say so, more impressive than homelike. May I ask why, after taking all this trouble to barricade yourselves in the bowels of the earth, you then parade your whole secret by talking about anarchism to every silly woman in Saffron Park?"

— Nous avons l'intention d'abolir Dieu ! déclara Gregory en ouvrant tout grands ses yeux de fanatique. Il ne nous suffirait pas de détruire quelques despotes ou de déchirer quelques règlements de police. Cette sorte d'anarchisme existe, il est vrai, mais ce n'est qu'une branche du non-conformisme. Nous creusons plus profond, et nous vous ferons sauter plus haut. Nous voulons effacer toutes vos distinctions arbitraires entre vice et vertu, honneur et vilenie, auxquelles de simples révoltés s'appuient et s'attardent. Les sentimentaux stupides qui firent la Révolution française parlaient des droits de l'homme ! Nous détestons, nous, les droits comme les torts. Nous avons aboli le tort et le droit.

— Et la droite et la gauche ? dit Syme avec candeur, je pense que vous les abolirez aussi. Quant à moi, la droite et la gauche m'inquiètent beaucoup plus que le tort et le droit.

— Vous annonciez une seconde question, fit Gregory sèchement.

— Avec plaisir. Dans tout ce que vous faites, dans tout ce qui nous entoure, je vois une savante recherche du mystère. J'avais une tante qui habitait au-dessus d'un magasin, mais c'est la première fois que je vois des gens vivre sous un bar. Vous avez une lourde porte de fer. Vous ne pouvez vous la faire ouvrir sans vous soumettre à l'humiliation de vous appeler M. Chamberlain. Vous vous entourez d'instruments d'acier qui donnent à ce lieu un aspect, si je puis m'exprimer ainsi, plutôt guerrier que bourgeois. Comment donc, d'une part, vous cachez-vous dans les entrailles de la terre, et, d'autre part, étalez-vous au grand jour votre secret en professant l'anarchie devant toutes les péronnelles de Saffron Park ?

Gregory smiled.

"The answer is simple," he said. "I told you I was a serious anarchist, and you did not believe me. Nor do they believe me. Unless I took them into this infernal room they would not believe me."

Syme smoked thoughtfully, and looked at him with interest. Gregory went on.

"The history of the thing might amuse you," he said. "When first I became one of the New Anarchists I tried all kinds of respectable disguises. I dressed up as a bishop. I read up all about bishops in our anarchist pamphlets, in Superstition the Vampire and Priests of Prey. I certainly understood from them that bishops are strange and terrible old men keeping a cruel secret from mankind. I was misinformed. When on my first appearing in episcopal gaiters in a drawing-room I cried out in a voice of thunder, 'Down! down! presumptuous human reason!' they found out in some way that I was not a bishop at all. I was nabbed at once. Then I made up as a millionaire; but I defended Capital with so much intelligence that a fool could see that I was quite poor. Then I tried being a major. Now I am a humanitarian myself, but I have, I hope, enough intellectual breadth to understand the position of those who, like Nietzsche, admire violence—the proud, mad war of Nature and all that, you know. I threw myself into the major.

— Ma réponse sera bien simple, dit Gregory en souriant. Je vous ai dit que je suis un anarchiste sérieux et vous ne m'avez pas cru : elles ne me croient pas non plus. Tant que je ne les aurai pas introduites dans cette chambre infernale, elles ne me croiront pas.

Syme fumait, songeur, regardant Gregory avec intérêt.

— Écoutez, continua Gregory, ceci vous amusera peut-être. Quand je devins l'un des Nouveaux Anarchistes, j'essayai toutes sortes de déguisements respectables. Je m'habillai d'abord en évêque. Je lus tous nos pamphlets anarchistes sur le clergé, depuis *le Vampire de la superstition* jusqu'aux *Prêtres de proie*. Les évêques, je ne tardai pas à m'en convaincre, sont d'étranges et terribles vieillards, qui cachent à l'humanité quelque cruel secret. La première fois que je pénétrai avec mes guêtres d'évêque dans un salon, je criai d'une voix tonitruante : « Et toi, raison présomptueuse, humilie-toi ! » Mais les gens devinèrent, je ne sais comment, que je n'étais pas du tout un évêque. La mèche était éventée du coup. Ensuite, je contrefis le millionnaire ; mais je défendis le capital avec tant d'intelligence qu'un sot aurait compris que je n'avais pas le sou[1]. J'essayai de jouer au commandant. Tout humanitaire que je sois pour mon compte, j'ai assez de largeur d'esprit pour comprendre Nietzsche et les autres qui admirent la violence, la folle et dure concurrence vitale, etc. J'entrai donc dans mon rôle de commandant.

1. Ligne manquante dans l'édition d'origine. Traduction ajoutée par le contributeur.

I drew my sword and waved it constantly. I called out 'Blood!' abstractedly, like a man calling for wine. I often said, 'Let the weak perish; it is the Law.' Well, well, it seems majors don't do this. I was nabbed again. At last I went in despair to the President of the Central Anarchist Council, who is the greatest man in Europe."

"What is his name?" asked Syme.

"You would not know it," answered Gregory. "That is his greatness. Caesar and Napoleon put all their genius into being heard of, and they were heard of. He puts all his genius into not being heard of, and he is not heard of. But you cannot be for five minutes in the room with him without feeling that Caesar and Napoleon would have been children in his hands."

He was silent and even pale for a moment, and then resumed—

"But whenever he gives advice it is always something as startling as an epigram, and yet as practical as the Bank of England. I said to him, 'What disguise will hide me from the world? What can I find more respectable than bishops and majors?' He looked at me with his large but indecipherable face. 'You want a safe disguise, do you? You want a dress which will guarantee you harmless; a dress in which no one would ever look for a bomb?' I nodded. He suddenly lifted his lion's voice.

Sans cesse je tirais mon épée et je la brandissais. Je criais : « Du sang ! » comme on demande du vin. J'allais répétant : « Que les faibles périssent ! C'est la loi. » Je fus tout de suite « brûlé » une fois de plus. En désespoir de cause, j'allai demander avis au président du Conseil anarchiste central. C'est le plus grand homme d'Europe.

— Comment s'appelle-t-il ? demanda Syme.

— Si je vous disais son nom, vous ne le connaîtriez pas. Et c'est là le secret de sa grandeur. Un César, un Napoléon dépensent tout leur génie à faire parler d'eux ; ils y réussissent. Il met, lui, tout son génie à ne pas parler de lui, et l'on ne parle pas de lui. Mais il est impossible d'être pendant cinq minutes en sa présence sans avoir l'impression que César et Napoléon auraient été des enfants entre ses mains.

Gregory se tut brusquement. Il avait pâli.

— Ses conseils, reprit-il, ont toujours ce double caractère : ils sont à la fois piquants, surprenants comme une épigramme et pratiques comme la Banque d'Angleterre. « Comment dois-je me déguiser ? » lui demandai-je. « Comment me cacher aux yeux du monde ? Que trouverai-je de plus respectable que les évêques et les commandants ? » Il tourna vers moi son grand visage indéchiffrable : « Il vous faut un déguisement sûr, n'est-ce pas ? Il vous faut une tenue qui vous garantisse comme un être parfaitement inoffensif, un vêtement d'où nul ne s'attende à voir sortir une bombe, n'est-ce pas ? » J'inclinai la tête, en signe d'assentiment.

'Why, then, dress up as an anarchist, you fool!' he roared so that the room shook. 'Nobody will ever expect you to do anything dangerous then.' And he turned his broad back on me without another word. I took his advice, and have never regretted it. I preached blood and murder to those women day and night, and—by God!—they would let me wheel their perambulators."

Syme sat watching him with some respect in his large, blue eyes.

"You took me in," he said. "It is really a smart dodge."

Then after a pause he added—

"What do you call this tremendous President of yours?"

"We generally call him Sunday," replied Gregory with simplicity. "You see, there are seven members of the Central Anarchist Council, and they are named after days of the week. He is called Sunday, by some of his admirers Bloody Sunday. It is curious you should mention the matter, because the very night you have dropped in (if I may so express it) is the night on which our London branch, which assembles in this room, has to elect its own deputy to fill a vacancy in the Council. The gentleman who has for some time past played, with propriety and general applause, the difficult part of Thursday, has died quite suddenly. Consequently, we have called a meeting this very evening to elect a successor."

« Eh bien ! *déguisez-vous en anarchiste*, espèce d'imbécile ! » Et il rugissait si fort que les murs en tremblaient. « Personne ne soupçonnera que vous puissiez faire le moindre mal. » Sans un mot de plus, il se détourna, et je ne vis plus que ses larges épaules. J'ai suivi son conseil, et je n'ai jamais eu lieu de le regretter. J'ai prêché l'anarchie devant ces femmes, nuit et jour, et, Seigneur ! elles m'auraient donné à conduire leurs voitures d'enfants.

De ses grands yeux bleus, Syme considérait Gregory avec un certain respect.

— Je m'y suis laissé prendre, dit-il. C'est bien joué.

Et après un silence il ajouta :

— Comment appelez-vous ce terrible président ?

— Nous l'appelons Dimanche, répondit Gregory avec simplicité. Le Conseil anarchiste central se compose de sept membres, qui portent les noms des sept jours de la semaine. Nous l'appelons Dimanche, certains de ses admirateurs ajoutent Dimanche de sang. Il est curieux que la conversation nous amène à ce sujet, car, ce soir même, où vous venez, pour ainsi dire, de nous tomber du ciel, notre section de Londres va se réunir dans cette pièce pour élire son député au Conseil central. L'homme qui a joué pendant quelque temps, et à la satisfaction générale, le rôle difficile de Jeudi, est mort subitement. Nous avons, en conséquence, convoqué pour ce soir un meeting en vue de le remplacer.

He got to his feet and strolled across the room with a sort of smiling embarrassment.

"I feel somehow as if you were my mother, Syme," he continued casually. "I feel that I can confide anything to you, as you have promised to tell nobody. In fact, I will confide to you something that I would not say in so many words to the anarchists who will be coming to the room in about ten minutes. We shall, of course, go through a form of election; but I don't mind telling you that it is practically certain what the result will be."

He looked down for a moment modestly.

"It is almost a settled thing that I am to be Thursday."

"My dear fellow." said Syme heartily, "I congratulate you. A great career!"

Gregory smiled in deprecation, and walked across the room, talking rapidly.

"As a matter of fact, everything is ready for me on this table," he said, "and the ceremony will probably be the shortest possible."

Syme also strolled across to the table, and found lying across it a walking-stick, which turned out on examination to be a sword-stick, a large Colt's revolver, a sandwich case, and a formidable flask of brandy. Over the chair, beside the table, was thrown a heavy-looking cape or cloak.

Il se leva et se mit à arpenter la chambre, avec un sourire embarrassé puis, négligemment :

— Syme, j'ai en vous une confiance pour ainsi dire filiale. Je sens que je puis m'ouvrir à vous sans réticence, puisque vous m'avez promis d'être discret. J'ai envie de vous faire une confidence que je ne ferais pas aux anarchistes qui seront ici dans dix minutes. On va voter, ici, dans une dizaine de minutes ; mais c'est, autant dire, pour la forme.

Il baissa les yeux modestement.

— Il est à peu près entendu d'avance que, Jeudi, c'est moi.

— Mon cher ami ! s'écria Syme cordialement, je vous félicite ! Quelle belle carrière !

Gregory sourit pour décliner ces politesses et reprit sa promenade.

— Tout est préparé pour moi sur cette table. La cérémonie ne sera pas longue.

Syme s'approcha de la table que désignait Gregory. Il y avait une canne à épée, un revolver Colt, une boîte à sandwichs et une énorme bouteille de brandy. Sur une chaise, près de la table, s'étalait une ample pèlerine.

"I have only to get the form of election finished," continued Gregory with animation, "then I snatch up this cloak and stick, stuff these other things into my pocket, step out of a door in this cavern, which opens on the river, where there is a steam-tug already waiting for me, and then—then—oh, the wild joy of being Thursday!"

And he clasped his hands.

Syme, who had sat down once more with his usual insolent languor, got to his feet with an unusual air of hesitation.

"Why is it," he asked vaguely, "that I think you are quite a decent fellow? Why do I positively like you, Gregory?"

He paused a moment, and then added with a sort of fresh curiosity, "Is it because you are such an ass?"

There was a thoughtful silence again, and then he cried out—

"Well, damn it all! this is the funniest situation I have ever been in in my life, and I am going to act accordingly. Gregory, I gave you a promise before I came into this place. That promise I would keep under red-hot pincers. Would you give me, for my own safety, a little promise of the same kind?"

— Je n'ai qu'à attendre la fin de ce scrutin, continua Gregory avec animation, puis je prendrai cette pèlerine et ce gourdin, j'emporterai ce revolver, cette boîte et cette bouteille, et je sortirai de cette caverne par une porte qui donne sur la rivière. Là m'attend un petit bateau à vapeur, et alors... Alors ! Oh ! la folle joie d'être Jeudi !

Et, de joie, il joignait les mains.

Syme, qui avait repris de son air de langoureuse impertinence sa place sur le banc, se leva de nouveau. L'expression toujours insolente de sa physionomie se nuançait d'une hésitation qui ne lui était pas familière.

— Pourquoi donc, je me le demande, Gregory, ai-je de vous cette opinion que vous êtes un charmant garçon ? Pourquoi donc ai-je pour vous, Gregory, positivement, de l'amitié ?

Il se tut, puis, avec une curiosité sincère et passionnée :

— Serait-ce parce que vous êtes tellement âne ?

Il y eut un nouveau silence, plein de pensées, puis Syme s'écria :

— Nom de Dieu ! c'est bien ici la situation la plus comique où je me sois trouvé de ma vie, et je vais agir en conséquence. Gregory, je vous ai fait une promesse avant de venir ici. Je tiendrai cette promesse, fût-ce sous des tenailles ardentes. Me feriez-vous, en vue de ma propre sécurité, une promesse du même genre ?

"A promise?" asked Gregory, wondering.

"Yes," said Syme very seriously, "a promise. I swore before God that I would not tell your secret to the police. Will you swear by Humanity, or whatever beastly thing you believe in, that you will not tell my secret to the anarchists?"

"Your secret?" asked the staring Gregory. "Have you got a secret?"

"Yes," said Syme, "I have a secret." Then after a pause, "Will you swear?"

Gregory glared at him gravely for a few moments, and then said abruptly—

"You must have bewitched me, but I feel a furious curiosity about you. Yes, I will swear not to tell the anarchists anything you tell me. But look sharp, for they will be here in a couple of minutes."

Syme rose slowly to his feet and thrust his long, white hands into his long, grey trousers' pockets. Almost as he did so there came five knocks on the outer grating, proclaiming the arrival of the first of the conspirators.

"Well," said Syme slowly, "I don't know how to tell you the truth more shortly than by saying that your expedient of dressing up as an aimless poet is not confined to you or your President. We have known the dodge for some time at Scotland Yard."

— Une promesse ? dit Gregory, étonné.

— Oui, dit Syme très sérieusement, une promesse. J'ai juré devant Dieu de ne pas révéler votre secret à la police. Voulez-vous jurer, au nom de l'humanité, ou de quelque chose en quoi vous croyiez, de ne pas révéler mon secret aux anarchistes ?

— Votre secret ? Vous avez un secret ?

— Oui, j'ai un secret... Jurez-vous ?

Gregory le regarda fixement, avec gravité, longtemps, et, tout à coup :

— Il faut que vous m'ayez ensorcelé ! s'écria-t-il. Mais vous excitez furieusement ma curiosité. Oui, je jure de ne rien dire aux anarchistes de ce que vous me direz. Mais dépêchez-vous, car ils peuvent être ici d'une minute à l'autre.

Syme, avec lenteur, fourra ses longues mains blanches dans les poches de son pantalon gris. Au même instant, cinq coups furent frappés au judas, annonçant l'arrivée des premiers conspirateurs.

— Eh bien, commença Syme sans se presser, je ne saurais exprimer la vérité plus brièvement qu'en vous disant ceci : votre expédient de vous déguiser en inoffensif poète n'est pas connu seulement de vous et de votre président. Il y a quelque temps que nous en sommes informés, à Scotland Yard.

Gregory tried to spring up straight, but he swayed thrice.

"What do you say?" he asked in an inhuman voice.

"Yes," said Syme simply, "I am a police detective. But I think I hear your friends coming."

From the doorway there came a murmur of "Mr. Joseph Chamberlain." It was repeated twice and thrice, and then thirty times, and the crowd of Joseph Chamberlains (a solemn thought) could be heard trampling down the corridor.

Gregory, par trois fois, tenta de sauter en l'air, sans y parvenir.

— Que dites-vous ? fit-il d'une voix qui n'avait rien d'humain.

— C'est vrai, dit Syme avec simplicité, je suis un détective. Mais il me semble que voici venir vos amis.

On entendait un murmure de « Joseph Chamberlain ». Le mot fut répété, deux, trois fois d'abord, puis une trentaine de fois et l'on entendit la foule des Joseph Chamberlain — auguste et solennelle image — qui arrivaient par le corridor.

3

The man who was Thursday

Before one of the fresh faces could appear at the doorway, Gregory's stunned surprise had fallen from him. He was beside the table with a bound, and a noise in his throat like a wild beast. He caught up the Colt's revolver and took aim at Syme.

Syme did not flinch, but he put up a pale and polite hand.

"Don't be such a silly man," he said, with the effeminate dignity of a curate. "Don't you see it's not necessary? Don't you see that we're both in the same boat? Yes, and jolly sea-sick."

Gregory could not speak, but he could not fire either, and he looked his question.

"Don't you see we've checkmated each other?" cried Syme. "I can't tell the police you are an anarchist.

3
Jeudi

Avant qu'aucun des nouveaux venus eût paru Gregory s'était ressaisi. D'un bond, avec un rugissement de bête sauvage, il fut auprès de la table, saisit le revolver et mit Syme en joue.

Syme, sans s'émouvoir, leva d'un geste poli sa main pâle :

— Ne soyez pas ridicule, dit-il avec une dignité ecclésiastique. Ne voyez-vous pas que c'est inutile ? Ne voyez-vous pas que nous sommes embarqués tous les deux dans le même bateau ? J'ajoute que nous avons passablement le mal de mer l'un et l'autre, par-dessus le marché.

Gregory ne pouvait parler ; il ne pouvait davantage faire feu. Et ce qu'il eût voulu dire et ne pouvait, ses yeux le disaient.

— Ne voyez-vous pas que vous m'avez fait mat et que je vous ai fait mat ? reprit Syme. Je ne puis vous dénoncer à la police comme anarchiste.

You can't tell the anarchists I'm a policeman. I can only watch you, knowing what you are; you can only watch me, knowing what I am. In short, it's a lonely, intellectual duel, my head against yours. I'm a policeman deprived of the help of the police. You, my poor fellow, are an anarchist deprived of the help of that law and organisation which is so essential to anarchy. The one solitary difference is in your favour. You are not surrounded by inquisitive policemen; I am surrounded by inquisitive anarchists. I cannot betray you, but I might betray myself. Come, come! wait and see me betray myself. I shall do it so nicely."

Gregory put the pistol slowly down, still staring at Syme as if he were a sea-monster.

"I don't believe in immortality," he said at last, "but if, after all this, you were to break your word, God would make a hell only for you, to howl in for ever."

"I shall not break my word," said Syme sternly, "nor will you break yours. Here are your friends."

The mass of the anarchists entered the room heavily, with a slouching and somewhat weary gait; but one little man, with a black beard and glasses—a man somewhat of the type of Mr. Tim Healy—detached himself, and bustled forward with some papers in his hand.

Vous ne pouvez me dénoncer aux anarchistes comme policier. Je ne puis faire qu'une chose : vous surveiller, sachant qui vous êtes, et, de votre côté, vous n'avez qu'une chose à faire : me surveiller, sachant qui je suis. En somme, c'est un duel intellectuel, sans témoins. Ma tête contre la vôtre. Je suis un policier privé de l'appui de la police officielle. Vous, mon pauvre ami, vous êtes un anarchiste privé de l'appui de cette loi, de cette organisation qui est essentielle à l'anarchie. Entre nous une seule différence, toute à votre avantage : vous n'êtes pas entouré de policiers curieux ; je suis entouré d'anarchistes indiscrets. Je ne peux vous trahir, mais je peux me trahir moi-même. Allons, courage ! Prenez patience, et attendez que je me trahisse : je le ferai si joliment !

Gregory déposa le pistolet, les yeux toujours fixés sur Syme, comme s'il eût vu en lui quelque horrible monstre marin.

— Je ne crois pas, articula-t-il enfin, à l'immortalité ; mais si, après ce qui vient de se passer, vous manquiez à votre parole, Dieu ferait un enfer exprès pour vous, afin que vous y puissiez grincer des dents pendant l'éternité.

— Je ne manquerai pas à ma parole et vous ne manquerez pas à la vôtre, répliqua Syme. Voici vos amis.

Les anarchistes entraient, d'un pas lourd, un peu glissant et las. Un petit homme à barbe noire, portant lorgnon —, un homme du genre à peu près de M. Tim Healy — se détacha du groupe et s'avança, des papiers à la main.

"Comrade Gregory," he said, "I suppose this man is a delegate?"

Gregory, taken by surprise, looked down and muttered the name of Syme; but Syme replied almost pertly—

"I am glad to see that your gate is well enough guarded to make it hard for anyone to be here who was not a delegate."

The brow of the little man with the black beard was, however, still contracted with something like suspicion.

"What branch do you represent?" he asked sharply.

"I should hardly call it a branch," said Syme, laughing; "I should call it at the very least a root."

"What do you mean?"

"The fact is," said Syme serenely, "the truth is I am a Sabbatarian. I have been specially sent here to see that you show a due observance of Sunday."

The little man dropped one of his papers, and a flicker of fear went over all the faces of the group. Evidently the awful President, whose name was Sunday, did sometimes send down such irregular ambassadors to such branch meetings.

"Well, comrade," said the man with the papers after a pause, "I suppose we'd better give you a seat in the meeting?"

— Camarade Gregory, dit-il, je suppose que cet homme est un délégué ?

Gregory, surpris à l'improviste, baissa les yeux et murmura le nom de Syme. Mais Syme, d'un ton presque impertinent :

— J'ai vu avec plaisir, fit-il, que votre porte est bien gardée et qu'il serait impossible à tout autre qu'un délégué de pénétrer chez vous.

Pourtant les sourcils du petit homme à barbe noire restaient froncés, et le soupçon était visible dans son regard interrogateur.

— Quelle section représentez-vous ? demanda-t-il sur un ton cassant, ou quelle branche ?

— Ce n'est pas précisément une branche, corrigea Syme en riant, ce serait plutôt une racine.

— Que voulez-vous dire ?

— Je veux dire que je suis un Sabbatarien. J'ai été envoyé ici pour m'assurer que vous rendez à Dimanche les honneurs qui lui sont dus.

Le petit homme laissa tomber un de ses papiers. Un frisson d'épouvante crispait tous les visages. Évidemment, le président Dimanche envoyait quelquefois de ces ambassadeurs irréguliers aux réunions des sections.

— Eh bien, camarade, dit le petit homme, je pense que nous ferons bien de vous donner un siège à notre réunion ?

"If you ask my advice as a friend," said Syme with severe benevolence, "I think you'd better."

When Gregory heard the dangerous dialogue end, with a sudden safety for his rival, he rose abruptly and paced the floor in painful thought. He was, indeed, in an agony of diplomacy. It was clear that Syme's inspired impudence was likely to bring him out of all merely accidental dilemmas. Little was to be hoped from them. He could not himself betray Syme, partly from honour, but partly also because, if he betrayed him and for some reason failed to destroy him, the Syme who escaped would be a Syme freed from all obligation of secrecy, a Syme who would simply walk to the nearest police station. After all, it was only one night's discussion, and only one detective who would know of it. He would let out as little as possible of their plans that night, and then let Syme go, and chance it.

He strode across to the group of anarchists, which was already distributing itself along the benches.

"I think it is time we began," he said; "the steam-tug is waiting on the river already. I move that Comrade Buttons takes the chair."

This being approved by a show of hands, the little man with the papers slipped into the presidential seat.

— Si c'est un conseil amical que vous me demandez, répliqua Syme avec une bienveillance sévère, je vous dirai que c'est ce que vous avez de mieux à faire.

Quand il put s'assurer que le dangereux dialogue avait pris fin et que son rival était en sécurité, Gregory reprit sa promenade de long en large, pour méditer. Il était en proie aux affres de la diplomatie. Il voyait bien que Syme, grâce à sa présence d'esprit et à son impudence, saurait se tirer de toutes les difficultés ; rien, donc, à espérer de ce côté. Quant à lui-même, Gregory, il ne pouvait trahir Syme, partie par honneur, partie par prudence : qu'il le trahît, en effet, et que, pour une raison ou pour une autre, il ne parvînt pas à l'anéantir, le Syme qui s'échapperait serait un Syme affranchi de toute obligation et qui s'en irait directement au poste le plus voisin. Après tout, il ne s'agissait que d'une séance de délibération, en présence d'un seul policier. Gregory veillerait à ne pas laisser discuter les plans secrets, cette nuit-là, puis il laisserait Syme partir et attendrait le résultat..

Il revint vers les anarchistes, qui commençaient à prendre place sur les bancs.

— Il est temps de commencer, à ce qu'il me semble, dit-il. Le bateau à vapeur attend. Je propose que le camarade Buttons prenne la présidence.

On approuva à mains levées, et le petit homme au lorgnon prit possession du siège présidentiel.

"Comrades," he began, as sharp as a pistol-shot, "our meeting tonight is important, though it need not be long. This branch has always had the honour of electing Thursdays for the Central European Council. We have elected many and splendid Thursdays. We all lament the sad decease of the heroic worker who occupied the post until last week. As you know, his services to the cause were considerable. He organised the great dynamite coup of Brighton which, under happier circumstances, ought to have killed everybody on the pier. As you also know, his death was as self-denying as his life, for he died through his faith in a hygienic mixture of chalk and water as a substitute for milk, which beverage he regarded as barbaric, and as involving cruelty to the cow. Cruelty, or anything approaching to cruelty, revolted him always. But it is not to acclaim his virtues that we are met, but for a harder task. It is difficult properly to praise his qualities, but it is more difficult to replace them. Upon you, comrades, it devolves this evening to choose out of the company present the man who shall be Thursday. If any comrade suggests a name I will put it to the vote. If no comrade suggests a name, I can only tell myself that that dear dynamiter, who is gone from us, has carried into the unknowable abysses the last secret of his virtue and his innocence."

— Camarades, débuta-t-il d'une voix crépitante comme une décharge de pistolet, notre réunion de ce soir est importante, mais elle pourra être brève. Notre section a toujours eu l'honneur d'élire Jeudi au Conseil central européen. Nous avons élu un grand nombre de fameux Jeudis. Nous déplorons tous la mort du travailleur héroïque qui occupait encore ce poste la semaine dernière. Vous savez qu'il a rendu à la cause des services considérables. C'est lui qui organisa le grand coup de dynamite de Brighton : en des circonstances plus favorables, ce beau coup eût détruit toutes les personnes qui se trouvaient alors sur la jetée. Sa mort, vous le savez aussi, ne fut pas moins altruiste que sa vie. Il est le martyr de sa foi en une mixture hygiénique de chaux et d'eau qu'il substituait au lait, estimant que la consommation de cette boisson barbare est un attentat cruel contre les vaches. La cruauté, tout ce qui de près ou de loin ressemble à la cruauté, indigna toujours cet homme excellent. Mais nous ne sommes pas ici pour louer ses vertus ; notre tâche est plus difficile. Il serait malaisé de proportionner l'éloge à ses mérites ; il l'est bien plus encore de lui trouver un successeur digne de lui. C'est à vous, camarades, qu'il appartient de désigner, parmi les membres de cette assemblée, le nouveau Jeudi. Si quelqu'un prononce un nom, je le soumettrai au vote. Si aucun n'est proposé, il me restera à déclarer que ce cher dynamiteur a emporté dans les abîmes de l'inconnaissable le secret de la vertu et de l'innocence.

There was a stir of almost inaudible applause, such as is sometimes heard in church. Then a large old man, with a long and venerable white beard, perhaps the only real working-man present, rose lumberingly and said—

"I move that Comrade Gregory be elected Thursday," and sat lumberingly down again.

"Does anyone second?" asked the chairman.

A little man with a velvet coat and pointed beard seconded.

"Before I put the matter to the vote," said the chairman, "I will call on Comrade Gregory to make a statement."

Gregory rose amid a great rumble of applause. His face was deadly pale, so that by contrast his queer red hair looked almost scarlet. But he was smiling and altogether at ease. He had made up his mind, and he saw his best policy quite plain in front of him like a white road. His best chance was to make a softened and ambiguous speech, such as would leave on the detective's mind the impression that the anarchist brotherhood was a very mild affair after all. He believed in his own literary power, his capacity for suggesting fine shades and picking perfect words. He thought that with care he could succeed, in spite of all the people around him, in conveying an impression of the institution, subtly and delicately false.

Il y eut un mouvement discret, des applaudissements à peine perceptibles, comme il s'en produit parfois à l'église. Puis, un grand vieillard à longue barbe blanche, peut-être le seul véritable ouvrier qui se trouvât dans l'assistance, se leva péniblement et dit :

— Je propose que le camarade Gregory soit élu comme Jeudi.

Et péniblement il se rassit.

— Y a-t-il quelqu'un pour appuyer cet avis ? demanda le président.

Un petit homme à barbiche pointue déclara qu'il partageait l'avis du préopinant.

— Avant de soumettre cette proposition au vote, je prierai le camarade Gregory de faire sa profession de foi, dit le président.

Gregory se dressa au milieu d'un grand tapage d'applaudissements. Son visage était si mortellement pâle que, par contraste, le rouge de ses cheveux paraissait écarlate. Mais il souriait avec aisance. Il avait pris son parti, et la conduite qu'il avait à suivre était devant lui comme une route blanche. Le mieux n'était-il pas, en effet, de prononcer un discours ambigu et doucereux ? Le détective en garderait l'impression que la fraternité anarchiste, somme toute, ne constituait pas pour la société un réel danger. Gregory avait confiance en son habileté professionnelle de littérateur. Il saurait suggérer de fines nuances et choisir les mots. Il saurait, en s'y prenant bien, donner à l'intrus une idée subtilement fausse de l'Institution.

Syme had once thought that anarchists, under all their bravado, were only playing the fool. Could he not now, in the hour of peril, make Syme think so again?

"Comrades," began Gregory, in a low but penetrating voice, "it is not necessary for me to tell you what is my policy, for it is your policy also. Our belief has been slandered, it has been disfigured, it has been utterly confused and concealed, but it has never been altered. Those who talk about anarchism and its dangers go everywhere and anywhere to get their information, except to us, except to the fountain head. They learn about anarchists from sixpenny novels; they learn about anarchists from tradesmen's newspapers; they learn about anarchists from Ally Sloper's Half-Holiday and the Sporting Times. They never learn about anarchists from anarchists. We have no chance of denying the mountainous slanders which are heaped upon our heads from one end of Europe to another. The man who has always heard that we are walking plagues has never heard our reply. I know that he will not hear it tonight, though my passion were to rend the roof. For it is deep, deep under the earth that the persecuted are permitted to assemble, as the Christians assembled in the Catacombs. But if, by some incredible accident, there were here tonight a man who all his life had thus immensely misunderstood us, I would put this question to him:

Syme avait dit que les anarchistes, malgré leurs airs de bravi, n'étaient que des sots ou des plaisantins : à l'heure du danger, Gregory allait solidement rétablir dans la pensée du détective cette illusion.

— Camarades, prononça-t-il d'une voix basse et pénétrante, je n'ai guère besoin de vous dire quelle est ma ligne de conduite, puisqu'elle est la vôtre. Notre foi a été calomniée, défigurée, elle a été victime des pires confusions, elle a été dissimulée, mais elle n'a jamais changé. Ceux qui parlent de l'anarchie et de ses dangers sont allés chercher leurs informations partout et n'importe où, excepté ici, chez vous, à la source même. Ils connaissent l'anarchie par les journaux, par les romans à douze sous. Ils connaissent l'anarchie d'après *Ally Slopers Half-Holiday*, d'après le *Sporting Times*. Ils ne connaissent pas l'anarchie par les anarchistes. On ne nous donne jamais l'occasion de faire justice des mensonges sous lesquels, d'un bout à l'autre de l'Europe, on nous accable. Ceux qui entendent dire que nous sommes des plaies vivantes ignorent ce que nous pouvons répondre à cette accusation. Et ils l'ignoreront ce soir encore, après que j'aurai parlé, et même si ma voix passionnée parvenait à percer ces murs et ce plafond. Car, c'est seulement ici, sous terre, que les persécutés peuvent se réunir, comme jadis les chrétiens, dans les catacombes. Mais si, par quelque incroyable hasard, il se trouvait, ce soir, parmi nous, un homme qui nous ait, toute sa vie durant, méconnus, je lui demanderais :

'When those Christians met in those Catacombs, what sort of moral reputation had they in the streets above? What tales were told of their atrocities by one educated Roman to another? Suppose' (I would say to him), 'suppose that we are only repeating that still mysterious paradox of history. Suppose we seem as shocking as the Christians because we are really as harmless as the Christians. Suppose we seem as mad as the Christians because we are really as meek.'"

The applause that had greeted the opening sentences had been gradually growing fainter, and at the last word it stopped suddenly. In the abrupt silence, the man with the velvet jacket said, in a high, squeaky voice—

"I'm not meek!"

"Comrade Witherspoon tells us," resumed Gregory, "that he is not meek. Ah, how little he knows himself! His words are, indeed, extravagant; his appearance is ferocious, and even (to an ordinary taste) unattractive. But only the eye of a friendship as deep and delicate as mine can perceive the deep foundation of solid meekness which lies at the base of him, too deep even for himself to see. I repeat, we are the true early Christians, only that we come too late. We are simple, as they revere simple—look at Comrade Witherspoon. We are modest, as they were modest—look at me. We are merciful—"

« Les chrétiens, quand ils se cachaient dans les catacombes, de quelle réputation jouissaient-ils, là-haut dans la rue ? De quelles atrocités les Romains bien élevés ne les accusaient-ils pas ? Admettez, lui dirais-je, supposez pour un instant que nous nous bornons à reproduire ce grand paradoxe historique qui est un mystère aujourd'hui encore. Nous sommes répugnants ? Les chrétiens passaient pour tels, et c'est que nous sommes inoffensifs, comme ils l'étaient. Nous sommes des fous ? On traitait les chrétiens aussi de fous, précisément parce qu'ils étaient très doux. »

Les applaudissements qui avaient salué le prélude s'étaient faits de plus en plus rares, et les dernières paroles de Gregory tombèrent dans un profond silence. Tout à coup on entendit la voix criarde de l'homme à la jaquette de velours.

— Je ne suis pas doux ! vociférait-il.

— Le camarade Witherspoon, reprit Gregory, nous assure qu'il n'est pas doux. Comme il se connaît mal ! Sans doute, son langage est extravagant, son aspect féroce décourage la sympathie des gens pressés qui jugent sur la mine. J'en conviens. Mais au regard pénétrant d'un ami comme moi ne saurait se dérober la couche profonde de solide douceur qui est au fond de ce caractère, couche si profonde que lui-même il ne peut la voir. Je le répète, nous sommes les vrais chrétiens primitifs ; seulement, nous arrivons trop tard. Nous sommes simples comme ils étaient simples ; voyez plutôt le camarade Witherspoon ! Nous sommes modestes comme ils étaient modestes : voyez-moi ! Nous sommes pleins d'indulgence et de bonté…

"No, no!" called out Mr. Witherspoon with the velvet jacket.

"I say we are merciful," repeated Gregory furiously, "as the early Christians were merciful. Yet this did not prevent their being accused of eating human flesh. We do not eat human flesh—"

"Shame!" cried Witherspoon. "Why not?"

"Comrade Witherspoon," said Gregory, with a feverish gaiety, "is anxious to know why nobody eats him (laughter). In our society, at any rate, which loves him sincerely, which is founded upon love—"

"No, no!" said Witherspoon, "down with love."

"Which is founded upon love," repeated Gregory, grinding his teeth, "there will be no difficulty about the aims which we shall pursue as a body, or which I should pursue were I chosen as the representative of that body. Superbly careless of the slanders that represent us as assassins and enemies of human society, we shall pursue with moral courage and quiet intellectual pressure, the permanent ideals of brotherhood and simplicity."

Gregory resumed his seat and passed his hand across his forehead. The silence was sudden and awkward, but the chairman rose like an automaton, and said in a colourless voice—

— Non ! non ! criait Witherspoon.

— Je dis que nous pardonnons à nos ennemis, poursuivit Gregory furieux, tout comme les premiers chrétiens. Cela n'empêchait pas qu'on les accusât de manger de la chair humaine. Nous ne mangeons pas de la chair humaine…

— Ô honte ! interrompit Witherspoon. Pourquoi pas ?

— Le camarade Witherspoon, dit Gregory avec une gaîté forcée, voudrait savoir pourquoi nous ne mangeons pas de chair humaine ! (*On rit.*) Dans notre société du moins où il est aimé, dans notre société qui est fondée sur l'amour…

— Non ! hurla Witherspoon, à bas l'amour !

— Sur l'amour, répéta Gregory en grinçant des dents, il ne saurait y avoir de controverses ni de dissentiments sur les fins que nous devons collectivement poursuivre et que je poursuivrais s'il m'était donné de représenter notre corps. Superbement indifférents aux calomnies qui font de nous des assassins, des ennemis du genre humain, nous poursuivrons courageusement notre œuvre de fraternité en exerçant sur nos contemporains une pression légale et purement intellectuelle.

Gregory reprit sa place en s'épongeant le front. Tout le monde se taisait. Il s'était fait un silence gêné. Le président se leva comme un automate et dit, d'une voix blanche :

"Does anyone oppose the election of Comrade Gregory?"

The assembly seemed vague and sub-consciously disappointed, and Comrade Witherspoon moved restlessly on his seat and muttered in his thick beard.

By the sheer rush of routine, however, the motion would have been put and carried. But as the chairman was opening his mouth to put it, Syme sprang to his feet and said in a small and quiet voice—

"Yes, Mr. Chairman, I oppose."

The most effective fact in oratory is an unexpected change in the voice. Mr. Gabriel Syme evidently understood oratory. Having said these first formal words in a moderated tone and with a brief simplicity, he made his next word ring and volley in the vault as if one of the guns had gone off.

"Comrades!" he cried, in a voice that made every man jump out of his boots, "have we come here for this? Do we live underground like rats in order to listen to talk like this? This is talk we might listen to while eating buns at a Sunday School treat. Do we line these walls with weapons and bar that door with death lest anyone should come and hear Comrade Gregory saying to us, 'Be good, and you will be happy,'

— Quelqu'un s'oppose-t-il à la candidature du camarade Gregory ?

L'assemblée paraissait hésitante, déconcertée dans son *subconscient.* Le camarade Witherspoon s'agitait en murmurant dans sa barbe des mots incompréhensibles.

Pourtant par la seule force de l'inertie et de la routine, l'élection de Gregory allait être assurée, le président ouvrait déjà la bouche pour prononcer les syllabes sacramentelles, quand Syme proféra, dans le silence de tous, avec douceur, ces mots :

— Monsieur le Président, je fais opposition.

L'effet oratoire le plus puissant provient d'un changement inattendu dans le ton. M. Gabriel Syme connaissait, assurément cette loi de la rhétorique : après avoir articulé la formule d'un ton calme et avec une laconique simplicité, il éleva subitement la voix, si haut que cette voix se brisait et se répercutait sous les voûtes comme si l'un des fusils était parti.

— Camarades, s'écria-t-il d'une voix telle que chacun trembla dans ses bottes, camarades ! Est-ce pour *cela* que nous sommes venus ici ? Vivons-nous sous terre comme des rats pour entendre *cela* ? C'est là de l'éloquence qui nous conviendrait si nous allions, les jours de fête, manger des gâteaux dans les écoles du dimanche ! Avons-nous fait de ces murs un râtelier d'armes, avons-nous barricadé cette porte avec des engins de mort pour empêcher les gens de venir écouter les homélies du camarade Gregory ? « Soyez bons et vous serez heureux » ;

'Honesty is the best policy,' and 'Virtue is its own reward'? There was not a word in Comrade Gregory's address to which a curate could not have listened with pleasure (*hear, hear*). But I am not a curate (*loud cheers*), and I did not listen to it with pleasure (*renewed cheers*). The man who is fitted to make a good curate is not fitted to make a resolute, forcible, and efficient Thursday (*hear, hear*)."

"Comrade Gregory has told us, in only too apologetic a tone, that we are not the enemies of society. But I say that we are the enemies of society, and so much the worse for society. We are the enemies of society, for society is the enemy of humanity, its oldest and its most pitiless enemy (*hear, hear*). Comrade Gregory has told us (*apologetically again*) that we are not murderers. There I agree. We are not murderers, we are executioners (*cheers*)."

Ever since Syme had risen Gregory had sat staring at him, his face idiotic with astonishment. Now in the pause his lips of clay parted, and he said, with an automatic and lifeless distinctness—

"You damnable hypocrite!"

Syme looked straight into those frightful eyes with his own pale blue ones, and said with dignity—

« L'honnêteté est la meilleure politique » ; « La vertu est sa propre récompense... » Il n'y a pas eu un mot, dans le discours du camarade Gregory, qu'un vicaire n'eût applaudi avec plaisir (*Écoutez ! Écoutez !*) Moi je ne suis pas un vicaire (*Applaudissements*) et je n'ai pas entendu le camarade Gregory avec plaisir. (*Nouveaux applaudissements.*) L'homme qui ferait un bon vicaire ne saurait être le Jeudi qu'il nous faut, actif, résolu, implacable ! (*Très bien ! Très bien !*)

» Le camarade Gregory nous a dit, sur le ton de l'apologie, que nous ne sommes pas les ennemis de la Société. Et moi, je dis que nous sommes les ennemis de la Société, parce que la Société est l'ennemie de l'Humanité, son ennemie antique et impitoyable. (*Très bien !*) Le camarade Gregory nous a dit, toujours sur le ton de l'apologie, que nous ne sommes pas des assassins : là-dessus, je suis d'accord avec lui. Nous ne sommes pas des assassins, nous sommes des exécuteurs ! (*Applaudissements.*)

Depuis que Syme parlait, Gregory le considérait, stupide d'ahurissement. Dans le silence qui se fit après les applaudissements, ses lèvres pâlies s'entrouvrirent et il dit, très distinctement, mais comme si sa volonté n'eût point participé à son acte :

— Abominable hypocrite !

Syme fixa, un instant, son regard clair sur les yeux épouvantés de Gregory et reprit, avec dignité :

"Comrade Gregory accuses me of hypocrisy. He knows as well as I do that I am keeping all my engagements and doing nothing but my duty. I do not mince words. I do not pretend to. I say that Comrade Gregory is unfit to be Thursday for all his amiable qualities. He is unfit to be Thursday because of his amiable qualities. We do not want the Supreme Council of Anarchy infected with a maudlin mercy (hear, hear). This is no time for ceremonial politeness, neither is it a time for ceremonial modesty. I set myself against Comrade Gregory as I would set myself against all the Governments of Europe, because the anarchist who has given himself to anarchy has forgotten modesty as much as he has forgotten pride (*cheers*). I am not a man at all. I am a cause (*renewed cheers*). I set myself against Comrade Gregory as impersonally and as calmly as I should choose one pistol rather than another out of that rack upon the wall; and I say that rather than have Gregory and his milk-and-water methods on the Supreme Council, I would offer myself for election—"

His sentence was drowned in a deafening cataract of applause. The faces, that had grown fiercer and fiercer with approval as his tirade grew more and more uncompromising, were now distorted with grins of anticipation or cloven with delighted cries.

— Le camarade Gregory m'accuse d'hypocrisie. Il sait pourtant aussi bien que moi que je tiens mes engagements et que je ne fais que mon devoir. Je ne mâche pas les mots. Je ne sais pas mâcher les mots. Je dis que le camarade Gregory ne saurait être un bon Jeudi, en dépit des qualités qui nous le rendent cher. Il en est incapable précisément à cause de ces aimables qualités. Nous ne voulons pas d'un Conseil Suprême de l'Anarchie infecté de cette charité larmoyante. (*Très bien !*) Le temps n'est pas aux cérémonies courtoises, le temps n'est pas à la modestie cérémonieuse. Je me présente contre le camarade Gregory, comme je me présenterais contre tous les gouvernements d'Europe, parce que l'anarchiste qui s'est donné tout entier à l'anarchie ne connaît pas plus la modestie qu'il ne connaît l'orgueil. (*Applaudissements.*) Je ne suis pas un individu ; je suis une Cause ! *(Nouveaux applaudissements.)* Je me présente contre le camarade Gregory avec autant de calme et de désintéressement que je mettrais à choisir dans ce râtelier un pistolet de préférence à un autre. Oui, plutôt que de laisser entrer au Conseil Suprême un Gregory, avec ses méthodes édulcorées, je m'offre à vos suffrages…

La péroraison se noya sous une cataracte d'applaudissements. Les physionomies s'étaient faites de plus en plus énergiques et approbatives à mesure que la parole de Syme devenait plus violente. Elles étaient maintenant crispées par l'attente de ses promesses, des cris de volupté retentissaient.

At the moment when he announced himself as ready to stand for the post of Thursday, a roar of excitement and assent broke forth, and became uncontrollable, and at the same moment Gregory sprang to his feet, with foam upon his mouth, and shouted against the shouting.

"Stop, you blasted madmen!" he cried, at the top of a voice that tore his throat. "Stop, you—"

But louder than Gregory's shouting and louder than the roar of the room came the voice of Syme, still speaking in a peal of pitiless thunder—

"I do not go to the Council to rebut that slander that calls us murderers; I go to earn it (*loud and prolonged cheering*). To the priest who says these men are the enemies of religion, to the judge who says these men are the enemies of law, to the fat parliamentarian who says these men are the enemies of order and public decency, to all these I will reply, 'You are false kings, but you are true prophets. I am come to destroy you, and to fulfil your prophecies.'"

The heavy clamour gradually died away, but before it had ceased Witherspoon had jumped to his feet, his hair and beard all on end, and had said—

"I move, as an amendment, that Comrade Syme be appointed to the post."

Quand il se déclara prêt à prendre le rôle de Jeudi, on lui répondit par un tonnerre d'assentiment et il fut impossible de maîtriser l'émotion. Au même moment Gregory se dressa sur ses pieds, l'écume aux lèvres, en couvrant de ses clameurs la clameur unanime :

— Halte-là ! Insensés ! Halte-là !

Mais Syme reprit la parole, en criant plus fort que la clameur de l'assistance.

— Je n'irai pas au Conseil pour réfuter la calomnie qui fait de Vous des assassins : j'irai pour la mériter moi-même. *(Applaudissements nourris et prolongés.)* Au prêtre qui dit que nous sommes les ennemis de la religion, au juge qui dit que nous sommes les ennemis de la loi, au gras parlementaire qui dit que nous sommes les ennemis de l'ordre, à tous ceux-là je répondrai : Vous êtes de faux rois mais des prophètes véridiques. Je viens accomplir vos prophéties en vous anéantissant !

La clameur enthousiaste s'éteignit peu à peu, mais avant même qu'elle eût cessé, Witherspoon, cheveux et barbe au vent, s'était dressé et avait déclaré :

— Je propose, sous forme d'amendement, que le camarade Syme soit nommé au poste vacant.

"Stop all this, I tell you!" cried Gregory, with frantic face and hands. "Stop it, it is all—"

The voice of the chairman clove his speech with a cold accent.

"Does anyone second this amendment?" he said. A tall, tired man, with melancholy eyes and an American chin beard, was observed on the back bench to be slowly rising to his feet. Gregory had been screaming for some time past; now there was a change in his accent, more shocking than any scream.

"I end all this!" he said, in a voice as heavy as stone. "This man cannot be elected. He is a—"

"Yes," said Syme, quite motionless, "what is he?"

Gregory's mouth worked twice without sound; then slowly the blood began to crawl back into his dead face.

"He is a man quite inexperienced in our work," he said, and sat down abruptly.

Before he had done so, the long, lean man with the American beard was again upon his feet, and was repeating in a high American monotone—

"I beg to second the election of Comrade Syme."

— Halte-là et que tout cela finisse, vous dis-je ! hurlait Gregory en faisant des gestes fous. Tout cela n'est que…

Le président, d'un ton glacé, lui coupa la parole, et répéta :

« Y a-t-il quelqu'un pour appuyer cet amendement ? » Un homme long et maigre, la barbiche à l'américaine et la mine fatiguée, se leva lentement au dernier banc.

— Que tout cela finisse ! répéta Gregory.

Tandis qu'auparavant il criait comme une femme, il s'était fait maintenant un changement dans son ton, et c'était plus effrayant que s'il eût crié. Les syllabes tombaient lourdes de sa bouche, comme des pierres :

— Écoutez ! Je vais mettre fin à tout cela : Cet homme ne saurait être élu par vous. C'est un…

— Eh bien ? demanda Syme, impassible, eh bien ! C'est un… quoi ?

Gregory fit deux fois, sans y parvenir, un grand effort pour prononcer un mot, un certain mot, puis on vit le sang lentement affluer à son visage jusqu'alors mortellement pâle.

— Cet homme ne connaît rien à notre œuvre, dit-il enfin, il manque totalement d'expérience…

Et il se laissa tomber sur son banc. Avant qu'il se fût assis, l'individu long et maigre à la barbiche à l'américaine s'était de nouveau dressé.

— Je suis favorable à l'élection du camarade Syme, répétait-il de sa voix nasillarde.

"The amendment will, as usual, be put first," said Mr. Buttons, the chairman, with mechanical rapidity. "The question is that Comrade Syme—"

Gregory had again sprung to his feet, panting and passionate.

"Comrades," he cried out, "I am not a madman."

"Oh, oh!" said Mr. Witherspoon.

"I am not a madman," reiterated Gregory, with a frightful sincerity which for a moment staggered the room, "but I give you a counsel which you can call mad if you like. No, I will not call it a counsel, for I can give you no reason for it. I will call it a command. Call it a mad command, but act upon it. Strike, but hear me! Kill me, but obey me! Do not elect this man."

Truth is so terrible, even in fetters, that for a moment Syme's slender and insane victory swayed like a reed. But you could not have guessed it from Syme's bleak blue eyes. He merely began—

"Comrade Gregory commands—"

Then the spell was snapped, and one anarchist called out to Gregory—

"Who are you? You are not Sunday;" and another anarchist added in a heavier voice, "And you are not Thursday."

— L'amendement sera donc présenté à vos suffrages, déclara le président : il s'agit de savoir si le camarade Syme…

— Camarades ! gémit Gregory, qui s'était dressé à son tour, je ne suis pas fou !

— Oh ! oh ! protesta Witherspoon.

— Je ne suis pas fou ! répéta Gregory avec l'accent d'une si émouvante sincérité que l'assemblée en fut, un instant, ébranlée. Je ne suis pas fou ; mais je vais vous donner un conseil que vous pourrez juger fou s'il vous plaît. Bien plus, ce n'est pas un conseil, puisque je ne puis alléguer en sa faveur aucune raison. Je dirai donc que c'est un ordre, et je vous adjure de m'obéir. Dites que cet ordre est fou, mais suivez-le ! Frappez-moi, si vous voulez, mais écoutez-moi l Tuez-moi, mais obéissez-moi ! Ne votez pas pour cet homme !

La vérité est si terrible, même enchaînée, qu'on sentit aussitôt vaciller comme un roseau la précaire et insensée victoire de Syme. Mais on ne s'en serait pas aperçu à voir les yeux bleus de Syme. Il se contenta de dire :

— Le camarade Gregory ordonne…

Et le charme fut rompu, et un des anarchistes demanda à Gregory :

— Qui êtes-vous ? Vous n'êtes pas Dimanche !

Et un autre ajouta d'une voix plus grave :

— Vous n'êtes pas Jeudi non plus.

"Comrades," cried Gregory, in a voice like that of a martyr who in an ecstacy of pain has passed beyond pain, "it is nothing to me whether you detest me as a tyrant or detest me as a slave. If you will not take my command, accept my degradation. I kneel to you. I throw myself at your feet. I implore you. Do not elect this man."

"Comrade Gregory," said the chairman after a painful pause, "this is really not quite dignified."

For the first time in the proceedings there was for a few seconds a real silence. Then Gregory fell back in his seat, a pale wreck of a man, and the chairman repeated, like a piece of clock-work suddenly started again—

"The question is that Comrade Syme be elected to the post of Thursday on the General Council."

The roar rose like the sea, the hands rose like a forest, and three minutes afterwards Mr. Gabriel Syme, of the Secret Police Service, was elected to the post of Thursday on the General Council of the Anarchists of Europe.

Everyone in the room seemed to feel the tug waiting on the river, the sword-stick and the revolver, waiting on the table. The instant the election was ended and irrevocable, and Syme had received the paper proving his election, they all sprang to their feet, and the fiery groups moved and mixed in the room. Syme found himself, somehow or other, face to face with Gregory, who still regarded him with a stare of stunned hatred. They were silent for many minutes.

— Camarades ! s'écria Gregory et sa voix était celle d'un martyr qui, par excès de douleur, ne sent plus la douleur. Camarades ! Que m'importe que vous détestiez en moi un tyran ou un esclave ? Si vous repoussez mes ordres, écoutez mes abjectes prières ! Je m'agenouille devant vous, je me jette à vos pieds, je vous implore : ne déléguez pas cet homme.

— Camarade Gregory, observa le président, après un faible intervalle, votre attitude manque vraiment de dignité.

Pour la première fois depuis le début de la séance, il y eut quelques secondes de silence absolu. Gregory s'assit péniblement ; ce n'était plus qu'une épave humaine, et le président reprit, comme une horloge remontée :

— Il s'agit de savoir si le camarade Syme sera élu pour remplir le poste de Jeudi au Conseil central.

Une clameur s'éleva, pareille à celle de la mer. Les mains se dressaient comme les arbres d'une forêt. Trois minutes après, M. Gabriel Syme, de la Police secrète, était délégué en qualité de Jeudi au Conseil central des Anarchistes d'Europe.

Chacun, dans la salle, semblait avoir conscience du bateau qui attendait sur la rivière, de la canne à épée et du revolver qui attendaient sur la table. Dès que Syme eut reçu le document qui authentiquait son élection, tous se levèrent, et les assistants se disséminèrent dans la salle en groupes animés. Syme se trouva à l'improviste face à face avec Gregory, qui le regardait avec haine. Ils se regardèrent en silence.

"You are a devil!" said Gregory at last.

"And you are a gentleman," said Syme with gravity.

"It was you that entrapped me," began Gregory, shaking from head to foot, "entrapped me into—"

"Talk sense," said Syme shortly. "Into what sort of devils' parliament have you entrapped me, if it comes to that? You made me swear before I made you. Perhaps we are both doing what we think right. But what we think right is so damned different that there can be nothing between us in the way of concession. There is nothing possible between us but honour and death," and he pulled the great cloak about his shoulders and picked up the flask from the table.

"The boat is quite ready," said Mr. Buttons, bustling up. "Be good enough to step this way."

With a gesture that revealed the shop-walker, he led Syme down a short, iron-bound passage, the still agonised Gregory following feverishly at their heels.

At the end of the passage was a door, which Buttons opened sharply, showing a sudden blue and silver picture of the moonlit river, that looked like a scene in a theatre. Close to the opening lay a dark, dwarfish steam-launch, like a baby dragon with one red eye.

— Vous êtes un démon ! murmura enfin Gregory.

— Vous êtes un honnête homme ! répliqua Syme, gravement.

— C'est vous qui m'avez forcé à…

Gregory ne put achever ; il tremblait des pieds à la tête.

— Soyez raisonnable, fit Syme avec autorité. Pourquoi m'avez-vous amené dans cet infernal parlement ? Vous avez exigé mon serment avant que j'exigeasse le vôtre. Sans doute, nous agissons l'un et l'autre selon l'idée que nous nous faisons du bien et du mal. Mais, de votre conception à la mienne, il y a une si formidable distance que nous ne saurions admettre de compromis. Il ne peut y avoir entre nous que l'honneur et la mort.

Et il jeta sur ses épaules la grande pèlerine en saisissant la bouteille.

— Le bateau est prêt, dit le président, s'interposant. Ayez la bonté de me suivre.

D'un pas traînant qui révélait en lui un boutiquier, le président Buttons précéda Syme, par un couloir étroit et blindé de fer. Gregory les suivait, tout frémissant, les talonnant presque.

Au bout du couloir, Buttons ouvrit une porte, découvrant la perspective bleu et argent de la rivière sous les rayons de la lune. C'était comme un décor de théâtre. Le long de la rive se tenait tout noir le petit bateau à vapeur, pareil à quelque jeune dragon à l'œil rouge, unique.

Almost in the act of stepping on board, Gabriel Syme turned to the gaping Gregory.

"You have kept your word," he said gently, with his face in shadow. "You are a man of honour, and I thank you. You have kept it even down to a small particular. There was one special thing you promised me at the beginning of the affair, and which you have certainly given me by the end of it."

"What do you mean?" cried the chaotic Gregory. "What did I promise you?"

"A very entertaining evening," said Syme.

And he made a military salute with the sword-stick as the steamboat slid away.

Sur le point d'y monter, Gabriel Syme, dont le visage était dans l'ombre, se retourna vers Gregory :

— Vous avez tenu votre parole, dit-il doucement, vous êtes un homme d'honneur, et je vous remercie. Vous avez tenu votre parole jusqu'au bout et dans les moindres détails. Je pense particulièrement à la promesse que vous m'avez faite au début de toute cette affaire, et que vous avez tenue.

— Que voulez-vous dire ? Que vous ai-je promis ?

— Une soirée bien intéressante, répondit Syme en montant dans l'embarcation.

Et, comme elle prenait sa course, il fit de sa canne à épée le salut militaire à Gregory.

4

The tale of a detective

Gabriel Syme was not merely a detective who pretended to be a poet; he was really a poet who had become a detective. Nor was his hatred of anarchy hypocritical. He was one of those who are driven early in life into too conservative an attitude by the bewildering folly of most revolutionists. He had not attained it by any tame tradition. His respectability was spontaneous and sudden, a rebellion against rebellion.

He came of a family of cranks, in which all the oldest people had all the newest notions. One of his uncles always walked about without a hat, and another had made an unsuccessful attempt to walk about with a hat and nothing else. His father cultivated art and self-realisation; his mother went in for simplicity and hygiene. Hence the child, during his tenderer years, was wholly unacquainted with any drink between the extremes of absinth and cocoa,

4
L'histoire d'un détective

Gabriel Syme n'était pas simplement un policier déguisé en poète : c'était vraiment un poète qui s'était fait détective. Il n'y avait pas trace d'hypocrisie dans sa haine de l'anarchie. Il était un de ceux que la stupéfiante folie de la plupart des révolutionnaires amène à un conservatisme excessif. Ce n'était pas la tradition qui l'y avait amené. Son amour des convenances avait été spontané et soudain. Il tenait pour l'ordre établi par rébellion contre la rébellion.

Il sortait d'une famille d'originaux, dont les membres les plus anciens avaient toujours eu sur toutes choses les notions les plus neuves. L'un de ses oncles avait l'habitude de ne jamais se promener que sans chapeau. Un autre avait essayé, d'ailleurs sans succès, de ne s'habiller que d'un chapeau. Son père était artiste, et cultivait son moi. Sa mère était férue d'hygiène et de simplicité. Il en résulta que, durant son âge tendre, l'enfant ne connut pas d'autre boisson que ces deux extrêmes : l'absinthe et le cacao ;

of both of which he had a healthy dislike. The more his mother preached a more than Puritan abstinence the more did his father expand into a more than pagan latitude; and by the time the former had come to enforcing vegetarianism, the latter had pretty well reached the point of defending cannibalism.

Being surrounded with every conceivable kind of revolt from infancy, Gabriel had to revolt into something, so he revolted into the only thing left—sanity. But there was just enough in him of the blood of these fanatics to make even his protest for common sense a little too fierce to be sensible.

His hatred of modern lawlessness had been crowned also by an accident.

It happened that he was walking in a side street at the instant of a dynamite outrage. He had been blind and deaf for a moment, and then seen, the smoke clearing, the broken windows and the bleeding faces. After that he went about as usual—quiet, courteous, rather gentle; but there was a spot on his mind that was not sane. He did not regard anarchists, as most of us do, as a handful of morbid men, combining ignorance with intellectualism. He regarded them as a huge and pitiless peril, like a Chinese invasion.

He poured perpetually into newspapers and their waste-paper baskets a torrent of tales, verses

il en conçut, pour l'une et pour l'autre, un dégoût salutaire. Plus sa mère prêchait une abstinence ultra-puritaine, plus son père préconisait une licence ultra-païenne, et, tandis que l'une imposait chez elle le végétarisme, l'autre n'était pas loin de prendre la défense du cannibalisme.

Entouré qu'il était depuis son enfance par toutes les formes possibles de la révolte, il était fatal que Gabriel se révoltât aussi contre quelque chose ou en faveur de quelque chose. C'est ce qu'il fit en faveur du bon sens, ou du sens commun. Mais il avait dans ses veines trop de sang fanatique pour que sa conception du sens commun fût tout à fait sensée.

Un accident exaspéra sa haine du moderne anarchisme.

Il traversait je ne sais quelle rue de Londres au moment où une bombe y éclata. Il fut d'abord aveuglé, assourdi, puis, la fumée se dissipant, il vit des fenêtres brisées et des figures ensanglantées. Depuis lors, il continua de vivre, en apparence, comme par le passé, calme, poli, de manières douces ; mais il y avait, dans son esprit, un endroit qui n'était plus parfaitement normal et sain. Il ne considérait pas, ainsi que la plupart d'entre nous, les anarchistes comme une poignée de détraqués combinant l'ignorance et l'intellectualisme. Il voyait dans leurs doctrines un immense danger social, quelque chose de comparable à une invasion chinoise.

Il déversait sans répit dans les journaux, et aussi dans les paniers des salles de rédaction, un torrent de nouvelles, de vers

and violent articles, warning men of this deluge of barbaric denial. But he seemed to be getting no nearer his enemy, and, what was worse, no nearer a living.

As he paced the Thames embankment, bitterly biting a cheap cigar and brooding on the advance of Anarchy, there was no anarchist with a bomb in his pocket so savage or so solitary as he. Indeed, he always felt that Government stood alone and desperate, with its back to the wall. He was too quixotic to have cared for it otherwise.

He walked on the Embankment once under a dark red sunset. The red river reflected the red sky, and they both reflected his anger. The sky, indeed, was so swarthy, and the light on the river relatively so lurid, that the water almost seemed of fiercer flame than the sunset it mirrored. It looked like a stream of literal fire winding under the vast caverns of a subterranean country.

Syme was shabby in those days. He wore an old-fashioned black chimney-pot hat; he was wrapped in a yet more old-fashioned cloak, black and ragged; and the combination gave him the look of the early villains in Dickens and Bulwer Lytton. Also his yellow beard and hair were more unkempt and leonine than when they appeared long afterwards, cut and pointed, on the lawns of Saffron Park.

et de violents articles, où il dénonçait ce déluge de barbarie et de négation. Mais, malgré tant d'efforts, il ne parvenait pas à atteindre son ennemie, ni même, ce qui est plus grave, à se faire une situation sociale.

Quand il se promenait sur les quais de la Tamise, mordant amèrement un cigare à bas prix et méditant sur les progrès de l'Anarchie, il n'y avait pas d'anarchiste, bombe en poche, plus sauvage d'aspect que ce solitaire ami de l'ordre. Il se persuadait que le gouvernement, la société étaient isolés, dans une situation désespérée, au pied du mur. Il ne fallait rien moins que cette situation désespérée pour apitoyer ce Don Quichotte.

Ce soir-là, le soleil se couchait dans le sang. L'eau rouge reflétait le ciel rouge, et, dans le ciel et dans l'eau, Syme reconnaissait la couleur de sa colère. Le ciel était si chargé et le fleuve si brillant que le ciel pâlissait auprès du flot de feu liquide, s'écoulant à travers les vastes cavernes d'une mystérieuse région souterraine.

Syme, à cette époque, manquait d'argent. Il portait un chapeau haut de forme démodé, un manteau noir et déchiré encore plus démodé, et cette tenue lui donnait l'air des traîtres de Dickens et de Bulwer Lytton. Sa barbe et ses cheveux blonds se hérissaient. On n'eût guère pressenti en ce personnage léonin, le parfait gentleman qui, longtemps après, devait pénétrer dans les jardinets de Saffron Park ;

A long, lean, black cigar, bought in Soho for twopence, stood out from between his tightened teeth, and altogether he looked a very satisfactory specimen of the anarchists upon whom he had vowed a holy war.

Perhaps this was why a policeman on the Embankment spoke to him, and said "Good evening."

Syme, at a crisis of his morbid fears for humanity, seemed stung by the mere stolidity of the automatic official, a mere bulk of blue in the twilight.

"A good evening is it?" he said sharply. "You fellows would call the end of the world a good evening. Look at that bloody red sun and that bloody river! I tell you that if that were literally human blood, spilt and shining, you would still be standing here as solid as ever, looking out for some poor harmless tramp whom you could move on. You policemen are cruel to the poor, but I could forgive you even your cruelty if it were not for your calm."

"If we are calm," replied the policeman, "it is the calm of organised resistance."

"Eh?" said Syme, staring.

"The soldier must be calm in the thick of the battle," pursued the policeman. "The composure of an army is the anger of a nation."

entre ses dents serrées il tenait un long cigare noir qu'il avait acheté quatre sous dans Soho, il ressemblait assez à l'un de ces anarchistes contre lesquels il menait la guerre sainte.

C'est peut-être pourquoi un policeman, en faction sur les quais, s'approcha de lui et lui dit :

— Bonsoir.

Syme, en raison des inquiétudes maladives que lui causait le sort précaire de l'humanité, fut interloqué par la placide assurance de l'automatique factionnaire qui faisait dans le crépuscule une large tache bleue.

— En vérité, dit-il d'un ton cassant, le soir est-il si bon ou si beau ? Pour vous autres, la fin du monde aussi serait un beau soir… Mais voyez donc ce soleil rouge sang sur le fleuve rouge sang ! Je vous le dis : ce fleuve charrierait du sang humain, des flots lumineux de sang, que vous seriez là comme vous êtes ce soir, solide et calme, occupé à guetter quelque pauvre vagabond inoffensif, pour le faire circuler. Vous autres policemen, vous êtes cruels pour les pauvres ! Encore vous pardonnerais-je votre cruauté. C'est votre calme qui est intolérable.

— Si nous sommes calmes, répliqua le policeman, c'est le calme de la résistance organisée.

— Comment ? fit Syme en le regardant fixement.

— Il faut que le soldat reste calme au fort de la bataille, continua le policeman. Le calme d'une armée est fait de la furie d'un peuple.

"Good God, the Board Schools!" said Syme. "Is this undenominational education?"

"No," said the policeman sadly, "I never had any of those advantages. The Board Schools came after my time. What education I had was very rough and old-fashioned, I am afraid."

"Where did you have it?" asked Syme, wondering.

"Oh, at Harrow," said the policeman

The class sympathies which, false as they are, are the truest things in so many men, broke out of Syme before he could control them.

"But, good Lord, man," he said, "you oughtn't to be a policeman!"

The policeman sighed and shook his head.

"I know," he said solemnly, "I know I am not worthy."

"But why did you join the police?" asked Syme with rude curiosity.

"For much the same reason that you abused the police," replied the other. "I found that there was a special opening in the service for those whose fears for humanity were concerned rather with the aberrations of the scientific intellect than with the normal and excusable, though excessive, outbreaks of the human will. I trust I make myself clear."

— Dieu bon ! s'écria Syme, voilà l'enseignement qu'on donne dans les écoles ! Est-ce là ce qu'on appelle l'éducation non confessionnelle et égale pour tous ?

— Non, fit tristement le policeman, je n'ai pas eu le bénéfice d'une telle éducation. Les Boardschools sont venues après moi. L'éducation que j'ai reçue fut très sommaire, et maintenant elle serait très démodée, je le crains.

— Où l'avez-vous reçue ? demanda Syme étonné.

— Oh ! dit le policeman, à Harrow.

Les sympathies de classe qui, pour fausses qu'elles soient, sont pourtant chez bien des gens ce qu'il y a de moins faux, éclatèrent dans Syme avant qu'il pût les maîtriser.

— Seigneur ! Mais vous ne devriez pas être dans la police.

Le policeman secoua la tête et soupira :

— Je sais, dit-il solennellement, je ne suis pas digne.

— Mais pourquoi y être entré ? interrogea Syme assez indiscrètement.

— À peu près pour la même raison qui vous la fait calomnier. J'ai reconnu qu'il y a dans cette organisation des emplois pour ceux dont les inquiétudes touchant l'humanité visent les aberrations du raisonnement scientifique plutôt que les éruptions normales et, malgré leurs excès, excusables, des passions humaines. Je crois être clair.

"If you mean that you make your opinion clear," said Syme, "I suppose you do. But as for making yourself clear, it is the last thing you do. How comes a man like you to be talking philosophy in a blue helmet on the Thames embankment?"

"You have evidently not heard of the latest development in our police system," replied the other. "I am not surprised at it. We are keeping it rather dark from the educated class, because that class contains most of our enemies. But you seem to be exactly in the right frame of mind. I think you might almost join us."

"Join you in what?" asked Syme.

"I will tell you," said the policeman slowly. "This is the situation: The head of one of our departments, one of the most celebrated detectives in Europe, has long been of opinion that a purely intellectual conspiracy would soon threaten the very existence of civilisation. He is certain that the scientific and artistic worlds are silently bound in a crusade against the Family and the State. He has, therefore, formed a special corps of policemen, policemen who are also philosophers. It is their business to watch the beginnings of this conspiracy, not merely in a criminal but in a controversial sense. I am a democrat myself, and I am fully aware of the value of the ordinary man in matters of ordinary valour or virtue.

— Si vous prétendez dire que votre pensée est claire pour vous, je veux bien le croire ; mais quant à vous expliquer clairement, c'est ce que vous ne faites pas du tout. Comment se fait-il qu'un homme comme vous vienne parler philosophie sous un casque bleu, sur les quais de la Tamise ?

— Il est évident que vous n'êtes pas informé des récents développements de notre système de police, répliqua l'autre. Je n'en suis pas surpris, d'ailleurs, car nous les cachons à la classe cultivée, où se recrutent la plupart de nos ennemis. Mais il me semble que vous avez des dispositions… que vous pourriez être des nôtres…

— Être des vôtres ! demanda Syme, et pourquoi ?

— Je vais vous dire… Voici la situation. Depuis longtemps le chef de notre Division, l'un des plus fameux détectives d'Europe, estime qu'une conspiration intellectuelle, purement intellectuelle, ne tardera pas à menacer l'existence même de la civilisation : la Science et l'Art ont entrepris une silencieuse croisade contre la Famille et l'État. C'est pourquoi il a créé un corps spécial de policemen philosophes. Leur rôle est de surveiller les initiateurs de cette conspiration, de les surveiller non seulement par les moyens dont nous disposons pour réprimer les crimes, mais de les surveiller et de les combattre aussi par la polémique, par la controverse. Je suis, pour mon compte, un démocrate, et je sais très bien quel est, dans le peuple, le niveau normal du courage et de la vertu.

But it would obviously be undesirable to employ the common policeman in an investigation which is also a heresy hunt."

Syme's eyes were bright with a sympathetic curiosity.

"What do you do, then?" he said.

"The work of the philosophical policeman," replied the man in blue, "is at once bolder and more subtle than that of the ordinary detective. The ordinary detective goes to pot-houses to arrest thieves; we go to artistic tea-parties to detect pessimists. The ordinary detective discovers from a ledger or a diary that a crime has been committed. We discover from a book of sonnets that a crime will be committed. We have to trace the origin of those dreadful thoughts that drive men on at last to intellectual fanaticism and intellectual crime. We were only just in time to prevent the assassination at Hartlepool, and that was entirely due to the fact that our Mr. Wilks (a smart young fellow) thoroughly understood a triolet."

"Do you mean," asked Syme, "that there is really as much connection between crime and the modern intellect as all that?"

"You are not sufficiently democratic," answered the policeman, "but you were right when you said just now that our ordinary treatment of the poor criminal

Mais il serait peu prudent de confier à des policemen ordinaires des recherches qui constituent une chasse aux hérésies.

Une curiosité sympathique allumait le regard de Syme.

— Que faites-vous donc ? demanda-t-il.

— Le rôle du policeman philosophe, répondit l'homme en bleu, exige plus de hardiesse et de subtilité que celui du détective vulgaire. Celui-ci va dans les cabarets borgnes arrêter les voleurs. Nous nous rendons aux « thés artistiques » pour y dénicher les pessimistes. Le détective vulgaire découvre, en consultant un grand livre, qu'un crime a été commis. Nous, nous diagnostiquons, en lisant un recueil de sonnets, qu'un crime va être commis. Notre mission est de monter jusqu'aux origines de ces épouvantables pensées qui inspirent le fanatisme intellectuel et finissent par pousser les hommes au crime intellectuel. C'est ainsi que nous arrivâmes juste à temps pour empêcher l'assassinat de Hartlepool, et cela uniquement parce que M. Wilks, notre camarade, un jeune homme très habile, sait pénétrer à merveille tous les sens d'un triolet.

— Pensez-vous qu'il y ait vraiment un rapport aussi étroit entre l'intellect moderne et le crime ?

— Vous n'êtes pas assez démocrate, répondit le policeman, mais vous aviez raison de dire, tout à l'heure, que nous traitons trop brutalement les criminels pauvres.

was a pretty brutal business. I tell you I am sometimes sick of my trade when I see how perpetually it means merely a war upon the ignorant and the desperate. But this new movement of ours is a very different affair. We deny the snobbish English assumption that the uneducated are the dangerous criminals. We remember the Roman Emperors. We remember the great poisoning princes of the Renaissance. We say that the dangerous criminal is the educated criminal. We say that the most dangerous criminal now is the entirely lawless modern philosopher. Compared to him, burglars and bigamists are essentially moral men; my heart goes out to them. They accept the essential ideal of man; they merely seek it wrongly. Thieves respect property. They merely wish the property to become their property that they may more perfectly respect it. But philosophers dislike property as property; they wish to destroy the very idea of personal possession. Bigamists respect marriage, or they would not go through the highly ceremonial and even ritualistic formality of bigamy. But philosophers despise marriage as marriage. Murderers respect human life; they merely wish to attain a greater fulness of human life in themselves by the sacrifice of what seems to them to be lesser lives. But philosophers hate life itself, their own as much as other people's."

Je vous assure que le métier, s'il se réduisait à persécuter les désespérés et les ignorants, me dégoûterait. Mais notre nouveau mouvement est tout autre chose. Nous donnons un démenti catégorique à cette théorie des snobs anglais selon laquelle les illettrés sont les criminels les plus dangereux. Nous nous souvenons des princes empoisonneurs de la Renaissance. Nous prétendons que le criminel dangereux par excellence, c'est le criminel bien élevé. Nous prétendons que le plus dangereux des criminels, aujourd'hui, c'est le philosophe moderne, affranchi de toutes les lois. Comparés à lui, le voleur et le bigame sont des gens d'une parfaite moralité. Combien mon cœur les lui préfère ! Ils ne nient pas l'essentiel idéal de l'homme. Tout leur tort est de ne pas savoir le chercher où il est Le voleur respecte la propriété ; c'est pour la respecter mieux encore qu'il désire devenir propriétaire. Le philosophe déteste la propriété en soi : il veut détruire l'idée même de la propriété individuelle. Le bigame respecte le mariage, et c'est pourquoi il se soumet aux formalités, cérémonies et rites de la bigamie. Le philosophe méprise le mariage en soi. L'assassin même respecte la vie humaine : c'est pour se procurer une vie plus intense qu'il supprime son semblable. Le philosophe hait la vie, la vie en soi ; il la hait en lui-même comme en autrui.

Syme struck his hands together. "How true that is," he cried. "I have felt it from my boyhood, but never could state the verbal antithesis. The common criminal is a bad man, but at least he is, as it were, a conditional good man. He says that if only a certain obstacle be removed—say a wealthy uncle—he is then prepared to accept the universe and to praise God. He is a reformer, but not an anarchist. He wishes to cleanse the edifice, but not to destroy it. But the evil philosopher is not trying to alter things, but to annihilate them. Yes, the modern world has retained all those parts of police work which are really oppressive and ignominious, the harrying of the poor, the spying upon the unfortunate. It has given up its more dignified work, the punishment of powerful traitors in the State and powerful heresiarchs in the Church. The moderns say we must not punish heretics. My only doubt is whether we have a right to punish anybody else."

"But this is absurd!" cried the policeman, clasping his hands with an excitement uncommon in persons of his figure and costume, "but it is intolerable! I don't know what you're doing, but you're wasting your life. You must, you shall, join our special army against anarchy. Their armies are on our frontiers. Their bolt is ready to fall. A moment more, and you may lose the glory of working with us, perhaps the glory of dying with the last heroes of the world."

— Comme cela est vrai ! s'écria Syme en battant des mains. C'est ce que j'ai pensé dès mon enfance ; mais je n'étais pas parvenu à formuler l'antithèse verbale. Oui, tout méchant qu'il soit, le criminel ordinaire est du moins, pour ainsi dire, conditionnellement un brave homme. Il suffirait qu'un certain obstacle — disons un oncle riche — fût écarté pour qu'il acceptât l'univers tel qu'il est et louât Dieu. C'est un réformateur ; ce n'est pas un anarchiste. Il veut réparer l'édifice, il ne veut pas le démolir. Mais le mauvais philosophe ne se propose pas de modifier : il veut anéantir. Oui, la société moderne a gardé de la police ce qui en est vraiment oppressif et honteux. Elle traque la misère, elle espionne l'infortune. Elle renonce à cette œuvre autrement utile et noble : le châtiment des traîtres puissants dans l'État, des hérésiarques puissants dans l'Église. Les modernes nient qu'on ait le droit de punir les hérétiques. Je me demande, moi, si nous avons le droit de punir qui que ce soit qui ne l'est pas.

— Mais c'est absurde ! fit le policeman avec une ardeur peu commune chez les personnes de sa profession et de sa corpulence. Mais c'est intolérable ! J'ignore quel métier vous faites, mais quel qu'il soit, je sais que vous manquez votre vocation. Il faut que vous vous enrôliez dans notre brigade de philosophes anti-anarchistes, et vous le ferez. L'armée de nos ennemis est à nos frontières. Ils vont tenter un grand coup. Un instant de plus et vous manquez la gloire de travailler avec nous, la gloire, peut-être, de mourir avec les derniers héros du monde.

"It is a chance not to be missed, certainly," assented Syme, "but still I do not quite understand. I know as well as anybody that the modern world is full of lawless little men and mad little movements. But, beastly as they are, they generally have the one merit of disagreeing with each other. How can you talk of their leading one army or hurling one bolt. What is this anarchy?"

"Do not confuse it," replied the constable, "with those chance dynamite outbreaks from Russia or from Ireland, which are really the outbreaks of oppressed, if mistaken, men. This is a vast philosophic movement, consisting of an outer and an inner ring. You might even call the outer ring the laity and the inner ring the priesthood. I prefer to call the outer ring the innocent section, the inner ring the supremely guilty section. The outer ring—the main mass of their supporters—are merely anarchists; that is, men who believe that rules and formulas have destroyed human happiness. They believe that all the evil results of human crime are the results of the system that has called it crime. They do not believe that the crime creates the punishment. They believe that the punishment has created the crime. They believe that if a man seduced seven women he would naturally walk away as blameless as the flowers of spring. They believe that if a man picked a pocket he would naturally feel exquisitely good. These I call the innocent section."

— Certes ! dit Syme, l'occasion est rare et précieuse. Pourtant, je ne comprends pas encore tout à fait. Je sais comme tout un chacun que le monde moderne est plein de petits hommes sans lois et de petits mouvements insensés. Mais tout dégoûtants qu'ils soient, ils ont généralement le mérite d'être en désaccord les uns avec les autres. Comment pouvez-vous parler d'une armée organisée par eux et du coup qu'ils sont sur le point de frapper ? Qu'est-ce que cette anarchie-là ?

— Ne la cherchez pas, expliqua le police-man, dans ces explosions de dynamite qui se produisent au hasard, en Russie ou en Irlande, actes de gens sans doute mal inspirés, mais réellement opprimés. Le vaste mouvement dont je parle est philosophique, et l'on y distingue un cercle intérieur et un cercle extérieur. On pourrait même désigner le cercle extérieur par le mot « laïc » et le cercle intérieur par le mot « sacerdotal ». Je préfère ces deux étiquettes, plus claires : section des Innocents et section des Criminels. Les premiers, les plus nombreux, sont de simples anarchistes, des gens convaincus que les lois et les formules ont détruit le bonheur de l'humanité. Ils croient que les sinistres effets de la perversité sont produits par le système précisément qui admet la notion de la perversité. Ils ne croient pas que le crime engendre la peine : ils croient que la peine engendre le crime. Pour eux, le séducteur, après avoir séduit sept femmes, serait aussi irréprochable que les fleurs du printemps. Selon eux, le pickpocket aurait l'impression d'être d'une exquise bonté. Voilà ma section des Innocents.

"Oh!" said Syme.

"Naturally, therefore, these people talk about 'a happy time coming'; 'the paradise of the future'; 'mankind freed from the bondage of vice and the bondage of virtue,' and so on. And so also the men of the inner circle speak—the sacred priesthood. They also speak to applauding crowds of the happiness of the future, and of mankind freed at last. But in their mouths"—and the policeman lowered his voice—"in their mouths these happy phrases have a horrible meaning. They are under no illusions; they are too intellectual to think that man upon this earth can ever be quite free of original sin and the struggle. And they mean death. When they say that mankind shall be free at last, they mean that mankind shall commit suicide. When they talk of a paradise without right or wrong, they mean the grave. They have but two objects, to destroy first humanity and then themselves. That is why they throw bombs instead of firing pistols. The innocent rank and file are disappointed because the bomb has not killed the king; but the high-priesthood are happy because it has killed somebody."

"How can I join you?" asked Syme, with a sort of passion.

"I know for a fact that there is a vacancy at the moment," said the policeman, "as I have the honour to be somewhat in the confidence of the chief of whom

— Oh ! fit Syme.

— Naturellement, ces gens-là parlent de l'heureux temps qui s'annonce, d'un avenir paradisiaque d'une humanité délivrée du joug de la vertu et du vice, etc. Ceux du cercle intérieur, du cercle sacerdotal, tiennent le même langage. Eux aussi, devant les foules délirantes, parlent de félicité future, de délivrance finale. Mais, dans leur bouche — et ici le policeman baissa la voix — ces mots ont un sens épouvantable. Car ils ne se font pas d'illusions ; ils sont trop intelligents pour croire que l'homme, en ce monde, puisse jamais être tout à fait libéré du péché originel et de la lutte. Ils pensent à la mort. Quand ils parlent de la délivrance finale de l'humanité, ils pensent au suicide de l'humanité. Quand ils parlent d'un paradis sans mal et sans bien, ils pensent à la tombe. Ils n'ont que deux buts : détruire les autres hommes, puis se détruire eux-mêmes. C'est pourquoi ils lancent des bombes au lieu de tirer des coups de revolver. La foule des Innocents est désappointée parce que la bombe n'a pas tué le roi, mais les Grands-Prêtres se réjouissent, parce que la bombe a tué quelqu'un.

— Que dois-je faire pour être des vôtres ? demanda Syme passionnément.

— Je sais qu'il y a une vacance en ce moment, ayant l'honneur d'être un peu dans les confidences du chef dont

I have spoken. You should really come and see him. Or rather, I should not say see him, nobody ever sees him; but you can talk to him if you like."

"Telephone?" inquired Syme, with interest.

"No," said the policeman placidly, "he has a fancy for always sitting in a pitch-dark room. He says it makes his thoughts brighter. Do come along."

Somewhat dazed and considerably excited, Syme allowed himself to be led to a side-door in the long row of buildings of Scotland Yard. Almost before he knew what he was doing, he had been passed through the hands of about four intermediate officials, and was suddenly shown into a room, the abrupt blackness of which startled him like a blaze of light. It was not the ordinary darkness, in which forms can be faintly traced; it was like going suddenly stone-blind.

"Are you the new recruit?" asked a heavy voice.

And in some strange way, though there was not the shadow of a shape in the gloom, Syme knew two things: first, that it came from a man of massive stature; and second, that the man had his back to him.

"Are you the new recruit?" said the invisible chief, who seemed to have heard all about it. "All right. You are engaged."

je vous ai parlé. Voulez-vous venir le voir ? Ou plutôt je ne dis pas que vous le verrez, personne ne l'ayant jamais vu, mais vous pourrez causer avec lui, si vous voulez.

— Par le téléphone, donc ?

— Non. Il a la fantaisie de vivre dans une chambre très obscure. Il dit que ses pensées en sont plus lumineuses. Venez avec moi.

Passablement abasourdi et considérablement intrigué, Syme se laissa conduire jusqu'à une porte ménagée dans le long corps de bâtiment de Scotland Yard. Sans presque se rendre compte de ce qui lui arrivait, il passa par les mains de quatre employés intermédiaires et, subitement, il fut introduit dans une pièce dont l'obscurité totale fit sur sa rétine une impression identique à celle de la plus vive lumière. Car ce n'était pas cette obscurité ordinaire où les formes s'estompent vaguement : Syme eut la sensation qu'il venait d'être frappé de cécité.

— C'est vous la nouvelle recrue ? interrogea une voix puissante.

Et, mystérieusement, bien qu'il ne pût percevoir dans ces ténèbres l'ombre même d'une forme humaine, Syme eut conscience de deux choses : d'abord, que la voix était celle d'un homme de massive stature, puis, que cet homme lui tournait le dos.

— C'est vous la nouvelle recrue ? répéta le chef, qui semblait être au courant de tout. C'est bien. Vous êtes enrôlé.

Syme, quite swept off his feet, made a feeble fight against this irrevocable phrase.

"I really have no experience," he began.

"No one has any experience," said the other, "of the Battle of Armageddon."

"But I am really unfit—"

"You are willing, that is enough," said the unknown.

"Well, really," said Syme, "I don't know any profession of which mere willingness is the final test."

"I do," said the other—"martyrs. I am condemning you to death. Good day."

Thus it was that when Gabriel Syme came out again into the crimson light of evening, in his shabby black hat and shabby, lawless cloak, he came out a member of the New Detective Corps for the frustration of the great conspiracy. Acting under the advice of his friend the policeman (who was professionally inclined to neatness), he trimmed his hair and beard, bought a good hat, clad himself in an exquisite summer suit of light blue-grey, with a pale yellow flower in the button-hole, and, in short, became that elegant and rather insupportable person whom Gregory had first encountered in the little garden of Saffron Park.

Syme, qui sentait ses jambes se dérober sous lui, se défendit faiblement contre l'irrévocable.

— Je n'ai, à vrai dire, aucune expérience, balbutia-t-il.

— Personne n'a aucune expérience, répondit la voix, de la bataille d'Armaggedon.

— Mais… Je suis tout à fait incapable.

— Vous avez la bonne volonté. Cela suffit.

— Pardon, mais… je ne connais aucun métier où la bonne volonté soit suffisante…

— J'en connais un, moi : celui de martyr. Je vous condamne à mort. Bonjour.

C'est ainsi qu'un instant après Gabriel Syme, toujours coiffé de son misérable chapeau noir et toujours vêtu de son misérable manteau d'outlaw, reparut à la lumière rouge du soir en qualité de membre du nouveau corps de détectives, organisé en vue de faire avorter la grande conspiration. Sur le conseil de son ami le policeman, qui était par sa profession enclin à la propreté, il se fit peigner la barbe et les cheveux, acheta un chapeau décent, un délicieux complet d'été bleu-gris, mit une fleur d'un jaune pâle à sa boutonnière, et devint, en un mot, ce jeune homme d'une élégance un peu insupportable que Gregory devait rencontrer dans son petit jardin de Saffron Park.

Before he finally left the police premises his friend provided him with a small blue card, on which was written, "The Last Crusade," and a number, the sign of his official authority. He put this carefully in his upper waistcoat pocket, lit a cigarette, and went forth to track and fight the enemy in all the drawing-rooms of London.

Where his adventure ultimately led him we have already seen. At about half-past one on a February night he found himself steaming in a small tug up the silent Thames, armed with swordstick and revolver, the duly elected Thursday of the Central Council of Anarchists.

When Syme stepped out on to the steam-tug he had a singular sensation of stepping out into something entirely new; not merely into the landscape of a new land, but even into the landscape of a new planet. This was mainly due to the insane yet solid decision of that evening, though partly also to an entire change in the weather and the sky since he entered the little tavern some two hours before. Every trace of the passionate plumage of the cloudy sunset had been swept away, and a naked moon stood in a naked sky. The moon was so strong and full that (by a paradox often to be noticed) it seemed like a weaker sun. It gave, not the sense of bright moonshine, but rather of a dead daylight.

Avant qu'il quittât définitivement l'hôtel de la police, son ami le pourvut d'une carte bleue qui portait cette inscription : « *La Dernière Croisade* », et un numéro ; c'était le signe de son autorité. Il la plaça soigneusement dans la poche supérieure de son gilet, alluma une cigarette et se mit à la poursuite de l'ennemi à travers tous les salons de Londres.

Nous avons vu où son aventure finit par l'amener : vers une heure et demie, une nuit de février, il voyageait dans une légère embarcation sur la Tamise. Armé de la canne à épée et du revolver, il était le Jeudi régulièrement élu au Conseil central anarchiste.

En s'embarquant sur le petit vapeur, il lui sembla qu'il abordait dans quelque chose d'entièrement neuf, non pas seulement dans un nouveau pays, mais dans une nouvelle planète. Cette impression lui venait sans doute de la décision insensée mais irrévocable qui venait de modifier sa destinée ; le changement du ciel et du temps, depuis qu'il était entré, deux heures auparavant, dans la petite taverne, y était aussi toutefois pour quelque chose. Plus de traces de plumages affolés : seule et nue, la lune régnait dans le ciel nu. Une lune puissante et pleine, plutôt comparable à un soleil pâli qu'à une lune normale ; et cela suggérait l'idée d'un jour mort plutôt que celle d'une belle nuit de lune.

Over the whole landscape lay a luminous and unnatural discoloration, as of that disastrous twilight which Milton spoke of as shed by the sun in eclipse; so that Syme fell easily into his first thought, that he was actually on some other and emptier planet, which circled round some sadder star.

But the more he felt this glittering desolation in the moonlit land, the more his own chivalric folly glowed in the night like a great fire. Even the common things he carried with him—the food and the brandy and the loaded pistol—took on exactly that concrete and material poetry which a child feels when he takes a gun upon a journey or a bun with him to bed. The sword-stick and the brandy-flask, though in themselves only the tools of morbid conspirators, became the expressions of his own more healthy romance. The sword-stick became almost the sword of chivalry, and the brandy the wine of the stirrup-cup. For even the most dehumanised modern fantasies depend on some older and simpler figure; the adventures may be mad, but the adventurer must be sane. The dragon without St. George would not even be grotesque. So this inhuman landscape was only imaginative by the presence of a man really human. To Syme's exaggerative mind the bright, bleak houses and terraces by the Thames looked as empty as the mountains of the moon. But even the moon is only poetical because there is a man in the moon.

Sur tout le paysage se répandait cette décoloration lumineuse et irréelle, ce crépuscule de désastre que Milton a observé pendant les éclipses de soleil. En sorte que Syme se confirma dans cette pensée, qu'il était bien sur une autre planète, moins vivante que la nôtre, gravitant autour d'une étoile plus triste que la nôtre.

Mais, plus profondément il ressentait cette désolation du clair de lune, plus sa folie chevaleresque brûlait en lui comme un grand feu. Jusqu'aux choses communes qu'il portait dans ses poches, sandwiches, brandy, pistolet chargé, s'animaient de cette poésie concrète et matérielle dont s'exalte un enfant, quand il emporte un fusil à la promenade ou un gâteau dans son lit. La canne à épée et la gourde de brandy, ces obligatoires et ridicules accessoires de tout conspirateur, devenaient pour lui l'expression de son propre romantisme. La canne à épée, c'était le glaive du chevalier, et le brandy, le coup de l'étrier ! — Car les fantaisies modernes, même les plus déshumanisées, se réfèrent toujours à quelque symbole ancien et simple. Que l'aventure soit folle tant qu'on voudra, il faut que l'aventurier ait le bon sens. Sans saint Georges, le dragon n'est même pas grotesque. De même, ce paysage hostile ne sollicitait l'imagination que grâce à la présence d'un homme véritable. À l'imagination excessive de Syme, les maisons et les terrasses lumineuses et désolées dont la Tamise était bordée paraissaient aussi désertes, aussi tristement désertes que les montagnes de la Lune. Mais la Lune elle-même ne serait pas poétique, s'il n'y avait un homme dans la Lune.

The tug was worked by two men, and with much toil went comparatively slowly. The clear moon that had lit up Chiswick had gone down by the time that they passed Battersea, and when they came under the enormous bulk of Westminster day had already begun to break. It broke like the splitting of great bars of lead, showing bars of silver; and these had brightened like white fire when the tug, changing its onward course, turned inward to a large landing stage rather beyond Charing Cross.

The great stones of the Embankment seemed equally dark and gigantic as Syme looked up at them. They were big and black against the huge white dawn. They made him feel that he was landing on the colossal steps of some Egyptian palace; and, indeed, the thing suited his mood, for he was, in his own mind, mounting to attack the solid thrones of horrible and heathen kings. He leapt out of the boat on to one slimy step, and stood, a dark and slender figure, amid the enormous masonry.

The two men in the tug put her off again and turned up stream. They had never spoken a word.

En dépit des efforts des deux mariniers qui dirigeaient l'embarcation, elle n'avançait que lentement. Le clair de lune qui avait brillé à Chiswick s'éteignit à Battersea, et, quand on arriva sous la masse énorme de Westminster, le jour commençait à poindre. De grandes barres de plomb apparurent dans le ciel, puis s'effacèrent sous des barres d'argent qui prirent bientôt l'éclat du métal chauffé à blanc. L'embarcation, changeant de cours, se dirigea vers un grand escalier, un peu au-delà de Charing Cross.

Les grandes pierres du quai apparurent, gigantesques et sombres, opposant leur masse noire à la blanche aurore. Syme crut aborder aux marches colossales de quelque palais d'Égypte. L'idée lui plut. Ne pensait-il pas, en effet, monter à l'assaut des trônes massifs où siégeaient d'horribles rois païens ! Il sauta à terre et se tint un instant immobile sur la dalle humide et glissante, sombre et fragile figure perdue dans cet immense amas de pierres de taille.

Les deux hommes firent reculer le bateau et commencèrent à remonter le fleuve. Pendant toute la durée du voyage, ils n'avaient pas prononcé une parole.

5

The feast of fear

At first the large stone stair seemed to Syme as deserted as a pyramid; but before he reached the top he had realised that there was a man leaning over the parapet of the Embankment and looking out across the river. As a figure he was quite conventional, clad in a silk hat and frock-coat of the more formal type of fashion; he had a red flower in his buttonhole. As Syme drew nearer to him step by step, he did not even move a hair; and Syme could come close enough to notice even in the dim, pale morning light that his face was long, pale and intellectual, and ended in a small triangular tuft of dark beard at the very point of the chin, all else being clean-shaven. This scrap of hair almost seemed a mere oversight; the rest of the face was of the type that is best shaven—clear-cut, ascetic, and in its way noble.

Syme drew closer and closer, noting all this, and still the figure did not stir.

5
Le repas épouvantable

Tout d'abord, Syme crut l'escalier de pierre désert comme une pyramide. Mais, avant d'avoir atteint le dernier degré, il se rendit compte qu'il y avait un homme accoudé au parapet, et que cet homme regardait le fleuve. Son aspect était très ordinaire. Il portait un chapeau de soie et une redingote correcte ; il avait une fleur rouge à la boutonnière. De marche en marche, la distance diminuait entre eux ; l'homme ne bougeait pas. Syme put l'approcher d'assez près pour observer, à la pâle lumière du matin, que la figure de l'inconnu était longue, blême, intelligente et se terminait par une touffe de barbe noire, les lèvres et les joues étant soigneusement rasées, et ces quelques poils semblaient oubliés là, par simple négligence. Cette figure anguleuse, ascétique, noble à sa façon, était de celles auxquelles la barbe ne sied pas.

Et, tout en faisant ces remarques, Syme se rapprochait toujours ; et l'homme restait toujours immobile.

At first an instinct had told Syme that this was the man whom he was meant to meet. Then, seeing that the man made no sign, he had concluded that he was not. And now again he had come back to a certainty that the man had something to do with his mad adventure. For the man remained more still than would have been natural if a stranger had come so close. He was as motionless as a wax-work, and got on the nerves somewhat in the same way. Syme looked again and again at the pale, dignified and delicate face, and the face still looked blankly across the river. Then he took out of his pocket the note from Buttons proving his election, and put it before that sad and beautiful face. Then the man smiled, and his smile was a shock, for it was all on one side, going up in the right cheek and down in the left.

There was nothing, rationally speaking, to scare anyone about this. Many people have this nervous trick of a crooked smile, and in many it is even attractive. But in all Syme's circumstances, with the dark dawn and the deadly errand and the loneliness on the great dripping stones, there was something unnerving in it.

There was the silent river and the silent man, a man of even classic face. And there was the last nightmare touch that his smile suddenly went wrong.

Au premier regard, Syme avait eu l'intuition que cet homme était là pour l'attendre. Puis, ne lui voyant faire aucun signe, il avait cru s'être trompé. Mais, de nouveau, il revenait à la certitude que cet homme devait jouer un rôle dans sa folle aventure. Un individu frôlé, presque, par un étranger ne reste pas à ce point immobile et calme sans raison. Il était aussi inerte et à peu près aussi énervant, par là même, qu'une poupée de cire. Syme considérait toujours cette figure pâle, délicate et digne, dont le regard éteint ne se détournait pas de la rivière, et tout à coup, tirant de sa poche le document qui lui conférait le titre de Jeudi, il le mit sous les yeux tristes et doux de l'inconnu. Alors, celui-ci sourit, d'un sourire inquiétant, d'un sourire « d'un seul côté », qui haussait la joue droite et abaissait la gauche.

Raisonnablement, toutefois, il n'y avait là rien d'effroyable. Bien des gens ont ce tic nerveux, ce rictus grimaçant, et il en est même chez qui c'est une grâce. Mais, dans les circonstances où se trouvait Syme, sous l'influence de cette aurore menaçante, avec la mission meurtrière dont il était chargé, dans la solitude de ces grandes pierres ruisselantes, il reçut de cet accueil une impression étrange, qui le glaça, qui le paralysa.

Ce fleuve silencieux, cet homme silencieux, au visage classique… Et, comme touche finale au cauchemar, ce sourire grimaçant.

The spasm of smile was instantaneous, and the man's face dropped at once into its harmonious melancholy. He spoke without further explanation or inquiry, like a man speaking to an old colleague.

"If we walk up towards Leicester Square," he said, "we shall just be in time for breakfast. Sunday always insists on an early breakfast. Have you had any sleep?"

"No," said Syme.

"Nor have I," answered the man in an ordinary tone. "I shall try to get to bed after breakfast."

He spoke with casual civility, but in an utterly dead voice that contradicted the fanaticism of his face. It seemed almost as if all friendly words were to him lifeless conveniences, and that his only life was hate. After a pause the man spoke again.

"Of course, the Secretary of the branch told you everything that can be told. But the one thing that can never be told is the last notion of the President, for his notions grow like a tropical forest. So in case you don't know, I'd better tell you that he is carrying out his notion of concealing ourselves by not concealing ourselves to the most extraordinary lengths just now. Originally, of course, we met in a cell underground, just as your branch does. Then Sunday made us take a private room at an ordinary restaurant.

Mais cette grimace s'effaça instantanément, et la physionomie de l'anarchiste reprit son expression d'harmonieuse mélancolie. Sans plus de questions ni d'explications, il parla comme on parle à un vieux collègue.

— En nous dirigeant tout de suite vers Leicester Square, dit-il, nous arriverons juste à temps pour déjeuner. Dimanche tient beaucoup à déjeuner de bon matin. Avez-vous dormi ?

— Non.

— Moi non plus, répondit l'autre d'une voix égale. Je tâcherai de dormir après déjeuner.

Il parlait avec une civilité négligente, mais d'une voix extrêmement monotone qui faisait un vif contraste avec l'ardeur fanatique de sa physionomie. On eût juré qu'il s'acquittait de ces gestes et propos de bonne grâce comme d'insignifiantes obligations, et qu'il ne vivait que de haine. Après un silence, il reprit :

— Sans nul doute, le président de la section vous a dit tout ce qu'il pouvait vous dire. Mais la seule chose qu'on ne puisse jamais dire, c'est la dernière idée de Dimanche car ses idées se multiplient comme les végétations d'une forêt tropicale. Pour le cas où vous ne le sauriez pas, je vous dirai donc qu'il a résolu de nous cacher en ne nous cachant pas du tout. Au début, naturellement, nous nous réunissions sous terre, dans une cave, comme font les membres de votre section. Puis, Dimanche nous convoqua dans un cabinet de restaurant.

He said that if you didn't seem to be hiding nobody hunted you out. Well, he is the only man on earth, I know; but sometimes I really think that his huge brain is going a little mad in its old age. For now we flaunt ourselves before the public. We have our breakfast on a balcony—on a balcony, if you please—overlooking Leicester Square."

"And what do the people say?" asked Syme.

"It's quite simple what they say," answered his guide. "They say we are a lot of jolly gentlemen who pretend they are anarchists."

"It seems to me a very clever idea," said Syme.

"Clever! God blast your impudence! Clever!" cried out the other in a sudden, shrill voice which was as startling and discordant as his crooked smile. "When you've seen Sunday for a split second you'll leave off calling him clever."

With this they emerged out of a narrow street, and saw the early sunlight filling Leicester Square.

It will never be known, I suppose, why this square itself should look so alien and in some ways so continental. It will never be known whether it was the foreign look that attracted the foreigners or the foreigners who gave it the foreign look. But on this particular morning the effect seemed singularly bright and clear.

Il disait que, si nous ne paraissions pas nous dissimuler, personne ne se défierait de nous. Je sais bien qu'il n'a pas son pareil au monde ; mais, vraiment, je crains parfois que son vaste cerveau ne se détraque un peu, avec l'âge : car, maintenant, nous nous exposons aux yeux du public, nous déjeunons sur un balcon — un balcon, remarquez-le bien, qui domine Leicester Square.

— Et que disent les gens ? demanda Syme.

— Ils disent, reprit son guide, que nous sommes de gais compagnons, des *gentlemen* qui se prétendent anarchistes.

— L'idée de Dimanche me paraît très ingénieuse.

— Ingénieuse ! Que Dieu punisse votre impudence ! s'écria l'autre d'une voix aiguë qui étonnait et jurait avec son personnage tout autant qu'avec son rictus. Ingénieuse ! Quand vous aurez vu Dimanche le quart d'une seconde, vous perdrez l'envie de traiter ses idées d'ingénieuses !

Sur ces mots, ils atteignirent le terme d'une rue étroite, et Leicester Square leur apparut, baigné dans la lumière du matin.

On ne saura jamais, je pense, pourquoi ce square a un aspect si étranger et, en quelque manière, continental. On ne saura jamais si c'est son aspect étranger qui attira les étrangers ou si ce sont les étrangers qui lui donnèrent son aspect étranger. Justement, ce matin-là, ce caractère de Leicester Square était particulièrement clair et évident.

Between the open square and the sunlit leaves and the statue and the Saracenic outlines of the Alhambra, it looked the replica of some French or even Spanish public place. And this effect increased in Syme the sensation, which in many shapes he had had through the whole adventure, the eerie sensation of having strayed into a new world. As a fact, he had bought bad cigars round Leicester Square ever since he was a boy. But as he turned that corner, and saw the trees and the Moorish cupolas, he could have sworn that he was turning into an unknown Place de something or other in some foreign town.

At one corner of the square there projected a kind of angle of a prosperous but quiet hotel, the bulk of which belonged to a street behind. In the wall there was one large French window, probably the window of a large coffee-room; and outside this window, almost literally overhanging the square, was a formidably buttressed balcony, big enough to contain a dining-table. In fact, it did contain a dining-table, or more strictly a breakfast-table; and round the breakfast-table, glowing in the sunlight and evident to the street, were a group of noisy and talkative men, all dressed in the insolence of fashion, with white waistcoats and expensive button-holes. Some of their jokes could almost be heard across the square. Then the grave Secretary gave his unnatural smile, and Syme knew that this boisterous breakfast party was the secret conclave of the European Dynamiters.

Le square ouvert et les feuilles ensoleillées des arbres, la statue et la silhouette sarrasine de l'Alhambra, évoquaient on ne savait quelle place publique de France ou d'Espagne. Syme eut de plus en plus nettement une sensation qui devait se reproduire bien des fois au cours de son aventure, la sensation aiguë qu'il s'était égaré dans une planète nouvelle. En fait, il n'avait cessé d'acheter de mauvais cigares aux environs de Leicester Square, depuis sa jeunesse. Mais, ce jour-là, en découvrant au tournant du coin les coupoles mauresques et les arbres, il eût juré qu'il débouchait sur la « Place de Chose ou Machin » de quelque ville étrangère.

En angle, au coin du square, se profilait un hôtel, dont la façade principale donnait sur une rue latérale. Au-dessus d'une grande porte-fenêtre, sans doute la porte d'un café, un balcon énorme faisait saillie, dominant le square, un balcon assez spacieux pour qu'une table y fût mise. Sur ce balcon, il y avait, en effet, une table, une table à déjeuner, et, autour de cette table, visible de la rue et en plein soleil, un groupe d'hommes bruyants et bavards, tous habillés avec l'insolence de la mode, le gilet blanc et la boutonnière fleurie. Quand ils plaisantaient, on les entendait parfois de l'autre bout du square. Le grave compagnon de Syme fit sa grimace si peu naturelle, et Syme comprit que ces joyeux convives étaient les membres du conclave secret des dynamiteurs européens.

Then, as Syme continued to stare at them, he saw something that he had not seen before. He had not seen it literally because it was too large to see. At the nearest end of the balcony, blocking up a great part of the perspective, was the back of a great mountain of a man. When Syme had seen him, his first thought was that the weight of him must break down the balcony of stone. His vastness did not lie only in the fact that he was abnormally tall and quite incredibly fat. This man was planned enormously in his original proportions, like a statue carved deliberately as colossal. His head, crowned with white hair, as seen from behind looked bigger than a head ought to be. The ears that stood out from it looked larger than human ears. He was enlarged terribly to scale; and this sense of size was so staggering, that when Syme saw him all the other figures seemed quite suddenly to dwindle and become dwarfish. They were still sitting there as before with their flowers and frock-coats, but now it looked as if the big man was entertaining five children to tea.

As Syme and the guide approached the side door of the hotel, a waiter came out smiling with every tooth in his head.

"The gentlemen are up there, sare," he said. "They do talk and they do laugh at what they talk. They do say they will throw bombs at ze king."

Puis, comme il ne pouvait détourner son regard de ce groupe, il y remarqua quelque chose qui tout d'abord lui avait échappé. Et cela lui avait échappé, parce que c'était trop grand pour être vu tout d'abord. À l'une des extrémités du balcon, interceptant la perspective, c'était le dos d'une gigantesque montagne humaine. En l'apercevant, Syme pensa tout de suite que le balcon de pierre allait céder sous le poids de cette masse de chair. Et ce n'était pas seulement parce qu'il était extraordinairement haut de stature, et incroyablement gros, que cet homme paraissait si ample : la cause réelle de l'impression d'excessif qu'il produisait était dans l'ordonnance des plans de sa personne, dans les proportions originales selon lesquelles cette statue vivante avait été exécutée. Vue de derrière comme la voyait Syme, la tête, couronnée de cheveux blancs, paraissait plus haute et plus large que nature, les oreilles paraissaient plus grandes que des oreilles humaines. Tout était en proportion. Auprès de ce colosse, tous les autres hommes se rapetissaient, devenaient des nains. À les voir, assis tous les cinq autour de la table, on eût dit que le grand homme offrait le thé à des enfants.

Comme Syme et son guide approchaient de l'hôtel, un garçon vint à eux souriant de toutes ses dents.

— Ces messieurs sont là-haut, dit-il ; ils causent joyeusement ; ils prétendent qu'ils veulent jeter des bombes sur le roi !

And the waiter hurried away with a napkin over his arm, much pleased with the singular frivolity of the gentlemen upstairs.

The two men mounted the stairs in silence.

Syme had never thought of asking whether the monstrous man who almost filled and broke the balcony was the great President of whom the others stood in awe. He knew it was so, with an unaccountable but instantaneous certainty. Syme, indeed, was one of those men who are open to all the more nameless psychological influences in a degree a little dangerous to mental health. Utterly devoid of fear in physical dangers, he was a great deal too sensitive to the smell of spiritual evil. Twice already that night little unmeaning things had peeped out at him almost pruriently, and given him a sense of drawing nearer and nearer to the head-quarters of hell. And this sense became overpowering as he drew nearer to the great President.

The form it took was a childish and yet hateful fancy. As he walked across the inner room towards the balcony, the large face of Sunday grew larger and larger; and Syme was gripped with a fear that when he was quite close the face would be too big to be possible, and that he would scream aloud. He remembered that as a child he would not look at the mask of Memnon in the British Museum, because it was a face, and so large.

Et le garçon, sa serviette sous le bras, s'éloigna rapidement, fort amusé lui-même de l'exceptionnelle frivolité de ces messieurs.

Les deux hommes gravirent l'escalier en silence.

Syme n'avait pas un instant songé à demander si ce monstre qui remplissait le balcon était bien le grand président dont les anarchistes ne pouvaient prononcer le nom sans trembler. Il le savait, il l'avait su immédiatement, sans qu'il lui eût été possible de préciser les motifs de sa certitude. Syme était un de ces hommes qui sont sujets aux influences psychologiques les plus obscures, à un degré qui ne va pas sans quelque danger pour la santé de l'esprit. Inaccessible à la peur physique, il était beaucoup trop sensible à l'odeur du mal moral. Plusieurs fois déjà pendant cette nuit, des choses insignifiantes avaient pris à ses yeux une importance capitale, lui donnant la sensation qu'il était en route vers le quartier général de l'enfer ; et cette sensation devenait irrésistible, maintenant qu'il allait aborder le grand président.

Elle prit la forme d'une suggestion puérile et pourtant détestable. Comme il s'avançait vers le balcon en traversant la pièce qui le précédait, il lui sembla que la large figure de Dimanche s'élargissait encore, s'amplifiait toujours, et Syme fut pris de terreur à la pensée que cette figure serait bientôt trop vaste pour être possible, et qu'il ne pourrait s'empêcher de jeter un cri. Il se rappelait qu'enfant il ne pouvait regarder le masque de Memnon au Musée britannique, parce que c'était une figure, et si grande.

By an effort, braver than that of leaping over a cliff, he went to an empty seat at the breakfast-table and sat down. The men greeted him with good-humoured raillery as if they had always known him. He sobered himself a little by looking at their conventional coats and solid, shining coffee-pot; then he looked again at Sunday. His face was very large, but it was still possible to humanity.

In the presence of the President the whole company looked sufficiently commonplace; nothing about them caught the eye at first, except that by the President's caprice they had been dressed up with a festive respectability, which gave the meal the look of a wedding breakfast.

One man indeed stood out at even a superficial glance. He at least was the common or garden Dynamiter. He wore, indeed, the high white collar and satin tie that were the uniform of the occasion; but out of this collar there sprang a head quite unmanageable and quite unmistakable, a bewildering bush of brown hair and beard that almost obscured the eyes like those of a Skye terrier. But the eyes did look out of the tangle, and they were the sad eyes of some Russian serf. The effect of this figure was not terrible like that of the President, but it had every diablerie that can come from the utterly grotesque.

Par un effort plus héroïque que celui qu'il faudrait pour se précipiter du haut d'une falaise, il se dirigea vers un siège vacant auprès de la table et s'assit. Les autres le saluèrent avec bonne humeur, avec familiarité, comme s'ils l'avaient connu de longue date. Il retrouva un peu de sérénité en constatant que ses voisins étaient convenablement et normalement vêtus, que la cafetière était brillante et solide. Puis, il jeta de nouveau un regard sur Dimanche : oui, son visage était fort grand, mais il ne dépassait tout de même pas les proportions permises à l'humanité.

Comparée au président, toute la compagnie avait l'air passablement vulgaire. Rien de frappant, à première vue, sinon que, pour obéir au caprice du maître, tous les membres du Conseil étaient mis comme pour un gala, si bien qu'on se fût cru à un festin de noce.

L'un de ces individus se distinguait, pourtant, à l'examen le plus superficiel. On pouvait reconnaître en lui le dynamiteur vulgaire et pour ainsi dire *vulgaris*. Il portait bien, comme les autres, un grand col blanc et une cravate de satin : l'uniforme. Mais, de ce col et de cette cravate émergeait une tête indisciplinable. Pas moyen de s'y tromper. C'était une broussaille étonnante de barbe et de cheveux bruns où luisaient les yeux d'un terrier, ou plutôt peut-être les yeux tristes d'un moujik russe. Cette figure n'était pas terrifiante, comme celle du président ; mais elle avait toute cette diablerie qui est un effet de l'extrême grotesque.

If out of that stiff tie and collar there had come abruptly the head of a cat or a dog, it could not have been a more idiotic contrast.

The man's name, it seemed, was Gogol; he was a Pole, and in this circle of days he was called Tuesday. His soul and speech were incurably tragic; he could not force himself to play the prosperous and frivolous part demanded of him by President Sunday. And, indeed, when Syme came in the President, with that daring disregard of public suspicion which was his policy, was actually chaffing Gogol upon his inability to assume conventional graces.

"Our friend Tuesday," said the President in a deep voice at once of quietude and volume, "our friend Tuesday doesn't seem to grasp the idea. He dresses up like a gentleman, but he seems to be too great a soul to behave like one. He insists on the ways of the stage conspirator. Now if a gentleman goes about London in a top hat and a frock-coat, no one need know that he is an anarchist. But if a gentleman puts on a top hat and a frock-coat, and then goes about on his hands and knees—well, he may attract attention. That's what Brother Gogol does. He goes about on his hands and knees with such inexhaustible diplomacy, that by this time he finds it quite difficult to walk upright."

Si de ce col avait surgi une tête de chat ou de chien, le contraste n'eût pas été plus déconcertant.

Cet homme, paraît-il, se nommait Gogol. Il était polonais et, dans ce cycle des jours de la semaine, portait le nom de Mardi. Sa physionomie et son langage étaient incurablement tragiques, et il n'était point en état de jouer le rôle frivole et joyeux que lui imposait Dimanche. Justement, comme Syme entrait, le président, avec ce mépris audacieux de la suspicion publique dont il avait fait un principe, était en train de railler Gogol, lui reprochant d'être réfractaire aux manières et grâces mondaines.

— Notre ami Mardi, disait le président de sa voix profonde et calme, ne saisit pas bien mon idée. Il s'habille comme un gentleman, mais on voit qu'il a l'âme trop grande pour se tenir comme un gentleman. Il ne peut renoncer aux attitudes des conspirateurs de mélodrame. Qu'un gentleman coiffé du haut-de-forme, vêtu de la redingote classique, se promène dignement dans Londres, personne ne soupçonnera en lui un anarchiste. Mais si, tout bien mis qu'il soit, il se met à marcher à quatre pattes, alors, certes, il attirera l'attention. C'est ce que fait le frère Gogol. Il a mis une si profonde diplomatie à marcher à quatre pattes qu'il éprouve maintenant une réelle difficulté à se tenir sur ses pieds.

"I am not good at goncealment," said Gogol sulkily, with a thick foreign accent; "I am not ashamed of the cause."

"Yes you are, my boy, and so is the cause of you," said the President good-naturedly. "You hide as much as anybody; but you can't do it, you see, you're such an ass! You try to combine two inconsistent methods. When a householder finds a man under his bed, he will probably pause to note the circumstance. But if he finds a man under his bed in a top hat, you will agree with me, my dear Tuesday, that he is not likely even to forget it. Now when you were found under Admiral Biffin's bed—"

"I am not good at deception," said Tuesday gloomily, flushing.

"Right, my boy, right," said the President with a ponderous heartiness, "you aren't good at anything."

While this stream of conversation continued, Syme was looking more steadily at the men around him. As he did so, he gradually felt all his sense of something spiritually queer return.

He had thought at first that they were all of common stature and costume, with the evident exception of the hairy Gogol. But as he looked at the others,

— Che ne suis bas habile à me téguiser, fit Gogol d'un air farouche, avec un fort accent étranger. Che n'ai bas honte de la gause.

— Mais si ! répliqua le président avec gaîté, et la cause a honte de vous. Vous vous efforcez autant qu'un autre de vous cacher, mais vous n'y réussissez pas, parce que vous êtes un âne. Vous prétendez concilier deux méthodes inconciliables. Quand un propriétaire trouve un homme sous son lit, naturellement il prend note de cette circonstance. Mais, si c'est un homme coiffé du haut-de-forme qu'il trouve sous son lit, il est peu probable, vous en conviendrez avec moi, mon cher Mardi, qu'il l'oublie facilement. Or, quand on vous trouva sous le lit de l'amiral Biffin…

— Je ne suis pas habile à tromper le monde… répondit Gogol rougissant.

— Parfaitement, mon ami, parfaitement, mon ami, interrompit le président avec une lourde bonhomie : vous n'êtes habile à rien.

Tandis que la conversation se poursuivait, Syme examinait les hommes qui l'entouraient. Et de nouveau il se sentait opprimé par l'horreur que lui causaient toujours les monstruosités psychiques.

Les commensaux de Dimanche, Gogol excepté, lui avaient d'abord paru des gens assez normaux et même vulgaires, somme toute. Mais, en les étudiant avec plus d'attention,

he began to see in each of them exactly what he had seen in the man by the river, a demoniac detail somewhere. That lop-sided laugh, which would suddenly disfigure the fine face of his original guide, was typical of all these types. Each man had something about him, perceived perhaps at the tenth or twentieth glance, which was not normal, and which seemed hardly human. The only metaphor he could think of was this, that they all looked as men of fashion and presence would look, with the additional twist given in a false and curved mirror.

Only the individual examples will express this half-concealed eccentricity. Syme's original cicerone bore the title of Monday; he was the Secretary of the Council, and his twisted smile was regarded with more terror than anything, except the President's horrible, happy laughter. But now that Syme had more space and light to observe him, there were other touches. His fine face was so emaciated, that Syme thought it must be wasted with some disease; yet somehow the very distress of his dark eyes denied this. It was no physical ill that troubled him. His eyes were alive with intellectual torture, as if pure thought was pain.

He was typical of each of the tribe; each man was subtly and differently wrong. Next to him sat Tuesday, the tousle-headed Gogol, a man more obviously mad. Next was Wednesday, a certain Marquis de St. Eustache,

il observait en chacun d'eux, comme chez l'homme qui l'avait attendu sur le quai, un caractère démoniaque. Au rictus grimaçant qui défigurait soudain les traits de son guide correspondait chez tous quelque déformation. Ils avaient tous quelque chose d'exceptionnel, qui se dérobait à la première analyse, et ce quelque chose d'exceptionnel était quelque chose d'à peine humain. Syme se formula à lui-même sa propre pensée en se disant que ces gens-là lui apparaissaient comme auraient fait des gens à la mode et bien élevés avec la légère touche qu'y aurait ajoutée un miroir faussé, concave ou convexe.

Des précisions individuelles pourront seules rendre compte de cette secrète anomalie. Le cicérone de Syme était Lundi, secrétaire du Conseil. Après le rire abominablement réjoui du président, rien de plus affreux que le rictus du secrétaire. Mais, maintenant que Syme pouvait le considérer à loisir et au grand jour, il distinguait en lui d'autres singularités. Ce visage noble, mais invraisemblablement émacié, dénonçait-il les ravages de la maladie ? L'intensité même de la détresse qu'on lisait dans ses yeux protestait contre cette hypothèse. Cet homme ne souffrait pas d'un mal physique. Sa souffrance était purement intellectuelle : c'était sa pensée qui faisait sa torture.

Et ce trait apparentait entre eux tous les membres du Conseil. La folie de Mardi se trahissait plus vite que celle de son voisin Lundi. Mais n'était-ce pas un fou aussi que Mercredi — un certain marquis de Saint-Eustache,

a sufficiently characteristic figure. The first few glances found nothing unusual about him, except that he was the only man at table who wore the fashionable clothes as if they were really his own. He had a black French beard cut square and a black English frock-coat cut even squarer. But Syme, sensitive to such things, felt somehow that the man carried a rich atmosphere with him, a rich atmosphere that suffocated. It reminded one irrationally of drowsy odours and of dying lamps in the darker poems of Byron and Poe. With this went a sense of his being clad, not in lighter colours, but in softer materials; his black seemed richer and warmer than the black shades about him, as if it were compounded of profound colour. His black coat looked as if it were only black by being too dense a purple. His black beard looked as if it were only black by being too deep a blue. And in the gloom and thickness of the beard his dark red mouth showed sensual and scornful. Whatever he was he was not a Frenchman; he might be a Jew; he might be something deeper yet in the dark heart of the East. In the bright coloured Persian tiles and pictures showing tyrants hunting, you may see just those almond eyes, those blue-black beards, those cruel, crimson lips.

Then came Syme, and next a very old man, Professor de Worms, who still kept the chair of Friday,

figure aussi peu banale que les deux autres ? Au premier abord, on ne trouvait rien d'inusité chez lui. De tous, c'était le seul qui portât ses habits élégants comme s'ils eussent été vraiment les siens. Il arborait une barbe noire, taillée en carré, à la française ; mais sa redingote affectait la plus pure coupe britannique. Syme ne tarda pas à s'apercevoir qu'on respirait autour de ce personnage une atmosphère terriblement capiteuse, capiteuse à en étouffer. Cela faisait songer aux odeurs enivrantes, aux lampes mourantes des plus mystérieux poèmes de Byron ou de Poe. Tout, chez lui, prenait un accent spécial ; le drap noir de son habit paraissait plus riche, plus chaud, teint d'une couleur plus intense que celle des ombres noires qui l'entouraient. Le secret de ce noir, c'est qu'il était une pourpre trop dense. Et le secret aussi de sa barbe si noire, c'est qu'elle était d'un bleu trop foncé. Dans l'épaisseur ténébreuse de cette barbe, la bouche, d'un rouge ardent, étincelait, sensuelle et méprisante. D'où qu'il vînt, il n'était certainement pas français. Peut-être un Juif ; mais, vraisemblablement ses racines plongeaient plus profondément encore au sombre cœur de l'Orient. Dans les tableaux joyeusement bariolés et sur les briques de la sombre cour de Perse, qui représentent des tyrans en chasse, on voit de ces yeux en amande, de ces barbes noires aux reflets bleus, de ces lèvres écarlates et féroces.

Puis venait Syme, et puis un très vieux monsieur, l'illustre professeur de Worms, occupait le siège de Vendredi.

though every day it was expected that his death would leave it empty. Save for his intellect, he was in the last dissolution of senile decay. His face was as grey as his long grey beard, his forehead was lifted and fixed finally in a furrow of mild despair. In no other case, not even that of Gogol, did the bridegroom brilliancy of the morning dress express a more painful contrast. For the red flower in his button-hole showed up against a face that was literally discoloured like lead; the whole hideous effect was as if some drunken dandies had put their clothes upon a corpse. When he rose or sat down, which was with long labour and peril, something worse was expressed than mere weakness, something indefinably connected with the horror of the whole scene. It did not express decrepitude merely, but corruption. Another hateful fancy crossed Syme's quivering mind. He could not help thinking that whenever the man moved a leg or arm might fall off.

Right at the end sat the man called Saturday, the simplest and the most baffling of all. He was a short, square man with a dark, square face clean-shaven, a medical practitioner going by the name of Bull. He had that combination of savoir-faire with a sort of well-groomed coarseness which is not uncommon in young doctors. He carried his fine clothes with confidence rather than ease, and he mostly wore a set smile.

Du moins, il l'occupait encore, mais on pouvait chaque jour s'attendre à ce qu'il le laissât vacant. Encore que son cerveau gardât toute son activité, le professeur penchait au dernier période de la décadence sénile. Son visage était aussi gris que sa longue barbe grise. Une ride profonde, expression d'un doux désespoir, creusait son front. Nul autre, pas même Gogol, ne faisait avec son habit de fiancé un contraste plus pénible. La fleur rouge de sa boutonnière accusait, exagérait encore la lividité d'un visage littéralement décoloré, plombé. On eût dit un cadavre que quelques dandies ivres auraient affublé de leurs habits mondains. Chaque fois qu'il devait se lever ou s'asseoir, ce qui n'allait pas sans peine, ses mouvements trahissaient quelque chose de pire qu'une simple faiblesse, quelque chose d'indéfinissablement lié à l'horreur de toute la scène. Une idée détestable traversa l'esprit frémissant de Syme. Ce n'était pas seulement de la décrépitude, c'était déjà de la pourriture ! Il ne put s'empêcher de penser qu'à chaque mouvement le professeur pouvait très bien laisser choir un de ses bras ou une de ses jambes.

Samedi tenait le bout de la table. Le plus simple de tous ; non pas le moins étonnant. Ce petit homme trapu, au visage carré et rasé de près, portait le nom de Bull : le docteur Bull. On observait chez lui ce mélange de désinvolture et de familiarité polie qui caractérise souvent les jeunes médecins. Il portait ses beaux habits hardiment plutôt qu'avec aisance, et un sourire vague restait figé sur ses lèvres.

There was nothing whatever odd about him, except that he wore a pair of dark, almost opaque spectacles. It may have been merely a crescendo of nervous fancy that had gone before, but those black discs were dreadful to Syme; they reminded him of half-remembered ugly tales, of some story about pennies being put on the eyes of the dead. Syme's eye always caught the black glasses and the blind grin. Had the dying Professor worn them, or even the pale Secretary, they would have been appropriate. But on the younger and grosser man they seemed only an enigma. They took away the key of the face. You could not tell what his smile or his gravity meant. Partly from this, and partly because he had a vulgar virility wanting in most of the others it seemed to Syme that he might be the wickedest of all those wicked men. Syme even had the thought that his eyes might be covered up because they were too frightful to see.

Seul signe particulier : il avait sur le nez une paire de lunettes aux verres noirs, presque opaques. Pourquoi ces disques sombres épouvantèrent-ils Syme ? Peut-être le crescendo d'imaginations délirantes qui l'agitait le prédisposait-il à tout prendre au tragique. Il se remémora aussitôt une affreuse histoire, à demi oubliée, où il était question de sous qu'on incrustait dans les yeux des morts. Le regard de Syme ne pouvait se détacher de ces lunettes noires, de ce sourire figé. Sur le nez du vieux professeur ou du pâle secrétaire, elles ne l'eussent point surpris. Elles ne convenaient pas à ce jeune homme râblé, dont elles rendaient la physionomie bizarrement énigmatique. Elles cachaient pour ainsi dire ce qui en eût été la clé. Que signifiait son éternel sourire ? Que voulait dire sa gravité ? Cette singularité, jointe à cette virilité vulgaire dont tous les autres, sauf Gogol, étaient privés, persuada Syme que le docteur aux yeux noirs devait être le pire d'entre ces mauvais. Il pensa même que le docteur ne se cachait ainsi les yeux que parce qu'ils étaient trop horribles à voir.

6

The exposure

Such were the six men who had sworn to destroy the world.

Again and again Syme strove to pull together his common sense in their presence. Sometimes he saw for an instant that these notions were subjective, that he was only looking at ordinary men, one of whom was old, another nervous, another short-sighted. The sense of an unnatural symbolism always settled back on him again. Each figure seemed to be, somehow, on the borderland of things, just as their theory was on the borderland of thought. He knew that each one of these men stood at the extreme end, so to speak, of some wild road of reasoning.

He could only fancy, as in some old-world fable, that if a man went westward to the end of the world he would find something—say a tree—that was more

6

Démasqué !

Tels étaient les six hommes, qui avaient juré la destruction du monde.

À plusieurs reprises, Syme fit un grand effort pour reconquérir son sang-froid en leur présence. Par instants, il se rendait compte qu'il n'y avait là que des gens fort ordinaires, dont l'un était vieux, l'autre neurasthénique, l'autre myope… Mais toujours il retombait sous l'empire d'un symbolisme fantastique. Chacun de ces personnages paraissait situé à l'extrême frontière des choses, de même que leur théorie était à l'extrême frontière de la pensée. Il savait que chacun de ces hommes se tenait pour ainsi dire au point extrême de quelque route sauvage de la pensée.

Un homme, songeait Syme, qui marcherait toujours vers l'ouest jusqu'au bout du monde, finirait sans doute par trouver quelque chose, par exemple un arbre, qui serait à la fois plus

or less than a tree, a tree possessed by a spirit; and that if he went east to the end of the world he would find something else that was not wholly itself—a tower, perhaps, of which the very shape was wicked.

So these figures seemed to stand up, violent and unaccountable, against an ultimate horizon, visions from the verge. The ends of the earth were closing in.

Talk had been going on steadily as he took in the scene; and not the least of the contrasts of that bewildering breakfast-table was the contrast between the easy and unobtrusive tone of talk and its terrible purport.

They were deep in the discussion of an actual and immediate plot. The waiter downstairs had spoken quite correctly when he said that they were talking about bombs and kings. Only three days afterwards the Czar was to meet the President of the French Republic in Paris, and over their bacon and eggs upon their sunny balcony these beaming gentlemen had decided how both should die. Even the instrument was chosen; the black-bearded Marquis, it appeared, was to carry the bomb.

Ordinarily speaking, the proximity of this positive and objective crime would have sobered Syme, and cured him of all his merely mystical tremors. He would have thought of nothing but the need of saving at least

et moins qu'un arbre, soit un arbre possédé par des esprits. Et, de même, en allant toujours vers l'est, jusqu'au bout du monde, il rencontrerait une certaine chose qui ne serait pas non plus tout à fait cette chose même, une tour peut-être, dont l'architecture déjà serait un péché.

C'est ainsi que les membres du Conseil, avec leurs silhouettes violentes et incompréhensibles, étaient pour Syme de vivantes visions de l'abîme, et se détachaient sur un horizon ultime. En eux les deux bouts du monde se rejoignaient.

La conversation ne s'était pas interrompue, et le ton aisé et enjoué des causeurs faisait avec le sujet de l'entretien le plus étonnant des contrastes qui réunissait cet étonnant déjeuner.

Ils parlaient, à fond, d'un complot à réaliser sans remise. Le garçon ne se trompait pas en disant qu'il s'agissait de bombes et de rois. Dans trois jours, le Tsar devait rencontrer le président de la République française à Paris, et, sur le balcon ensoleillé, en consommant leur jambon et leurs œufs, ces joyeux conspirateurs décidaient la mort de l'un et de l'autre. On désignait même le camarade qui jetterait la bombe : c'était le marquis à la barbe noire.

Dans des circonstances moins extraordinaires, l'imminence de la réalité objective, positive, du crime aurait calmé Syme et dissipé ses craintes purement mystiques. Il n'aurait plus pensé qu'à la nécessité de sauver

two human bodies from being ripped in pieces with iron and roaring gas. But the truth was that by this time he had begun to feel a third kind of fear, more piercing and practical than either his moral revulsion or his social responsibility. Very simply, he had no fear to spare for the French President or the Czar; he had begun to fear for himself.

Most of the talkers took little heed of him, debating now with their faces closer together, and almost uniformly grave, save when for an instant the smile of the Secretary ran aslant across his face as the jagged lightning runs aslant across the sky. But there was one persistent thing which first troubled Syme and at last terrified him. The President was always looking at him, steadily, and with a great and baffling interest. The enormous man was quite quiet, but his blue eyes stood out of his head. And they were always fixed on Syme.

Syme felt moved to spring up and leap over the balcony. When the President's eyes were on him he felt as if he were made of glass. He had hardly the shred of a doubt that in some silent and extraordinary way Sunday had found out that he was a spy. He looked over the edge of the balcony, and saw a policeman, standing abstractedly just beneath, staring at the bright railings and the sunlit trees.

les deux hommes des fragments de fer et de la déflagration de la poudre qui menaçait de les déchiqueter. Mais le fait est qu'en ce moment précis, il commençait à ressentir une crainte personnelle, immédiate, où s'évanouissaient ses sentiments de répulsion et même le souci de ses responsabilités sociales. Ce n'était plus pour le Tsar et le président de la République qu'il tremblait : c'était pour lui-même.

La plupart des anarchistes, passionnément intéressés par la discussion, ne se préoccupaient guère de Syme. Serrés les uns contre les autres, ils étaient tous très graves. À peine le rictus du secrétaire passait-il parfois sur son visage, comme un éclair dans le ciel. Mais Syme fit une remarque qui d'abord le troubla et bientôt le terrifia : le président ne cessait de le regarder fixement, de le dévisager, avec un intérêt persistant. L'énorme individu restait parfaitement calme ; mais ses yeux bleus lui sortaient de la tête, et ces terribles yeux étaient fixés sur Syme.

Syme éprouva un désir presque irrésistible de sauter dans la rue, par-dessus le balcon. Il se sentait transparent comme le verre pour les prunelles aiguës de Dimanche et ne doutait plus que sa qualité d'espion n'eût été éventée par cet homme redoutable. Il jeta un regard par-dessus la balustrade du balcon et vit, juste en bas, un policeman qui considérait distraitement les grilles du square et les arbres ensoleillés.

Then there fell upon him the great temptation that was to torment him for many days. In the presence of these powerful and repulsive men, who were the princes of anarchy, he had almost forgotten the frail and fanciful figure of the poet Gregory, the mere aesthete of anarchism. He even thought of him now with an old kindness, as if they had played together when children. But he remembered that he was still tied to Gregory by a great promise. He had promised never to do the very thing that he now felt himself almost in the act of doing. He had promised not to jump over that balcony and speak to that policeman. He took his cold hand off the cold stone balustrade. His soul swayed in a vertigo of moral indecision. He had only to snap the thread of a rash vow made to a villainous society, and all his life could be as open and sunny as the square beneath him. He had, on the other hand, only to keep his antiquated honour, and be delivered inch by inch into the power of this great enemy of mankind, whose very intellect was a torture-chamber.

Whenever he looked down into the square he saw the comfortable policeman, a pillar of common sense and common order. Whenever he looked back at the breakfast-table he saw the President still quietly studying him with big, unbearable eyes.

In all the torrent of his thought there were two thoughts that never crossed his mind.

Il eut alors une intense tentation qui devait plus d'une fois le hanter durant les jours qui suivirent. Dans la compagnie de ces êtres hideux, répugnants et puissants, de ces princes de l'anarchie, il avait jusqu'alors presque oublié ce personnage falot, le poète Gregory, simple esthète de l'anarchie. Il se ressouvenait de lui, maintenant, avec une sorte de sympathie, comme d'un ami avec lequel il aurait joué, jadis, dans son enfance. Mais il se rappelait aussi qu'il restait lié à Gregory par une promesse intransgressible : il lui avait promis de ne pas faire précisément ce qu'il avait été sur le point de faire. Il lui avait promis de ne pas enjamber le balcon, de ne pas appeler ce policeman. Il retira sa main glacée de la froide balustrade de pierre. Son âme roulait dans un vertige d'indécision. Il n'avait qu'à violer un serment inconsidéré, prêté à une société de bandits, et sa vie devenait aussi belle et riante que ce square ensoleillé. D'autre part, s'il restait fidèle aux lois antiques de l'honneur, il se livrait peu à peu sans recours à ce grand ennemi de l'humanité dont l'évidente et immense intelligence était une chambre de torture.

Chaque fois qu'il se tournait vers le square, il voyait le policeman, confortable comme un pilier du sens commun et de l'ordre public. Et, chaque fois que le regard de Syme revenait à la table, il voyait le président qui continuait à l'épier, de ses gros yeux insupportables.

Il est deux idées, cependant, qui, dans le torrent de ses pensées, ne lui vinrent pas à l'esprit.

First, it never occurred to him to doubt that the President and his Council could crush him if he continued to stand alone. The place might be public, the project might seem impossible. But Sunday was not the man who would carry himself thus easily without having, somehow or somewhere, set open his iron trap. Either by anonymous poison or sudden street accident, by hypnotism or by fire from hell, Sunday could certainly strike him. If he defied the man he was probably dead, either struck stiff there in his chair or long afterwards as by an innocent ailment. If he called in the police promptly, arrested everyone, told all, and set against them the whole energy of England, he would probably escape; certainly not otherwise. They were a balconyful of gentlemen overlooking a bright and busy square; but he felt no more safe with them than if they had been a boatful of armed pirates overlooking an empty sea.

There was a second thought that never came to him. It never occurred to him to be spiritually won over to the enemy. Many moderns, inured to a weak worship of intellect and force, might have wavered in their allegiance under this oppression of a great personality. They might have called Sunday the super-man. If any such creature be conceivable, he looked, indeed, somewhat like it, with his earth-shaking abstraction, as of a stone statue walking.

D'abord, il ne lui arriva pas un instant de mettre en doute que le président et son Conseil ne pussent l'anéantir, s'il restait là, seul, parmi ces misérables. Sans doute, sur une place publique une telle exécution eût pu paraître impossible. Mais Dimanche n'était pas homme à montrer tant d'aisance sans avoir, quelque part et de quelque manière, préparé son piège. Poison anonyme ou brusque accident, fortuit en apparence, hypnotisme, feu infernal : peu importait comment, mais certainement Dimanche pouvait le frapper. Que Syme osât défier cet homme, et Syme était condamné — atteint de paralysie sur son siège ou mourant longtemps après de quelque maladie mystérieuse. En appelant sur-le-champ la police, en faisant arrêter tout le monde, en racontant tout, en suscitant contre ces monstres toute l'énergie de l'Angleterre, peut-être eût-il échappé. Mais son salut n'exigeait certainement pas moins. Il y avait là, sur un balcon, au-dessus d'un square passager, quelques gentlemen, parmi lesquels Syme ne se sentait pas plus en sécurité qu'il ne l'eût été, au milieu de la mer déserte, dans une chaloupe pleine de pirates armés.

Et il n'eut pas davantage l'idée qu'il pourrait être gagné à l'ennemi. Beaucoup d'autres, en ce temps, habitués à honorer de toute leur faiblesse l'intelligence et la force, auraient pu hésiter dans leur loyauté, céder au prestige oppressif de la puissante personnalité de Dimanche. Ils auraient salué en lui le Surhomme. Et, en effet, si le Surhomme est concevable, Dimanche lui ressemblait beaucoup, avec son énergie capable d'ébranler la terre dans un moment de distraction. C'était une statue de pierre en mouvement.

He might have been called something above man, with his large plans, which were too obvious to be detected, with his large face, which was too frank to be understood. But this was a kind of modern meanness to which Syme could not sink even in his extreme morbidity. Like any man, he was coward enough to fear great force; but he was not quite coward enough to admire it.

The men were eating as they talked, and even in this they were typical. Dr. Bull and the Marquis ate casually and conventionally of the best things on the table—cold pheasant or Strasbourg pie. But the Secretary was a vegetarian, and he spoke earnestly of the projected murder over half a raw tomato and three quarters of a glass of tepid water. The old Professor had such slops as suggested a sickening second childhood. And even in this President Sunday preserved his curious predominance of mere mass. For he ate like twenty men; he ate incredibly, with a frightful freshness of appetite, so that it was like watching a sausage factory. Yet continually, when he had swallowed a dozen crumpets or drunk a quart of coffee, he would be found with his great head on one side staring at Syme.

"I have often wondered," said the Marquis, taking a great bite out of a slice of bread and jam, "whether it wouldn't be better for me to do it with a knife.

Oui, cet être aux plans vastes, trop visibles pour être vus, au visage trop ouvert, trop explicite pour qu'on le comprît, pouvait faire penser qu'il y avait là plus qu'un homme. Mais Syme, quelle que fût la dépression dont il souffrît, n'était pas exposé à tomber dans cette faiblesse, si moderne. Comme tout le monde, il était assez lâche pour craindre la force ; il n'était pas tout à fait assez lâche pour l'admirer.

Les anarchistes mangeaient en causant, et jusque dans leur manière de manger se révélait le caractère de chacun. Le docteur Bull et le marquis chipotaient avec négligence les meilleurs morceaux, du faisan froid, du pâté de Strasbourg. Le secrétaire était végétarien, et discutait de bombes et de meurtres tout en absorbant une tomate crue, arrosée d'un verre d'eau tiède. Le vieux professeur avait des hoquets précurseurs d'un prochain gâtisme. Le président gardait, là comme en tout, la supériorité incontestable de sa masse. Il mangeait comme vingt ! Il mangeait incroyablement ! On eût cru, en le regardant dévorer, assister à la manœuvre d'une fabrique de saucisses. Et après avoir enfourné une douzaine de petits pains en quelques bouchées et bu toute une pinte de café, il recommençait, la tête penchée, à surveiller Syme.

— Je me suis demandé souvent, dit le marquis en mordant dans une tartine de confiture, si je ne ferais pas mieux d'employer le couteau, de préférence à la bombe.

Most of the best things have been brought off with a knife. And it would be a new emotion to get a knife into a French President and wriggle it round."

"You are wrong," said the Secretary, drawing his black brows together. "The knife was merely the expression of the old personal quarrel with a personal tyrant. Dynamite is not only our best tool, but our best symbol. It is as perfect a symbol of us as is incense of the prayers of the Christians. It expands; it only destroys because it broadens; even so, thought only destroys because it broadens. A man's brain is a bomb," he cried out, loosening suddenly his strange passion and striking his own skull with violence. "My brain feels like a bomb, night and day. It must expand! It must expand! A man's brain must expand, if it breaks up the universe."

"I don't want the universe broken up just yet," drawled the Marquis. "I want to do a lot of beastly things before I die. I thought of one yesterday in bed."

"No, if the only end of the thing is nothing," said Dr. Bull with his sphinx-like smile, "it hardly seems worth doing."

The old Professor was staring at the ceiling with dull eyes.

"Every man knows in his heart," he said, "that nothing is worth doing."

Le couteau a servi à couper d'excellentes choses. Quelle exquise sensation ! Enfoncer un couteau dans le dos d'un président de la République et retourner le fer dans la plaie !

— Vous avez tort, protesta le secrétaire en fronçant les sourcils. Le couteau convenait à l'antique querelle personnelle d'un individu contre un tyran. La dynamite n'est pas seulement notre instrument le meilleur, elle est aussi notre meilleur symbole. Un aussi parfait symbole de l'anarchie que peut l'être l'encens pour les prières des chrétiens. La dynamite se répand et ne tue que parce qu'elle se répand. La pensée aussi ne détruit que parce qu'elle se répand. Le cerveau est une bombe ! s'écria-t-il en s'abandonnant soudain à sa passion et en se frappant le crâne avec violence : mon cerveau est une bombe que je sens sur le point, sans cesse, d'éclater ! Il veut se répandre ! Il faut qu'il se répande ! Il faut que la pensée se répande, l'univers en fût-il réduit en poussière.

— Je ne désire pas que l'univers saute en ce moment, dit le marquis, très bas : je veux faire autant de mal que je pourrai avant de mourir. J'y pensais hier soir, dans mon lit.

— En effet, dit le docteur Bull avec son sourire de sphinx, si le néant est le but unique de tout, cela vaut-il le moindre effort ?

Le vieux professeur regardait au plafond de ses yeux morts.

— Chacun sait, dit-il, chacun sait, au fond de son cœur, que rien ne vaut aucun effort.

There was a singular silence, and then the Secretary said—

"We are wandering, however, from the point. The only question is how Wednesday is to strike the blow. I take it we should all agree with the original notion of a bomb. As to the actual arrangements, I should suggest that tomorrow morning he should go first of all to—"

The speech was broken off short under a vast shadow.

President Sunday had risen to his feet, seeming to fill the sky above them.

"Before we discuss that," he said in a small, quiet voice, "let us go into a private room. I have something very particular to say."

Syme stood up before any of the others. The instant of choice had come at last, the pistol was at his head. On the pavement before he could hear the policeman idly stir and stamp, for the morning, though bright, was cold.

A barrel-organ in the street suddenly sprang with a jerk into a jovial tune. Syme stood up taut, as if it had been a bugle before the battle. He found himself filled with a supernatural courage that came from nowhere. That jingling music seemed full of the vivacity, the vulgarity, and the irrational valour of the poor, who in all those unclean streets were all clinging to the decencies and the charities of Christendom.

Il se fit un étrange silence, puis :

— Nous nous écartons de la question, observa le secrétaire. La question est celle de savoir comment Mercredi frappera son coup. Il me semble que nous devons nous en tenir à l'idée première : la bombe. Quant aux détails, je suis d'avis que, dès demain matin, notre camarade s'embarque pour…

Le secrétaire s'interrompit brusquement : une ombre vaste venait de s'allonger sur la table.

Le président Dimanche s'était levé, et il n'y avait plus de ciel au-dessus du balcon.

— Avant d'en venir à discuter ce point, dit-il d'une voix étrangement flûtée, je vous prie de m'accompagner dans un cabinet particulier. J'ai une communication très spéciale à vous faire.

Syme fut le premier debout. Le moment de choisir était venu ; le pistolet était sur sa tempe. En bas, le policeman se promenait paresseusement tout en tapant de la semelle, car la matinée était belle, mais froide.

Soudain, dans la rue voisine, un orgue de Barbarie attaqua une ritournelle. Syme se redressa fièrement, comme s'il eût entendu le clairon sonner la bataille. Il sentit affluer en lui, il ne savait d'où, un courage surnaturel. Il y avait pour lui, dans cette humble mélodie, toute la vivacité, toute la vulgarité aussi, et toute l'irrationnelle vertu des pauvres qui, par les rues souillées de Londres, vont au hasard des pas, fermement attachés aux décences et aux charités du christianisme.

His youthful prank of being a policeman had faded from his mind; he did not think of himself as the representative of the corps of gentlemen turned into fancy constables, or of the old eccentric who lived in the dark room. But he did feel himself as the ambassador of all these common and kindly people in the street, who every day marched into battle to the music of the barrel-organ. And this high pride in being human had lifted him unaccountably to an infinite height above the monstrous men around him. For an instant, at least, he looked down upon all their sprawling eccentricities from the starry pinnacle of the commonplace. He felt towards them all that unconscious and elementary superiority that a brave man feels over powerful beasts or a wise man over powerful errors. He knew that he had neither the intellectual nor the physical strength of President Sunday; but in that moment he minded it no more than the fact that he had not the muscles of a tiger or a horn on his nose like a rhinoceros. All was swallowed up in an ultimate certainty that the President was wrong and that the barrel-organ was right. There clanged in his mind that unanswerable and terrible truism in the song of Roland—

"Pagens ont tort et Chretiens ont droit."

Sa juvénile équipée de policier bénévole, il n'y songeait plus ; il ne se concevait plus lui-même comme le représentant d'une association de gentlemen jouant en amateurs le rôle de détectives ; il avait oublié le vieil original qui vivait dans sa chambre pleine de nuit. Non ! Il était l'ambassadeur de tous ces pauvres gens, honnêtes et vulgaires, qui, par les rues, s'en vont à la bataille de la vie, chaque matin, au son de l'orgue de Barbarie. Et cette grande gloire d'être simplement un homme l'exaltait, sans qu'il pût dire pourquoi ni comment, à une hauteur incommensurable au-dessus des monstres qui l'entouraient. Un instant, du moins, il jugea leur bizarrerie ignoble, du haut de ce point de vue céleste : le lieu commun. Il avait sur eux tous cette inconsciente et élémentaire supériorité d'un brave homme sur des bêtes puissantes, d'un sage sur des erreurs puissantes. Il ne possédait, sans doute, et il le savait bien, ni la force intellectuelle ni la force physique du président Dimanche ; mais il n'était pas plus sensible à cette infériorité qu'il n'eût regretté de ne pas avoir les muscles du tigre ou l'appendice nasal du rhinocéros. Il oubliait tout devant cette certitude suprême : que Dimanche avait tort et que l'orgue de Barbarie avait raison. Dans sa mémoire chantait le truisme sans réplique et terrible de la *Chanson de Roland* :

Païens ont tort et Chrétiens ont droit !

which in the old nasal French has the clang and groan of great iron. This liberation of his spirit from the load of his weakness went with a quite clear decision to embrace death. If the people of the barrel-organ could keep their old-world obligations, so could he. This very pride in keeping his word was that he was keeping it to miscreants. It was his last triumph over these lunatics to go down into their dark room and die for something that they could not even understand. The barrel-organ seemed to give the marching tune with the energy and the mingled noises of a whole orchestra; and he could hear deep and rolling, under all the trumpets of the pride of life, the drums of the pride of death.

The conspirators were already filing through the open window and into the rooms behind. Syme went last, outwardly calm, but with all his brain and body throbbing with romantic rhythm.

The President led them down an irregular side stair, such as might be used by servants, and into a dim, cold, empty room, with a table and benches, like an abandoned boardroom. When they were all in, he closed and locked the door.

The first to speak was Gogol, the irreconcilable, who seemed bursting with inarticulate grievance.

qui était, en ce vieux français nasillard, pareil au bruit des grandes armes de fer. Le fardeau de sa faiblesse se détachait de lui, et, fermement, il prit la résolution d'affronter la mort. Il songea que les gens de l'orgue de Barbarie tenaient leurs engagements, selon les lois de l'honneur antique ; il ferait comme eux. La fidélité à sa parole serait d'autant plus glorieuse qu'il l'avait donnée, cette parole d'honneur, à des mécréants. Et son dernier triomphe sur ces fous serait de les suivre dans ce cabinet particulier et de mourir pour une cause qu'ils ne pourraient même pas comprendre. L'orgue de Barbarie jouait une marche avec toute l'énergie et toute la parfaite harmonie d'un savant orchestre ; et Syme distinguait, sous les éclats des cuivres qui célébraient la gloire de vivre, le profond roulement de tambour qui affirmait la gloire de mourir.

Déjà, les conspirateurs s'éloignaient par la porte-fenêtre et par les pièces. Syme franchit le dernier le seuil du balcon. Extérieurement calme, il frémissait dans son cerveau et dans tous ses membres d'un rythme romantique.

Le président les conduisit, par un escalier de service, dans une chambre vide, froide, mal éclairée. Il y avait une table et quelques bancs. On se fût cru dans une chambre de bord abandonnée. Quand tous furent entrés, Dimanche ferma la porte et tourna la clef dans la serrure.

Le premier, Gogol, l'irréductible, prit la parole. Il paraissait étouffer de fureur.

"Zso! Zso!" he cried, with an obscure excitement, his heavy Polish accent becoming almost impenetrable. "You zay you nod 'ide. You zay you show himselves. It is all nuzzinks. Ven you vant talk importance you run yourselves in a dark box!"

The President seemed to take the foreigner's incoherent satire with entire good humour.

"You can't get hold of it yet, Gogol," he said in a fatherly way. "When once they have heard us talking nonsense on that balcony they will not care where we go afterwards. If we had come here first, we should have had the whole staff at the keyhole. You don't seem to know anything about mankind."

"I die for zem," cried the Pole in thick excitement, "and I slay zare oppressors. I care not for these games of gonzealment. I would zmite ze tyrant in ze open square."

"I see, I see," said the President, nodding kindly as he seated himself at the top of a long table. "You die for mankind first, and then you get up and smite their oppressors. So that's all right. And now may I ask you to control your beautiful sentiments, and sit down with the other gentlemen at this table. For the first time this morning something intelligent is going to be said."

— Voilà donc, s'écria-t-il — et, inarticulé, son anglais-polonais devenait presque incompréhensible — voilà donc comment vous renoncez à vous cacher ! Vous dites que vous vous montrez ! Vous vous moquez de nous ! Quand il s'agit de parler sérieusement, vous ne manquez pas de vous enfermer dans une boîte obscure !

Le président subit avec toute sa bonne humeur l'incohérente diatribe de l'étranger.

— Vous ne comprenez pas encore, Gogol, dit-il paternellement. Les gens qui nous ont entendus dire des bêtises sur le balcon ne se soucient plus de savoir où nous allons ensuite. Si nous avions commencé par nous cacher ici, tous les garçons seraient venus écouter à la porte... Vous ne connaissez pas les hommes.

— Je meurs pour eux, s'écria le Polonais ! Je tue leurs oppresseurs ! Mais je n'aime pas le jeu de cache-cache. Je voudrais frapper les tyrans en plein square.

— C'est bien, c'est bien, dit le président en s'asseyant au bout de la table. Vous commencez par mourir pour l'humanité, et puis vous ressuscitez pour frapper les tyrans. C'est à merveille. Permettez-moi, maintenant, de vous prier de maîtriser vos beaux sentiments et de vous asseoir avec ces messieurs. Pour la première fois, ce matin, vous allez entendre une parole sensée.

Syme, with the perturbed promptitude he had shown since the original summons, sat down first. Gogol sat down last, grumbling in his brown beard about *gombromise*.

No one except Syme seemed to have any notion of the blow that was about to fall. As for him, he had merely the feeling of a man mounting the scaffold with the intention, at any rate, of making a good speech.

"Comrades," said the President, suddenly rising, "we have spun out this farce long enough. I have called you down here to tell you something so simple and shocking that even the waiters upstairs (long inured to our levities) might hear some new seriousness in my voice. Comrades, we were discussing plans and naming places. I propose, before saying anything else, that those plans and places should not be voted by this meeting, but should be left wholly in the control of some one reliable member. I suggest Comrade Saturday, Dr. Bull."

They all stared at him; then they all started in their seats, for the next words, though not loud, had a living and sensational emphasis.

Sunday struck the table.

"Not one word more about the plans and places must be said at this meeting. Not one tiny detail more about what we mean to do must be mentioned *in this company*."

Avec la promptitude empressée qu'il avait montrée dès le début, Syme fut le premier à s'asseoir. Gogol s'assit le dernier, maugréant toujours dans sa barbe brune, et à plusieurs reprises on put percevoir le mot « gompromis ».

Nul, excepté Syme, n'avait l'air de se douter du coup qui allait être frappé. Quant à lui, il éprouvait la sensation de l'homme qui monte à l'échafaud, mais qui se promet de ne pas mourir avant d'avoir fait un beau discours.

— Camarades ! dit le président en se levant soudain, cette farce a assez duré ! Je vous ai réunis ici pour vous apprendre quelque chose de si simple et pourtant de si choquant que les garçons de cet établissement, si habitués qu'ils soient à nos folies, pourraient remarquer dans mes paroles une gravité inaccoutumée. Camarades ! Nous discutions tout à l'heure des plans d'action ; nous proposions des lieux… Avant d'aller plus loin, je vous demande de confier entièrement et sans contrôle la décision à l'un de nous, à un seul : le camarade Samedi, le docteur Bull.

Tous les regards étaient fixés sur Dimanche. Brusquement, les membres du Conseil se levèrent, car les paroles qui suivirent, sans être prononcées à haute voix, le furent avec une énergie qui fit sensation.

Dimanche frappa du poing sur la table.

— Pas un mot de plus, aujourd'hui, sur nos plans ! Pas la plus mince révélation de nos projets *dans cette société !*

Sunday had spent his life in astonishing his followers; but it seemed as if he had never really astonished them until now. They all moved feverishly in their seats, except Syme. He sat stiff in his, with his hand in his pocket, and on the handle of his loaded revolver. When the attack on him came he would sell his life dear. He would find out at least if the President was mortal.

Sunday went on smoothly—

"You will probably understand that there is only one possible motive for forbidding free speech at this festival of freedom. Strangers overhearing us matters nothing. They assume that we are joking. But what would matter, even unto death, is this, that there should be one actually among us who is not of us, who knows our grave purpose, but does not share it, who—"

The Secretary screamed out suddenly like a woman.

"It can't be!" he cried, leaping. "There can't—"

The President flapped his large flat hand on the table like the fin of some huge fish.

"Yes," he said slowly, "there is a spy in this room. There is a traitor at this table. I will waste no more words. His name—"

Syme half rose from his seat, his finger firm on the trigger.

Dimanche avait passé sa vie à étonner ses compagnons. On eût pourtant dit, à les voir, qu'ils subissaient pour la première fois cette impression d'étonnement. Ils s'agitaient sur leurs sièges, fébrilement, tous, excepté Syme. Immobile, il serrait, dans sa poche, la crosse de son revolver, s'apprêtant à vendre chèrement sa vie : on saurait enfin si le président était mortel.

Dimanche reprit, d'une voix égale :

— Vous le devinez sans doute : pour proscrire, de ce festival de la liberté, la liberté de la parole, je ne puis avoir qu'un seul motif. Peu importe que des étrangers nous entendent. Il est entendu pour eux que nous plaisantons. Ce qui importe, ce qui a une importance capitale, c'est qu'il y a parmi nous un homme qui n'est pas des nôtres, un homme qui connaît nos graves desseins et qui n'a pour eux aucune sympathie, un homme…

Le secrétaire poussa un cri perçant, un cri de femme, et se leva d'un bond :

— C'est impossible !… Il est impossible que…

Le président abattit sur la table sa main, large comme la nageoire d'un poisson énorme.

— Oui, prononça-t-il avec lenteur, il y a dans cette chambre un espion. Il y a un traître à cette table. Je ne perdrai pas un mot de plus. Il se nomme…

Syme se leva à demi, le doigt sur la détente de son revolver.

"His name is Gogol," said the President. "He is that hairy humbug over there who pretends to be a Pole."

Gogol sprang to his feet, a pistol in each hand. With the same flash three men sprang at his throat. Even the Professor made an effort to rise.

But Syme saw little of the scene, for he was blinded with a beneficent darkness; he had sunk down into his seat shuddering, in a palsy of passionate relief.

— Il se nomme Gogol, continua le président : c'est ce charlatan chevelu qui se prétend Polonais.

Gogol se dressa sur ses pieds, un revolver dans chaque main. Au même instant, trois hommes lui sautaient à la gorge. Le professeur lui-même fit un effort pour se lever.

Mais Syme ne vit pas grand-chose de ce qui se passa ensuite. Il était comme aveuglé par une obscurité bienfaisante. Effondré sur son banc, il tremblait, comme épouvanté de se sentir sauvé.

7

The unaccountable conduct of Professor De Worms

"Sit down!" said Sunday in a voice that he used once or twice in his life, a voice that made men drop drawn swords.

The three who had risen fell away from Gogol, and that equivocal person himself resumed his seat.

"Well, my man," said the President briskly, addressing him as one addresses a total stranger, "will you oblige me by putting your hand in your upper waistcoat pocket and showing me what you have there?"

The alleged Pole was a little pale under his tangle of dark hair, but he put two fingers into the pocket with apparent coolness and pulled out a blue strip of card.

When Syme saw it lying on the table, he woke up again to the world outside him. For although the card lay at the other extreme of the table, and he could read nothing of the inscription on it,

7
Conduite inexplicable du Professeur De Worms

— Assis ! cria Dimanche d'une voix dont il se servait rarement, une voix qui faisait tomber des mains les épées menaçantes.

Les trois hommes qui avaient appréhendé Gogol le lâchèrent, et ce personnage équivoque reprit sa place.

— Eh bien ! mon garçon, reprit le président, comme s'il se fût adressé à un inconnu, voulez-vous me faire le plaisir de fouiller la poche supérieure de votre gilet et de me montrer ce que vous y trouverez ?

Le prétendu Polonais avait pâli sous sa broussaille de poils sombres. Il glissa pourtant avec calme apparent deux doigts dans la poche indiquée et en tira un bout de carte bleue.

En voyant cette carte sur la table, Syme reprit conscience du monde extérieur. Bien qu'elle fût posée à l'autre bout de la table, et qu'il n'en pût pas lire l'inscription,

it bore a startling resemblance to the blue card in his own pocket, the card which had been given to him when he joined the anti-anarchist constabulary.

"Pathetic Slav," said the President, "tragic child of Poland, are you prepared in the presence of that card to deny that you are in this company—shall we say *de trop*?"

"Right oh!" said the late Gogol. It made everyone jump to hear a clear, commercial and somewhat cockney voice coming out of that forest of foreign hair. It was irrational, as if a Chinaman had suddenly spoken with a Scotch accent.

"I gather that you fully understand your position," said Sunday.

"You bet," answered the Pole. "I see it's a fair cop. All I say is, I don't believe any Pole could have imitated my accent like I did his."

"I concede the point," said Sunday. "I believe your own accent to be inimitable, though I shall practise it in my bath. Do you mind leaving your beard with your card?"

"Not a bit," answered Gogol; and with one finger he ripped off the whole of his shaggy head-covering, emerging with thin red hair and a pale, pert face.

"It was hot," he added.

cette carte ressemblait étonnamment à celle qu'il avait lui-même en poche et qui lui avait été remise à son entrée dans la police anti-anarchiste.

— Slave pathétique, dit le président, fils tragique de la Pologne, êtes-vous disposé à prétendre, maintenant et devant cette carte, qu'en notre société vous n'êtes pas... comment dirai-je... de trop ?

Chacun fut surpris d'entendre une voix claire, commerciale pour ainsi dire et presque faubourienne, sortir de cette forêt de cheveux exotiques. C'était tout aussi paradoxal que si, tout à coup, un Chinois eût parlé anglais avec l'accent écossais.

— Je pense que vous vous rendez compte de votre position, continua Dimanche.

— *Tu parles !* répliqua le Polonais. Mais croyez-vous qu'un vrai Polonais aurait su être aussi Polonais que moi ?

— Je vous accorde ce point. Votre accent d'ailleurs est inimitable ; pourtant, je m'y essaierai en prenant mon bain. Voyez-vous quelque inconvénient à laisser ici votre barbe avec votre carte ?

— Pas le moins du monde !

Et, d'un coup, Gogol arracha tout son masque barbu et chevelu, d'où émergea une figure pâle et effrontée, au poil blond.

— C'était bien chaud, ajouta-t-il.

"I will do you the justice to say," said Sunday, not without a sort of brutal admiration, "that you seem to have kept pretty cool under it. Now listen to me. I like you. The consequence is that it would annoy me for just about two and a half minutes if I heard that you had died in torments. Well, if you ever tell the police or any human soul about us, I shall have that two and a half minutes of discomfort. On your discomfort I will not dwell. Good day. Mind the step."

The red-haired detective who had masqueraded as Gogol rose to his feet without a word, and walked out of the room with an air of perfect nonchalance. Yet the astonished Syme was able to realise that this ease was suddenly assumed; for there was a slight stumble outside the door, which showed that the departing detective had not minded the step.

"Time is flying," said the President in his gayest manner, after glancing at his watch, which like everything about him seemed bigger than it ought to be. "I must go off at once; I have to take the chair at a Humanitarian meeting."

The Secretary turned to him with working eyebrows.

"Would it not be better," he said a little sharply, "to discuss further the details of our project, now that the spy has left us?"

— Je vous rendrai justice en disant que vous avez su, sous ce masque si chaud, garder votre sang-froid, fit Dimanche, avec une sorte d'admiration brutale. Écoutez-moi ; vous me plaisez. Il me serait donc désagréable, pendant au moins deux minutes et demie, d'apprendre que vous avez succombé aux tourments. Eh bien ! si vous parlez de nous à la police ou à âme qui vive, il me faudra subir ces deux minutes et demie de désagrément. Quant à l'ennui qui en résulterait pour vous, je n'y insiste pas. Adieu, donc, et prenez garde à l'escalier.

Le ci-devant Gogol, le détective aux cheveux roux se leva sans mot dire et quitta la chambre, lentement, avec un air de parfaite nonchalance. Mais Syme, stupéfait, put se convaincre que cette aisance était jouée, car un léger trébuchement l'avertit bientôt que le détective n'avait pas pris garde à l'escalier.

— Le temps passe, dit le président de sa façon la plus enjouée en consultant une montre qui, comme lui-même et comme tout ce qu'il portait sur lui, était de dimensions anormales. Il faut que je vous quitte sur-le-champ : j'ai l'obligation de présider une réunion humanitaire.

Le secrétaire se tourna vers lui, les sourcils froncés.

— Ne vaudrait-il pas mieux, dit-il sèchement, reprendre la discussion de notre projet, maintenant que nous sommes entre nous ?

"No, I think not," said the President with a yawn like an unobtrusive earthquake. "Leave it as it is. Let Saturday settle it. I must be off. Breakfast here next Sunday."

But the late loud scenes had whipped up the almost naked nerves of the Secretary. He was one of those men who are conscientious even in crime.

"I must protest, President, that the thing is irregular," he said. "It is a fundamental rule of our society that all plans shall be debated in full council. Of course, I fully appreciate your forethought when in the actual presence of a traitor—"

"Secretary," said the President seriously, "if you'd take your head home and boil it for a turnip it might be useful. I can't say. But it might."

The Secretary reared back in a kind of equine anger.

"I really fail to understand—" he began in high offense.

"That's it, that's it," said the President, nodding a great many times. "That's where you fail right enough. You fail to understand. Why, you dancing donkey," he roared, rising, "you didn't want to be overheard by a spy, didn't you? How do you know you aren't overheard now?"

And with these words he shouldered his way out of the room, shaking with incomprehensible scorn.

— Je ne suis pas de votre avis, répondit le président, avec un bâillement comparable à un discret tremblement de terre. Laissons tout en plan. Samedi arrangera tout. Je m'en vais. Je suis pressé. Nous déjeunerons ici dimanche prochain.

Mais la scène dramatique à laquelle il venait d'assister avait singulièrement surexcité le système nerveux du secrétaire. C'était un de ces hommes qui sont consciencieux jusque dans le crime.

— J'ai le devoir de protester, Président, contre cette irrégularité ! dit-il. C'est une des règles fondamentales de notre société, que tous les plans doivent être discutés en plein conseil. Sans doute, et je rends pleinement hommage à votre prudence, en présence d'un traître...

— Secrétaire, interrompit le président, très sérieusement, si vous rapportez votre tête chez vous, essayez donc de la faire cuire, comme un navet ; peut-être alors sera-t-elle bonne à quelque chose. Toutefois, je n'affirme rien.

Lé secrétaire étouffa un rugissement de fureur.

— En vérité, murmura-t-il, je ne puis comprendre...

— Parfaitement, dit le président en inclinant la tête à plusieurs reprises, c'est bien cela ! vous ne pouvez comprendre, et cela vous arrive assez souvent. Voyons âne bâté que vous êtes ! rugit-il en se levant. Vous ne vouliez pas qu'un espion nous entendît, hein ? Or, que savez-vous si, en ce moment même, un espion ne nous entend pas ?

Sur ces mots, il quitta la pièce en haussant les épaules.

Four of the men left behind gaped after him without any apparent glimmering of his meaning. Syme alone had even a glimmering, and such as it was it froze him to the bone. If the last words of the President meant anything, they meant that he had not after all passed unsuspected. They meant that while Sunday could not denounce him like Gogol, he still could not trust him like the others.

The other four got to their feet grumbling more or less, and betook themselves elsewhere to find lunch, for it was already well past midday. The Professor went last, very slowly and painfully.

Syme sat long after the rest had gone, revolving his strange position. He had escaped a thunderbolt, but he was still under a cloud. At last he rose and made his way out of the hotel into Leicester Square.

The bright, cold day had grown increasingly colder, and when he came out into the street he was surprised by a few flakes of snow. While he still carried the sword-stick and the rest of Gregory's portable luggage, he had thrown the cloak down and left it somewhere, perhaps on the steam-tug, perhaps on the balcony. Hoping, therefore, that the snow-shower might be slight, he stepped back out of the street for a moment and stood up under the doorway of a small and greasy hair-dresser's shop, the front window of which was empty, except for a sickly wax lady in evening dress.

Des cinq hommes qui restaient dans le cabinet, quatre ouvraient la bouche, écarquillaient les yeux ; ils paraissaient au comble de l'étonnement. Syme seul se doutait de la vérité, et ce doute le faisait frissonner jusque dans la moelle de ses os. Si les paroles du président n'étaient pas dénuées de sens, elles signifiaient que Syme était, tout au moins, soupçonné. Peut-être Dimanche n'avait-il pas la certitude de pouvoir le démasquer, comme il avait fait de Gogol, mais il se méfiait !

Les quatre autres finirent par s'en aller, à la recherche de leur lunch, car il était plus de midi. Le professeur gagna la porte très lentement, très péniblement.

Syme resta longtemps seul, à méditer sur son étrange situation. Il avait échappé au premier coup de tonnerre, mais le nuage pesait encore sur lui. Enfin, il sortit et gagna Leicester Square.

La température s'était refroidie. Syme éprouva quelque ennui à voir tomber des flocons de neige. Il avait toujours la canne à épée et le reste des bagages de Gregory, mais sa pèlerine était restée il ne savait où, dans le bateau peut-être, ou sur le balcon. Espérant que la rafale ne durerait pas, il se réfugia sous l'auvent d'une petite boutique de coiffeur, dont la vitrine ne contenait qu'une maladive figure de femme en cire, décolletée.

Snow, however, began to thicken and fall fast; and Syme, having found one glance at the wax lady quite sufficient to depress his spirits, stared out instead into the white and empty street. He was considerably astonished to see, standing quite still outside the shop and staring into the window, a man. His top hat was loaded with snow like the hat of Father Christmas, the white drift was rising round his boots and ankles; but it seemed as if nothing could tear him away from the contemplation of the colourless wax doll in dirty evening dress. That any human being should stand in such weather looking into such a shop was a matter of sufficient wonder to Syme; but his idle wonder turned suddenly into a personal shock; for he realised that the man standing there was the paralytic old Professor de Worms. It scarcely seemed the place for a person of his years and infirmities.

Syme was ready to believe anything about the perversions of this dehumanized brotherhood; but even he could not believe that the Professor had fallen in love with that particular wax lady. He could only suppose that the man's malady (whatever it was) involved some momentary fits of rigidity or trance. He was not inclined, however, to feel in this case any very compassionate concern. On the contrary, he rather congratulated himself that the Professor's stroke and his elaborate and limping walk would make it easy to escape from him and leave him miles behind.

Pourtant, la neige tombait de plus en plus dense. Syme, agacé par le sourire fade de la figurine, se retourna vers la rue et regarda les pavés blanchir. Il ne fut pas peu surpris de voir un homme arrêté devant la vitrine et qui se tenait là, immobile, comme hypnotisé par l'insupportable statuette. Son chapeau était blanc comme celui du père Noël, et la neige s'épaississait autour de ses souliers. Mais il semblait que rien ne pût l'arracher à la contemplation de cette poupée fanée. Il était assez étrange qu'un être humain quelconque se tînt par un pareil temps en observation devant une telle boutique. L'étonnement de Syme ne tarda pas à changer en un malaise très personnel, car il reconnut tout à coup le vieux professeur paralytique de Worms. Ce n'était guère l'endroit qui convenait à un homme de son âge, accablé des infirmités qu'il avait.

Syme était prêt à admettre n'importe quoi d'invraisemblable sur le compte de n'importe lequel des « déshumanisés » qui composaient le Conseil. Mais il ne pouvait croire que le vieux professeur fût amoureux de cette poupée de cire. Il préféra s'expliquer le cas en supposant que le malade était sujet à des accès de catalepsie, de rigidité subite, et même il se félicita, n'étant nullement enclin à la pitié envers un tel individu, de pouvoir, par une fuite rapide, le distancer tout de suite.

For Syme thirsted first and last to get clear of the whole poisonous atmosphere, if only for an hour. Then he could collect his thoughts, formulate his policy, and decide finally whether he should or should not keep faith with Gregory.

He strolled away through the dancing snow, turned up two or three streets, down through two or three others, and entered a small Soho restaurant for lunch.

He partook reflectively of four small and quaint courses, drank half a bottle of red wine, and ended up over black coffee and a black cigar, still thinking. He had taken his seat in the upper room of the restaurant, which was full of the chink of knives and the chatter of foreigners. He remembered that in old days he had imagined that all these harmless and kindly aliens were anarchists. He shuddered, remembering the real thing. But even the shudder had the delightful shame of escape. The wine, the common food, the familiar place, the faces of natural and talkative men, made him almost feel as if the Council of the Seven Days had been a bad dream; and although he knew it was nevertheless an objective reality, it was at least a distant one. Tall houses and populous streets lay between him and his last sight of the shameful seven; he was free in free London, and drinking wine among the free.

Car Syme avait besoin d'échapper, ne fût-ce que pour une heure, à l'atmosphère empoisonnée qu'il respirait depuis la veille. Alors, il pourrait, du moins, mettre de l'ordre dans ses pensées, délibérer sur la conduite à tenir, et d'abord résoudre ce problème : était-il, ou non, enchaîné par la parole donnée à Gregory ?

Sous les flocons de neige qui dansaient dans l'air, il s'éloigna, traversa quelques rues et entra dans un petit restaurant de Soho pour y prendre son *lunch*.

Il mangea de trois ou quatre plats, tout en réfléchissant, but une demi-bouteille de vin rouge et termina par une tasse de café accompagnée d'un cigare. Il avait choisi sa place dans la salle du premier étage, où retentissaient indiscontinûment le cliquetis des couteaux et des fourchettes et le bruit des conversations en langues étrangères. Il se rappela que, jadis, il avait soupçonné d'anarchisme ces braves et inoffensifs étrangers, et il frissonna en songeant à ce que c'était qu'un véritable anarchiste. Mais, tout en frissonnant, il songea aussi qu'il avait fui, et il en eut une impression mêlée de quelque honte et de beaucoup de plaisir. Le vin, la nourriture, qui n'avait rien d'extraordinaire, le caractère familier de l'endroit, les visages de ces hommes bavards et simples, tout le rassurait, et il était tenté de croire que le Conseil des Sept n'était qu'un mauvais rêve ! Bien qu'il fût obligé de convenir en lui-même que le terrible Conseil n'avait rien de chimérique, ce n'était, du moins, pour l'instant, qu'une réalité lointaine. De grandes maisons, des rues populeuses, le séparaient des maudits Sept. Il était libre, dans une ville libre, et il buvait son vin parmi des hommes libres.

With a somewhat easier action, he took his hat and stick and strolled down the stair into the shop below.

When he entered that lower room he stood stricken and rooted to the spot.

At a small table, close up to the blank window and the white street of snow, sat the old anarchist Professor over a glass of milk, with his lifted livid face and pendent eyelids.

For an instant Syme stood as rigid as the stick he leant upon. Then with a gesture as of blind hurry, he brushed past the Professor, dashing open the door and slamming it behind him, and stood outside in the snow.

"Can that old corpse be following me?" he asked himself, biting his yellow moustache. "I stopped too long up in that room, so that even such leaden feet could catch me up. One comfort is, with a little brisk walking I can put a man like that as far away as Timbuctoo. Or am I too fanciful? Was he really following me? Surely Sunday would not be such a fool as to send a lame man?"

He set off at a smart pace, twisting and whirling his stick, in the direction of Covent Garden. As he crossed the great market the snow increased, growing blinding and bewildering as the afternoon began to darken. The snow-flakes tormented him like a swarm of silver bees.

Avec un soupir de soulagement, il prit son chapeau et sa canne, et descendit dans la salle du rez-de-chaussée, qu'il devait traverser pour sortir.

En pénétrant dans cette pièce, il crut sentir que ses pieds prenaient racine dans le plancher.

À une petite table, tout près de la fenêtre et de la rue blanche de neige, le vieux professeur anarchiste était assis devant un verre de lait, avec ses paupières mi-closes, et son visage livide.

Un instant, Syme resta droit, rigide comme la canne sur laquelle il s'appuyait. Puis, avec une précipitation folle, il passa tout près du professeur, ouvrit la porte et, la faisant claquer derrière lui, bondit dans la rue, dans la neige.

— Ce cadavre me suivrait-il ? se demandait Syme en mordillant sa moustache blonde. Je me suis trop attardé, je lui ai donné le temps de me rejoindre malgré ses pieds de plomb. Heureusement qu'en hâtant un peu le pas, je puis sans peine mettre entre lui et moi la distance d'ici à Tombouctou... Du reste, ma supposition n'est pas raisonnable. Pourquoi me suivrait-il ? Si Dimanche me faisait surveiller, il n'aurait pas chargé de cette mission un paralytique.

D'un bon pas, tout en faisant tournoyer sa canne entre ses doigts, il prit la direction de Covent Garden. Comme il traversait le Grand Marché, la rafale de neige se fit plus abondante. Elle devenait aveuglante à mesure que le jour baissait. Les flocons le piquaient comme d'innombrables essaims d'abeilles argentées,

Getting into his eyes and beard, they added their unremitting futility to his already irritated nerves; and by the time that he had come at a swinging pace to the beginning of Fleet Street, he lost patience, and finding a Sunday teashop, turned into it to take shelter. He ordered another cup of black coffee as an excuse. Scarcely had he done so, when Professor de Worms hobbled heavily into the shop, sat down with difficulty and ordered a glass of milk.

Syme's walking-stick had fallen from his hand with a great clang, which confessed the concealed steel. But the Professor did not look round. Syme, who was commonly a cool character, was literally gaping as a rustic gapes at a conjuring trick. He had seen no cab following; he had heard no wheels outside the shop; to all mortal appearances the man had come on foot. But the old man could only walk like a snail, and Syme had walked like the wind.

He started up and snatched his stick, half crazy with the contradiction in mere arithmetic, and swung out of the swinging doors, leaving his coffee untasted. An omnibus going to the Bank went rattling by with an unusual rapidity. He had a violent run of a hundred yards to reach it; but he managed to spring, swaying upon the splash-board and, pausing for an instant to pant, he climbed on to the top. When he had been seated for about half a minute, he heard behind him a sort of heavy and asthmatic breathing.

pénétrant dans ses yeux, dans sa barbe, surexcitant ses nerfs déjà fort tendus. À l'entrée de Fleet Street, il perdit patience, et, se trouvant devant une maison de thé ouverte le dimanche, il s'y réfugia. Par contenance, il commanda une seconde tasse de café noir. À peine l'avait-il commandée que le professeur de Worms, péniblement et en trébuchant, ouvrait la porte de la boutique et, s'asseyant avec difficulté, demandait une tasse de lait.

La canne de Syme lui échappa des mains et fit en tombant un bruit métallique qui révéla la présence de l'épée. Le professeur ne parut pas avoir entendu. Syme qui était un homme plutôt calme le regardait, bouche bée, comme un paysan qui assiste à un tour de passe-passe. Il n'avait remarqué aucun cab derrière lui ; il n'en avait pas entendu s'arrêter devant la boutique. Selon toute apparence, le professeur était venu à pied. Mais quoi ? Le vieillard n'allait guère plus vite qu'un escargot, et Syme avait filé comme le vent !

Affolé par l'invraisemblance matérielle du fait, il se leva, ramassa sa canne et s'esquiva, sans avoir touché à son café. Un omnibus se dirigeant vers la Banque passait à grande allure. Syme dut faire une centaine de pas en courant pour l'atteindre. Il sauta sur le marchepied, respira un instant, puis monta à l'impériale. Il y était installé depuis une demi-minute, à peu près, quand il entendit venir d'en bas un souffle d'asthmatique.

Turning sharply, he saw rising gradually higher and higher up the omnibus steps a top hat soiled and dripping with snow, and under the shadow of its brim the short-sighted face and shaky shoulders of Professor de Worms. He let himself into a seat with characteristic care, and wrapped himself up to the chin in the mackintosh rug.

Every movement of the old man's tottering figure and vague hands, every uncertain gesture and panic-stricken pause, seemed to put it beyond question that he was helpless, that he was in the last imbecility of the body. He moved by inches, he let himself down with little gasps of caution. And yet, unless the philosophical entities called time and space have no vestige even of a practical existence, it appeared quite unquestionable that he had run after the omnibus.

Syme sprang erect upon the rocking car, and after staring wildly at the wintry sky, that grew gloomier every moment, he ran down the steps. He had repressed an elemental impulse to leap over the side.

Too bewildered to look back or to reason, he rushed into one of the little courts at the side of Fleet Street as a rabbit rushes into a hole. He had a vague idea, if this incomprehensible old Jack-in-the-box was really pursuing him, that in that labyrinth of little streets he could soon throw him off the scent. He dived in

Se retournant aussitôt, il vit s'élever graduellement sur les marches de l'omnibus un chapeau haut de forme, blanc de neige, puis le visage de myope, puis les épaules tremblantes du vieux professeur de Worms. Il s'avança à tout petits pas, se laissa tomber sur la banquette en poussant de légers soupirs et s'enveloppa lentement dans les plis de la bâche de laine.

Chaque mouvement de ce corps branlant, le moindre de ses gestes démontrait jusqu'à la parfaite évidence la débilité sans remède, la totale impuissance de cet organisme usé. Et pourtant, à moins d'admettre que les entités philosophiques appelées espace et temps fussent dépourvues de toute réalité, il était infiniment probable que ce vieillard avait dû courir après l'omnibus.

Syme se dressa de toute sa hauteur et, jetant un regard affolé sur ce ciel d'hiver, qui d'instant en instant devenait plus sombre, se laissa glisser, plutôt qu'il ne descendit, le long de l'escalier. Il avait dû réprimer un mouvement impulsif qu'il avait eu de se jeter en bas, du haut de l'impériale.

Sans regarder en arrière, sans réfléchir, il s'engagea à l'aveuglette, comme un lièvre dans un trou, dans l'une des petites cours qui avoisinent Fleet Street. Il avait vaguement l'idée de dépister le vieux diable en se perdant lui-même dans ce labyrinthe de ruelles étroites. Il se plongea donc dans

and out of those crooked lanes, which were more like cracks than thoroughfares; and by the time that he had completed about twenty alternate angles and described an unthinkable polygon, he paused to listen for any sound of pursuit. There was none; there could not in any case have been much, for the little streets were thick with the soundless snow. Somewhere behind Red Lion Court, however, he noticed a place where some energetic citizen had cleared away the snow for a space of about twenty yards, leaving the wet, glistening cobble-stones. He thought little of this as he passed it, only plunging into yet another arm of the maze. But when a few hundred yards farther on he stood still again to listen, his heart stood still also, for he heard from that space of rugged stones the clinking crutch and labouring feet of the infernal cripple.

The sky above was loaded with the clouds of snow, leaving London in a darkness and oppression premature for that hour of the evening. On each side of Syme the walls of the alley were blind and featureless; there was no little window or any kind of eve. He felt a new impulse to break out of this hive of houses, and to get once more into the open and lamp-lit street. Yet he rambled and dodged for a long time before he struck the main thoroughfare. When he did so, he struck it much farther up than he had fancied. He came out into what seemed the vast and void of Ludgate Circus, and saw St. Paul's Cathedral sitting in the sky.

ces ruelles qui semblaient des culs-de-sac plutôt que des passages, et après avoir tourné une vingtaine de coins et décrit quelque inimaginable polygone, au bout de quelques minutes, il s'arrêta, prêtant l'oreille. Aucun bruit de pas. Du reste, la couche épaisse de neige dont ces ruelles étaient tapissées étouffait tous les bruits. Quelque part, toutefois, derrière Red Lion Court il avait remarqué en passant qu'un citoyen énergique avait balayé la neige sur l'espace d'une vingtaine de mètres ; là le gravier apparaissait, humide et luisant. Il n'en avait pas tenu grand compte d'abord. Et il allait reprendre sa course, quand son cœur cessa de battre : il entendait résonner, dans cet endroit déblayé, la béquille de l'infernal perclus.

Le ciel, couvert de nuages, versait sur Londres un crépuscule dense, insolite à cette heure peu avancée de l'après-midi. À la droite et à la gauche de Syme, les murs de l'allée étaient unis et sans caractère ; pas une fenêtre, rien qui fît penser à un œil. Il éprouva de nouveau le besoin de gagner les rues larges et éclairées, de sortir de ce dédale de maisons tristes. Mais il erra longtemps encore en tous sens avant de gagner la grande artère, et, quand il y parvint, il se trouva beaucoup plus loin qu'il n'aurait pensé, dans la vaste solitude de Ludgate-Circus. Il aperçut la cathédrale de Saint-Paul assise en plein ciel.

At first he was startled to find these great roads so empty, as if a pestilence had swept through the city. Then he told himself that some degree of emptiness was natural; first because the snow-storm was even dangerously deep, and secondly because it was Sunday. And at the very word Sunday he bit his lip; the word was henceforth for hire like some indecent pun.

Under the white fog of snow high up in the heaven the whole atmosphere of the city was turned to a very queer kind of green twilight, as of men under the sea. The sealed and sullen sunset behind the dark dome of St. Paul's had in it smoky and sinister colours—colours of sickly green, dead red or decaying bronze, that were just bright enough to emphasise the solid whiteness of the snow. But right up against these dreary colours rose the black bulk of the cathedral; and upon the top of the cathedral was a random splash and great stain of snow, still clinging as to an Alpine peak. It had fallen accidentally, but just so fallen as to half drape the dome from its very topmost point, and to pick out in perfect silver the great orb and the cross. When Syme saw it he suddenly straightened himself, and made with his sword-stick an involuntary salute.

He knew that that evil figure, his shadow, was creeping quickly or slowly behind him, and he did not care.

Il fut d'abord étonné de la solitude de ces grandes voies. C'était comme si la peste eût décimé la population. Puis, il réfléchit que la tempête de neige était un danger. Enfin il se rappela que c'était dimanche. En prononçant tout bas ce mot, il se mordit la lèvre. Dimanche ! Ces syllabes comportaient désormais pour lui un jeu de mots sacrilège.

Sous l'épais brouillard qui planait, la ville prenait une étrange couleur verdâtre et comme sous-marine. Derrière Saint-Paul, le soleil, comme un disque de métal, avait des teintes fumeuses et sinistres, morbides, des teintes d'un rouge flétri, d'un bronze terni, qui faisaient ressortir la blancheur opaque de la neige. Sur ce fond morne, la masse noire de la cathédrale s'élevait, et à son sommet, on distinguait une grande tache de neige, comme sur un pic alpestre. La masse neigeuse, après s'être lentement amoncelée, s'était écroulée, mais en s'écroulant, elle avait drapé le dôme, du haut en bas, d'une écharpe blanche, de façon à faire saillir en argent pur le globe et la croix. À cette vue, Syme se raidit involontairement, il fit de la canne-épée le salut militaire.

Il savait que le hideux compère le suivait toujours comme son ombre ; mais il ne s'en souciait plus.

It seemed a symbol of human faith and valour that while the skies were darkening that high place of the earth was bright. The devils might have captured heaven, but they had not yet captured the cross.

He had a new impulse to tear out the secret of this dancing, jumping and pursuing paralytic; and at the entrance of the court as it opened upon the Circus he turned, stick in hand, to face his pursuer.

Professor de Worms came slowly round the corner of the irregular alley behind him, his unnatural form outlined against a lonely gas-lamp, irresistibly recalling that very imaginative figure in the nursery rhymes, "the crooked man who went a crooked mile." He really looked as if he had been twisted out of shape by the tortuous streets he had been threading.

He came nearer and nearer, the lamplight shining on his lifted spectacles, his lifted, patient face. Syme waited for him as St. George waited for the dragon, as a man waits for a final explanation or for death.

And the old Professor came right up to him and passed him like a total stranger, without even a blink of his mournful eyelids.

There was something in this silent and unexpected innocence that left Syme in a final fury. The man's colourless face and manner seemed to assert

C'était comme un symbole de la foi et de la vertu, ce haut lieu de la terre qui restait resplendissant dans les cieux assombris. Les démons pouvaient s'être emparés des cieux ; ils ne pouvaient toucher à la croix.

Syme eut brusquement l'envie d'arracher, à ce paralytique dansant et sautillant qui le poursuivait, son secret.. À l'angle du Circus, il se retourna, étreignant sa canne, pour faire face à son persécuteur.

Le professeur de Worms tourna lentement le coin de l'allée irrégulière d'où il venait. Sa forme outrageante, estompée contre un réverbère solitaire, rappela irrésistiblement à Syme « le bonhomme tordu qui fit un mille tordu », dont il est question dans les chansons de nourrice. On était vraiment tenté de croire que sa forme tordue lui avait été donnée, imposée, par ces rues tortueuses.

Il se rapprochait, et la lumière du réverbère se reflétait sur son binocle relevé, sur sa figure patiente, qu'il tenait droite, immobile. Syme l'attendait comme saint Georges attendit le dragon, comme un homme qui va provoquer une explication finale, ou la mort.

Et le vieux professeur alla droit à Syme, et passa devant lui comme devant un inconnu, sans un regard de ses yeux éplorés.

Ce silence, cette sorte d'innocence jouée, exaspérèrent Syme. Le vieillard semblait protester, tacitement, par son visage fermé, par ses manières, en quelque sorte incolores,

that the whole following had been an accident. Syme was galvanised with an energy that was something between bitterness and a burst of boyish derision. He made a wild gesture as if to knock the old man's hat off, called out something like "Catch me if you can," and went racing away across the white, open Circus. Concealment was impossible now; and looking back over his shoulder, he could see the black figure of the old gentleman coming after him with long, swinging strides like a man winning a mile race. But the head upon that bounding body was still pale, grave and professional, like the head of a lecturer upon the body of a harlequin.

This outrageous chase sped across Ludgate Circus, up Ludgate Hill, round St. Paul's Cathedral, along Cheapside, Syme remembering all the nightmares he had ever known.

Then Syme broke away towards the river, and ended almost down by the docks. He saw the yellow panes of a low, lighted public-house, flung himself into it and ordered beer. It was a foul tavern, sprinkled with foreign sailors, a place where opium might be smoked or knives drawn.

A moment later Professor de Worms entered the place, sat down carefully, and asked for a glass of milk.

qu'il ne poursuivait personne et que toutes ces rencontres avaient été de simples et insignifiantes coïncidences.

Syme se sentit galvanisé par une soudaine énergie, nuancée de fureur et d'ironie. Il fit un geste violent, qui faillit faire tomber le chapeau du professeur, cria quelque chose comme : « Attrape-moi si tu peux ! » et se mit à courir à travers le large et blanc Circus. Impossible maintenant de se cacher. En se retournant, il put voir le vieillard qui le poursuivait à grandes enjambées. On eût dit deux hommes se défiant à la course. Mais la tête du professeur restait toujours livide, grave, immobile et, pour tout dire, professorale : la tête d'un conférencier plantée sur le corps d'un arlequin.

Cette étrange course se continua sans répit à travers Ludgate-Circus, par Ludgate Hill, autour de la cathédrale de Saint-Paul, le long de Cheapside ; Syme croyait revivre tous les cauchemars oubliés.

Enfin, il se dirigea vers le fleuve et s'arrêta tout près des docks. Il aperçut les portes jaunes d'un bar illuminé, s'y engouffra et commanda de la bière. C'était une taverne borgne, pleine de marins étrangers, un endroit, peut-être, où l'on fumait de l'opium, où l'on jouait du couteau…

L'instant d'après le professeur de Worms entra, s'assit avec précaution, et commanda un verre de lait.

8

The Professor explains

When Gabriel Syme found himself finally established in a chair, and opposite to him, fixed and final also, the lifted eyebrows and leaden eyelids of the Professor, his fears fully returned.

This incomprehensible man from the fierce council, after all, had certainly pursued him. If the man had one character as a paralytic and another character as a pursuer, the antithesis might make him more interesting, but scarcely more soothing. It would be a very small comfort that he could not find the Professor out, if by some serious accident the Professor should find him out.

He emptied a whole pewter pot of ale before the professor had touched his milk.

One possibility, however, kept him hopeful and yet helpless. It was just possible that this escapade signified something other than even a slight suspicion of him.

8
Explications du professeur

Quand il se trouva assis enfin et en face de lui les sourcils levés du professeur qui le regardait fixement sous ses paupières plombées, Syme se sentit de nouveau pris de terreur.

Donc, et sans qu'aucun doute là-dessus fût possible, cet être incompréhensible le poursuivait. Qu'il eût le privilège de réunir en sa personne les deux caractères du paralytique et du coureur, cela le rendait fort intéressant, mais encore plus inquiétant. La compensation serait mince, pour Syme, s'il parvenait à pénétrer le mystère du professeur, pendant que, de son côté, le professeur lui arracherait son propre secret.

Syme avait déjà vidé son pot de bière : le verre de lait du professeur était encore intact.

Une seule explication rassurante, mais si peu probable ! Peut-être le poursuivait-on sans l'épier, à proprement parler, sans le soupçonner ;

Perhaps it was some regular form or sign. Perhaps the foolish scamper was some sort of friendly signal that he ought to have understood. Perhaps it was a ritual. Perhaps the new Thursday was always chased along Cheapside, as the new Lord Mayor is always escorted along it.

He was just selecting a tentative inquiry, when the old Professor opposite suddenly and simply cut him short. Before Syme could ask the first diplomatic question, the old anarchist had asked suddenly, without any sort of preparation—

"Are you a policeman?"

Whatever else Syme had expected, he had never expected anything so brutal and actual as this. Even his great presence of mind could only manage a reply with an air of rather blundering jocularity.

"A policeman?" he said, laughing vaguely. "Whatever made you think of a policeman in connection with me?"

"The process was simple enough," answered the Professor patiently. "I thought you looked like a policeman. I think so now."

"Did I take a policeman's hat by mistake out of the restaurant?" asked Syme, smiling wildly. "Have I by any chance got a number stuck on to me somewhere? Have my boots got that watchful look? Why must I be a policeman? Do, do let me be a postman."

peut-être y avait-il là une sorte de rite, comme un signe de l'entrée en fonctions du nouveau conseiller ; peut-être le nouveau Jeudi était-il et devait-il être ainsi poursuivi le long de Cheapside, ainsi que le nouveau lord-maire y est escorté.

Et Syme cherchait comment il pourrait bien entamer la conversation avec le vieux professeur, quand celui-ci lui adressa la parole. Sans le moindre préambule, avant que Syme eût formulé la question diplomatique qu'il venait enfin de trouver :

— Êtes-vous un policeman ? lui demanda le vieil anarchiste.

Si prêt à tout que fût Syme, il ne pouvait s'attendre à une telle question, si directe, si brutale. Malgré toute sa présence d'esprit, il ne trouva sur le moment rien de mieux que de répéter, en éclatant de rire, d'un rire forcé :

— Un policeman ! Un policeman !

Et il continuait de rire. Puis il reprit :

— Qu'y a-t-il donc en moi qui vous fasse penser à un policeman ?

— C'est très simple, dit le professeur, avec insistance, vous avez l'air d'un policeman. Je l'ai vu tout de suite et je le vois encore.

— Aurais-je pris par erreur, en quittant le restaurant, le chapeau d'un policeman ? Porté-je quelque part sur moi un numéro ? Mes chaussures ont-elles cette physionomie vigilante qui caractérise celles de policiers ? Pourquoi serais-je un policeman ? Pourquoi ne serais-je pas plutôt un facteur ?

The old Professor shook his head with a gravity that gave no hope, but Syme ran on with a feverish irony.

"But perhaps I misunderstood the delicacies of your German philosophy. Perhaps policeman is a relative term. In an evolutionary sense, sir, the ape fades so gradually into the policeman, that I myself can never detect the shade. The monkey is only the policeman that may be. Perhaps a maiden lady on Clapham Common is only the policeman that might have been. I don't mind being the policeman that might have been. I don't mind being anything in German thought."

"Are you in the police service?" said the old man, ignoring all Syme's improvised and desperate raillery. "Are you a detective?"

Syme's heart turned to stone, but his face never changed.

"Your suggestion is ridiculous," he began. "Why on earth—"

The old man struck his palsied hand passionately on the rickety table, nearly breaking it.

"Did you hear me ask a plain question, you pattering spy?" he shrieked in a high, crazy voice. "Are you, or are you not, a police detective?"

"No!" answered Syme, like a man standing on the hangman's drop.

Le vieux professeur branlait la tête avec une gravité désespérante. Syme reprit, sur un ton d'ironie fébrile :

— Peut-être certaines finesses de votre philosophie teutonique m'échappent-elles ? Peut-être, dans votre esprit, « policeman » est-il un terme tout relatif ? Du point de vue de l'évolution, monsieur, le singe se transforme en policeman par des degrés si insensibles, que je n'aurai sans doute pas perçu toutes ces délicates nuances. Le singe est le policeman qu'il sera peut-être un jour. La vieille fille de Clapham Common est peut-être le policeman qu'elle aurait pu être. Peu m'importe si j'ai l'aspect du policeman que j'aurais pu être. Peu m'importe d'être quoi que ce soit selon la philosophie allemande…

— Êtes-vous au service de la police ? interrogea froidement le vieillard, qui n'avait pas même écouté les plaisanteries improvisées et désespérées de Syme. Êtes-vous un détective ?

Le cœur de Syme cessa de battre, mais son visage ne changea pas d'expression.

— Votre supposition est ridicule, dit-il, pourquoi, jamais ?…

Le vieillard frappa de sa main paralysée la table bancale, qui chancela.

— Vous avez entendu ma question, espion trembleur ! fit-il d'une voix rauque : êtes-vous un détective, oui ou non ?

— Non ! répondit Syme, avec l'accent d'un homme qui serait sur le point d'être pendu.

"You swear it," said the old man, leaning across to him, his dead face becoming as it were loathsomely alive. "You swear it! You swear it! If you swear falsely, will you be damned? Will you be sure that the devil dances at your funeral? Will you see that the nightmare sits on your grave? Will there really be no mistake? You are an anarchist, you are a dynamiter! Above all, you are not in any sense a detective? You are not in the British police?"

He leant his angular elbow far across the table, and put up his large loose hand like a flap to his ear.

"I am not in the British police," said Syme with insane calm.

Professor de Worms fell back in his chair with a curious air of kindly collapse.

"That's a pity," he said, "because I am."

Syme sprang up straight, sending back the bench behind him with a crash.

"Because you are what?" he said thickly. "You are what?"

"I am a policeman," said the Professor with his first broad smile, and beaming through his spectacles. "But as you think policeman only a relative term, of course I have nothing to do with you. I am

— Vous le jurez ? dit le vieillard en s'accoudant sur la table, et son regard prit soudain une intensité menaçante. Vous le jurez ?

Syme se taisait.

— Le jurez-vous ? répéta le professeur. Si vous vous parjurez, savez-vous que vous serez damné ? Savez-vous que le diable dansera à votre enterrement ? Savez-vous que le grand cauchemar vous attend déjà au bord de votre tombe ? Pas d'erreur entre nous, n'est-ce pas ! Vous êtes bien un anarchiste ! Vous êtes bien un dynamiteur et non pas un détective ! Vous n'appartenez en aucune façon à la police britannique !

Et il fit de sa main large ouverte un porte-voix à son oreille, comme pour ne rien perdre de la réponse attendue.

— Je n'appartiens pas à la police britannique, articula Syme avec le calme de la folie.

Le professeur de Worms se laissa retomber sur sa chaise de l'air étrange d'un homme qui s'évanouit gentiment.

— C'est dommage, dit-il, car, moi, j'en suis.

Syme se dressa en faisant choir bruyamment son banc.

— Vous êtes quoi ? murmura-t-il d'une voix tremblante. Qu'êtes-vous ?

— Un policeman, dit le professeur, qui sourit pour la première fois, tandis que ses yeux rayonnaient derrière ses lunettes. Puisque vous estimez que le mot policeman n'a qu'un sens relatif, nous ne pouvons nous entendre. Je suis

in the British police force; but as you tell me you are not in the British police force, I can only say that I met you in a dynamiters' club. I suppose I ought to arrest you."

And with these words he laid on the table before Syme an exact facsimile of the blue card which Syme had in his own waistcoat pocket, the symbol of his power from the police.

Syme had for a flash the sensation that the cosmos had turned exactly upside down, that all trees were growing downwards and that all stars were under his feet. Then came slowly the opposite conviction. For the last twenty-four hours the cosmos had really been upside down, but now the capsized universe had come right side up again. This devil from whom he had been fleeing all day was only an elder brother of his own house, who on the other side of the table lay back and laughed at him.

He did not for the moment ask any questions of detail; he only knew the happy and silly fact that this shadow, which had pursued him with an intolerable oppression of peril, was only the shadow of a friend trying to catch him up. He knew simultaneously that he was a fool and a free man. For with any recovery from morbidity there must go a certain healthy humiliation. There comes a certain point in such conditions when only three things are possible: first a perpetuation of Satanic pride, secondly tears, and third laughter.

de la police britannique et vous n'en êtes pas. Je n'ai donc qu'une chose à vous dire : je vous ai rencontré dans un club de dynamiteurs, et je pense que mon devoir est de vous arrêter.

Et il déposa sur la table l'exact fac-similé de la carte bleue que Syme portait dans la poche de son gilet.

Syme eut, un instant, l'impression que l'univers avait fait un demi-tour sur lui-même, que les arbres poussaient vers le sol et qu'il avait les étoiles sous ses pieds. Puis, peu à peu, il revint à la conviction contraire : pendant les dernières vingt-quatre heures l'univers était retourné sens dessus dessous, et c'était maintenant, tout, à coup, qu'il reprenait son équilibre. Ce diable qu'il avait fui des heures durant, voilà que c'était un frère aîné ! Et il considérait avec stupeur ce bon diable qui, lui-même, le considérait en riant.

Il ne fit aucune question. Il ne s'enquit d'aucun détail. Il se contenta du fait indéniable et heureux que cette ombre tant redoutée était devenue bienfaisante. Et il constata avec plaisir qu'il était lui-même un sot et un homme libre. On a toujours, dans toutes les convalescences, ce sentiment de saine humiliation. Dans ces crises, il vient un moment où il faut choisir entre trois choses : ou bien on s'obstine dans un orgueil satanique, ou bien on pleure, ou bien on rit.

Syme's egotism held hard to the first course for a few seconds, and then suddenly adopted the third. Taking his own blue police ticket from his own waist coat pocket, he tossed it on to the table; then he flung his head back until his spike of yellow beard almost pointed at the ceiling, and shouted with a barbaric laughter.

Even in that close den, perpetually filled with the din of knives, plates, cans, clamorous voices, sudden struggles and stampedes, there was something Homeric in Syme's mirth which made many half-drunken men look round.

"What yer laughing at, guv'nor?" asked one wondering labourer from the docks.

"At myself," answered Syme, and went off again into the agony of his ecstatic reaction.

"Pull yourself together," said the Professor, "or you'll get hysterical. Have some more beer. I'll join you."

"You haven't drunk your milk," said Syme.

"My milk!" said the other, in tones of withering and unfathomable contempt, "my milk! Do you think I'd look at the beastly stuff when I'm out of sight of the bloody anarchists? We're all Christians in this room, though perhaps," he added, glancing around at the reeling crowd, "not strict ones. Finish my milk? Great blazes! yes, I'll finish it right enough!"

L'égotisme de Syme fit qu'il s'arrêta d'abord au premier parti, puis, sans transition, il adopta le troisième. Tirant de la poche de son gilet sa propre carte bleue, il la jeta, lui aussi, sur la table, puis il leva la tête de telle façon que la pointe de sa barbe menaçait le ciel, et il éclata de rire, d'un rire de barbare.

Même dans cette taverne peu sonore, où l'on n'entendait guère que le bruit des couteaux, des assiettes, des pots et des voix avinées, le rire homérique de Syme retentit si fort que plusieurs individus ivres à moitié se retournèrent.

— De quoi riez-vous, monsieur ? demanda un débardeur.

— De moi-même, répondit Syme, et il s'abandonna de nouveau à son accès de folle hilarité.

— Revenez à vous, conseilla le professeur, vous allez avoir une crise de nerfs ! Demandez encore de la bière. Je vais en faire autant.

— Vous n'avez pas bu votre lait, observa Syme.

— Mon lait ! fit l'autre avec un mépris insondable, mon lait ! Pensez-vous que je daigne jamais jeter un regard sur cette drogue quand ces maudits anarchistes ne me voient pas ? Nous sommes entre chrétiens, ici, quoique tous, continua-t-il en examinant la foule des consommateurs, ne soient pas de la plus stricte observance. Boire ce lait ! Dieu du ciel ! Attendez...

And he knocked the tumbler off the table, making a crash of glass and a splash of silver fluid.

Syme was staring at him with a happy curiosity.

"I understand now," he cried; "of course, you're not an old man at all."

"I can't take my face off here," replied Professor de Worms. "It's rather an elaborate make-up. As to whether I'm an old man, that's not for me to say. I was thirty-eight last birthday."

"Yes, but I mean," said Syme impatiently, "there's nothing the matter with you."

"Yes," answered the other dispassionately. "I am subject to colds."

Syme's laughter at all this had about it a wild weakness of relief. He laughed at the idea of the paralytic Professor being really a young actor dressed up as if for the footlights. But he felt that he would have laughed as loudly if a pepperpot had fallen over.

The false Professor drank and wiped his false beard.

"Did you know," he asked, "that that man Gogol was one of us?"

"I? No, I didn't know it," answered Syme in some surprise. "But didn't you?"

Et il fit tomber le verre, qui se brisa bruyamment en répandant le liquide argenté.

Syme le contemplait avec sympathie.

— Je comprends maintenant ! s'écria-t-il. Naturellement, vous n'êtes pas du tout un vieillard.

— Je ne puis ôter ma « figure » ici, répliqua le professeur : c'est une machine plutôt compliquée. Quant à savoir si je suis un vieillard, ce n'est pas à moi d'en juger. Lors de mon dernier anniversaire, j'avais trente-huit ans.

— Et vous n'êtes pas malade non plus.

— Si, répondit l'autre, flegmatiquement, je suis sujet aux rhumes.

Syme rit encore. Il s'égayait à penser que le vieux professeur était, en réalité, un jeune comédien, grimé comme au moment de paraître sur la scène. Mais il sentait qu'il aurait ri d'aussi bon cœur si un moutardier s'était renversé sur la table.

Le faux professeur vida son verre de bière, puis, passant sa main dans sa barbe :

— Saviez-vous, demanda-t-il, que ce Gogol fût des nôtres ?

— Moi ? Non, je ne savais pas, répondit Syme avec surprise. Mais, vous, l'ignoriez-vous donc ?

"I knew no more than the dead," replied the man who called himself de Worms. "I thought the President was talking about me, and I rattled in my boots."

"And I thought he was talking about me," said Syme, with his rather reckless laughter. "I had my hand on my revolver all the time."

"So had I," said the Professor grimly; "so had Gogol evidently."

Syme struck the table with an exclamation.

"Why, there were three of us there!" he cried. "Three out of seven is a fighting number. If we had only known that we were three!"

The face of Professor de Worms darkened, and he did not look up.

"We were three," he said. "If we had been three hundred we could still have done nothing."

"Not if we were three hundred against four?" asked Syme, jeering rather boisterously.

"No," said the Professor with sobriety, "not if we were three hundred against Sunday."

And the mere name struck Syme cold and serious; his laughter had died in his heart before it could die on his lips. The face of the unforgettable President sprang into his mind as startling as a coloured photograph,

— Je n'en savais pas plus là-dessus que les morts du cimetière. Je croyais que le président voulait parler de moi, et je tremblais dans mes bottes.

— Et moi de même ! Je croyais qu'il parlait de moi ! Tout le temps, j'avais la main sur mon revolver.

— C'est ce que je faisais aussi, dit le professeur, et c'est évidemment ce que faisait aussi Gogol.

Syme frappa du poing la table :

— Trois ! s'écria-t-il, nous étions trois ! Trois contre quatre, on peut se battre ! Si nous avions su que nous étions trois !

La figure du professeur s'assombrit ; il baissa les yeux.

— Eussions-nous été trois cents, dit-il, nous ne pouvions rien.

— Comment ? fit Syme interloqué, à trois cents contre quatre.

— Non, répondit le professeur, trois cents hommes ne pourraient venir à bout de Dimanche.

À ce seul nom, Syme redevint subitement grave. Le rire était mort dans son cœur avant d'expirer sur ses lèvres. Les traits de l'inoubliable président se présentèrent à son imagination avec toute la netteté d'une photographie en couleurs.

and he remarked this difference between Sunday and all his satellites, that their faces, however fierce or sinister, became gradually blurred by memory like other human faces, whereas Sunday's seemed almost to grow more actual during absence, as if a man's painted portrait should slowly come alive.

They were both silent for a measure of moments, and then Syme's speech came with a rush, like the sudden foaming of champagne.

"Professor," he cried, "it is intolerable. Are you afraid of this man?"

The Professor lifted his heavy lids, and gazed at Syme with large, wide-open, blue eyes of an almost ethereal honesty.

"Yes, I am," he said mildly. "So are you."

Syme was dumb for an instant. Then he rose to his feet erect, like an insulted man, and thrust the chair away from him.

"Yes," he said in a voice indescribable, "you are right. I am afraid of him. Therefore I swear by God that I will seek out this man whom I fear until I find him, and strike him on the mouth. If heaven were his throne and the earth his footstool, I swear that I would pull him down."

"How?" asked the staring Professor. "Why?"

Et il remarqua cette différence entre Dimanche et ses satellites, que leurs visages, si féroces qu'ils fussent, s'étaient peu à peu estompés déjà dans sa mémoire, tandis que celui de Dimanche y restait présent avec l'inaltérable énergie de la réalité. Bien plus, l'absence semblait le rendre plus énergique et vivant encore. C'était comme un portrait qui s'éveillerait à la vie.

Ils restèrent silencieux pendant quelques instants. Puis Syme parla, et ce fut comme la mousse qui s'échappe d'une bouteille de Champagne.

— Professeur ! s'écria-t-il, cela n'est pas tolérable ! Auriez-vous peur de cet homme ?

Le professeur leva ses lourdes paupières et appuya sur Syme le regard de ses yeux bleus, grands ouverts, où se lisait une franchise éthérée.

— Oui, dit-il doucement, et vous aussi.

Syme, d'abord, resta muet. Mais, se dressant soudain de toute sa hauteur, comme un homme insulté, il repoussa violemment sa chaise :

— Vous avez raison, commença-t-il d'une voix que rien ne peut rendre, j'ai peur de lui. C'est pourquoi je jure devant Dieu que je chercherai cet homme et que je le frapperai sur la bouche. Quand le ciel serait son trône et la terre son tabouret, je jure que je l'en arracherai.

— Comment ? demanda le professeur, et pourquoi ?

"Because I am afraid of him," said Syme; "and no man should leave in the universe anything of which he is afraid."

De Worms blinked at him with a sort of blind wonder. He made an effort to speak, but Syme went on in a low voice, but with an undercurrent of inhuman exaltation—

"Who would condescend to strike down the mere things that he does not fear? Who would debase himself to be merely brave, like any common prizefighter? Who would stoop to be fearless—like a tree? Fight the thing that you fear. You remember the old tale of the English clergyman who gave the last rites to the brigand of Sicily, and how on his death-bed the great robber said, 'I can give you no money, but I can give you advice for a lifetime: your thumb on the blade, and strike upwards.' So I say to you, strike upwards, if you strike at the stars."

The other looked at the ceiling, one of the tricks of his pose.

"Sunday is a fixed star," he said.

"You shall see him a falling star," said Syme, and put on his hat.

The decision of his gesture drew the Professor vaguely to his feet.

— Précisément parce que j'ai peur de lui. On ne doit pas laisser vivre un être dont on a peur.

Le professeur de Worms lorgna Syme et fit un effort pour parler. Mais Syme reprit aussitôt, à voix basse mais avec une exaltation continue :

— Qui donc condescendrait à frapper seulement les êtres dont il n'a pas peur ? Qui donc voudrait être brave à la façon d'un lutteur forain ! Qui donc voudrait ignorer la peur, comme un arbre ? Il faut lutter contre ceux que l'on craint. Vous souvient-il de cette vieille histoire d'un clergyman anglais qui administrait les derniers sacrements à un brigand sicilien ? Le grand détrousseur, à son lit de mort, dit au ministre : « Je n'ai pas d'argent à vous donner, mais voici un avis qui pourra toujours vous être utile : *Le pouce sur la lame, et frappez de bas en haut !* » L'avis est bon, en effet : frappez de bas en haut, si vous voulez atteindre les étoiles !

— Dimanche est une étoile fixe, dit le professeur, le regard au plafond.

— Vous verrez que ce sera une étoile filante et tombée, conclut Syme en prenant son chapeau.

La décision de ce geste détermina le professeur à se lever.

"Have you any idea," he asked, with a sort of benevolent bewilderment, "exactly where you are going?"

"Yes," replied Syme shortly, "I am going to prevent this bomb being thrown in Paris."

"Have you any conception how?" inquired the other.

"No," said Syme with equal decision.

"You remember, of course," resumed the soi-disant de Worms, pulling his beard and looking out of the window, "that when we broke up rather hurriedly the whole arrangements for the atrocity were left in the private hands of the Marquis and Dr. Bull. The Marquis is by this time probably crossing the Channel. But where he will go and what he will do it is doubtful whether even the President knows; certainly we don't know. The only man who does know is Dr. Bull."

"Confound it!" cried Syme. "And we don't know where he is."

"Yes," said the other in his curious, absent-minded way, "I know where he is myself."

"Will you tell me?" asked Syme with eager eyes.

"I will take you there," said the Professor, and took down his own hat from a peg.

— Avez-vous une idée ? demanda-t-il avec bienveillance. Savez-vous exactement où vous allez ?

— Oui, répondit Syme très vite. Je vais les empêcher de jeter leur bombe à Paris !

— Vous avez un moyen ?

— Non.

Syme ne voyait aucun moyen ; il n'en était pas moins très décidé.

— Vous vous rappelez, reprit le professeur en se tirant la barbe et en regardant par la fenêtre d'un air désintéressé, qu'un peu avant de lever si précipitamment la séance, Dimanche avait confié tous les préparatifs de l'attentat au docteur Bull et au marquis. En ce moment, le marquis, probablement, est en train de passer le détroit. Mais, que fera-t-il et où ira-t-il ? On peut douter que Dimanche lui-même le sache. Ce qui est sûr, c'est que nous l'ignorons. Le seul homme qui soit au courant de l'affaire, c'est le docteur Bull.

— Malheur ! Et nous ne savons où le prendre ?

— Si, dit l'autre, de sa manière étrange et distraite ; pour moi, je sais où le prendre.

— Me le direz-vous ?

— Je vous y mènerai, dit le professeur en décrochant son chapeau de la patère.

Syme stood looking at him with a sort of rigid excitement.

"What do you mean?" he asked sharply. "Will you join me? Will you take the risk?"

"Young man," said the Professor pleasantly, "I am amused to observe that you think I am a coward. As to that I will say only one word, and that shall be entirely in the manner of your own philosophical rhetoric. You think that it is possible to pull down the President. I know that it is impossible, and I am going to try it," and opening the tavern door, which let in a blast of bitter air, they went out together into the dark streets by the docks.

Most of the snow was melted or trampled to mud, but here and there a clot of it still showed grey rather than white in the gloom. The small streets were sloppy and full of pools, which reflected the flaming lamps irregularly, and by accident, like fragments of some other and fallen world. Syme felt almost dazed as he stepped through this growing confusion of lights and shadows; but his companion walked on with a certain briskness, towards where, at the end of the street, an inch or two of the lamplit river looked like a bar of flame.

"Where are you going?" Syme inquired.

Syme le considérait, immobile à force d'être fébrile.

— Que voulez-vous dire ? M'accompagnerez-vous ? Partagerez-vous les risques avec moi ?

— Jeune homme, répondit le professeur avec gaîté, je vois que vous me prenez pour un lâche, et cela m'amuse. Je ne vous dirai qu'un mot, un mot tout à fait dans le goût de votre rhétorique philosophique : vous croyez qu'il est possible d'abattre le président ; je sais que c'est impossible, et je vais essayer de le faire.

Il ouvrit la porte de la taverne. Une bouffée d'air marin pénétra dans la salle.

Les deux détectives prirent l'une des rues sombres qui avoisinent les docks.

La neige fondue s'était changée en boue. Par places, dans le crépuscule, par petits tas, elle faisait des taches grises plutôt que blanches. Dans des flaques d'eau se réfléchissaient irrégulièrement les lumières des réverbères, comme des clartés émanées d'un autre monde. Syme éprouva une sorte d'étourdissement en pénétrant dans cette confusion de lumières et d'arbres. Mais son compagnon se dirigeait, d'un pas assez rapide, vers l'extrémité de la rue, où le fleuve, illuminé par les lampes, faisait comme une boue de flamme.

— Où allons-nous ? demanda Syme.

"Just now," answered the Professor, "I am going just round the corner to see whether Dr. Bull has gone to bed. He is hygienic, and retires early."

"Dr. Bull!" exclaimed Syme. "Does he live round the corner?"

"No," answered his friend. "As a matter of fact he lives some way off, on the other side of the river, but we can tell from here whether he has gone to bed."

Turning the corner as he spoke, and facing the dim river, flecked with flame, he pointed with his stick to the other bank. On the Surrey side at this point there ran out into the Thames, seeming almost to overhang it, a bulk and cluster of those tall tenements, dotted with lighted windows, and rising like factory chimneys to an almost insane height. Their special poise and position made one block of buildings especially look like a Tower of Babel with a hundred eyes. Syme had never seen any of the sky-scraping buildings in America, so he could only think of the buildings in a dream.

Even as he stared, the highest light in this innumerably lighted turret abruptly went out, as if this black Argus had winked at him with one of his innumerable eyes.

Professor de Worms swung round on his heel, and struck his stick against his boot.

— Nous allons tourner le coin et voir si le docteur Bull est déjà couché. Il se couche tôt. Il a un grand respect pour les lois de l'hygiène.

— Le docteur habite ici ?

— Non. Il habite assez loin, de l'autre côté du fleuve. Mais, d'ici, nous pourrons voir s'il est couché.

Tout en parlant, ils atteignirent l'endroit que désignait le professeur. Celui-ci, de sa canne, montra, par-delà la nappe tachée de lumière, la rive opposée. C'était cette masse de hautes maisons, pointillées de fenêtres éclairées, qu'on voit, du côté de Surrey, s'élever, comme des cheminées d'usine, à des hauteurs insensées. En particulier, un corps de bâtiment semblait une Tour de Babel aux cent yeux. Syme n'avait jamais vu les *skyscrapers* américains ; aussi ne songea-t-il, devant ce gigantesque bâtiment, qu'aux tours dont il avait rêvé.

Juste en cet instant, la lumière la plus haute de cette tour aux innombrables yeux s'éteignit brusquement, comme si ce noir Argus avait cligné de l'une de ses paupières.

Le professeur de Worms pirouetta sur son talon et frappa sa botte de sa canne :

"We are too late," he said, "the hygienic Doctor has gone to bed."

"What do you mean?" asked Syme. "Does he live over there, then?"

"Yes," said de Worms, "behind that particular window which you can't see. Come along and get some dinner. We must call on him tomorrow morning."

Without further parley, he led the way through several by-ways until they came out into the flare and clamour of the East India Dock Road. The Professor, who seemed to know his way about the neighbourhood, proceeded to a place where the line of lighted shops fell back into a sort of abrupt twilight and quiet, in which an old white inn, all out of repair, stood back some twenty feet from the road.

"You can find good English inns left by accident everywhere, like fossils," explained the Professor. "I once found a decent place in the West End."

"I suppose," said Syme, smiling, "that this is the corresponding decent place in the East End?"

"It is," said the Professor reverently, and went in.

In that place they dined and slept, both very thoroughly. The beans and bacon, which these unaccountable people cooked well, the astonishing emergence of Burgundy

— Nous arrivons trop tard ; le prudent docteur est couché.

— Qu'est-ce à dire ? demanda Syme. Est-ce qu'il habite là-bas ?

— Oui, précisément derrière cette fenêtre que vous ne pouvez plus voir. Venez, allons souper. Nous irons le voir demain matin.

Ils suivirent plusieurs ruelles et gagnèrent les lumières et le bruit d'East India Dock Road. Le professeur, qui paraissait bien connaître ces parages, se dirigea vers un endroit où la ligne illuminée des boutiques était subitement brisée par un bloc d'ombre et de silence. Un vieil hôtel recrépi, mais délabré, occupait ce retrait, à vingt pas de la rue.

— On trouve un peu partout, expliqua le professeur de Worms, de bons vieux hôtels anglais abandonnés comme des fossiles. Il m'est arrivé de découvrir un hôtel très convenable dans le West End.

— Je pense, dit Syme en souriant, que voici le pendant de celui-ci dans l'East End.

— Vous avez deviné, répondit poliment le professeur en entrant.

Ils dînèrent, puis dormirent, et s'acquittèrent très consciencieusement de ces deux fonctions. Des haricots et du lard apprêtés à merveille, un excellent bourgogne

from their cellars, crowned Syme's sense of a new comradeship and comfort. Through all this ordeal his root horror had been isolation, and there are no words to express the abyss between isolation and having one ally. It may be conceded to the mathematicians that four is twice two. But two is not twice one; two is two thousand times one. That is why, in spite of a hundred disadvantages, the world will always return to monogamy.

Syme was able to pour out for the first time the whole of his outrageous tale, from the time when Gregory had taken him to the little tavern by the river. He did it idly and amply, in a luxuriant monologue, as a man speaks with very old friends. On his side, also, the man who had impersonated Professor de Worms was not less communicative. His own story was almost as silly as Syme's.

"That's a good get-up of yours," said Syme, draining a glass of Macon; "a lot better than old Gogol's. Even at the start I thought he was a bit too hairy."

"A difference of artistic theory," replied the Professor pensively. "Gogol was an idealist. He made up as the abstract or platonic ideal of an anarchist. But I am a realist. I am a portrait painter. But, indeed, to say that I am a portrait painter is an inadequate expression. I am a portrait."

qui s'étonnait de sortir de pareilles caves, achevèrent de donner à Syme la confortable assurance qu'il possédait un nouvel ami. Tout au long de cette épreuve, sa crainte la plus vive avait été de rester isolé. Aucun mot ne saurait exprimer la différence qu'il y a entre l'alliance de deux hommes et l'isolement de chacun d'eux. On peut concéder aux mathématiciens que deux et deux font quatre. Mais, deux, ce n'est pas l'addition de un et un : deux, c'est deux mille fois un ! C'est pourquoi l'humanité restera toujours fidèle à la monogamie, malgré tous les inconvénients qu'elle comporte.

Syme put enfin, pour la première fois, faire le récit de son incroyable aventure, depuis le moment où Gregory l'avait introduit dans la petite taverne, près de la rivière. Il fit ce récit avec abondance, sans se presser, comme un homme qui conte une histoire à de très anciens amis. De son côté, le professeur de Worms ne fut pas moins communicatif. Son histoire était presque aussi ridicule que celle de Syme.

— Votre déguisement est excellent, dit Syme en vidant un verre de mâcon. Il vaut mille fois celui de ce vieux Gogol. Dès le premier regard, je l'avais trouvé trop chevelu.

— Nous avons, lui et moi, deux différentes conceptions de l'art, répondit le professeur, pensif. Gogol est un idéaliste. Il a fait de sa propre personne la représentation idéale, platonicienne, de l'anarchiste. Moi, je suis un réaliste. Je suis un portraitiste, encore n'est-ce pas assez dire : je suis un portrait.

"I don't understand you," said Syme.

"I am a portrait," repeated the Professor. "I am a portrait of the celebrated Professor de Worms, who is, I believe, in Naples."

"You mean you are made up like him," said Syme. "But doesn't he know that you are taking his nose in vain?"

"He knows it right enough," replied his friend cheerfully.

"Then why doesn't he denounce you?"

"I have denounced him," answered the Professor.

"Do explain yourself," said Syme.

"With pleasure, if you don't mind hearing my story," replied the eminent foreign philosopher. "I am by profession an actor, and my name is Wilks. When I was on the stage I mixed with all sorts of Bohemian and blackguard company. Sometimes I touched the edge of the turf, sometimes the riff-raff of the arts, and occasionally the political refugee. In some den of exiled dreamers I was introduced to the great German Nihilist philosopher, Professor de Worms. I did not gather much about him beyond his appearance, which was very disgusting, and which I studied carefully. I understood that he had proved that the destructive principle in the universe was God;

— Je ne comprends pas.

— Je suis un portrait, répéta le professeur. Je suis le portrait du fameux professeur de Worms, qui, si je ne me trompe, est en ce moment à Naples.

— Vous voulez dire que vous vous êtes grimé à sa ressemblance, n'est-ce pas ? Mais ne sait-il pas que vous abusez de son nez ?

— Il le sait parfaitement.

— Alors, pourquoi ne vous dénonce-t-il pas ?

— C'est moi qui l'ai dénoncé.

— Expliquez-vous !

— Avec plaisir, si vous voulez bien écouter mon histoire, répondit l'éminent philosophe. Je suis, de mon métier, acteur, et je me nomme Wilks. Quand j'étais sur les planches, je fréquentais toutes sortes de bohèmes et de coquins. J'avais des accointances parmi la racaille du turf, les artistes ratés et aussi les réfugiés politiques. Un jour, dans une taverne où ces rêveurs exilés se rencontraient, je fus présenté à ce grand philosophe nihiliste, l'Allemand de Worms. Je n'observai en lui rien de très particulier, si ce n'est son aspect physique, qui était répugnant, et que je me mis à étudier avec soin. Autant que j'ai pu le comprendre, il prétendait démontrer que Dieu est le grand principe destructeur de l'univers ;

hence he insisted on the need for a furious and incessant energy, rending all things in pieces. Energy, he said, was the All. He was lame, shortsighted, and partially paralytic. When I met him I was in a frivolous mood, and I disliked him so much that I resolved to imitate him. If I had been a draughtsman I would have drawn a caricature. I was only an actor, I could only act a caricature. I made myself up into what was meant for a wild exaggeration of the old Professor's dirty old self. When I went into the room full of his supporters I expected to be received with a roar of laughter, or (if they were too far gone) with a roar of indignation at the insult. I cannot describe the surprise I felt when my entrance was received with a respectful silence, followed (when I had first opened my lips) with a murmur of admiration. The curse of the perfect artist had fallen upon me. I had been too subtle, I had been too true. They thought I really was the great Nihilist Professor. I was a healthy-minded young man at the time, and I confess that it was a blow. Before I could fully recover, however, two or three of these admirers ran up to me radiating indignation, and told me that a public insult had been put upon me in the next room. I inquired its nature. It seemed that an impertinent fellow had dressed himself up as a preposterous parody of myself. I had drunk more champagne than was good for me,

d'où il déduisait la nécessité d'une énergie furieuse et de tous les instants qui brisât tout. "L'Énergie, disait-il, l'Énergie est tout." Il était perclus, myope, à demi paralytique. Quand je fis sa connaissance, il se trouva que j'étais en goût de plaisanter, et, justement parce qu'il m'inspirait une profonde horreur, je résolus de le singer. Si j'avais su dessiner, j'aurais fait sa caricature. Je n'étais qu'un acteur, et je ne pus que devenir, moi-même, sa caricature. Je me grimai donc à sa ressemblance, en exagérant toutefois un peu la dégoûtante caducité de mon modèle. Ainsi fait, je me rendis dans un salon où se réunissaient les admirateurs du professeur. Je m'attendais à être accueilli par des éclats de rire ou par une bordée d'injures indignées, selon l'état d'esprit où se trouveraient ces messieurs. Je ne saurais dire quelle surprise fut la mienne, lorsqu'il se fit, à mon aspect, un silence religieux, suivi, quand j'ouvris la bouche, d'un murmure admiratif. Je subissais la malédiction de l'artiste parfait. J'avais été trop habile, j'étais trop vrai. Ils me prenaient pour le grand apôtre nihiliste lui-même. J'étais alors un jeune homme parfaitement sain d'esprit, et cette circonstance fit sur moi une impression profonde. Mais, avant que je fusse revenu de mon étonnement, deux ou trois de mes admirateurs s'approchèrent de moi, tout frémissants d'indignation, et me dirent que j'étais publiquement outragé dans la pièce voisine. Je demandai de quelle nature était cet outrage, et j'appris qu'un impertinent osait me parodier. J'avais bu plus de Champagne, ce jour-là, que de raison,

and in a flash of folly I decided to see the situation through. Consequently it was to meet the glare of the company and my own lifted eyebrows and freezing eyes that the real Professor came into the room.

"I need hardly say there was a collision. The pessimists all round me looked anxiously from one Professor to the other Professor to see which was really the more feeble. But I won. An old man in poor health, like my rival, could not be expected to be so impressively feeble as a young actor in the prime of life. You see, he really had paralysis, and working within this definite limitation, he couldn't be so jolly paralytic as I was. Then he tried to blast my claims intellectually. I countered that by a very simple dodge. Whenever he said something that nobody but he could understand, I replied with something which I could not even understand myself. 'I don't fancy,' he said, 'that you could have worked out the principle that evolution is only negation, since there inheres in it the introduction of lacuna, which are an essential of differentiation.' I replied quite scornfully, 'You read all that up in Pinckwerts; the notion that involution functioned eugenically was exposed long ago by Glumpe.' It is unnecessary for me to say that there never were such people as Pinckwerts and Glumpe. But the people all round (rather to my surprise) seemed to remember them quite well.

et, par un coup de folie, je résolus d'aller jusqu'au bout. Sur ces entrefaites, le professeur lui-même entra ; toutes les personnes qui m'entouraient le toisèrent, et je le considérai d'un regard glacial, les sourcils haut levés.

» J'ai à peine besoin d'ajouter qu'il y eut une collision. Les pessimistes qui composaient la galerie considéraient tantôt l'un, tantôt l'autre des deux de Worms, se demandant lequel était le plus impotent. C'est moi qui gagnai. Un vieillard de santé précaire, comme mon rival, ne pouvait donner aussi complètement qu'un jeune acteur dans la force de l'âge l'impression d'une agonie ambulante. Il était réellement paralytique, voyez-vous, tandis que, moi, je ne l'étais que pour mes spectateurs, et je le fus bien mieux et bien plus que lui. Il voulut alors me battre sur le terrain philosophique. Je me défendis par une ruse bien simple. Chaque fois qu'il disait une chose incompréhensible pour tout autre que lui-même, je ripostais par quelque chose que, moi-même, je ne comprenais pas. “Je ne pense pas, me dit-il, que vous auriez su dégager ce principe, à savoir que l'évolution est nécessairement négative, parce qu'elle implique la supposition de lacunes essentielles à toute différenciation.” Je répondis avec mépris : “Vous avez lu cela dans Prickwerts ; quant à l'idée que l'involution fonctionne *eugénétiquement*, il y a longtemps qu'elle a été exposée par Glumpe.” Inutile de vous dire que Prickwerts et Glumpe n'ont jamais existé. Mais je fus assez étonné de voir que les témoins paraissaient se souvenir parfaitement de ces auteurs.

"And the Professor, finding that the learned and mysterious method left him rather at the mercy of an enemy slightly deficient in scruples, fell back upon a more popular form of wit. 'I see,' he sneered, 'you prevail like the false pig in Aesop.' 'And you fail,' I answered, smiling, 'like the hedgehog in Montaigne.' Need I say that there is no hedgehog in Montaigne? 'Your claptrap comes off,' he said; 'so would your beard.'

"I had no intelligent answer to this, which was quite true and rather witty. But I laughed heartily, answered, 'Like the Pantheist's boots,' at random, and turned on my heel with all the honours of victory. The real Professor was thrown out, but not with violence, though one man tried very patiently to pull off his nose. He is now, I believe, received everywhere in Europe as a delightful impostor. His apparent earnestness and anger, you see, make him all the more entertaining."

"Well," said Syme, "I can understand your putting on his dirty old beard for a night's practical joke, but I don't understand your never taking it off again."

"That is the rest of the story," said the impersonator. "When I myself left the company, followed by reverent applause, I went limping down the dark street, hoping that I should soon be far enough away to be able to walk like a human being. To my astonishment, as I was turning the corner, I felt a touch on the shoulder,

» Le professeur, se voyant, en dépit de sa méthode savante et mystérieuse, à la merci d'un adversaire dénué de scrupules, essaya de me désarçonner par une plaisanterie : “Je vois, dit-il, que vous triomphez à la manière du faux porc d'Ésope ! — Et vous, répliquai-je, vous êtes battu comme le hérisson de Montaigne.” Je ne sache pas, je vous l'avoue, qu'il soit question de hérisson dans Montaigne. “Voilà que vous perdez vos moyens, dit-il, on pourrait en dire autant de votre barbe.”

» À cela je ne sus que dire. L'attaque était trop directe, trop juste et assez spirituelle. “Comme les bottes du parthéiste !”, fis-je au hasard, en riant d'un air bonhomme, et, tournant péniblement sur mes talons, je m'éloignai, avec tous les honneurs de la victoire. Le véritable professeur fut expulsé, sans violence, toutefois, sauf qu'un énergumène s'épuisa en patients efforts pour lui arracher son nez. Aujourd'hui encore, il passe dans toute l'Europe pour un délicieux mystificateur. Son sérieux apparent, voyez-vous, sa colère jouée ne le rendaient que plus amusant.

— Je comprends, dit Syme, que vous vous soyez amusé, un soir, à vous affubler de sa vilaine vieille barbe. Mais, comment ne vous en êtes-vous pas débarrassé ensuite ?

— Vous me demandez la fin de mon histoire ? dit l'acteur. Voici. En quittant la compagnie, suivi d'applaudissements respectueux, je m'engageai en boitant dans une rue obscure, espérant être bientôt assez loin de mes admirateurs pour pouvoir marcher comme un homme. Je doublais le coin de la rue, quand je me sentis touché à l'épaule,

and turning, found myself under the shadow of an enormous policeman. He told me I was wanted. I struck a sort of paralytic attitude, and cried in a high German accent, 'Yes, I am wanted—by the oppressed of the world. You are arresting me on the charge of being the great anarchist, Professor de Worms.' The policeman impassively consulted a paper in his hand, 'No, sir,' he said civilly, 'at least, not exactly, sir. I am arresting you on the charge of not being the celebrated anarchist, Professor de Worms.' This charge, if it was criminal at all, was certainly the lighter of the two, and I went along with the man, doubtful, but not greatly dismayed. I was shown into a number of rooms, and eventually into the presence of a police officer, who explained that a serious campaign had been opened against the centres of anarchy, and that this, my successful masquerade, might be of considerable value to the public safety. He offered me a good salary and this little blue card. Though our conversation was short, he struck me as a man of very massive common sense and humour; but I cannot tell you much about him personally, because—"

Syme laid down his knife and fork.

"I know," he said, "because you talked to him in a dark room."

Professor de Worms nodded and drained his glass.

et, en me retournant, je me trouvai dans l'ombre d'un énorme *policeman.* Il me dit « qu'on avait besoin de moi ». Je me campai dans la plus héroïque attitude que pût prendre un paralytique et m'écriai, avec un fort accent germanique : « — En effet, on a besoin de moi : tous les opprimés de l'univers me réclament ! Mon crime, n'est-ce pas, est d'être le grand anarchiste, le professeur de Worms. » Impassible, le policeman consulta un papier qu'il avait à la main : « — Non, monsieur, me dit-il poliment, ou du moins ce n'est pas tout à fait cela. Je vous arrête sous l'inculpation de n'être pas le fameux professeur de Worms. » Cette inculpation était, certes, moins grave que l'autre. Je suivis ce policeman. J'étais inquiet, mais non pas effrayé. Je fus conduit dans le cabinet d'un officier de police qui m'expliqua qu'une sérieuse campagne était ouverte contre les grands centres anarchistes et que mon heureuse mascarade pourrait être fort utile à la sécurité publique. Il m'offrit un bon salaire et la carte bleue. Notre conversation fut très brève ; je me convainquis pourtant que j'avais affaire à un homme d'un humour et d'un bon sens puissants. Mais je ne puis pas dire grand-chose de sa personne, car…

Syme déposa sa fourchette et son couteau.

— Je sais, dit-il, c'est parce que vous lui avez parlé dans une chambre obscure.

Le professeur de Worms acquiesça et vida son verre.

9

The man in spectacles

"Burgundy is a jolly thing," said the Professor sadly, as he set his glass down.

"You don't look as if it were," said Syme; "you drink it as if it were medicine."

"You must excuse my manner," said the Professor dismally, "my position is rather a curious one. Inside I am really bursting with boyish merriment; but I acted the paralytic Professor so well, that now I can't leave off. So that when I am among friends, and have no need at all to disguise myself, I still can't help speaking slow and wrinkling my forehead—just as if it were my forehead. I can be quite happy, you understand, but only in a paralytic sort of way. The most buoyant exclamations leap up in my heart, but they come out of my mouth quite different. You should hear me say, 'Buck up, old cock!' It would bring tears to your eyes."

9
L'homme aux lunettes

— C'est une bonne chose que le bourgogne, dit le professeur tristement, en déposant son verre sur la table.

— On ne le croirait pas, à vous voir : vous le buvez comme si c'était une drogue.

— Excusez-moi, je vous prie, dit le professeur toujours tristement. Mon cas est assez curieux. Mon cœur est plein de joie, mais j'ai si bien et si longtemps joué le professeur paralytique que je ne peux plus me séparer de mon rôle. C'est à ce point que, même avec mes amis, je reste déguisé ; je parle bas, je fais jouer les rides de ce front comme si c'était mon front. Je puis être tout à fait heureux, mais, comprenez-moi bien, à la manière seulement d'un paralytique. Les exclamations les plus joyeuses qui me viennent du cœur se transforment d'elles-mêmes en passant par mes lèvres. Ah ! si vous m'entendiez dire : « Allons ! vieux coq ! courage ! », vous en auriez les larmes aux yeux.

"It does," said Syme; "but I cannot help thinking that apart from all that you are really a bit worried."

The Professor started a little and looked at him steadily.

"You are a very clever fellow," he said, "it is a pleasure to work with you. Yes, I have rather a heavy cloud in my head. There is a great problem to face," and he sank his bald brow in his two hands.

Then he said in a low voice—

"Can you play the piano?"

"Yes," said Syme in simple wonder, "I'm supposed to have a good touch."

Then, as the other did not speak, he added—

"I trust the great cloud is lifted."

After a long silence, the Professor said out of the cavernous shadow of his hands—

"It would have done just as well if you could work a typewriter."

"Thank you," said Syme, "you flatter me."

"Listen to me," said the other, "and remember whom we have to see tomorrow. You and I are going tomorrow to attempt something which is very much more dangerous than trying to steal the Crown Jewels out of the Tower. We are trying to steal a secret from a very sharp, very strong, and very wicked man.

— Je les ai, en effet, dit Syme. Au fond, ce rôle doit vous ennuyer un peu.

Le professeur eut un léger haut-le-corps et le fixa.

— Vous êtes un garçon bien intelligent, dit l'acteur-professeur ; c'est plaisir de travailler avec vous. Oui, j'ai un gros nuage dans la tête… Et ce terrible problème à résoudre !

Il serra son front chauve dans ses mains, puis, à voix basse :

— Jouez-vous du piano ?

— Oui, dit Syme un peu étonné : on dit même que je n'en joue pas mal.

Puis, comme l'autre ne parlait plus :

— J'espère que le gros nuage a passé, reprit Syme.

Après un long silence, le professeur, du fond de l'ombre caverneuse de ses mains, murmura :

— Il m'eût été tout aussi agréable d'apprendre que vous savez pianoter sur une machine à écrire.

— Merci, dit Syme, vous me flattez.

— Écoutez-moi, reprit le professeur, et rappelez-vous qui nous devons voir demain. Vous et moi, demain, nous tenterons quelque chose de bien plus difficile que de voler les joyaux de la Couronne dans la Tour de Londres. Nous tenterons d'arracher son secret à un homme très fort, très fin et très méchant.

I believe there is no man, except the President, of course, who is so seriously startling and formidable as that little grinning fellow in goggles. He has not perhaps the white-hot enthusiasm unto death, the mad martyrdom for anarchy, which marks the Secretary. But then that very fanaticism in the Secretary has a human pathos, and is almost a redeeming trait. But the little Doctor has a brutal sanity that is more shocking than the Secretary's disease. Don't you notice his detestable virility and vitality. He bounces like an india-rubber ball. Depend on it, Sunday was not asleep (I wonder if he ever sleeps?) when he locked up all the plans of this outrage in the round, black head of Dr. Bull."

"And you think," said Syme, "that this unique monster will be soothed if I play the piano to him?"

"Don't be an ass," said his mentor. "I mentioned the piano because it gives one quick and independent fingers. Syme, if we are to go through this interview and come out sane or alive, we must have some code of signals between us that this brute will not see. I have made a rough alphabetical cypher corresponding to the five fingers—like this, see," and he rippled with his fingers on the wooden table—"B A D, *bad*, a word we may frequently require."

Il n'y a, je crois, personne, après le président, d'aussi formidable que ce petit homme, avec son sourire et ses lunettes. Il n'a peut-être pas l'enthousiasme chauffé à blanc du secrétaire ni sa folie du martyre. Mais le fanatisme du secrétaire a je ne sais quoi de pathétique, d'humain ; c'est un trait qui le rachète. Le petit docteur jouit d'une robuste santé, plus révoltante mille fois que l'insanité du secrétaire. N'avez-vous pas remarqué sa virilité, sa vitalité détestable ? Il bondit avec l'élasticité d'une balle de caoutchouc. Croyez-moi, Dimanche ne dormait pas — je ne sais s'il dort jamais ! — quand il confia tout le plan de l'attentat à la tête ronde et noire du docteur Bull.

— Et vous pensez, dit Syme, que ce monstre sans pareil s'attendrisse quand je lui jouerai du piano ?

— Ne faites donc pas l'imbécile ! répondit son mentor. J'ai parlé du piano à cause de l'agilité et de l'indépendance qu'il donne aux doigts. Nous voulons, Syme, avoir cette entrevue et en sortir sains et saufs. Il faut donc que nous convenions entre nous de quelques signes auxquels cette brute ne puisse rien comprendre. Je me suis composé un grossier alphabet chiffré correspondant aux cinq doigts ; comme ceci, voyez-vous ?

Et il frappa du bout des doigts sur la table :

— B A D, *bad*, mauvais, un mot dont nous aurons souvent besoin, je le crains.

Syme poured himself out another glass of wine, and began to study the scheme. He was abnormally quick with his brains at puzzles, and with his hands at conjuring, and it did not take him long to learn how he might convey simple messages by what would seem to be idle taps upon a table or knee. But wine and companionship had always the effect of inspiring him to a farcical ingenuity, and the Professor soon found himself struggling with the too vast energy of the new language, as it passed through the heated brain of Syme.

"We must have several word-signs," said Syme seriously—"words that we are likely to want, fine shades of meaning. My favourite word is 'coeval'. What's yours?"

"Do stop playing the goat," said the Professor plaintively. "You don't know how serious this is."

"'Lush' too," said Syme, shaking his head sagaciously, "we must have 'lush'—word applied to grass, don't you know?"

"Do you imagine," asked the Professor furiously, "that we are going to talk to Dr. Bull about grass?"

"There are several ways in which the subject could be approached," said Syme reflectively, "and the word introduced without appearing forced. We might say, 'Dr. Bull, as a revolutionist, you remember that a tyrant once advised us to eat grass; and indeed many of us, looking on the fresh lush grass of summer...'"

Syme se versa un verre de vin et se mit à étudier cette science nouvelle. Très rompu au jeu des charades, très habile aux tours de passe-passe, il fut bien vite à même de transmettre un message par un certain nombre de coups frappés sur la table ou sur son genou. Mais le vin et la conversation développaient singulièrement en lui un goût naturel pour la farce, et le professeur eut bientôt à lutter contre les excessifs développements que prenait son invention en passant par le cerveau surchauffé de Syme.

— Il nous faut, dit Syme, quelques abréviations pour les mots que nous aurons souvent à employer, pour indiquer de délicates nuances...

— Cessez de plaisanter, dit le professeur. Vous ne soupçonnez pas combien tout cela est sérieux.

— Mon mot favori est « contemporain » ; quel est le vôtre ? Il nous faut aussi le mot « luisant » poursuivit Syme en hochant la tête d'un air capable. Cela se dit de l'herbe, vous savez ?

Le professeur s'emporta.

— Pensez-vous, s'écria-t-il que nous allons parler d'herbe au docteur Bull ?

— Il y a bien des moyens d'approcher ce sujet, poursuivit Syme, pensif, et d'amener ce mot sans qu'il paraisse forcé. Nous pourrions, par exemple, dire au docteur Bull : « En qualité de révolutionnaire, vous devez vous rappeler qu'un tyran nous a conseillé de manger de l'herbe, et, en effet, à l'aspect brillant et luisant de l'herbe des prés... »

"Do you understand," said the other, "that this is a tragedy?"

"Perfectly," replied Syme; "always be comic in a tragedy. What the deuce else can you do? I wish this language of yours had a wider scope. I suppose we could not extend it from the fingers to the toes? That would involve pulling off our boots and socks during the conversation, which however unobtrusively performed—"

"Syme," said his friend with a stern simplicity, "go to bed!"

Syme, however, sat up in bed for a considerable time mastering the new code. He was awakened next morning while the east was still sealed with darkness, and found his grey-bearded ally standing like a ghost beside his bed.

Syme sat up in bed blinking; then slowly collected his thoughts, threw off the bed-clothes, and stood up.

It seemed to him in some curious way that all the safety and sociability of the night before fell with the bedclothes off him, and he stood up in an air of cold danger. He still felt an entire trust and loyalty towards his companion; but it was the trust between two men going to the scaffold.

— Mais enfin ! Ne comprenez-vous pas que nous sommes en pleine tragédie ?

— Parfaitement, répondit Syme, il faut toujours du comique dans une tragédie. Et que pourrait-il y avoir d'autre ? Je voudrais que votre langue eût plus d'étendue et de ressources. Ne pourrions-nous pas nous servir des doigts des pieds comme de ceux des mains ? Il nous suffirait d'ôter discrètement nos chaussures et nos chaussettes pendant la conversation, et alors…

— Syme, lui dit son nouvel ami avec une sévère simplicité, Syme, allez vous coucher !

Le lendemain matin, l'orient était encore scellé de nuit quand il s'éveilla. Son allié à la barbe grise se tenait debout près de son lit.

Syme s'assit en se frottant les yeux. Lentement ses esprits lui revinrent. Il repoussa la couverture et se leva.

Il lui sembla que toute l'atmosphère de sociabilité et de sécurité qu'il avait respirée pendant la précédente soirée le quittait avec ses couvertures ; il trouva en se levant l'air froid et hostile, comme le danger. Il ne mettait pas en doute la loyauté de son compagnon : mais la confiance qui les unissait était celle de deux hommes qui vont monter à l'échafaud.

"Well," said Syme with a forced cheerfulness as he pulled on his trousers, "I dreamt of that alphabet of yours. Did it take you long to make it up?"

The Professor made no answer, but gazed in front of him with eyes the colour of a wintry sea; so Syme repeated his question.

"I say, did it take you long to invent all this? I'm considered good at these things, and it was a good hour's grind. Did you learn it all on the spot?"

The Professor was silent; his eyes were wide open, and he wore a fixed but very small smile.

"How long did it take you?"

The Professor did not move.

"Confound you, can't you answer?" called out Syme, in a sudden anger that had something like fear underneath. Whether or no the Professor could answer, he did not.

Syme stood staring back at the stiff face like parchment and the blank, blue eyes. His first thought was that the Professor had gone mad, but his second thought was more frightful. After all, what did he know about this queer creature whom he had heedlessly accepted as a friend? What did he know, except that the man had been at the anarchist breakfast

— J'ai rêvé de votre alphabet, dit-il avec une gaîté forcée en enfilant son pantalon. Vous a-t-il coûté beaucoup de temps ?

Le professeur ne répondit pas. Ses yeux, couleur de mer hivernale, regardaient dans le vague.

Syme réitéra sa question.

— Je vous demande s'il vous a fallu beaucoup de temps pour trouver tout cela. L'invention témoigne d'une réelle ingéniosité. J'ai eu besoin d'une bonne heure d'exercice pour m'y mettre. Avez-vous su tout de suite vous exprimer ainsi ?

Le professeur restait silencieux. Il souriait finement, faiblement

— Combien de temps vous a-t-il fallu ?

Le professeur ne bougea pas.

— Que Dieu vous confonde ! Êtes-vous devenu muet ? s'écria Syme avec une colère qui cachait quelque inquiétude. Il ne savait pas au juste si le professeur pouvait répondre.

Et Syme s'immobilisait lui-même devant cette figure immobile et parcheminée, ces yeux bleus, sans expression. Sa première pensée fut que le professeur était devenu fou, mais sa seconde pensée fut plus terrible encore. Que savait-il, après tout, de cette créature étrange dont il avait accepté, sans méfiance, l'amitié ? Que savait-il, sinon qu'il avait rencontré cet homme au déjeuner des anarchistes,

and had told him a ridiculous tale? How improbable it was that there should be another friend there beside Gogol! Was this man's silence a sensational way of declaring war? Was this adamantine stare after all only the awful sneer of some threefold traitor, who had turned for the last time? He stood and strained his ears in this heartless silence.

He almost fancied he could hear dynamiters come to capture him shifting softly in the corridor outside.

Then his eye strayed downwards, and he burst out laughing.

Though the Professor himself stood there as voiceless as a statue, his five dumb fingers were dancing alive upon the dead table. Syme watched the twinkling movements of the talking hand, and read clearly the message—

"I will only talk like this. We must get used to it."

He rapped out the answer with the impatience of relief—

"All right. Let's get out to breakfast."

They took their hats and sticks in silence; but as Syme took his sword-stick, he held it hard.

puis qu'il lui avait entendu conter une histoire ridicule ? N'était-il pas invraisemblable que le Conseil présidé par Dimanche comptât, outre Gogol, un autre ami ? Le silence de cet individu signifiait-il une sensationnelle déclaration de guerre ? Fallait-il lire dans ces yeux sans vie l'affreuse pensée d'un triple traître, qui venait de déserter pour la troisième fois ? Dans cet impitoyable silence, Syme tendait l'oreille.

Il croyait entendre dans le corridor les pas furtifs des dynamiteurs accourus pour se saisir de lui.

Mais, par hasard, son regard se baissa, et il poussa un grand éclat de rire.

Les cinq doigts du professeur, qui se tenait là muet comme une statue, dansaient pendant ce temps sur la table. Syme guetta les rapides mouvements de cette main éloquente et lut sans peine ce message :

— Je ne veux parler qu'ainsi ; il faut nous y habituer.

Il fit, de ses doigts, cette réponse, avec une hâte où s'avouait la satisfaction de se sentir soudainement délivré d'une chaude alarme :

— Fort bien, allons déjeuner.

Ils prirent en silence cannes et chapeaux. Syme ne put s'empêcher de crisper sa main sur sa canne à épée.

They paused for a few minutes only to stuff down coffee and coarse thick sandwiches at a coffee stall, and then made their way across the river, which under the grey and growing light looked as desolate as Acheron. They reached the bottom of the huge block of buildings which they had seen from across the river, and began in silence to mount the naked and numberless stone steps, only pausing now and then to make short remarks on the rail of the banisters.

At about every other flight they passed a window; each window showed them a pale and tragic dawn lifting itself laboriously over London. From each the innumerable roofs of slate looked like the leaden surges of a grey, troubled sea after rain. Syme was increasingly conscious that his new adventure had somehow a quality of cold sanity worse than the wild adventures of the past. Last night, for instance, the tall tenements had seemed to him like a tower in a dream. As he now went up the weary and perpetual steps, he was daunted and bewildered by their almost infinite series. But it was not the hot horror of a dream or of anything that might be exaggeration or delusion. Their infinity was more like the empty infinity of arithmetic, something unthinkable, yet necessary to thought. Or it was like the stunning statements of astronomy about the distance of the fixed stars. He was ascending the house of reason, a thing more hideous than unreason itself.

Ils ne s'arrêtèrent qu'un moment pour avaler quelques sandwiches et du café dans un bar, puis ils passèrent le fleuve, qui, dans la lumière désolée du matin, était aussi désolé que l'Achéron. Ils gagnèrent le grand corps de bâtiment qu'ils avaient vu, la veille, de l'autre côté de l'eau, et se mirent à gravir en silence les innombrables marches de pierre, s'arrêtant seulement de temps à autre pour échanger, sur la rampe de fer, de brèves observations.

Tous les deux paliers, une fenêtre leur permettait de voir le pénible lever d'une aube pâle et morne sur Londres. Les innombrables toits d'ardoise étaient comme les vagues d'une mer grise, troublée après une pluie abondante. Syme songeait que ce nouvel épisode où il s'engageait était, de tous ceux par lesquels il avait passé déjà, le pire. C'était froid, raisonnable et terrible. La veille, le grand bâtiment lui était apparu comme une tour telle qu'on en voit en rêve. Maintenant, il s'étonnait de ces marches interminables, fatigantes ; il était comme intimidé de leur succession infinie. Ce n'était pas l'horreur ardente du songe, de l'illusion, de l'exagération. C'était de l'infini abstrait, mathématique, quelque chose d'impossible à penser et d'indispensable pourtant à la pensée. Cela rappelait les constatations stupéfiantes de l'astronomie sur les distances qui séparent les étoiles fixes. Syme faisait l'ascension du palais de la Raison, laquelle passe en hideur la Déraison elle-même.

By the time they reached Dr. Bull's landing, a last window showed them a harsh, white dawn edged with banks of a kind of coarse red, more like red clay than red cloud.

And when they entered Dr. Bull's bare garret it was full of light.

Syme had been haunted by a half historic memory in connection with these empty rooms and that austere daybreak. The moment he saw the garret and Dr. Bull sitting writing at a table, he remembered what the memory was—the French Revolution. There should have been the black outline of a guillotine against that heavy red and white of the morning. Dr. Bull was in his white shirt and black breeches only; his cropped, dark head might well have just come out of its wig; he might have been Marat or a more slipshod Robespierre.

Yet when he was seen properly, the French fancy fell away. The Jacobins were idealists; there was about this man a murderous materialism.

His position gave him a somewhat new appearance. The strong, white light of morning coming from one side creating sharp shadows, made him seem both more pale and more angular than he had looked at the breakfast on the balcony. Thus the two black glasses that encased his eyes might really have been black cavities in his skull, making him look like a death's-head.

Au moment où ils atteignirent la porte du docteur Bull, ils virent par une dernière fenêtre l'aurore s'encadrer d'une grossière bordure rouge, du rouge de l'argile plutôt que des nuages.

Et quand ils entrèrent dans la mansarde du docteur, elle était inondée de lumière.

Syme était hanté d'un souvenir historique, qu'il associait à ces chambres vides et à cette aurore austère. En pénétrant dans la mansarde, en voyant le docteur assis à une table et en train d'écrire, il se précisa aussitôt ce souvenir. Un souvenir de la Révolution française. Entre la bordure rouge et la blanche aurore elle-même, comment se pouvait-il que le profil noir de la guillotine ne se montrât pas ? Le docteur Bull ne portait qu'une chemise blanche et un pantalon noir ; cette tête brune, rasée, n'appelait-elle pas la perruque ? Ne venait-elle pas de la quitter ? Il eût pu être Marat ou un Robespierre moins soigneux.

Pourtant, à le regarder de plus près, on perdait l'envie de penser à la France. Les Jacobins étaient des idéalistes. Cet homme exhalait un matérialisme meurtrier.

Il apparaissait ici sous un nouvel aspect. La forte lumière blanche de la matinée, venant toute du même côté et projetant des ombres très précises, pâlissait son visage et en accentuait les angles. Il semblait plus pâle et plus anguleux que la veille pendant le déjeuner sur le balcon. Les lunettes qui couvraient ses yeux jouaient la profondeur de cavités ouvertes dans son crâne et lui donnaient l'apparence d'une tête de mort.

And, indeed, if ever Death himself sat writing at a wooden table, it might have been he.

He looked up and smiled brightly enough as the men came in, and rose with the resilient rapidity of which the Professor had spoken. He set chairs for both of them, and going to a peg behind the door, proceeded to put on a coat and waistcoat of rough, dark tweed; he buttoned it up neatly, and came back to sit down at his table.

The quiet good humour of his manner left his two opponents helpless. It was with some momentary difficulty that the Professor broke silence and began, "I'm sorry to disturb you so early, comrade," said he, with a careful resumption of the slow de Worms manner. "You have no doubt made all the arrangements for the Paris affair?" Then he added with infinite slowness, "We have information which renders intolerable anything in the nature of a moment's delay."

Dr. Bull smiled again, but continued to gaze on them without speaking. The Professor resumed, a pause before each weary word—

"Please do not think me excessively abrupt; but I advise you to alter those plans, or if it is too late for that, to follow your agent with all the support you can get for him. Comrade Syme and I have had an experience which it would take more time to recount than we can afford, if we are to act on it.

Si jamais, en effet, la mort s'est assise à une table pour écrire, ce dut être ce jour-là.

Il leva les yeux et accueillit les deux hommes d'un sourire assez gai, et il quitta son siège avec cette rapidité dont le professeur avait parlé. Il avança pour eux deux chaises, prit à une patère, derrière la porte, un gilet et un veston de cheviotte grossière, se boutonna correctement et s'assit à la place où les deux visiteurs l'avaient trouvé, près de la table.

Ses mouvements étaient si naturels, si aisés, que Syme et le professeur en furent gênés. C'est avec une certaine hésitation que le professeur rompit le silence et commença :

— Je m'excuse de vous déranger de si grand matin, camarade, dit-il en reprenant les façons lentes et prudentes de Worms. Vous avez sans doute tout préparé pour l'affaire de Paris ? Et il ajouta très lentement : Tout retard, d'après les informations que nous avons reçues, serait funeste.

Le docteur Bull souriait toujours et ne parlait pas. Le professeur reprit, s'arrêtant à chaque mot :

— Je vous en prie, ne vous blessez pas de notre procédé. Il faut modifier les plans, ou, s'il est trop tard pour y rien changer, rejoindre tout de suite le camarade chargé de l'action et le prémunir contre des dangers imprévus. Le camarade Syme et moi, nous avons eu une aventure. Il me faudrait plus de temps pour vous l'expliquer qu'il ne nous en est laissé pour en profiter.

I will, however, relate the occurrence in detail, even at the risk of losing time, if you really feel that it is essential to the understanding of the problem we have to discuss."

He was spinning out his sentences, making them intolerably long and lingering, in the hope of maddening the practical little Doctor into an explosion of impatience which might show his hand. But the little Doctor continued only to stare and smile, and the monologue was uphill work. Syme began to feel a new sickness and despair. The Doctor's smile and silence were not at all like the cataleptic stare and horrible silence which he had confronted in the Professor half an hour before. About the Professor's makeup and all his antics there was always something merely grotesque, like a gollywog. Syme remembered those wild woes of yesterday as one remembers being afraid of Bogy in childhood. But here was daylight; here was a healthy, square-shouldered man in tweeds, not odd save for the accident of his ugly spectacles, not glaring or grinning at all, but smiling steadily and not saying a word. The whole had a sense of unbearable reality. Under the increasing sunlight the colours of the Doctor's complexion, the pattern of his tweeds, grew and expanded outrageously, as such things grow too important in a realistic novel. But his smile was quite slight, the pose of his head polite; the only uncanny thing was his silence.

Je suis prêt néanmoins, mais les minutes sont précieuses, à vous donner tous les détails, si vous croyez qu'il vous soit essentiel de les connaître pour résoudre le problème qui nous occupe.

Il tirait ses phrases en longueur, il les faisait insupportablement filandreuses, dans l'espoir d'impatienter le petit docteur, de révolter son sens pratique et de l'amener à une explosion de rage où se montrerait son jeu. Mais le petit docteur souriait toujours, et le monologue du professeur était peine perdue. Syme s'impatientait, et à son impatience se mêlait un sentiment de désespoir. Il venait de subir, une demi-heure plus tôt, avec quelque terreur, le silence cataleptique du professeur ; mais ce n'était rien auprès du silence souriant du docteur ! Il y avait toujours, dans les fantaisies du professeur, quelque chose de grotesque, simplement, qui rassurait. Syme se rappelait ses angoisses de la veille, comme on pense à la peur qu'on eut, tout enfant, de Croquemitaine. Mais, ici, on était dans la lumière du jour ; il y avait dans cette chambre un homme sain et fort, en habits du matin, un homme nullement original, si ce n'est par ses vilaines lunettes, un homme qui ne montrait pas les dents, qui ne jetait pas de regards furieux : un homme qui souriait et se taisait ! C'est cette réalité qui était insupportable. Sous la lumière grandissante du jour, les nuances du teint du docteur, du drap de son habit, prenaient un relief effrayant, comme il arrive que des détails sans intérêt, dans les romans naturalistes, prennent une importance excessive. Toutefois, rien de provocant dans le sourire, rien d'impertinent dans le port de la tête. Seul son silence était de plus en plus inquiétant.

"As I say," resumed the Professor, like a man toiling through heavy sand, "the incident that has occurred to us and has led us to ask for information about the Marquis, is one which you may think it better to have narrated; but as it came in the way of Comrade Syme rather than me—"

His words he seemed to be dragging out like words in an anthem; but Syme, who was watching, saw his long fingers rattle quickly on the edge of the crazy table. He read the message, "You must go on. This devil has sucked me dry!"

Syme plunged into the breach with that bravado of improvisation which always came to him when he was alarmed.

"Yes, the thing really happened to me," he said hastily. "I had the good fortune to fall into conversation with a detective who took me, thanks to my hat, for a respectable person. Wishing to clinch my reputation for respectability, I took him and made him very drunk at the Savoy. Under this influence he became friendly, and told me in so many words that within a day or two they hope to arrest the Marquis in France.

"So unless you or I can get on his track—"

The Doctor was still smiling in the most friendly way, and his protected eyes were still impenetrable.

— Comme je viens de le dire, reprit le professeur avec l'effort d'un homme qui se fraierait un chemin dans le sable, l'aventure qui nous est arrivée et qui nous amène chez vous, pour nous informer au sujet du marquis, est de telle nature que, peut-être, vous désirerez en connaître les détails. Mais, car elle est arrivée à Syme plutôt qu'à moi…

Les mots se suivaient péniblement, il les prolongeait comme dans un hymne, et Syme, qui était sur ses gardes, vit les longs doigts du professeur frapper à coups précipités sur le bord de la table. Voici ce qu'il lut :

« À vous ! Le démon a vidé mon sac. »

Syme monta sur la brèche avec cette bravoure et cette faconde qui ne l'abandonnaient jamais au moment du danger.

— En effet, interrompit-il, l'aventure m'est personnelle. J'ai eu l'avantage de m'entretenir avec un détective qui, sans doute à cause de mon chapeau, me prenait pour une personne honorable. Dans le dessein de conserver son estime, je l'ai emmené au Savoy, où je l'ai grisé. Alors, il est devenu communicatif et m'a confié que la police avait bon espoir d'arrêter, avant deux jours, le marquis, en France. De sorte que, si l'un de nous ne se met pas immédiatement à la recherche du marquis…

Le docteur souriait toujours le plus aimablement du monde, et ses yeux, protégés par ses lunettes, restaient impénétrables.

The Professor signalled to Syme that he would resume his explanation, and he began again with the same elaborate calm.

"Syme immediately brought this information to me, and we came here together to see what use you would be inclined to make of it. It seems to me unquestionably urgent that—"

All this time Syme had been staring at the Doctor almost as steadily as the Doctor stared at the Professor, but quite without the smile. The nerves of both comrades-in-arms were near snapping under that strain of motionless amiability, when Syme suddenly leant forward and idly tapped the edge of the table. His message to his ally ran, "I have an intuition."

The Professor, with scarcely a pause in his monologue, signalled back, "Then sit on it."

Syme telegraphed, "It is quite extraordinary."

The other answered, "Extraordinary rot!"

Syme said, "I am a poet."

The other retorted, "You are a dead man."

Syme had gone quite red up to his yellow hair, and his eyes were burning feverishly. As he said he had an intuition, and it had risen to a sort of lightheaded certainty.

Le professeur avertit Syme qu'il allait reprendre cette conversation et il reprit en effet avec un calme étudié.

— Syme me rapporta aussitôt la nouvelle, dit-il, et nous sommes venus pour demander quel usage il convient d'en faire. Il me semble urgent, indiscutablement, de…

Pendant ce temps, Syme s'était mis à regarder le docteur fixement, aussi fixement que le docteur regardait le professeur ; mais Syme, lui, ne souriait pas. Les nerfs des deux camarades de combat étaient tendus à se rompre.

Tout à coup, Syme avança le buste et frappa légèrement le bord de la table. Il disait à son allié :

— J'ai une idée.

— Asseyez-vous dessus, répondit le professeur sans interrompre son monologue.

— Une idée extraordinaire, télégraphia Syme.

— Une extraordinaire blague.

— Je suis un poète, protesta Syme.

— Vous êtes un homme mort, répliqua l'autre.

Syme sentit le rouge lui monter jusqu'aux racines des cheveux. Ses yeux brûlaient de fièvre. Comme il le disait, il avait une idée, une idée qui s'imposait à son esprit avec l'autorité d'une évidente certitude.

Resuming his symbolic taps, he signalled to his friend, "You scarcely realise how poetic my intuition is. It has that sudden quality we sometimes feel in the coming of spring."

He then studied the answer on his friend's fingers. The answer was, "Go to hell!"

The Professor then resumed his merely verbal monologue addressed to the Doctor.

"Perhaps I should rather say," said Syme on his fingers, "that it resembles that sudden smell of the sea which may be found in the heart of lush woods."

His companion disdained to reply.

"Or yet again," tapped Syme, "it is positive, as is the passionate red hair of a beautiful woman."

The Professor was continuing his speech, but in the middle of it Syme decided to act.

He leant across the table, and said in a voice that could not be neglected—

"Dr. Bull!"

The Doctor's sleek and smiling head did not move, but they could have sworn that under his dark glasses his eyes darted towards Syme.

"Dr. Bull," said Syme, in a voice peculiarly precise and courteous, "would you do me a small favour? Would you be so kind as to take off your spectacles?"

Reprenant son pianotage, il dit :

— Vous ne vous doutez pas combien mon idée est poétique. Elle a toute la délicieuse spontanéité du printemps.

Puis, il étudia la réponse de son ami ; elle était ainsi formulée :

— Au diable !

Et le professeur continua son monologue.

— Peut-être devrais-je plutôt dire, reprit Syme avec ses doigts, que mon idée a la fraîcheur salubre de l'air marin qu'on respire dans les forêts luisantes et humides de rosée.

Le professeur ne daigna pas accuser réception de cette communication.

— Ou bien encore, insista Syme, elle a cette réalité positive et charmante des cheveux d'or en fusion d'une belle femme.

Le professeur parlait toujours. Syme décida d'agir sans plus attendre.

Il s'accouda sur la table, et, d'une voix qui réclamait l'attention :

— Docteur Bull ! dit-il.

Le visage souriant du docteur ne remua point, mais on eût juré que, sous ses lunettes noires, ses yeux étaient fixés sur Syme.

— Docteur Bull, reprit Syme, courtoisement, mais nettement, voudriez-vous me faire un grand plaisir ? Ayez la bonté d'ôter vos lunettes.

The Professor swung round on his seat, and stared at Syme with a sort of frozen fury of astonishment.

Syme, like a man who has thrown his life and fortune on the table, leaned forward with a fiery face.

The Doctor did not move.

For a few seconds there was a silence in which one could hear a pin drop, split once by the single hoot of a distant steamer on the Thames.

Then Dr. Bull rose slowly, still smiling, and took off his spectacles.

Syme sprang to his feet, stepping backwards a little, like a chemical lecturer from a successful explosion. His eyes were like stars, and for an instant he could only point without speaking.

The Professor had also started to his feet, forgetful of his supposed paralysis. He leant on the back of the chair and stared doubtfully at Dr. Bull, as if the Doctor had been turned into a toad before his eyes. And indeed it was almost as great a transformation scene.

The two detectives saw sitting in the chair before them a very boyish-looking young man, with very frank and happy hazel eyes, an open expression, cockney clothes like those of a city clerk, and an unquestionable breath about him of being very good and rather commonplace.

Le professeur se retourna sur sa chaise en décochant à Syme un regard de reproche et de colère froide.

Syme, pareil à un homme qui a jeté sur la table sa fortune et sa vie, restait penché en avant, la figure en feu.

Le docteur ne bougeait pas.

Pendant quelques secondes, il régna un silence tel qu'on eût entendu une aiguille tomber ; seul le sifflet d'un lointain steamer, sur la Tamise, l'interrompit.

Puis, le docteur Bull se leva lentement, sans cesser de sourire, et ôta ses lunettes.

Syme se dressa sur ses pieds, en se reculant un peu, comme un professeur de chimie qui vient de faire éclater des gaz dans une cornue. Ses yeux étaient comme des étoiles et un instant son émotion fut si forte qu'il ne put que montrer du doigt sans parler.

Le professeur lui-même, oubliant sa prétendue paralysie, s'était levé aussi. Il s'appuyait au dossier de sa chaise et contemplait le docteur Bull d'un air indécis, comme si le redoutable personnage s'était soudain métamorphosé en crapaud. En réalité, la transformation du docteur était stupéfiante.

Les deux détectives voyaient, assis devant eux un très jeune homme, presque un jeune garçon, aux yeux brun clair, heureux et franc, à la physionomie ouverte, habillé d'une manière vulgaire, comme un employé de la Cité, certainement un être très bon et plutôt commun.

The smile was still there, but it might have been the first smile of a baby.

"I knew I was a poet," cried Syme in a sort of ecstasy. "I knew my intuition was as infallible as the Pope. It was the spectacles that did it! It was all the spectacles. Given those beastly black eyes, and all the rest of him his health and his jolly looks, made him a live devil among dead ones."

"It certainly does make a queer difference," said the Professor shakily. "But as regards the project of Dr. Bull—"

"Project be damned!" roared Syme, beside himself. "Look at him! Look at his face, look at his collar, look at his blessed boots! You don't suppose, do you, that that thing's an anarchist?"

"Syme!" cried the other in an apprehensive agony.

"Why, by God," said Syme, "I'll take the risk of that myself! Dr. Bull, I am a police officer. There's my card," and he flung down the blue card upon the table.

The Professor still feared that all was lost; but he was loyal. He pulled out his own official card and put it beside his friend's.

Then the third man burst out laughing, and for the first time that morning they heard his voice.

Le docteur souriait toujours, mais son sourire était maintenant celui d'un enfant.

— Quand je le disais que je suis un poète ! s'écria Syme, extasié. Je savais bien que mon pressentiment était aussi infaillible que le Pape ! Tout était dans les lunettes ! Absolument tout ! Et même, en dépit de ses sacrées lunettes, sa santé et sa bonne mine faisaient de lui un diable vivant, au moins parmi ces diables morts et déterrés !

— Certainement, il y a une différence, dit le professeur en branlant le chef. Pour ce qui est des plans du docteur Bull...

— Ses plans ! s'exclama Syme, hors de lui. Mais regardez donc son visage, son col, ses chaussures ! Que Dieu le bénisse ! Vous n'allez pas prétendre, je suppose, que ce soit là un anarchiste !

— Syme ! fit le professeur, tremblant de crainte.

— Par Dieu ! reprit Syme, j'en veux courir le risque. Docteur Bull, je suis de la police, voici ma carte.

Et il jeta la carte bleue sur la table.

Le professeur fit le geste qui signifie : Tout est perdu ! Mais il était loyal. Il tira sa carte de sa poche et la déposa tranquillement à côté de celle de Syme.

Alors, le docteur éclata de rire, et, pour la première fois, les deux amis entendirent sa voix.

"I'm awfully glad you chaps have come so early," he said, with a sort of schoolboy flippancy, "for we can all start for France together. Yes, I'm in the force right enough."

And he flicked a blue card towards them lightly as a matter of form.

Clapping a brisk bowler on his head and resuming his goblin glasses, the Doctor moved so quickly towards the door, that the others instinctively followed him.

Syme seemed a little distrait, and as he passed under the doorway he suddenly struck his stick on the stone passage so that it rang.

"But Lord God Almighty," he cried out, "if this is all right, there were more damned detectives than there were damned dynamiters at the damned Council!"

"We might have fought easily," said Bull; "we were four against three."

The Professor was descending the stairs, but his voice came up from below.

"No," said the voice, "we were not four against three—we were not so lucky. We were four against One."

The others went down the stairs in silence.

— Je suis rudement content que vous soyez venus de si bon matin, dit-il avec la désinvolture d'un potache. Nous pourrons ainsi partir ensemble pour la France. Oui, je suis de la police, parfaitement.

Et, avec négligence, comme on s'acquitte d'une pure formalité, il montra sa carte à ses visiteurs.

Puis, il se coiffa d'un chapeau melon, et, reprenant ses lunettes diaboliques, il se dirigea si rapidement vers la porte que les deux autres le suivirent sans prendre le temps de la réflexion.

Mais Syme avait l'air distrait en sortant de la chambre, il frappa de sa canne les pierres du couloir.

— Dieu tout-puissant ! s'écria-t-il, alors, il y avait donc plus de damnés détectives que de damnés anarchistes dans ce damné Conseil !

— Oui, quatre contre trois, dit Bull. Nous aurions pu nous battre.

Le professeur descendait devant eux. Sa voix leur vint d'en bas :

— Non, disait cette voix, nous n'avions pas la chance d'être quatre contre trois, nous étions quatre contre Un.

Ils descendirent en silence.

The young man called Bull, with an innocent courtesy characteristic of him, insisted on going last until they reached the street; but there his own robust rapidity asserted itself unconsciously, and he walked quickly on ahead towards a railway inquiry office, talking to the others over his shoulder.

"It is jolly to get some pals," he said. "I've been half dead with the jumps, being quite alone. I nearly flung my arms round Gogol and embraced him, which would have been imprudent. I hope you won't despise me for having been in a blue funk."

"All the blue devils in blue hell," said Syme, "contributed to my blue funk! But the worst devil was you and your infernal goggles."

The young man laughed delightedly.

"Wasn't it a rag?" he said. "Such a simple idea—not my own. I haven't got the brains. You see, I wanted to go into the detective service, especially the anti-dynamite business. But for that purpose they wanted someone to dress up as a dynamiter; and they all swore by blazes that I could never look like a dynamiter. They said my very walk was respectable, and that seen from behind I looked like the British Constitution. They said I looked too healthy and too optimistic, and too reliable and benevolent; they called me all sorts of names at Scotland Yard.

Avec la politesse qui le caractérisait, Bull avait fait passer les premiers ses compagnons dans l'escalier. Mais, dans la rue, sa juvénile impatience l'emporta, et il les précéda en se dirigeant vers un bureau d'informations de chemin de fer. Tout en marchant :

— Quel plaisir de rencontrer des copains ! leur disait-il par-dessus l'épaule. Je mourais de peur, de me sentir seul. Hier, j'ai failli embrasser Gogol, ce qui eût été une imprudence, je le reconnais. Au moins, n'allez pas me mépriser parce que je vous avoue ma peur bleue !

— Tous les diables bleus de l'enfer bleu ont contribué à ma peur bleue, reconnut Syme, mais de tous les diables que nous redoutions, le pire, c'était vous, avec vos lunettes infernales !

— Je suis assez réussi, n'est-ce pas ? observa Bull avec satisfaction. Et que c'est simple, pourtant ! L'idée ne m'appartient pas, je n'aurais jamais trouvé cela tout seul. Je vais vous dire. J'avais l'intention d'entrer au service anti-anarchiste. Mais il fallait me déguiser en dynamiteur, et tous les chefs juraient leurs grands dieux que je n'y parviendrais jamais. Ils disaient que mon allure, mon attitude, mes gestes, tout trahissait en moi la respectabilité ; vu de dos, je ressemblais à la Constitution anglaise ; j'avais l'air trop bien portant, trop optimiste ; j'inspirais la confiance et respirais la bienveillance. Enfin, ils ne m'épargnèrent aucune injure, à Scotland Yard.

They said that if I had been a criminal, I might have made my fortune by looking so like an honest man; but as I had the misfortune to be an honest man, there was not even the remotest chance of my assisting them by ever looking like a criminal. But at last I was brought before some old josser who was high up in the force, and who seemed to have no end of a head on his shoulders. And there the others all talked hopelessly. One asked whether a bushy beard would hide my nice smile; another said that if they blacked my face I might look like a negro anarchist; but this old chap chipped in with a most extraordinary remark. 'A pair of smoked spectacles will do it,' he said positively. 'Look at him now; he looks like an angelic office boy. Put him on a pair of smoked spectacles, and children will scream at the sight of him.' And so it was, by George! When once my eyes were covered, all the rest, smile and big shoulders and short hair, made me look a perfect little devil. As I say, it was simple enough when it was done, like miracles; but that wasn't the really miraculous part of it. There was one really staggering thing about the business, and my head still turns at it."

"What was that?" asked Syme.

"I'll tell you," answered the man in spectacles. "This big pot in the police who sized me up so that he knew how the goggles would go with my hair and socks—by God, he never saw me at all!"

Ils allèrent même jusqu'à prétendre que, si j'avais été un malfaiteur, j'aurais pu faire fortune avec mon air d'honnête homme, mais que, puisque j'avais le malheur d'être un honnête homme, je ne pouvais leur rendre aucun service en jouant le malfaiteur. On me présenta néanmoins au grand chef, un bonhomme qui doit porter sur ses épaules une tête solide. Devant lui, les autres firent diverses propositions. Celui-là voulait cacher mon sourire jovial sous une barbe touffue. Celui-ci pensait à me noircir la figure pour me déguiser en anarchiste nègre. Mais le vieux les fit taire : « Une paire de lunettes fumées fera l'affaire, dit-il ; regardez-le en ce moment, on dirait un angélique garçon de bureau ; mettez-lui des lunettes noires et les enfants crieront de terreur à son aspect. » Il disait vrai, par saint Georges ! Une fois mes yeux cachés, tout le reste, mon sourire, mes larges épaules, mes cheveux courts, tout contribua à me donner la mine d'un vrai diable d'enfer. Ce fut simple comme un miracle. Mais il y eut quelque chose de plus miraculeux encore, quelque chose de vraiment renversant. J'ai le vertige rien que d'y penser.

— Quoi donc ? demanda Syme.

— Voici. Le grand chef qui me jaugea si vite, qui me conseilla de porter mes précieuses lunettes, eh bien, cet homme, par Dieu ! ne m'a jamais vu.

Syme's eyes suddenly flashed on him.

"How was that?" he asked. "I thought you talked to him."

"So I did," said Bull brightly; "but we talked in a pitch-dark room like a coalcellar. There, you would never have guessed that."

"I could not have conceived it," said Syme gravely.

"It is indeed a new idea," said the Professor.

Their new ally was in practical matters a whirlwind. At the inquiry office he asked with businesslike brevity about the trains for Dover. Having got his information, he bundled the company into a cab, and put them and himself inside a railway carriage before they had properly realised the breathless process. They were already on the Calais boat before conversation flowed freely.

"I had already arranged," he explained, "to go to France for my lunch; but I am delighted to have someone to lunch with me. You see, I had to send that beast, the Marquis, over with his bomb, because the President had his eye on me, though God knows how. I'll tell you the story some day. It was perfectly choking. Whenever I tried to slip out of it I saw the President somewhere, smiling out of the bow-window of a club, or taking off his hat to me from the top of an omnibus. I tell you, you can say what you like, that fellow sold himself to the devil; he can be in six places at once."

— Comment ? s'écria Syme en dirigeant sur lui son regard tel un éclair. Vous dites que vous lui avez parlé !

— C'est vrai. Mais nous nous parlâmes dans une chambre noire comme une cave à charbon. Auriez-vous imaginé cela ?

— Jamais, répondit Syme, gravement.

— C'est du neuf, en effet, dit le professeur.

Leur nouvel allié était, dans les choses de la vie pratique, rapide comme un ouragan. Au bureau d'informations, il demanda, avec la concision d'un homme d'affaires, les heures des trains pour Douvres. Aussitôt renseigné, il mit ses amis dans un cab, et ils étaient tous les trois dans leur compartiment, ils étaient même montés sur le bateau de Calais, avant d'avoir eu le temps de renouer la conversation.

— J'avais déjà pris mes précautions de manière à être en France pour le lunch, expliqua le docteur. Mais je suis charmé d'avoir de la compagnie. Il m'a bien fallu mettre le marquis en route avec sa bombe, car le président me surveillait, et comment ! Je vous raconterai cela, un jour. C'était à mourir de rage. Chaque fois que j'essayais de fuir, je rencontrais Dimanche ! Tantôt sa figure m'apparaissait à la fenêtre d'un club, tantôt il me saluait du haut d'un omnibus. Vous direz ce que vous voudrez, mais il faut que cet homme ait fait un pacte avec le diable, il est à la fois en six endroits différents !

"So you sent the Marquis off, I understand," asked the Professor. "Was it long ago? Shall we be in time to catch him?"

"Yes," answered the new guide, "I've timed it all. He'll still be at Calais when we arrive."

"But when we do catch him at Calais," said the Professor, "what are we going to do?"

At this question the countenance of Dr. Bull fell for the first time. He reflected a little, and then said—

"*Theoretically,* I suppose, we ought to call the police."

"Not I," said Syme. "*Theoretically* I ought to drown myself first. I promised a poor fellow, who was a real modern pessimist, on my word of honour not to tell the police. I'm no hand at casuistry, but I can't break my word to a modern pessimist. It's like breaking one's word to a child."

"I'm in the same boat," said the Professor. "I tried to tell the police and I couldn't, because of some silly oath I took. You see, when I was an actor I was a sort of all-round beast. Perjury or treason is the only crime I haven't committed. If I did that I shouldn't know the difference between right and wrong."

"I've been through all that," said Dr. Bull, "and I've made up my mind. I gave my promise to the Secretary—

— Si je vous comprends bien, dit le professeur, le marquis nous précède. Y a-t-il longtemps qu'il est parti ? Avons-nous quelque chance de le rattraper ?

— Oui. Je me suis arrangé pour cela. Il n'aura pas encore quitté Calais quand nous y arriverons.

— Mais, à Calais, que pourrons-nous faire ?

À cette question, pour la première fois, le docteur Bull resta décontenancé. Il réfléchit, puis :

— Il me semble, dit-il, que, *théoriquement*, nous devrions informer la police.

— Pas moi, protesta Syme. *Théoriquement*, je devrais plutôt me jeter à l'eau. J'ai juré à un pauvre diable, à un vrai pessimiste moderne de ne rien aller dire à la police. Peut-être ne suis-je pas un très subtil casuiste, mais il m'est impossible de trahir l'engagement que j'ai pris envers un pessimiste. Il serait aussi dégoûtant de manquer de parole à un enfant.

— Je suis embarqué sur le même bateau, dit le professeur. J'ai songé à avertir la police, et je n'ai pu le faire à cause d'un serment que j'ai sottement prêté. Quand j'étais acteur, je menais une vie de bâton de chaise. La trahison, le parjure est le seul crime que je n'aie pas commis. Si je m'y laissais entraîner, il me serait désormais impossible de percevoir aucune différence entre le bien et le mal.

— J'ai passé par là aussi, dit le docteur Bull, et ma décision est prise. J'ai fait une promesse au secrétaire…

you know him, man who smiles upside down. My friends, that man is the most utterly unhappy man that was ever human. It may be his digestion, or his conscience, or his nerves, or his philosophy of the universe, but he's damned, he's in hell! Well, I can't turn on a man like that, and hunt him down. It's like whipping a leper. I may be mad, but that's how I feel; and there's jolly well the end of it."

"I don't think you're mad," said Syme. "I knew you would decide like that when first you—"

"Eh?" said Dr. Bull.

"When first you took off your spectacles."

Dr. Bull smiled a little, and strolled across the deck to look at the sunlit sea. Then he strolled back again, kicking his heels carelessly, and a companionable silence fell between the three men.

"Well," said Syme, "it seems that we have all the same kind of morality or immorality, so we had better face the fact that comes of it."

"Yes," assented the Professor, "you're quite right; and we must hurry up, for I can see the Grey Nose standing out from France."

"The fact that comes of it," said Syme seriously, "is this, that we three are alone on this planet. Gogol has gone, God knows where; perhaps

vous savez, l'homme au rictus. Cet homme, mes amis, est le plus malheureux des mortels. Je ne sais si cela lui vient de son estomac ou de sa conscience, de ses nerfs ou de sa philosophie, mais c'est un damné, il vit en enfer. Eh bien ! je ne puis me retourner contre cet homme et lui donner la chasse ; autant vaudrait fouetter un lépreux. Peut-être suis-je fou, mais telle est ma folie, et voilà tout.

— Je ne crois pas que vous soyez fou, assura Syme. Je savais que vous décideriez en ce sens, quand…

— Quand donc ? demanda Bull.

— Quand vous avez ôté vos lunettes.

Le docteur sourit, et traversa le pont pour regarder la mer ensoleillée. Puis, il revint auprès de ses compagnons de voyage, en frappant du talon avec insouciance et il se fit entre les trois un amical silence.

— Eh bien, dit Syme, il me semble que nous avons, tous les trois, le même genre de moralité ou d'immoralité. Nous n'avons donc qu'à envisager le résultat pratique de cette concordance.

— Oui, fit le professeur, vous avez raison. Les événements, du reste, vont se précipiter, car je vois déjà le cap Gris-Nez.

Syme reprit :

— Le résultat, c'est que nous sommes, tous les trois, isolés sur cette planète. Gogol est Dieu sait où, si tant est

the President has smashed him like a fly. On the Council we are three men against three, like the Romans who held the bridge. But we are worse off than that, first because they can appeal to their organization and we cannot appeal to ours, and second because—"

"Because one of those other three men," said the Professor, "is not a man."

Syme nodded and was silent for a second or two, then he said—

"My idea is this. We must do something to keep the Marquis in Calais till tomorrow midday. I have turned over twenty schemes in my head. We cannot denounce him as a dynamiter; that is agreed. We cannot get him detained on some trivial charge, for we should have to appear; he knows us, and he would smell a rat. We cannot pretend to keep him on anarchist business; he might swallow much in that way, but not the notion of stopping in Calais while the Czar went safely through Paris. We might try to kidnap him, and lock him up ourselves; but he is a well-known man here. He has a whole bodyguard of friends; he is very strong and brave, and the event is doubtful. The only thing I can see to do is actually to take advantage of the very things that are in the Marquis's favour. I am going to profit by the fact that he is a highly respected nobleman. I am going to profit by the fact that he has many friends and moves in the best society."

que le président ne l'ait pas écrasé comme une mouche. Au Conseil, nous voilà trois contre trois, comme les Romains qui gardaient le pont. Mais notre situation est exceptionnellement périlleuse, d'abord parce que nos adversaires peuvent faire appel à leur organisation, tandis que nous ne pouvons nous réclamer de la nôtre, et ensuite parce que…

— Parce que l'un des Trois auxquels nous avons affaire, interrompit le professeur, n'est pas un homme.

Syme approuva de la tête, et, après un silence d'une ou deux secondes, il dit :

— Voici mon idée. Faisons tout ce qu'il nous sera possible de faire pour retenir le marquis à Calais jusqu'à demain à midi. J'ai retourné une vingtaine de projets dans ma tête. Il est entendu que nous ne pouvons le dénoncer comme dynamiteur. Nous ne pouvons pas davantage l'accuser de quelque moindre crime, car il nous faudrait comparaître en justice, et puis, il nous connaît, il éventerait la mèche. Quant à l'immobiliser sous prétexte de nouvelles combinaisons anarchistes, sans doute il avalerait bien des couleuvres de cette couleur-là, mais consentirait-il jamais à rester à Calais tandis que le Tsar irait à Paris, en toute sécurité ? L'enlever, l'enfermer, le garder à vue : j'y ai pensé. Mais il est bien connu à Calais. Il a toute une garde du corps d'amis. Il est très fort et très brave. L'issue serait, pour nous, bien douteuse. Il faut, c'est le seul moyen qui m'apparaisse, nous prévaloir précisément des avantages du marquis. Je compte me servir de sa réputation d'aristocrate et de ce fait qu'il a beaucoup d'amis et qu'il fréquente la meilleure société.

"What the devil are you talking about?" asked the Professor.

"The Symes are first mentioned in the fourteenth century," said Syme; "but there is a tradition that one of them rode behind Bruce at Bannockburn. Since 1350 the tree is quite clear."

"He's gone off his head," said the little Doctor, staring.

"Our bearings," continued Syme calmly, "are 'argent a chevron gules charged with three cross crosslets of the field.' The motto varies."

The Professor seized Syme roughly by the waistcoat.

"We are just inshore," he said. "Are you seasick or joking in the wrong place?"

"My remarks are almost painfully practical," answered Syme, in an unhurried manner. "The house of St. Eustache also is very ancient. The Marquis cannot deny that he is a gentleman. He cannot deny that I am a gentleman. And in order to put the matter of my social position quite beyond a doubt, I propose at the earliest opportunity to knock his hat off. But here we are in the harbour."

They went on shore under the strong sun in a sort of daze. Syme, who had now taken the lead as Bull had taken it in London, led them along a kind of marine parade until he came to some cafes, embowered in

— Que diable nous chantez-vous là ? demanda le professeur.

— La famille des Syme remonte au XIVe siècle, dit Syme. Nous avons même une tradition d'après laquelle un Syme suivit Bruce à Bannockburn. Depuis 1350, notre arbre généalogique est des mieux établis.

— Il radote, murmura le petit docteur.

— Nous portons, continua Syme, très calme *d'argent avec un chevron de gueule, chargé de trois croisillons.* La devise varie selon les branches.

Le professeur saisit brutalement Syme par le gilet.

— Écoutez, dit-il, nous voici au port. Avez-vous le mal de mer, ou faites-vous de l'esprit hors de propos ?

— Les renseignements que je vous donne, répondit Syme sans se laisser déconcerter, ont un intérêt si pratique que cela en est presque douloureux. La maison de Saint-Eustache, elle aussi, est très ancienne. Le marquis est un gentilhomme, il n'en pourrait disconvenir. Il ne saurait, de son côté, nier que j'en sois un. Afin de mettre ma position sociale hors de conteste, je vais lui faire tomber son chapeau… Mais vous avez raison, nous sommes au port.

Ils débarquèrent, comme éblouis par la force du soleil, et Syme prit la direction, comme Bull l'avait prise à Londres. Il fit suivre à ses amis le boulevard qui longe la mer et les mena en vue de quelques cafés enfoncés dans

a bulk of greenery and overlooking the sea. As he went before them his step was slightly swaggering, and he swung his stick like a sword.

He was making apparently for the extreme end of the line of cafes, but he stopped abruptly. With a sharp gesture he motioned them to silence, but he pointed with one gloved finger to a cafe table under a bank of flowering foliage at which sat the Marquis de St. Eustache, his teeth shining in his thick, black beard, and his bold, brown face shadowed by a light yellow straw hat and outlined against the violet sea.

la verdure et dominant le rivage. Il marchait devant eux d'un pas alerte, se dandinant un peu et faisant le moulinet avec sa canne.

Il parut d'abord avoir jeté son dévolu sur le dernier café, mais soudain il s'arrêta. Impérieusement, de sa main gantée, il commanda le silence à ses deux compagnons, puis il leur désigna la terrasse d'un café à demi cachée par la feuillée épaisse, et, à cette terrasse, une table à laquelle le marquis de Saint-Eustache était assis ; ses dents brillaient dans son abondante barbe noire ; abritée d'un léger chapeau de paille, sa figure énergique, au teint bruni, s'estompait sur le fond violet de la mer.

10

The duel

Syme sat down at a cafe table with his companions, his blue eyes sparkling like the bright sea below, and ordered a bottle of Saumur with a pleased impatience. He was for some reason in a condition of curious hilarity. His spirits were already unnaturally high; they rose as the Saumur sank, and in half an hour his talk was a torrent of nonsense. He professed to be making out a plan of the conversation which was going to ensue between himself and the deadly Marquis. He jotted it down wildly with a pencil. It was arranged like a printed catechism, with questions and answers, and was delivered with an extraordinary rapidity of utterance.

"I shall approach. Before taking off his hat, I shall take off my own. I shall say, 'The Marquis de Saint Eustache, I believe.' He will say, 'The celebrated Mr. Syme, I presume.' He will say in the most exquisite French,

10
Le duel

Syme s'assit à une table de la terrasse, avec ses compagnons. Ses yeux brillaient comme les flots dans la lumière du matin. Il commanda une bouteille de vin de Saumur. Sa voix, ses gestes, manifestaient de l'impatience et encore plus de gaîté. Il était d'humeur hilare. Il se surexcitait de plus en plus, à mesure que le vin baissait dans la bouteille. Au bout de quelques minutes, il n'ouvrait plus la bouche que pour débiter des torrents de sottises. Il prétendait tracer le plan de la conversation qui allait s'engager entre lui et le fatal marquis. Il en prépara au crayon une esquisse sommaire. C'était comme un catéchisme, par questions et réponses, et il le récitait avec une extraordinaire volubilité.

— Je m'approcherai de lui. J'enlèverai mon propre chapeau avant de lui enlever le sien. Puis, je dirai : « Le marquis de Saint-Eustache, je crois ? » Il dira : « Le célèbre monsieur Syme, je suppose ? » Et, en excellent français :

'How are you?' I shall reply in the most exquisite Cockney, 'Oh, just the Syme—'"

"Oh, shut it," said the man in spectacles. "Pull yourself together, and chuck away that bit of paper. What are you really going to do?"

"But it was a lovely catechism," said Syme pathetically. "Do let me read it you. It has only forty-three questions and answers, and some of the Marquis's answers are wonderfully witty. I like to be just to my enemy."

"But what's the good of it all?" asked Dr. Bull in exasperation.

"It leads up to my challenge, don't you see," said Syme, beaming. "When the Marquis has given the thirty-ninth reply, which runs—"

"Has it by any chance occurred to you," asked the Professor, with a ponderous simplicity, "that the Marquis may not say all the forty-three things you have put down for him? In that case, I understand, your own epigrams may appear somewhat more forced."

Syme struck the table with a radiant face.

"Why, how true that is," he said, "and I never thought of it. Sir, you have an intellect beyond the common. You will make a name."

"Oh, you're as drunk as an owl!" said the Doctor.

« Comment allez-vous ? » À quoi je répliquerai en excellent cockney : « Oh ! toujours le même Syme[1] !... »

— Assez ! interrompit Bull. Reprenez vos sens et déchirez ce bout de papier ! Sérieusement, qu'allez-vous faire ?

— Mais ne trouvez-vous pas charmant cet exercice ? demanda Syme pathétiquement. Laissez-moi vous lire mon catéchisme. Il n'y a que quarante-trois questions et réponses, et je vous assure que plusieurs des répliques du marquis sont très spirituelles. Il faut être juste envers ses ennemis.

— À quoi bon tout cela ? fit le docteur Bull, exaspéré.

— À préparer mon défi ! répondit Syme, rayonnant. Quand le marquis aura fait la trente-neuvième réponse, que voici...

— Peut-être n'avez-vous pas prévu, observa le professeur très sérieusement, que le marquis pourrait ne pas faire tout à fait les quarante-trois réponses que vous lui prêtez et qu'en ce cas certaines de vos épigrammes pourraient perdre beaucoup de leur sel.

Syme frappa la table, il était rayonnant.

— Mon Dieu ! s'écria-t-il, que cela est donc simple et juste ! Et dire que je n'y avais pas songé un instant ! Monsieur, vous êtes d'une intelligence bien supérieure à la moyenne ! Vous laisserez un nom.

— Oh ! dit le docteur, vous êtes ivre comme un hibou !

1. Jeu de mots intraduisible, the same, « le même », se prononce en cockney (argot de Londres) à peu près comme *Syme*.

"It only remains," continued Syme quite unperturbed, "to adopt some other method of breaking the ice (if I may so express it) between myself and the man I wish to kill. And since the course of a dialogue cannot be predicted by one of its parties alone (as you have pointed out with such recondite acumen), the only thing to be done, I suppose, is for the one party, as far as possible, to do all the dialogue by himself. And so I will, by George!"

And he stood up suddenly, his yellow hair blowing in the slight sea breeze.

A band was playing in a cafe chantant hidden somewhere among the trees, and a woman had just stopped singing. On Syme's heated head the bray of the brass band seemed like the jar and jingle of that barrel-organ in Leicester Square, to the tune of which he had once stood up to die. He looked across to the little table where the Marquis sat. The man had two companions now, solemn Frenchmen in frock-coats and silk hats, one of them with the red rosette of the Legion of Honour, evidently people of a solid social position. Besides these black, cylindrical costumes, the Marquis, in his loose straw hat and light spring clothes, looked Bohemian and even barbaric; but he looked the Marquis. Indeed, one might say that he looked the king, with his animal elegance, his scornful eyes, and his proud head lifted against the purple sea.

— Il ne reste, poursuivit tranquillement Syme, qu'à chercher un autre moyen de rompre la glace, si j'ose ainsi dire, entre moi et l'homme que je veux tuer. Et, puisqu'il m'est impossible, comme vous l'avez remarqué avec tant de finesse, de prévoir le tour que prendrait le dialogue, je n'ai, me semble-t-il, qu'à m'en charger moi-même, moi tout seul. Par saint Georges, c'est ce que je vais faire.

Il se leva brusquement. Ses cheveux blonds flottaient dans la fraîche brise marine.

Dans un café chantant, caché quelque part à peu de distance, parmi les arbres, on faisait de la musique ; une femme venait de chanter. Les cuivres aussitôt lui firent la même impression que, la veille, avait produite sur lui l'orgue de Barbarie de Leicester Square, quand il s'était décidé à braver la mort.

Il jeta un regard sur la petite table devant laquelle le marquis était assis. Le marquis avait maintenant deux compagnons, deux Français solennels, vêtus de redingotes et coiffés de chapeaux de soie. L'un d'eux portait la rosette de la Légion d'honneur. C'étaient évidemment des gens qui occupaient une solide position sociale. Auprès de ces personnages corrects, aux costumes cylindriques, le marquis, avec son chapeau de paille et ses légers habits de printemps, avait l'air bohème et même barbare ; pourtant on sentait en lui l'aristocrate qu'il était. Plus encore, à considérer l'extrême élégance physique du personnage, ses yeux où brillait le mépris, sa tête orgueilleusement dressée, qui se détachait sur le fond pourpre de la mer, on eût presque dit un roi.

But he was no Christian king, at any rate; he was, rather, some swarthy despot, half Greek, half Asiatic, who in the days when slavery seemed natural looked down on the Mediterranean, on his galley and his groaning slaves. Just so, Syme thought, would the brown-gold face of such a tyrant have shown against the dark green olives and the burning blue.

"Are you going to address the meeting?" asked the Professor peevishly, seeing that Syme still stood up without moving.

Syme drained his last glass of sparkling wine.

"I am," he said, pointing across to the Marquis and his companions, "that meeting. That meeting displeases me. I am going to pull that meeting's great ugly, mahogany-coloured nose."

He stepped across swiftly, if not quite steadily. The Marquis, seeing him, arched his black Assyrian eyebrows in surprise, but smiled politely.

"You are Mr. Syme, I think," he said.

Syme bowed.

"And you are the Marquis de Saint Eustache," he said gracefully. "Permit me to pull your nose."

He leant over to do so, but the Marquis started backwards, upsetting his chair, and the two men in top hats held Syme back by the shoulders.

Non pas un roi chrétien, toutefois ! C'était plutôt l'un de ces tyrans formidables, mi-grecs mi-asiatiques, qui contemplaient, aux jours où l'esclavage passait pour une institution naturelle, la Méditerranée couverte de leurs galères, où ramaient les esclaves tremblants. Ainsi, songeait Syme, devaient se profiler leurs traits bronzés sur le vert sombre des oliviers et l'ardent azur de la mer.

— Allez-vous faire un discours devant le meeting ? demanda le professeur, sur le ton de la raillerie, en voyant Syme debout et immobile.

Syme but un dernier verre de vin mousseux.

— Oui, dit-il en montrant du doigt le marquis et ses deux compagnons, je vais faire un discours aux messieurs de ce meeting. Ce meeting me déplaît : je vais tirer le grand vilain nez d'acajou de ce meeting !

Ce disant, il se dirigea vers la table, d'un pas très rapide, sinon très sûr. À sa vue, le marquis, surpris, leva ses noirs sourcils assyriens, mais esquissa aussitôt un sourire poli.

— Vous êtes monsieur Syme, si je ne me trompe, dit-il.

Syme s'inclina.

— Et vous êtes le marquis de Saint-Eustache, fit-il avec beaucoup de grâce : permettez-moi de vous tirer le nez.

Il se penchait déjà pour joindre l'acte à la parole ; mais le marquis recula d'un haut-le-corps en renversant sa chaise, et ses deux amis aux chapeaux hauts de forme saisirent Syme par les épaules.

"This man has insulted me!" said Syme, with gestures of explanation.

"Insulted you?" cried the gentleman with the red rosette, "when?"

"Oh, just now," said Syme recklessly. "He insulted my mother."

"Insulted your mother!" exclaimed the gentleman incredulously.

"Well, anyhow," said Syme, conceding a point, "my aunt."

"But how can the Marquis have insulted your aunt just now?" said the second gentleman with some legitimate wonder. "He has been sitting here all the time."

"Ah, it was what he said!" said Syme darkly.

"I said nothing at all," said the Marquis, "except something about the band. I only said that I liked Wagner played well."

"It was an allusion to my family," said Syme firmly. "My aunt played Wagner badly. It was a painful subject. We are always being insulted about it."

"This seems most extraordinary," said the gentleman who was decore, looking doubtfully at the Marquis.

"Oh, I assure you," said Syme earnestly, "the whole of your conversation was simply packed with sinister allusions to my aunt's weaknesses."

— Cet homme m'a insulté ! cria Syme avec les gestes de quelqu'un qui veut s'expliquer.

— Insulté ? Vous ? dit le monsieur décoré. Quand ?

— À l'instant même ! Il a insulté ma mère !

— Insulté votre mère ! répéta le monsieur, incrédule.

— Non, dit-il, pas ma mère ; ma tante. D'ailleurs, peu importe.

— Mais comment le marquis aurait-il pu insulter votre tante ? fit le second monsieur avec un étonnement assez légitime. Il ne nous a pas quittés.

— Mais !… par ses paroles ! répondit Syme tragiquement.

— Je n'ai rien dit du tout, assura le marquis, sauf quelques paroles à propos de l'orchestre. Je crois avoir observé que la musique de Wagner ne supporte pas une exécution imparfaite.

— C'était une allusion directe à ma famille, dit Syme avec fermeté. Ma tante jouait très mal la musique de Wagner. C'est là un sujet de conversation qui fut toujours bien pénible pour les miens. On nous a souvent insultés à propos de cela.

— Cela m'a l'air bien extraordinaire, fit le monsieur décoré en regardant le marquis d'un air interrogateur.

— C'est pourtant fort clair, reprit Syme avec une extrême gravité. Toute votre conversation était pleine de désagréables allusions aux faiblesses de ma tante.

"This is nonsense!" said the second gentleman. "I for one have said nothing for half an hour except that I liked the singing of that girl with black hair."

"Well, there you are again!" said Syme indignantly. "My aunt's was red."

"It seems to me," said the other, "that you are simply seeking a pretext to insult the Marquis."

"By George!" said Syme, facing round and looking at him, "what a clever chap you are!"

The Marquis started up with eyes flaming like a tiger's.

"Seeking a quarrel with me!" he cried. "Seeking a fight with me! By God! there was never a man who had to seek long. These gentlemen will perhaps act for me. There are still four hours of daylight. Let us fight this evening."

Syme bowed with a quite beautiful graciousness.

"Marquis," he said, "your action is worthy of your fame and blood. Permit me to consult for a moment with the gentlemen in whose hands I shall place myself."

In three long strides he rejoined his companions, and they, who had seen his champagne-inspired attack and listened to his idiotic explanations,

— Cela n'a pas le sens commun ! dit le second compagnon du marquis. Pour mon compte, je n'ai pas soufflé mot, si ce n'est pour dire que la voix de cette fille aux cheveux noirs ne me déplaisait pas.

— Eh bien ! s'écria Syme, nous y voilà ! Ma tante était rousse.

— Je commence à croire, dit l'autre, que vous cherchez simplement querelle au marquis.

— Par saint Georges ! s'écria Syme en se retournant vers lui, vous êtes rudement malin !

Le marquis se dressa. Ses yeux flambaient comme ceux d'un tigre.

— Vous me cherchez querelle, à moi ! s'écria-t-il. Vous voulez vous battre avec moi. Bon Dieu ! Jamais personne ne m'a longtemps cherché ! Ces messieurs auront sans doute l'obligeance de me représenter dans cette affaire. Il y a encore quatre heures avant que le soleil se couche. Battons-nous dès ce soir !

Syme s'inclina de fort bonne grâce.

— Marquis, dit-il, votre geste est digne de votre réputation et de votre sang. Permettez-moi de consulter les amis auxquels je vais confier mon honneur.

En trois grandes enjambées, il rejoignit le docteur et le professeur. Ceux-ci, qui avaient assisté à son agression inspirée par le Champagne et entendu ses extravagantes explications,

were quite startled at the look of him. For now that he came back to them he was quite sober, a little pale, and he spoke in a low voice of passionate practicality.

"I have done it," he said hoarsely. "I have fixed a fight on the beast. But look here, and listen carefully. There is no time for talk. You are my seconds, and everything must come from you. Now you must insist, and insist absolutely, on the duel coming off after seven tomorrow, so as to give me the chance of preventing him from catching the 7.45 for Paris. If he misses that he misses his crime. He can't refuse to meet you on such a small point of time and place. But this is what he will do. He will choose a field somewhere near a wayside station, where he can pick up the train. He is a very good swordsman, and he will trust to killing me in time to catch it. But I can fence well too, and I think I can keep him in play, at any rate, until the train is lost. Then perhaps he may kill me to console his feelings. You understand? Very well then, let me introduce you to some charming friends of mine," and leading them quickly across the parade, he presented them to the Marquis's seconds by two very aristocratic names of which they had not previously heard.

Syme was subject to spasms of singular common sense, not otherwise a part of his character.

furent stupéfaits en le revoyant. Il était en effet tout à fait dégrisé, un peu pâle seulement, et il parlait à voix basse, avec passion et sans un mot de trop :

— C'est fait, leur dit-il d'une voix enrouée. J'ai provoqué la Bête. Écoutez. Écoutez-moi bien. Il n'y a pas de temps à perdre en discussions. Vous êtes mes témoins, et c'est à vous de prendre toutes les initiatives. Insistez, insistez sans en démordre, pour que le duel ait lieu demain matin, après sept heures. Ainsi, le marquis ne pourra prendre le train de sept heures quarante-cinq pour Paris. Manquer son train, pour lui, c'est manquer son crime. Il ne saurait refuser de s'entendre avec vous sur le léger détail concernant l'heure et l'endroit. Mais voici ce qu'il va faire. Il choisira un pré, quelque part, à proximité d'une gare où il puisse prendre le train aussitôt le combat fini. II est bon tireur, il aura l'espoir de me tuer assez vite pour pouvoir sauter à temps dans son train. Mais je sais tenir une épée et je pense bien l'amuser assez longtemps, trop longtemps même, à son gré. Quand il aura manqué le train, peut-être aura-t-il la consolation de me tuer. Comprenez-vous ? Oui ? Alors, permettez-moi de vous présenter à deux *gentlemen* accomplis.

Et rapidement il les mit en relation avec les témoins du marquis. En cette occasion, Wilks et Bull s'entendirent désigner par des noms fort aristocratiques qu'ils ne se connaissaient pas jusqu'alors.

Syme était sujet à de singulières attaques de bon sens, qui semblaient démentir les traits ordinaires de son caractère.

They were (as he said of his impulse about the spectacles) poetic intuitions, and they sometimes rose to the exaltation of prophecy.

He had correctly calculated in this case the policy of his opponent.

When the Marquis was informed by his seconds that Syme could only fight in the morning, he must fully have realised that an obstacle had suddenly arisen between him and his bomb-throwing business in the capital. Naturally he could not explain this objection to his friends, so he chose the course which Syme had predicted. He induced his seconds to settle on a small meadow not far from the railway, and he trusted to the fatality of the first engagement.

When he came down very coolly to the field of honour, no one could have guessed that he had any anxiety about a journey; his hands were in his pockets, his straw hat on the back of his head, his handsome face brazen in the sun.

But it might have struck a stranger as odd that there appeared in his train, not only his seconds carrying the sword-case, but two of his servants carrying a portmanteau and a luncheon basket.

Comme il l'avait dit à propos des lunettes du docteur Bull, c'étaient des intuitions poétiques ; cela allait, parfois, jusqu'à l'exaltation prophétique.

Il avait bien calculé, dans le cas présent, la tactique de son adversaire.

Quand il fut informé par ses témoins que Syme entendait se battre le lendemain seulement, le marquis dut se rendre trop aisément compte du retard que pouvait lui causer cette conjoncture imprévue. Lui serait-il possible de jeter sa bombe, à Paris, en temps utile ? Bien entendu, il ne pouvait s'ouvrir de cette inquiétude à ses amis. Il prit donc le parti que Syme avait prévu. Il demanda que le terrain fût choisi tout près de la ligne du chemin de fer, et il se promit que le premier engagement serait fatal à Syme.

Il arriva au champ d'honneur sans se hâter, froid et calme. Nul n'eût pu se douter qu'il songeât à prendre le train. Il avait les mains dans ses poches, son chapeau de paille relevé sur le front, ses nobles traits bronzés par le soleil.

Pourtant outre ses deux témoins, dont l'un portait une paire d'épées, il était accompagné de deux domestiques chargés d'une malle et d'une boîte qui contenait, ainsi qu'on en pouvait juger à son aspect, le déjeuner d'un voyageur.

Early as was the hour, the sun soaked everything in warmth, and Syme was vaguely surprised to see so many spring flowers burning gold and silver in the tall grass in which the whole company stood almost knee-deep.

With the exception of the Marquis, all the men were in sombre and solemn morning-dress, with hats like black chimney-pots; the little Doctor especially, with the addition of his black spectacles, looked like an undertaker in a farce. Syme could not help feeling a comic contrast between this funereal church parade of apparel and the rich and glistening meadow, growing wild flowers everywhere. But, indeed, this comic contrast between the yellow blossoms and the black hats was but a symbol of the tragic contrast between the yellow blossoms and the black business.

On his right was a little wood; far away to his left lay the long curve of the railway line, which he was, so to speak, guarding from the Marquis, whose goal and escape it was. In front of him, behind the black group of his opponents, he could see, like a tinted cloud, a small almond bush in flower against the faint line of the sea.

The member of the Legion of Honour, whose name it seemed was Colonel Ducroix, approached the Professor and Dr. Bull with great politeness, and suggested that the play should terminate with the first considerable hurt.

La matinée était chaude. Syme contemplait avec admiration les fleurs printanières, les fleurs d'or et d'argent qui émaillaient les hautes herbes où l'on enfonçait presque jusqu'aux genoux.

À l'exception du marquis, tous ces messieurs étaient étrangement solennels, avec leurs habits sombres et leurs chapeaux pareils à des tuyaux de cheminée. Le petit docteur surtout avec ses lunettes noires avait l'air d'un entrepreneur de pompes funèbres, comme on en voit dans les farces. Syme trouva plaisant le contraste qu'il observait entre ce morne appareil des hommes et la joie luxuriante de la prairie toute parsemée de fleurs. Mais ce contraste qui l'amusait entre les fleurs d'or et les chapeaux noirs, n'était que le symbole d'un contraste tragique entre ces douces fleurs d'or et les noirs desseins de ces hommes.

À la droite de Syme, il y avait un petit bois ; à sa gauche, la longue courbe du chemin de fer, qu'il défendait, pour ainsi dire, contre le marquis puisque c'est là que le marquis devait tendre et par là qu'il devait échapper. En face, au-delà du groupe de ses adversaires, il voyait un petit amandier fleuri, nuancé comme un nuage, sur la ligne pâle de la mer.

L'officier de la Légion d'honneur, qui se nommait le colonel Ducroix, aborda le professeur de Worms et le docteur Bull en les saluant avec beaucoup de politesse, et proposa que le duel fût au premier sang.

Dr. Bull, however, having been carefully coached by Syme upon this point of policy, insisted, with great dignity and in very bad French, that it should continue until one of the combatants was disabled. Syme had made up his mind that he could avoid disabling the Marquis and prevent the Marquis from disabling him for at least twenty minutes. In twenty minutes the Paris train would have gone by.

"To a man of the well-known skill and valour of Monsieur de St. Eustache," said the Professor solemnly, "it must be a matter of indifference which method is adopted, and our principal has strong reasons for demanding the longer encounter, reasons the delicacy of which prevent me from being explicit, but for the just and honourable nature of which I can—"

"Peste!" broke from the Marquis behind, whose face had suddenly darkened, "let us stop talking and begin," and he slashed off the head of a tall flower with his stick.

Syme understood his rude impatience and instinctively looked over his shoulder to see whether the train was coming in sight. But there was no smoke on the horizon.

Colonel Ducroix knelt down and unlocked the case, taking out a pair of twin swords, which took the sunlight and turned to two streaks of white fire. He offered one

Mais le docteur Bull, qui avait reçu de Syme, sur ce point, les instructions les plus formelles, insista au contraire, avec beaucoup de dignité, et en très mauvais français, pour que le duel continuât jusqu'à ce que l'un des deux adversaires fût hors de combat. L'important était de faire traîner les choses en longueur. Syme se promettait deux choses : il éviterait de mettre le marquis hors de combat, il empêcherait le marquis de le mettre hors de combat pendant vingt minutes au moins : alors le train de Paris aurait passé.

— Pour un homme de la valeur bien connue du marquis de Saint-Eustache, la méthode et l'issue du combat doivent être fort indifférentes, dit le professeur, solennellement. Notre client a de bonnes et solides raisons pour exiger une rencontre sérieuse, une rencontre de longue durée, raisons dont la nature extrêmement délicate ne me permet pas d'être plus explicite, mais raisons honorables, si justes, que je…

— Peste ! s'écria le marquis, dont le visage s'était soudainement assombri. Trêve de paroles, et commençons !

Et d'un coup de sa canne il décapita une fleur à la longue tige.

Syme, à cette manifestation d'une impatience dont il savait le motif, se demanda si le train était déjà en vue. Il se retourna. Mais il n'y avait pas de fumée à l'horizon.

Le colonel mit un genou à terre pour ouvrir le fourreau, d'où il tira deux épées égales, dont les lames vibrèrent dans la lumière comme deux traits de feu. Il offrit l'une

to the Marquis, who snatched it without ceremony, and another to Syme, who took it, bent it, and poised it with as much delay as was consistent with dignity.

Then the Colonel took out another pair of blades, and taking one himself and giving another to Dr. Bull, proceeded to place the men.

Both combatants had thrown off their coats and waistcoats, and stood sword in hand. The seconds stood on each side of the line of fight with drawn swords also, but still sombre in their dark frock-coats and hats.

The principals saluted. The Colonel said quietly, "Engage!" and the two blades touched and tingled.

When the jar of the joined iron ran up Syme's arm, all the fantastic fears that have been the subject of this story fell from him like dreams from a man waking up in bed. He remembered them clearly and in order as mere delusions of the nerves—how the fear of the Professor had been the fear of the tyrannic accidents of nightmare, and how the fear of the Doctor had been the fear of the airless vacuum of science. The first was the old fear that any miracle might happen, the second the more hopeless modern fear that no miracle can ever happen.

au marquis de Saint-Eustache, qui s'en saisit sans cérémonie. Syme pesa la sienne, la courba, l'étudia aussi longtemps que les convenances le permettaient.

Puis, le colonel prit une seconde paire d'épées, donna l'une au docteur Bull, garda l'autre, et mit les combattants face à face.

Syme et le marquis s'étaient dépouillés de leurs vêtements jusqu'à la ceinture. Les témoins se tenaient auprès de leurs clients, mais avaient gardé leurs habits sombres.

Les adversaires échangèrent le salut des armes, puis le colonel dit :

— Engagez !

Et les deux lames se touchèrent en frémissant.

Au contact du fer, Syme sentit s'évanouir toutes les terreurs diverses dont il avait été assailli pendant les jours précédents, ainsi qu'un homme qui s'éveille dans son lit oublie ses rêves. Il s'en souvenait avec ordre et clarté comme d'illusions causées par un malaise nerveux. La peur que lui avait inspirée le professeur avait été celle des événements tyran-niques qui se succèdent dans le cauchemar. Quant à celle qu'il avait ressentie devant le docteur, elle lui était venue de l'invincible horreur que doit causer à tout homme le vide pneumatique de la science. C'était, dans le premier cas, l'antique peur de l'homme qui croyait à la constante possibilité du miracle ; c'était, dans le second cas, la peur, autrement grave, de l'homme moderne, qui ne croit à la possibilité d'aucun miracle.

But he saw that these fears were fancies, for he found himself in the presence of the great fact of the fear of death, with its coarse and pitiless common sense. He felt like a man who had dreamed all night of falling over precipices, and had woke up on the morning when he was to be hanged. For as soon as he had seen the sunlight run down the channel of his foe's foreshortened blade, and as soon as he had felt the two tongues of steel touch, vibrating like two living things, he knew that his enemy was a terrible fighter, and that probably his last hour had come.

He felt a strange and vivid value in all the earth around him, in the grass under his feet; he felt the love of life in all living things. He could almost fancy that he heard the grass growing; he could almost fancy that even as he stood fresh flowers were springing up and breaking into blossom in the meadow—flowers blood red and burning gold and blue, fulfilling the whole pageant of the spring. And whenever his eyes strayed for a flash from the calm, staring, hypnotic eyes of the Marquis, they saw the little tuft of almond tree against the sky-line. He had the feeling that if by some miracle he escaped he would be ready to sit for ever before that almond tree, desiring nothing else in the world.

Mais maintenant il se rendait bien compte de l'égale inanité de ces deux peurs, maintenant qu'il était sollicité par une autre peur, impitoyablement réelle, celle-là, et contrôlée par le plus grossier bon sens, la peur de la mort. Il était comme un homme qui a rêvé, toute la nuit, de gouffres et de chutes, et qui apprend en s'éveillant qu'il va être pendu. Car, dès qu'il eut vu la lumière scintiller sur la lame du marquis, dès qu'il eut senti le froissement de cette lame contre la sienne, il connut qu'il avait affaire à un terrible tireur et que, selon toute probabilité, sa dernière heure avait sonné.

Aussitôt, toute la terre autour de lui, l'herbe à ses pieds, prit une étrange valeur à ses yeux. De quel intense amour de la vie frissonnaient toutes choses ! Il lui semblait entendre l'herbe pousser, voir s'épanouir dans la prairie de nouvelles fleurs, des fleurs rouges, des fleurs dorées, des fleurs bleues, tout le défilé des couleurs du printemps. Et, chaque fois que son regard quittait les yeux calmes et fixes, les yeux d'hypnotiseur du marquis, Syme voyait s'estomper sur l'horizon le petit buisson blanc de l'amandier. Il avait le sentiment que, si, par quelque prodige, il échappait à la mort, il consentirait à rester, désormais, pour toujours, assis devant cet amandier, sans rien désirer de plus au monde.

But while earth and sky and everything had the living beauty of a thing lost, the other half of his head was as clear as glass, and he was parrying his enemy's point with a kind of clockwork skill of which he had hardly supposed himself capable. Once his enemy's point ran along his wrist, leaving a slight streak of blood, but it either was not noticed or was tacitly ignored. Every now and then he riposted, and once or twice he could almost fancy that he felt his point go home, but as there was no blood on blade or shirt he supposed he was mistaken.

Then came an interruption and a change.

At the risk of losing all, the Marquis, interrupting his quiet stare, flashed one glance over his shoulder at the line of railway on his right. Then he turned on Syme a face transfigured to that of a fiend, and began to fight as if with twenty weapons. The attack came so fast and furious, that the one shining sword seemed a shower of shining arrows.

Syme had no chance to look at the railway; but also he had no need. He could guess the reason of the Marquis's sudden madness of battle—the Paris train was in sight.

Mais, tout en découvrant, dans le spectacle de la vie, cette émouvante beauté dont se parent les choses qu'on va perdre, sa raison gardait une netteté, une clarté cristalline, et il parait les coups de son ennemi avec une précision mécanique dont il se serait à peine jugé capable. Un moment, la pointe du marquis effleura le poignet de Syme, y laissant une légère trace de sang. La chose ne fut pas remarquée ou bien fut jugée négligeable. De temps en temps, il ripostait, et, une ou deux fois, il crut sentir sa pointe s'enfoncer. Il n'y avait pourtant point de sang à son épée, non plus qu'à la chemise du marquis. Syme pensa qu'il s'était trompé.

Il y eut un repos.

À la reprise, le combat prit tout à coup une nouvelle allure.

Cessant de regarder, comme il avait fait jusqu'alors, fixement devant lui, au risque de tout perdre, le marquis tourna la tête de côté, vers la ligne du chemin de fer, puis il revint à Syme et, transfiguré en démon, se mit à s'escrimer avec une telle ardeur qu'il semblait avoir à la main vingt épées. Ses attaques se succédaient si rapides, si furieuses, que sa lame se changeait en un faisceau de flèches brillantes.

Impossible à Syme de regarder la ligne du chemin de fer ; mais il n'en avait pas besoin : la subite folie combative du marquis signifiait assez clairement que le train de Paris arrivait.

But the Marquis's morbid energy over-reached itself. Twice Syme, parrying, knocked his opponent's point far out of the fighting circle; and the third time his riposte was so rapid, that there was no doubt about the hit this time. Syme's sword actually bent under the weight of the Marquis's body, which it had pierced.

Syme was as certain that he had stuck his blade into his enemy as a gardener that he has stuck his spade into the ground. Yet the Marquis sprang back from the stroke without a stagger, and Syme stood staring at his own sword-point like an idiot. There was no blood on it at all.

There was an instant of rigid silence, and then Syme in his turn fell furiously on the other, filled with a flaming curiosity.

The Marquis was probably, in a general sense, a better fencer than he, as he had surmised at the beginning, but at the moment the Marquis seemed distraught and at a disadvantage. He fought wildly and even weakly, and he constantly looked away at the railway line, almost as if he feared the train more than the pointed steel. Syme, on the other hand, fought fiercely but still carefully, in an intellectual fury, eager to solve the riddle of his own bloodless sword. For this purpose, he aimed less at the Marquis's body, and more at his throat and head.

A minute and a half afterwards he felt his point enter the man's neck below the jaw. It came out clean.

L'énergie fébrile du marquis dépassait son but. Deux fois, en parant, Syme fit voler l'arme de son adversaire hors du cercle de combat, et sa riposte fut si rapide que cette fois, il n'y avait nul doute possible. La lame de Syme s'était courbée en s'enfonçant.

Il était aussi sûr d'avoir transpercé son adversaire qu'un jardinier peut être sûr d'avoir fiché sa pioche dans la terre. Pourtant, le marquis recula sous le choc, sans chanceler, et Syme regarda, d'un œil stupide, la pointe de son épée : pas la moindre trace de sang.

Il y eut un instant de silence rigide puis, à son tour, Syme se jeta furieusement sur son ennemi, et à sa fureur se mêlait une curiosité exaspérée.

Le marquis était meilleur tireur que Syme ; mais, distrait en ce moment, il risquait de perdre ses avantages. Son jeu devenait désordonné, hasardeux et même faiblissait. Sans cesse il regardait du côté de la voie, évidemment bien plus préoccupé par le train que par l'acier de l'adversaire. Syme, au contraire, apportait de la méthode dans sa fureur. Il y avait de l'intelligence dans sa furie. Il voulait savoir pourquoi son épée restait vierge de sang et il visait moins à la poitrine qu'à la figure et à la gorge.

Une minute et demie après, l'épée de Syme pénétra dans le cou du marquis, sous la mâchoire. Elle en sortit intacte.

Half mad, he thrust again, and made what should have been a bloody scar on the Marquis's cheek. But there was no scar.

For one moment the heaven of Syme again grew black with supernatural terrors. Surely the man had a charmed life. But this new spiritual dread was a more awful thing than had been the mere spiritual topsy-turvydom symbolised by the paralytic who pursued him. The Professor was only a goblin; this man was a devil—perhaps he was the Devil! Anyhow, this was certain, that three times had a human sword been driven into him and made no mark.

When Syme had that thought he drew himself up, and all that was good in him sang high up in the air as a high wind sings in the trees. He thought of all the human things in his story—of the Chinese lanterns in Saffron Park, of the girl's red hair in the garden, of the honest, beer-swilling sailors down by the dock, of his loyal companions standing by. Perhaps he had been chosen as a champion of all these fresh and kindly things to cross swords with the enemy of all creation.

"After all," he said to himself, "I am more than a devil; I am a man. I can do the one thing which Satan himself cannot do—I can die," and as the word went through his head, he heard a faint and far-off hoot, which would soon be the roar of the Paris train.

Affolé, Syme fit une nouvelle attaque, et, cette fois, son épée aurait dû balafrer le visage de l'adversaire ; à ce visage, pas une égratignure.

Pour un moment, le ciel de Syme se chargea de nouveau de noires terreurs monstrueuses : le marquis avait un charme. Cette nouvelle peur spirituelle était quelque chose de plus épouvantable que ce monde renversé dans lequel le paralytique lui avait donné la chasse. Le professeur n'était qu'un lutin. Cet homme-ci était un diable — peut-être *le Diable !* En tout cas, il y avait cela de certain que, par trois fois, une épée l'avait atteint, vainement.

Quand il se fut formulé à lui-même cette pensée, Syme se redressa. Tout ce qu'il y avait en lui de bon exulta, dans les hauteurs de l'air, comme le vent qui chante dans la cime des arbres. Il pensait à tout ce qu'il y avait d'humain dans son aventure, aux lanternes vénitiennes de Saffron Park, aux cheveux blonds de la jeune fille dans le jardin, aux honnêtes matelots qui buvaient de la bière près des docks, aux loyaux compagnons qui dans cet instant même se tenaient à ses côtés. Peut-être avait-il été choisi, comme champion de ces êtres et de ces choses simples et vraies, pour croiser l'épée avec l'ennemi de la création.

— Après tout, se disait-il, je suis plus que le Diable : je suis un homme. Je puis faire une chose que Satan lui-même ne peut pas faire : je puis mourir.

Il articulait mentalement ce mot, quand il entendit un sifflement faible et lointain : encore quelques secondes, et à ce sifflement succéderait le tonnerre du train de Paris.

He fell to fighting again with a supernatural levity, like a Mohammedan panting for Paradise.

As the train came nearer and nearer he fancied he could see people putting up the floral arches in Paris; he joined in the growing noise and the glory of the great Republic whose gate he was guarding against Hell. His thoughts rose higher and higher with the rising roar of the train, which ended, as if proudly, in a long and piercing whistle. The train stopped.

Suddenly, to the astonishment of everyone the Marquis sprang back quite out of sword reach and threw down his sword. The leap was wonderful, and not the less wonderful because Syme had plunged his sword a moment before into the man's thigh.

"Stop!" said the Marquis in a voice that compelled a momentary obedience. "I want to say something."

"What is the matter?" asked Colonel Ducroix, staring. "Has there been foul play?"

"There has been foul play somewhere," said Dr. Bull, who was a little pale. "Our principal has wounded the Marquis four times at least, and he is none the worse."

The Marquis put up his hand with a curious air of ghastly patience.

Il se remit à tirer avec une légèreté, une adresse qui tenait du prodige, tel le mahométan qui soupire après le paradis.

Comme le train se rapprochait, Syme se représentait les gens, à Paris, occupés à parer les rues, à dresser des arcs de triomphe ; il prenait sa part de la gloire de la grande République dont il défendait la porte contre l'enfer. Et ses pensées s'élevaient toujours plus haut, à mesure que le bruit de la machine se faisait plus distinct, plus puissant. Ce bruit cessa dans un suprême sifflement, prolongé et strident comme un cri d'orgueil. Le train s'arrêtait.

Tout à coup, au grand étonnement de tous, le marquis recula hors de la portée de l'épée de son adversaire et jeta la sienne à terre. Son geste était admirable, d'autant plus peut-être que Syme venait de lui plonger son épée dans le mollet.

— Arrêtez ! dit le marquis avec une autorité irrésistible. J'ai quelque chose à dire.

— Quoi donc ? demanda le colonel Ducroix, stupéfait. Y a-t-il eu quelque irrégularité ?

— En effet, intervint le docteur Bull, qui était légèrement pâle. Notre client a, quatre fois au moins, atteint le marquis, et celui-ci ne s'en porte pas plus mal.

Le marquis leva la main ; son geste était à la fois impérieux et suppliant.

"Please let me speak," he said. "It is rather important. Mr. Syme," he continued, turning to his opponent, "we are fighting today, if I remember right, because you expressed a wish (which I thought irrational) to pull my nose. Would you oblige me by pulling my nose now as quickly as possible? I have to catch a train."

"I protest that this is most irregular," said Dr. Bull indignantly.

"It is certainly somewhat opposed to precedent," said Colonel Ducroix, looking wistfully at his principal. "There is, I think, one case on record (Captain Bellegarde and the Baron Zumpt) in which the weapons were changed in the middle of the encounter at the request of one of the combatants. But one can hardly call one's nose a weapon."

"Will you or will you not pull my nose?" said the Marquis in exasperation. "Come, come, Mr. Syme! You wanted to do it, do it! You can have no conception of how important it is to me. Don't be so selfish! Pull my nose at once, when I ask you!"

And he bent slightly forward with a fascinating smile.

The Paris train, panting and groaning, had grated into a little station behind the neighbouring hill.

Syme had the feeling he had more than once had in these adventures—the sense that a horrible and sublime wave lifted to heaven was just toppling over.

— Laissez-moi parler ! Je vous en prie ! Ce que j'ai à dire a de l'importance. Monsieur Syme, poursuivit-il en se tournant vers son adversaire, si je ne me trompe, nous nous battons en ce moment, parce que vous avez exprimé le désir, à mon avis, peu raisonnable, de me tirer le nez. Voulez-vous avoir la bonté de me le tirer sur-le-champ, aussi vite que possible ? Il faut que je prenne ce train.

— Cela est tout à fait irrégulier ! protesta le docteur Bull avec indignation.

— Je dois avouer, dit le colonel Ducroix en jetant à son client un regard sévère, que je ne connais, d'un tel procédé, aucun précédent. Je sais bien que le capitaine Bellegarde et le baron Zumpt, à la requête de l'un des combattants, échangèrent leurs armes sur le terrain. Mais on ne peut guère soutenir que le nez soit une arme…

— Voulez-vous me tirer le nez, oui ou non ? s'écria le marquis exaspéré. Allons, monsieur Syme, allons ! Vous le vouliez. Faites-le ! Vous ne pouvez pas vous rendre compte de l'importance que la chose a pour moi. Ne soyez pas égoïste ! Tirez-moi le nez, puisque je vous en prie.

Et le marquis tendait son nez avec une exquise bonne grâce.

Le train de Paris sifflait et mugissait. Il venait de s'arrêter dans une petite gare derrière la colline voisine.

Syme avait la sensation qu'une vague énorme se dressait au-dessus de lui et allait, en s'effondrant, l'emporter aux abîmes.

Walking in a world he half understood, he took two paces forward and seized the Roman nose of this remarkable nobleman. He pulled it hard, and it came off in his hand.

He stood for some seconds with a foolish solemnity, with the pasteboard proboscis still between his fingers, looking at it, while the sun and the clouds and the wooded hills looked down upon this imbecile scene.

The Marquis broke the silence in a loud and cheerful voice.

"If anyone has any use for my left eyebrow," he said, "he can have it. Colonel Ducroix, do accept my left eyebrow! It's the kind of thing that might come in useful any day," and he gravely tore off one of his swarthy Assyrian brows, bringing about half his brown forehead with it, and politely offered it to the Colonel, who stood crimson and speechless with rage.

"If I had known," he spluttered, "that I was acting for a poltroon who pads himself to fight—"

"Oh, I know, I know!" said the Marquis, recklessly throwing various parts of himself right and left about the field. "You are making a mistake; but it can't be explained just now. I tell you the train has come into the station!"

Il fit deux pas dans un monde qu'il ne comprenait qu'à demi, saisit le nez classique du remarquable gentilhomme et tira. Il tira fort, et le nez lui resta dans la main.

Les collines boisées et les nuages considéraient Syme, qui, lui-même, solennel et ridicule, considérait l'appendice de carton, inerte entre ses doigts. Les quatre témoins étaient immobiles et silencieux, comme Syme.

Le marquis rompit le silence.

— Si quelqu'un de ces messieurs croit pouvoir utiliser mon sourcil gauche, dit-il tout à coup très haut, je tiens l'objet à sa disposition. Colonel Ducroix, permettez-moi de vous offrir mon sourcil gauche ! Cela peut servir, un jour ou l'autre.

Et, gravement, il arracha son sourcil gauche, et, avec le sourcil, la moitié de son front ; puis, bien poliment, il tendit le tout au colonel, qui se tenait là, rouge et muet de colère.

— Si j'avais su que je servais de témoin à un poltron ! bredouilla le colonel, à un homme qui se masque pour se battre !...

— Bon ! bon ! fit le marquis en continuant de semer sur le pré différentes parties de son individu. Vous vous trompez ! Mais je ne puis m'expliquer pour le moment. Vous voyez bien que le train est en gare ! qu'il va partir !

"Yes," said Dr. Bull fiercely, "and the train shall go out of the station. It shall go out without you. We know well enough for what devil's work—"

The mysterious Marquis lifted his hands with a desperate gesture.

He was a strange scarecrow standing there in the sun with half his old face peeled off, and half another face glaring and grinning from underneath.

"Will you drive me mad?" he cried. "The train—"

"You shall not go by the train," said Syme firmly, and grasped his sword.

The wild figure turned towards Syme, and seemed to be gathering itself for a sublime effort before speaking.

"You great fat, blasted, blear-eyed, blundering, thundering, brainless, Godforsaken, doddering, damned fool!" he said without taking breath. "You great silly, pink-faced, towheaded turnip! You—"

"You shall not go by this train," repeated Syme.

"And why the infernal blazes," roared the other, "should I want to go by the train?"

"We know all," said the Professor sternly. "You are going to Paris to throw a bomb!"

— Oui, dit le docteur Bull résolument, et il partira sans vous. Nous savons assez pour quelle besogne infernale…

Le mystérieux marquis fit un geste désespéré.

C'était un étrange épouvantail que cet homme gesticulant au grand soleil, avec la moitié de la figure pelée comme une orange et l'autre moitié qui grimaçait dans une crispation douloureuse.

— Vous allez me rendre fou ! gémissait-il. Le train…

— Vous ne partirez pas par ce train ! affirma Syme, furieux.

Et il serrait son épée.

Le marquis tourna vers Syme sa face indescriptible. Il semblait rassembler toutes ses énergies, en vue de quelque effort sublime.

— Grand, gras, louche, stupide et bruyant imbécile ! Écervelé ! Abandonné de Dieu ! Chancelant et damné imbécile ! proféra-t-il tout d'une haleine. Stupide navet ! Tête de pipe ! Tête de…

— Vous ne partirez pas par ce train ! répéta Syme.

— Et pourquoi, par le feu de l'enfer ! rugissait l'autre, pourquoi ne prendrais-je pas ce train ?

— Nous savons tout. Vous voulez jeter votre bombe à Paris, dit le professeur, sévèrement.

"Going to Jericho to throw a Jabberwock!" cried the other, tearing his hair, which came off easily. "Have you all got softening of the brain, that you don't realise what I am? Did you really think I wanted to catch that train? Twenty Paris trains might go by for me. Damn Paris trains!"

"Then what did you care about?" began the Professor.

"What did I care about? I didn't care about catching the train; I cared about whether the train caught me, and now, by God! it has caught me."

"I regret to inform you," said Syme with restraint, "that your remarks convey no impression to my mind. Perhaps if you were to remove the remains of your original forehead and some portion of what was once your chin, your meaning would become clearer. Mental lucidity fulfils itself in many ways. What do you mean by saying that the train has caught you? It may be my literary fancy, but somehow I feel that it ought to mean something."

"It means everything," said the other, "and the end of everything. Sunday has us now in the hollow of his hand."

"Us!" repeated the Professor, as if stupefied. "What do you mean by 'us'?"

"The police, of course!" said the Marquis, and tore off his scalp and half his face.

— Je veux jeter un jabberwick à Jéricho ! vociféra l'autre en s'arrachant les cheveux, ce qui d'ailleurs ne lui coûtait pas grand effort. Faut-il que vous soyez tous fêlés du cerveau pour ne pas deviner qui je suis ! Pensez-vous sérieusement que je tienne beaucoup à prendre ce train ? Il peut bien m'en passer vingt sous le nez ! Au diable le train de Paris !

— Mais alors, dit le professeur, que craigniez-vous donc si fort ?

— Ce que je craignais ? Ce n'était pas de ne pouvoir prendre ce train, c'était d'être pris par lui. Et voilà qu'il me prend !

— J'ai le regret de vous informer, dit Syme, en faisant effort pour se maîtriser, que vos explications ne rencontrent pas mon intelligence. Peut-être verrais-je plus clair dans votre pensée, si vous consentiez à vous défaire des derniers débris de votre front et de votre menton postiches. La lucidité mentale a parfois de si mystérieuses exigences ! Vous dites que le train vous a pris. Qu'entendez-vous par là ? Car je suis convaincu — peut-être n'est-ce chez moi qu'une fantaisie professionnelle d'homme de lettres — que cela doit avoir un sens.

— Cela signifie tout, dit l'autre, ou plutôt la fin de tout. Cela signifie que, maintenant, Dimanche nous tient dans le creux de sa main.

— *Nous !* répéta le professeur au comble de la stupéfaction, qui, *nous* ?

— Mais, nous tous ! la police ! dit le marquis en achevant d'arracher son scalp et la moitié de sa figure.

The head which emerged was the blonde, well brushed, smooth-haired head which is common in the English constabulary, but the face was terribly pale.

"I am Inspector Ratcliffe," he said, with a sort of haste that verged on harshness. "My name is pretty well known to the police, and I can see well enough that you belong to them. But if there is any doubt about my position, I have a card," and he began to pull a blue card from his pocket.

The Professor gave a tired gesture.

"Oh, don't show it us," he said wearily; "we've got enough of them to equip a paper-chase."

The little man named Bull, had, like many men who seem to be of a mere vivacious vulgarity, sudden movements of good taste. Here he certainly saved the situation.

In the midst of this staggering transformation scene he stepped forward with all the gravity and responsibility of a second, and addressed the two seconds of the Marquis.

"Gentlemen," he said, "we all owe you a serious apology; but I assure you that you have not been made the victims of such a low joke as you imagine, or indeed of anything undignified in a man of honour. You have not wasted your time; you have helped to save the world.

Alors apparut une tête blonde, aux cheveux lisses, bien brossés, la tête classique du constable. Mais le visage était terriblement pâle.

— Je suis l'inspecteur Ratcliff, reprit le faux marquis, avec une hâte qui faisait l'effet de la dureté, un nom bien connu dans la police. Quant à vous, je vois parfaitement que vous en êtes. Si vous doutez de mes paroles, voici ma carte.

Et il commençait à tirer de sa poche la carte bleue.

Le professeur eut un geste de lassitude.

— Oh ! ne nous la montrez pas, je vous en prie ! nous en avons déjà de quoi organiser un jeu de société.

Le petit homme qu'on appelait Bull avait, comme en ont tous les hommes ordinaires, pourvu qu'ils soient doués d'une vitalité réelle, de soudains mouvements d'une distinction véritable. Dans la circonstance, c'est lui qui sauva la situation.

Interrompant cette comédie de transformation, il s'avança vers les témoins du marquis, avec toute la gravité qui convenait au témoin qu'il était lui-même.

— Messieurs, leur dit-il, nous vous devons de profondes excuses. Mais, je vous l'assure, vous n'êtes pas les victimes d'une inqualifiable plaisanterie. Il n'y a rien, dans toute cette affaire, qui soit indigne d'un homme d'honneur. Et vous n'avez pas perdu votre temps : vous nous avez aidés à sauver le monde.

We are not buffoons, but very desperate men at war with a vast conspiracy. A secret society of anarchists is hunting us like hares; not such unfortunate madmen as may here or there throw a bomb through starvation or German philosophy, but a rich and powerful and fanatical church, a church of eastern pessimism, which holds it holy to destroy mankind like vermin. How hard they hunt us you can gather from the fact that we are driven to such disguises as those for which I apologise, and to such pranks as this one by which you suffer."

The younger second of the Marquis, a short man with a black moustache, bowed politely, and said—

"Of course, I accept the apology; but you will in your turn forgive me if I decline to follow you further into your difficulties, and permit myself to say good morning! The sight of an acquaintance and distinguished fellow-townsman coming to pieces in the open air is unusual, and, upon the whole, sufficient for one day. Colonel Ducroix, I would in no way influence your actions, but if you feel with me that our present society is a little abnormal, I am now going to walk back to the town."

Colonel Ducroix moved mechanically, but then tugged abruptly at his white moustache and broke out—

Nous ne sommes pas des bouffons ; nous sommes des hommes qui luttons dans des conditions désespérées contre une vaste conspiration. Une société secrète d'anarchistes nous poursuit comme des lapins. Il ne s'agit pas de ces pauvres fous qui, poussés par la philosophie allemande ou par la faim, jettent de temps en temps une bombe ; il s'agit d'une riche, fanatique et puissante Église : l'Église du Pessimisme occidental, qui s'est proposé comme une tâche sacrée la destruction de l'humanité comme d'une vermine. Ces misérables nous traquent, et vous pouvez juger de l'ardeur de leur poursuite par les déguisements dont vous voyez que nous avons dû nous affubler et pour lesquels je vous présente nos excuses et par des folies comme celles dont vous êtes victimes.

Le plus jeune des témoins du marquis, un petit homme à la moustache noire, s'inclina poliment et dit :

— J'accepte vos excuses, c'est entendu ; de votre côté, veuillez m'excuser si je refuse de vous suivre plus loin dans votre dangereuse entreprise et si je me permets de vous tirer ma révérence. Je n'ai pas l'habitude de voir mes concitoyens, et notamment l'un des plus distingués d'entre eux, se mettre en morceaux sous le regard du jour. Pour aujourd'hui, j'en ai assez. Colonel Ducroix, je ne voudrais pas le moins du monde peser sur votre décision, mais j'estime que notre présence ici ne saurait plus s'expliquer et je vous informe que je rentre en ville de ce pas.

Le colonel fit un geste machinal, tira un peu sur sa moustache blanche et, enfin, s'écria :

"No, by George! I won't. If these gentlemen are really in a mess with a lot of low wreckers like that, I'll see them through it. I have fought for France, and it is hard if I can't fight for civilization."

Dr. Bull took off his hat and waved it, cheering as at a public meeting.

"Don't make too much noise," said Inspector Ratcliffe, "Sunday may hear you."

"Sunday!" cried Bull, and dropped his hat.

"Yes," retorted Ratcliffe, "he may be with them."

"With whom?" asked Syme.

"With the people out of that train," said the other.

"What you say seems utterly wild," began Syme. "Why, as a matter of fact—But, my God," he cried out suddenly, like a man who sees an explosion a long way off, "by God! if this is true the whole bally lot of us on the Anarchist Council were against anarchy! Every born man was a detective except the President and his personal secretary. What can it mean?"

"Mean!" said the new policeman with incredible violence. "It means that we are struck dead! Don't you know Sunday? Don't you know that his jokes are always so big and simple that one has never thought of them?

— Non, par saint Georges ! je ne vous suivrai pas ! Si ces messieurs sont vraiment aux prises avec ces vils coquins, j'entends les aider jusqu'au bout. J'ai combattu pour la France, je saurai combattre pour la civilisation.

Le docteur Bull ôta son chapeau et le brandit en l'air, en criant : « Bravo ! » tout comme s'il s'était cru dans une réunion publique.

— Ne faites pas trop de bruit, dit l'inspecteur Ratcliff, Dimanche pourrait nous entendre.

— Dimanche ! s'écria Bull en laissant tomber son chapeau.

— Oui, répliqua Ratcliff, il est peut-être avec eux.

— Avec qui ? demanda Syme.

— Avec ceux qui viennent de descendre de ce train.

— Tout ce que vous dites est singulièrement incohérent, observa Syme. Voyons, au fait… Mais, mon Dieu ! s'écria-t-il, tout à coup, du ton d'un homme qui assiste de loin à une explosion, mais alors tout notre Conseil anarchiste était donc composé d'ennemis de l'anarchie ! Il n'y avait que des détectives, excepté le président et son secrétaire particulier. Qu'est-ce que cela signifie ?

— Ce que cela signifie ? répéta le nouveau policeman avec une incroyable violence, cela signifie que nous sommes morts ! Ne connaissez-vous pas Dimanche et ses plaisanteries à la fois si simples et si énormes qu'elles sont toujours incompréhensibles ?

Can you think of anything more like Sunday than this, that he should put all his powerful enemies on the Supreme Council, and then take care that it was not supreme? I tell you he has bought every trust, he has captured every cable, he has control of every railway line—especially of that railway line!" and he pointed a shaking finger towards the small wayside station. "The whole movement was controlled by him; half the world was ready to rise for him. But there were just five people, perhaps, who would have resisted him... and the old devil put them on the Supreme Council, to waste their time in watching each other. Idiots that we are, he planned the whole of our idiocies! Sunday knew that the Professor would chase Syme through London, and that Syme would fight me in France. And he was combining great masses of capital, and seizing great lines of telegraphy, while we five idiots were running after each other like a lot of confounded babies playing blind man's buff."

"Well?" asked Syme with a sort of steadiness.

"Well," replied the other with sudden serenity, "he has found us playing blind man's buff today in a field of great rustic beauty and extreme solitude. He has probably captured the world; it only remains to him to capture this field and all the fools in it.

Y a-t-il rien de plus harmonieux avec le caractère étonnant de Dimanche que ce fait : introduire ses ennemis au Conseil suprême, en s'arrangeant de telle sorte que ce Conseil ne soit pas suprême du tout ? Je vous le dis, il a acheté tous les trusts, il a capté tous les câbles, il a le contrôle de tous les réseaux de chemins de fer et en particulier de celui-ci, continua Ratcliff en désignant d'un doigt tremblant la petite gare. C'est lui qui a tout mis en mouvement. À son ordre, la moitié du monde est prête à se lever. Il n'y avait peut-être que cinq hommes qui fussent capables de lui résister, et ce vieux Diable a réussi à les faire entrer dans son Conseil, afin qu'ils perdissent leur temps à s'épier les uns les autres ! Nous avons agi comme des idiots, et c'est lui qui nous a frappés d'idiotie ! Dimanche savait que le professeur donnerait la chasse à Syme à travers Londres et que Syme se battrait avec moi en France. Et il continuait de grands mouvements de capitaux, il s'emparait des lignes télégraphiques, pendant que nous autres idiots nous courions les uns après les autres comme des enfants qui jouent à colin-maillard !

— Eh bien ? demanda Syme, presque calme.

— Eh bien ! répliqua l'autre, soudainement serein, il nous trouve aujourd'hui, jouant à colin-maillard dans un champ d'une grande beauté rustique, en pleine solitude. Il a mis la main probablement sur l'univers, et ce champ est la dernière redoute dont il ait encore à s'emparer, ainsi que de tous les imbéciles qui s'y trouvent.

And since you really want to know what was my objection to the arrival of that train, I will tell you. My objection was that Sunday or his Secretary has just this moment got out of it."

Syme uttered an involuntary cry, and they all turned their eyes towards the far-off station. It was quite true that a considerable bulk of people seemed to be moving in their direction. But they were too distant to be distinguished in any way.

"It was a habit of the late Marquis de St. Eustache," said the new policeman, producing a leather case, "always to carry a pair of opera glasses. Either the President or the Secretary is coming after us with that mob. They have caught us in a nice quiet place where we are under no temptations to break our oaths by calling the police. Dr. Bull, I have a suspicion that you will see better through these than through your own highly decorative spectacles."

He handed the field-glasses to the Doctor, who immediately took off his spectacles and put the apparatus to his eyes.

"It cannot be as bad as you say," said the Professor, somewhat shaken. "There are a good number of them certainly, but they may easily be ordinary tourists."

Vous vouliez savoir pourquoi je redoutais l'arrivée de ce train ? Je vais vous le dire : c'est parce que Dimanche ou son secrétaire vient justement d'en descendre.

Syme laissa échapper un cri. Ils tournèrent, tous, les yeux vers la petite gare lointaine : en effet, un groupe considérable de gens se dirigeaient vers eux. Mais la distance ne permettait pas encore de les distinguer.

— C'était une habitude de feu M. le marquis de Saint-Eustache, dit le nouveau policeman en tirant de sa poche un étui de cuir, d'avoir toujours sur lui des jumelles d'opéra. Ou le président ou le secrétaire nous poursuit, à la tête de cette armée de bandits. Dans la paisible solitude où ils nous surprennent, nous n'aurons pas la tentation de violer quelque serment en faisant appel à la police... Je crois, docteur Bull, que vous verrez plus clair avec ces jumelles qu'avec vos lunettes, dont toutefois je ne méconnais pas la valeur décorative.

Le docteur s'empressa d'ôter ses lunettes et porta à ses yeux les jumelles qu'on lui offrait.

— Sûrement, dit le professeur, un peu ébranlé, la situation n'est pas aussi désespérée ; ces gens sont en nombre, mais pourquoi ne seraient-ils pas tout simplement de paisibles touristes ?

"Do ordinary tourists," asked Bull, with the fieldglasses to his eyes, "wear black masks half-way down the face?"

Syme almost tore the glasses out of his hand, and looked through them. Most men in the advancing mob really looked ordinary enough; but it was quite true that two or three of the leaders in front wore black half-masks almost down to their mouths. This disguise is very complete, especially at such a distance, and Syme found it impossible to conclude anything from the clean-shaven jaws and chins of the men talking in the front. But presently as they talked they all smiled and one of them smiled on one side.

— Est-il dans l'usage des paisibles touristes, demanda Bull, toujours les jumelles aux yeux, de se promener avec des masques noirs qui leur couvrent la moitié du visage ?

Syme arracha, presque, les jumelles au docteur. Les survenants n'avaient dans leur allure rien que de normal mais il était parfaitement vrai que deux ou trois des personnages du premier rang portaient un masque noir. Il était, comme on pense, difficile de reconnaître leurs traits sous ces masques, surtout à une telle distance. Syme ne pouvait tirer aucune conclusion des faces glabres et des mentons de ceux qu'il voyait au premier rang ; mais tout en causant voici qu'ils eurent tous un sourire — et l'un d'eux ne sourit que d'un côté.

11

The criminals chase the police

Syme put the field-glasses from his eyes with an almost ghastly relief.

"The President is not with them, anyhow," he said, and wiped his forehead.

"But surely they are right away on the horizon," said the bewildered Colonel, blinking and but half recovered from Bull's hasty though polite explanation. "Could you possibly know your President among all those people?"

"Could I know a white elephant among all those people!" answered Syme somewhat irritably. "As you very truly say, they are on the horizon; but if he were walking with them... by God! I believe this ground would shake."

11

Les malfaiteurs à la poursuite de la police

Syme en abaissant les jumelles se sentit l'esprit allégé d'un grand poids.

— Le président n'est pas avec eux, dit-il en s'épongeant le front.

— Mais, observa le colonel qui n'était qu'à moitié revenu de l'étonnement que lui avaient causé les explications rapides et polies de Bull, mais ils sont bien loin encore à l'horizon. Comment, à cette distance, pourriez-vous reconnaître votre président ?

— Aussi aisément que je pourrais, à cette même distance, distinguer un éléphant blanc, répondit Syme un peu irrité. Comme vous le dites, ils sont loin encore, mais, si le président était avec eux, je crois, parbleu, que le sol frémirait déjà sous nos pieds !

After an instant's pause the new man called Ratcliffe said with gloomy decision—

"Of course the President isn't with them. I wish to Gemini he were. Much more likely the President is riding in triumph through Paris, or sitting on the ruins of St. Paul's Cathedral."

"This is absurd!" said Syme. "Something may have happened in our absence; but he cannot have carried the world with a rush like that. It is quite true," he added, frowning dubiously at the distant fields that lay towards the little station, "it is certainly true that there seems to be a crowd coming this way; but they are not all the army that you make out."

"Oh, they," said the new detective contemptuously; "no they are not a very valuable force. But let me tell you frankly that they are precisely calculated to our value—we are not much, my boy, in Sunday's universe. He has got hold of all the cables and telegraphs himself. But to kill the Supreme Council he regards as a trivial matter, like a post card; it may be left to his private secretary," and he spat on the grass.

Then he turned to the others and said somewhat austerely—

"There is a great deal to be said for death; but if anyone has any preference for the other alternative, I strongly advise him to walk after me."

— Non, dit Ratcliff, tragiquement après un silence : il n'est pas là. Et moi, je voudrais qu'il y fût, car, très probablement, à cette heure, il fait à Paris une entrée triomphale — à moins qu'il ne se soit assis sur les ruines de la cathédrale de Saint-Paul.

— C'est absurde ! protesta Syme. Peut-être s'est-il, en effet, passé quelque chose, depuis notre départ de Londres, mais il est impossible qu'il ait ainsi pris le monde d'assaut.

Et regardant de nouveau dans la direction de la petite gare et des champs avoisinants :

— Oui, reprit-il, c'est toute une foule qui vient à nous ; mais ce n'est pas l'armée organisée que vous y voyez.

— Oh ! dit Ratcliff, dédaigneux, ce n'est pas eux qui sont à craindre. Mais permettez-moi de vous faire observer que la force de cette racaille est proportionnée à la nôtre et que nous ne sommes pas grand-chose, mon ami, dans l'univers soumis à Dimanche. Il s'est personnellement assuré de toutes les lignes télégraphiques, de tous les câbles. Quant à l'exécution des membres du Conseil suprême, ce n'est rien pour lui, ce n'est qu'une carte postale à mettre à la poste, et le secrétaire suffit à cette bagatelle.

Et Ratcliff cracha dans l'herbe. Puis, se retournant vers les autres, il dit avec une certaine sévérité :

— Il y a bien des choses à dire en faveur de la mort. Mais, si l'un de vous se sent quelque préférence pour la vie, je lui conseille vivement de me suivre.

With these words, he turned his broad back and strode with silent energy towards the wood.

The others gave one glance over their shoulders, and saw that the dark cloud of men had detached itself from the station and was moving with a mysterious discipline across the plain. They saw already, even with the naked eye, black blots on the foremost faces, which marked the masks they wore.

They turned and followed their leader, who had already struck the wood, and disappeared among the twinkling trees.

The sun on the grass was dry and hot. So in plunging into the wood they had a cool shock of shadow, as of divers who plunge into a dim pool. The inside of the wood was full of shattered sunlight and shaken shadows. They made a sort of shuddering veil, almost recalling the dizziness of a cinematograph. Even the solid figures walking with him Syme could hardly see for the patterns of sun and shade that danced upon them. Now a man's head was lit as with a light of Rembrandt, leaving all else obliterated; now again he had strong and staring white hands with the face of a negro. The ex-Marquis had pulled the old straw hat over his eyes, and the black shade of the brim cut his face so squarely in two that it seemed to be wearing one of the black half-masks of their pursuers.

Sur ces mots, sans plus attendre, il tourna son large dos et se dirigea avec une muette énergie vers le bois.

En jetant un regard derrière eux, les autres s'aperçurent que le groupe sombre s'était détaché de la gare et s'avançait à travers la plaine avec une mystérieuse discipline. Les détectives pouvaient déjà voir à l'œil nu les taches noires que faisaient les masques sur les figures du premier rang.

Syme et ses compagnons se décidèrent à suivre Ratcliff qui avait déjà gagné le bois et disparu parmi les arbres aux feuillages agités.

La matinée était chaude. En pénétrant dans le bois, ils furent surpris par la fraîcheur de l'ombre, comme des baigneurs qui frissonnent en se jetant à l'eau. Les rayons tremblants du jour, brisés et fragmentés par les arbres, faisaient comme un voile frémissant, dont l'impression trouble rappelait cette sorte d'étourdissement qu'on éprouve devant un cinématographe. Syme avait peine à distinguer ses compagnons, défigurés par les jeux dansants de la lumière et de l'ombre. Tantôt le visage de l'un émergeait d'un clair-obscur à la Rembrandt, tantôt deux mains d'une blancheur éblouissante, qui appartenaient à un homme à tête de nègre. L'ex-marquis avait ramené son chapeau de paille sur ses yeux, et l'ombre projetée du bord partageait si nettement en deux moitiés son visage qu'il semblait porter un masque tout pareil à celui des ennemis.

The fancy tinted Syme's overwhelming sense of wonder. Was he wearing a mask? Was anyone wearing a mask? Was anyone anything? This wood of witchery, in which men's faces turned black and white by turns, in which their figures first swelled into sunlight and then faded into formless night, this mere chaos of chiaroscuro (after the clear daylight outside), seemed to Syme a perfect symbol of the world in which he had been moving for three days, this world where men took off their beards and their spectacles and their noses, and turned into other people. That tragic self-confidence which he had felt when he believed that the Marquis was a devil had strangely disappeared now that he knew that the Marquis was a friend. He felt almost inclined to ask after all these bewilderments what was a friend and what an enemy. Was there anything that was apart from what it seemed? The Marquis had taken off his nose and turned out to be a detective. Might he not just as well take off his head and turn out to be a hobgoblin? Was not everything, after all, like this bewildering woodland, this dance of dark and light? Everything only a glimpse, the glimpse always unforeseen, and always forgotten. For Gabriel Syme had found in the heart of that sun-splashed wood what many modern painters had found there. He had found the thing which the modern people call Impressionism, which is another name for that final scepticism which can find no floor to the universe.

Ce détail produisit sur Syme un effet hors de proportion avec sa cause. Ratcliff portait-il un masque ? *Y avait-il quelqu'un* seulement ? Ce bois enchanté, où les hommes devenaient tantôt blancs, tantôt noirs, où leurs figures apparaissaient tout à coup en pleine lumière pour tout à coup s'effacer dans la nuit, ce chaos de clair-obscur après la pleine clarté de la plaine semblait à Syme un parfait symbole du monde où il vivait depuis trois jours, de ce monde impossible où les gens enlevaient leurs lunettes, leur barbe, leur nez, pour se transformer en de nouveaux personnages. Cette tragique confiance en soi, qui l'avait animé quand il s'était imaginé que le marquis était le Diable, l'abandonnait maintenant qu'il savait que le marquis était un ami. Et il se sentait incapable, après tous ses étonnements, de préciser quelque différence bien nette entre un ami et un ennemi. Existait-il quelque différence appréciable entre n'importe quoi et n'importe quoi ? Le marquis avait enlevé son nez, et c'était maintenant un détective. Ne pourrait-il pas aussi aisément enlever sa tête et apparaître tout à coup sous les espèces d'un revenant ? Tout n'était-il pas à la ressemblance de cette forêt de féerie où la lumière et l'ombre dansaient la sarabande ? Tout ne consistait-il pas en visions rapides, éphémères, toujours imprévues et aussitôt oubliées qu'aperçues ? Gabriel Syme venait de faire, dans cette forêt tachetée de lumières, une découverte que beaucoup de peintres modernes y avaient faite avant lui : il avait trouvé ce que nos modernes nomment l'*impressionnisme*, c'est-à-dire une des formes innombrables de ce scepticisme radical et final qui ne reconnaît pas de support, de plancher à l'univers.

As a man in an evil dream strains himself to scream and wake, Syme strove with a sudden effort to fling off this last and worst of his fancies. With two impatient strides he overtook the man in the Marquis's straw hat, the man whom he had come to address as Ratcliffe. In a voice exaggeratively loud and cheerful, he broke the bottomless silence and made conversation.

"May I ask," he said, "where on earth we are all going to?"

So genuine had been the doubts of his soul, that he was quite glad to hear his companion speak in an easy, human voice.

"We must get down through the town of Lancy to the sea," he said. "I think that part of the country is least likely to be with them."

"What can you mean by all this?" cried Syme. "They can't be running the real world in that way. Surely not many working men are anarchists, and surely if they were, mere mobs could not beat modern armies and police."

"Mere mobs!" repeated his new friend with a snort of scorn. "So you talk about mobs and the working classes as if they were the question. You've got that eternal idiotic idea that if anarchy came it would come from the poor. Why should it? The poor have been rebels,

Ainsi qu'un homme qui, dans un cauchemar, se débat, essaie de crier, Syme fit un brusque effort pour se débarrasser de cette dernière imagination, la pire de toutes. En deux bonds, il rejoignit l'homme qui portait le chapeau de paille du marquis, l'homme qu'il avait appris à appeler Ratcliff et, très haut, avec une intonation excessivement gaie, il rompit cet infini silence et engagea la conversation :

— Puis-je vous demander où diable nous allons ? demanda-t-il.

L'angoisse dont il avait souffert était si sincère qu'il éprouva un grand soulagement en entendant une voix naturelle, une voix humaine lui répondre :

— Il faut que nous allions par la ville de Lancy vers la mer. Je crois que, dans cette partie du pays, nos ennemis ont peu de partisans.

— Quoi ! que voulez-vous dire ? s'écria Syme. Il est impossible qu'ils aient un tel empire sur le monde réel. Il n'y a pas beaucoup d'anarchistes parmi les travailleurs, et, s'il y en avait, de simples bandes de révoltés n'auraient pas aisément raison des armées modernes, de la police moderne.

— De simples bandes ! releva Ratcliff avec mépris. Vous parlez des foules et des travailleurs comme s'il pouvait être question d'eux ici. Vous partagez cette illusion idiote que le triomphe de l'anarchie, s'il s'accomplit, sera l'œuvre des pauvres. Pourquoi ? Les pauvres ont été, parfois, des rebelles ;

but they have never been anarchists; they have more interest than anyone else in there being some decent government. The poor man really has a stake in the country. The rich man hasn't; he can go away to New Guinea in a yacht. The poor have sometimes objected to being governed badly; the rich have always objected to being governed at all. Aristocrats were always anarchists, as you can see from the barons' wars."

"As a lecture on English history for the little ones," said Syme, "this is all very nice; but I have not yet grasped its application."

"Its application is," said his informant, "that most of old Sunday's right-hand men are South African and American millionaires. That is why he has got hold of all the communications; and that is why the last four champions of the anti-anarchist police force are running through a wood like rabbits."

"Millionaires I can understand," said Syme thoughtfully, "they are nearly all mad. But getting hold of a few wicked old gentlemen with hobbies is one thing; getting hold of great Christian nations is another. I would bet the nose off my face (forgive the allusion) that Sunday would stand perfectly helpless before the task of converting any ordinary healthy person anywhere."

des anarchistes, jamais. Ils sont plus intéressés que personne à l'existence d'un gouvernement régulier quelconque. Le sort du pauvre se confond avec le sort du pays. Le sort du riche n'y est pas lié. Le riche n'a qu'à monter sur son yacht et à se faire conduire dans la Nouvelle-Guinée. Les pauvres ont protesté parfois, quand on les gouvernait mal. Les riches ont toujours protesté contre le gouvernement, quel qu'il fût. Les aristocrates furent toujours des anarchistes ; les guerres féodales en témoignent.

— Dans un cours d'histoire d'Angleterre à l'usage des petits enfants, dit Syme, votre théorie pourrait n'être pas déplacée. Mais, dans les circonstances présentes…

— Voici son application à ces circonstances : la plupart des lieutenants de Dimanche sont des millionnaires qui ont fait leur fortune en Afrique du Sud ou en Amérique. C'est ce qui lui a permis de mettre la main sur tous les moyens de communication, et c'est pourquoi les quatre derniers champions de la police anti-anarchiste fuient dans les bois, comme des lièvres.

— Je comprends ce que vous dites des millionnaires, fit Syme, songeur. Ils sont presque tous fous. Mais s'emparer de quelques vieux maniaques est une chose, s'emparer d'une grande nation chrétienne en est une autre. Je parierais mon nez (excusez l'allusion !) que Dimanche ne pourrait convertir à sa doctrine qui que ce soit de normal et de sain d'esprit.

"Well," said the other, "it rather depends what sort of person you mean."

"Well, for instance," said Syme, "he could never convert that person," and he pointed straight in front of him.

They had come to an open space of sunlight, which seemed to express to Syme the final return of his own good sense; and in the middle of this forest clearing was a figure that might well stand for that common sense in an almost awful actuality. Burnt by the sun and stained with perspiration, and grave with the bottomless gravity of small necessary toils, a heavy French peasant was cutting wood with a hatchet. His cart stood a few yards off, already half full of timber; and the horse that cropped the grass was, like his master, valorous but not desperate; like his master, he was even prosperous, but yet was almost sad. The man was a Norman, taller than the average of the French and very angular; and his swarthy figure stood dark against a square of sunlight, almost like some allegoric figure of labour frescoed on a ground of gold.

"Mr. Syme is saying," called out Ratcliffe to the French Colonel, "that this man, at least, will never be an anarchist."

— Cela dépend ! De quelle sorte de gens voulez-vous parler ? dit l'autre.

— Par exemple, répondit Syme, en dardant son index juste en face de lui, je le défierais de convertir cet homme-ci.

Ils étaient arrivés dans une clairière baignée de lumière, qui, aux yeux de Syme, symbolisait son retour au bon sens. Au milieu de cette clairière se tenait un homme qui eût pu représenter ce bon sens de la façon la plus auguste. Bronzé par le soleil, ruisselant de sueur, grave de cette gravité infinie des petites gens qui s'acquittent des besognes indispensables, un lourd paysan coupait du bois avec sa hachette. Sa voiture était à quelques pas, à demi pleine déjà. Son cheval, qui broutait l'herbe, paisiblement, avait, comme le bûcheron lui-même, l'air tout à la fois courageux, sans désespoir et comme son maître il était prospère, et pourtant triste. Ce paysan picard, anguleux et maigre, d'une stature plus haute que la moyenne des Français, apparaissait, se détachant en noir sur un carré de lumière, comme quelque figure allégorique du travail, peinte à la fresque sur un fond d'or.

— M. Syme m'affirme, dit Ratcliff au colonel, que cet homme ne sera jamais anarchiste.

"Mr. Syme is right enough there," answered Colonel Ducroix, laughing, "if only for the reason that he has plenty of property to defend. But I forgot that in your country you are not used to peasants being wealthy."

"He looks poor," said Dr. Bull doubtfully.

"Quite so," said the Colonel; "that is why he is rich."

"I have an idea," called out Dr. Bull suddenly; "how much would he take to give us a lift in his cart? Those dogs are all on foot, and we could soon leave them behind."

"Oh, give him anything!" said Syme eagerly. "I have piles of money on me."

"That will never do," said the Colonel; "he will never have any respect for you unless you drive a bargain."

"Oh, if he haggles!" began Bull impatiently.

"He haggles because he is a free man," said the other. "You do not understand; he would not see the meaning of generosity. He is not being tipped."

And even while they seemed to hear the heavy feet of their strange pursuers behind them, they had to stand and stamp while the French Colonel talked to the French wood-cutter with all the leisurely badinage and bickering of market-day.

— M. Syme a raison, répondit le colonel Ducroix en riant, ne serait-ce que parce que cet homme a du bien à défendre. Mais j'oublie que, dans votre pays, on n'est pas habitué à voir des paysans riches.

— Il semble bien pauvre, dit le docteur Bull, sceptique.

— Parfaitement, dit le colonel. Et c'est pourquoi il est riche.

— Une idée ! s'écria Bull tout à coup. Combien nous demanderait-il pour nous prendre dans sa voiture ? Ces chiens sont à pied : nous pourrions ainsi les distancer.

— Proposez-lui n'importe quoi ! s'écria Syme. J'ai beaucoup d'or sur moi.

— Mauvais calcul, dit le colonel. Il ne vous prendra au sérieux que si vous marchandez.

— Oh ! s'il marchande ! s'écria Bull impatient.

— Il marchande, dit l'autre, parce qu'il est un homme libre. Vous ne comprenez pas que votre générosité éveillerait sa défiance. Et il ne vous demande pas de pourboire.

Ils croyaient déjà entendre le bruit des pas de leurs étranges persécuteurs. Ils durent pourtant, tout en piaffant d'impatience, attendre que le colonel eût parlementé avec le paysan, sur ce ton de plaisant badinage qui est d'usage dans les foires, les jours de marché.

At the end of the four minutes, however, they saw that the Colonel was right, for the wood-cutter entered into their plans, not with the vague servility of a tout too-well paid, but with the seriousness of a solicitor who had been paid the proper fee. He told them that the best thing they could do was to make their way down to the little inn on the hills above Lancy, where the innkeeper, an old soldier who had become devout in his latter years, would be certain to sympathise with them, and even to take risks in their support. The whole company, therefore, piled themselves on top of the stacks of wood, and went rocking in the rude cart down the other and steeper side of the woodland. Heavy and ramshackle as was the vehicle, it was driven quickly enough, and they soon had the exhilarating impression of distancing altogether those, whoever they were, who were hunting them.

For, after all, the riddle as to where the anarchists had got all these followers was still unsolved. One man's presence had sufficed for them; they had fled at the first sight of the deformed smile of the Secretary.

Syme every now and then looked back over his shoulder at the army on their track. As the wood grew first thinner and then smaller with distance, he could see the sunlit slopes beyond it and above it; and across these was still moving the square black mob like one monstrous beetle.

Mais au bout de quatre minutes, ils virent que le colonel ne s'était pas trompé. Car le paysan était entré dans leurs vues, non pas avec cette servilité d'un valet qu'on a payé grassement, mais avec toute la dignité d'un avoué qui a été dûment « honoré ». À son avis, ce qu'ils pouvaient faire de mieux était de gagner une certaine petite auberge perchée sur la colline qui domine Lancy ; l'aubergiste, un ancien soldat tombé dans la dévotion sur ses vieux jours, sympathiserait sûrement avec eux et consentirait même à courir quelques risques pour les aider. Ils se juchèrent donc sur les fagots et commencèrent, un peu bousculés par les cahots de la grossière voiture, à descendre la pente, assez rude, de la forêt. Si lourd et grinçant que fût le véhicule, on allait vite, et bientôt les détectives constatèrent avec satisfaction que la distance s'allongeait d'une manière appréciable entre eux et leurs ennemis.

Mais comment les anarchistes avaient-ils pu réunir un si considérable contingent ? La question restait sans réponse. De fait, il avait suffi de la présence d'un seul homme pour les mettre en fuite : les détectives avaient pris la fuite en reconnaissant le monstrueux rictus du secrétaire.

De temps à autre, Syme regardait par-dessus son épaule. Comme la distance faisait paraître la forêt plus petite, Syme aperçut les versants ensoleillés de la colline qui encadraient le petit bois, et sur les versants s'avançait le carré noir de la foule en marche, compacte : on eût dit un monstrueux scarabée.

In the very strong sunlight and with his own very strong eyes, which were almost telescopic, Syme could see this mass of men quite plainly. He could see them as separate human figures; but he was increasingly surprised by the way in which they moved as one man. They seemed to be dressed in dark clothes and plain hats, like any common crowd out of the streets; but they did not spread and sprawl and trail by various lines to the attack, as would be natural in an ordinary mob. They moved with a sort of dreadful and wicked woodenness, like a staring army of automatons.

Syme pointed this out to Ratcliffe.

"Yes," replied the policeman, "that's discipline. That's Sunday. He is perhaps five hundred miles off, but the fear of him is on all of them, like the finger of God. Yes, they are walking regularly; and you bet your boots that they are talking regularly, yes, and thinking regularly. But the one important thing for us is that they are disappearing regularly."

Syme nodded. It was true that the black patch of the pursuing men was growing smaller and smaller as the peasant belaboured his horse.

The level of the sunlit landscape, though flat as a whole, fell away on the farther side of the wood in billows of heavy slope towards the sea, in a way not unlike the lower slopes of the Sussex downs.

Dans la pleine lumière du soleil, Syme, grâce à sa vue très perçante, presque télescopique, distinguait les individus. Mais il était de plus en plus surpris de voir qu'ils se déplaçaient comme un seul homme. Les vêtements étaient sombres, les chapeaux n'avaient rien de remarquable. C'était n'importe quelle foule, comme on en peut voir dans n'importe quelle rue. Mais cette foule ne se dispersait pas, ne s'éparpillait pas comme une foule ordinaire n'eût pas manqué de le faire. L'unité du mouvement avait quelque chose d'épouvantablement mécanique ; c'était comme une armée d'automates.

Syme communiqua son impression à Ratcliff.

— Oui, répondit le policier. Voilà de la discipline ! Voilà Dimanche ! Il est peut-être à cinq cents lieues d'ici, mais la peur qu'il inspire à tous ces hommes pèse sur eux comme le doigt de Dieu. Oui, ils marchent avec ordre, et vous pouvez parier vos bottes qu'ils parlent avec ordre, qu'ils pensent avec ordre. Ce sont des gens réguliers. Ce qui nous importe, c'est qu'ils disparaissent régulièrement !

Syme approuva de la tête. Et, en effet, la tache noire des ennemis allait s'effaçant de plus en plus, à mesure que le paysan frappait son cheval.

Le niveau du sol, assez égal en somme, s'étageait, de l'autre côté du bois, vers la mer, en vagues lourdes, dont la première moitié était assez escarpée. Cela rappelait les vagues de terrain des dunes du Sussex.

The only difference was that in Sussex the road would have been broken and angular like a little brook, but here the white French road fell sheer in front of them like a waterfall. Down this direct descent the cart clattered at a considerable angle, and in a few minutes, the road growing yet steeper, they saw below them the little harbour of Lancy and a great blue arc of the sea.

The travelling cloud of their enemies had wholly disappeared from the horizon.

The horse and cart took a sharp turn round a clump of elms, and the horse's nose nearly struck the face of an old gentleman who was sitting on the benches outside the little cafe of "Le Soleil d'Or." The peasant grunted an apology, and got down from his seat. The others also descended one by one, and spoke to the old gentleman with fragmentary phrases of courtesy, for it was quite evident from his expansive manner that he was the owner of the little tavern.

He was a white-haired, apple-faced old boy, with sleepy eyes and a grey moustache; stout, sedentary, and very innocent, of a type that may often be found in France, but is still commoner in Catholic Germany. Everything about him, his pipe, his pot of beer, his flowers, and his beehive, suggested an ancestral peace; only when his visitors looked up as they entered the inn-parlour, they saw the sword upon the wall.

Une seule différence : dans le Sussex, la route eût été brisée et anguleuse comme le lit d'un petit ruisseau, tandis que la blanche route française se dessinait, devant les fugitifs, droite comme une cataracte. La voiture descendit cette pente abrupte, et, la route devenant de plus en plus raide, ils aperçurent à leurs pieds le petit port de Lancy et un grand arc de mer bleue.

Le nuage ambulant de leurs ennemis avait tout à fait disparu de l'horizon.

La voiture contourna un bouquet d'ormeaux, et le mufle du cheval faillit frapper à la tête un vieillard assis sur un banc, devant un petit café à l'enseigne du *Soleil d'Or*. Le paysan murmura une excuse et descendit de son siège. Les détectives descendirent à leur tour, l'un après l'autre, et adressèrent au vieillard quelques phrases de politesse. À ses manières accueillantes, on devinait en lui le propriétaire de l'auberge.

C'était un vieux bonhomme aux cheveux blancs, à la figure ridée comme une pomme, aux yeux somnolents, à la barbe grise. Un sédentaire, inoffensif, type assez commun en France, et plus encore dans les provinces catholiques de l'Allemagne. Tout, autour de lui, sa pipe, son pot de bière, ses fleurs, sa ruche, respirait une paix immémoriale. Seulement, en entrant dans la principale pièce de l'auberge, les visiteurs aperçurent un sabre fixé contre le mur.

The Colonel, who greeted the innkeeper as an old friend, passed rapidly into the inn-parlour, and sat down ordering some ritual refreshment.

The military decision of his action interested Syme, who sat next to him, and he took the opportunity when the old innkeeper had gone out of satisfying his curiosity.

"May I ask you, Colonel," he said in a low voice, "why we have come here?"

Colonel Ducroix smiled behind his bristly white moustache.

"For two reasons, sir," he said; "and I will give first, not the most important, but the most utilitarian. We came here because this is the only place within twenty miles in which we can get horses."

"Horses!" repeated Syme, looking up quickly.

"Yes," replied the other; "if you people are really to distance your enemies it is horses or nothing for you, unless of course you have bicycles and motor-cars in your pocket."

"And where do you advise us to make for?" asked Syme doubtfully.

Le colonel salua l'aubergiste comme un vieil ami, entra dans le débit et commanda quelques obligatoires rafraîchissements.

Syme fut frappé de voir que le colonel affectait, dans ses mouvements, une décision toute militaire. Quand le vieil aubergiste fut sorti, il profita de l'occasion pour satisfaire sa curiosité :

— Puis-je savoir, colonel, demanda Syme à voix basse, pourquoi nous sommes venus ici ?

Le colonel sourit derrière sa rude moustache blanche.

— Pour deux raisons, monsieur, répondit-il, et je vous donnerai d'abord non pas la plus importante mais la plus utilitaire. Nous sommes venus ici parce que c'est le seul endroit jusqu'à vingt lieues à la ronde où nous puissions trouver des chevaux.

— Des chevaux ! répéta Syme en levant les yeux sur le colonel.

— Oui ! Si vous voulez échapper aux gens qui vous poursuivent, il vous faut des chevaux. À moins, bien entendu, que vous n'ayez dans vos poches des bicyclettes ou des automobiles...

— Et où devons-nous nous diriger selon vous ? demanda Syme.

"Beyond question," replied the Colonel, "you had better make all haste to the police station beyond the town. My friend, whom I seconded under somewhat deceptive circumstances, seems to me to exaggerate very much the possibilities of a general rising; but even he would hardly maintain, I suppose, that you were not safe with the gendarmes."

Syme nodded gravely; then he said abruptly—

"And your other reason for coming here?"

"My other reason for coming here," said Ducroix soberly, "is that it is just as well to see a good man or two when one is possibly near to death."

Syme looked up at the wall, and saw a crudely-painted and pathetic religious picture. Then he said—

"You are right," and then almost immediately afterwards, "Has anyone seen about the horses?"

"Yes," answered Ducroix, "you may be quite certain that I gave orders the moment I came in. Those enemies of yours gave no impression of hurry, but they were really moving wonderfully fast, like a well-trained army. I had no idea that the anarchists had so much discipline. You have not a moment to waste."

Almost as he spoke, the old innkeeper with the blue eyes and white hair came ambling into the room, and announced that six horses were saddled outside.

— Sans aucun doute, le mieux que vous puissiez faire est de vous rendre en toute hâte au poste de police, qui est à l'autre bout de la ville. Mon ami, à qui j'ai servi de témoin dans des circonstances passablement exceptionnelles, exagère grandement, je l'espère, quand il parle de la possibilité d'un soulèvement général ; mais il n'oserait pas contester lui-même, je pense, que vous soyez à l'abri auprès des gendarmes.

Syme fit gravement un signe de tête, puis demanda :

— Et votre autre raison, pour nous avoir conduits ici ?

— C'est, répondit Ducroix simplement, qu'il n'est pas mauvais de voir un brave homme ou deux, quand on est, peut-être, tout près de la mort.

Syme jeta un regard sur le mur et y vit une peinture religieuse, grossière et pathétique.

— Je suis de votre avis, dit-il.

Et aussitôt après :

— Quelqu'un s'occupe-t-il des chevaux ?

— Oui. J'ai donné des ordres en arrivant. Vos ennemis n'avaient pas l'air de se presser, mais, en réalité, ils vont très vite, comme des soldats bien exercés. Je n'aurais jamais cru qu'on pût trouver une telle discipline chez les anarchistes. Vous n'avez pas un moment à perdre.

Il parlait encore, que le vieil aubergiste aux yeux bleus et aux cheveux blancs rentra dans la pièce, annonçant que six chevaux étaient sellés et attendaient.

By Ducroix's advice the five others equipped themselves with some portable form of food and wine, and keeping their duelling swords as the only weapons available, they clattered away down the steep, white road.

The two servants, who had carried the Marquis's luggage when he was a marquis, were left behind to drink at the cafe by common consent, and not at all against their own inclination.

By this time the afternoon sun was slanting westward, and by its rays Syme could see the sturdy figure of the old innkeeper growing smaller and smaller, but still standing and looking after them quite silently, the sunshine in his silver hair. Syme had a fixed, superstitious fancy, left in his mind by the chance phrase of the Colonel, that this was indeed, perhaps, the last honest stranger whom he should ever see upon the earth.

He was still looking at this dwindling figure, which stood as a mere grey blot touched with a white flame against the great green wall of the steep down behind him. And as he stared over the top of the down behind the innkeeper, there appeared an army of black-clad and marching men. They seemed to hang above the good man and his house like a black cloud of locusts.

The horses had been saddled none too soon.

Sur le conseil de Ducroix, on se munit de quelques provisions de bouche et de vin. On garda les épées du duel, seules armes qu'on eût à sa disposition, et les fugitifs descendirent au galop la route blanche et abrupte.

Les deux domestiques qui avaient porté le bagage du marquis, quand il était encore marquis, restèrent à l'auberge, où ils purent boire selon leur inclination.

Le soleil descendait vers l'occident et à sa lueur Syme vit diminuer de plus en plus la haute stature de l'aubergiste qui les suivait du regard, immobile sur le seuil. Le couchant illuminait l'argent de ses cheveux. Syme, se souvenant de la parole du colonel, songeait que c'était peut-être, là, en effet, le dernier honnête homme qu'il verrait jamais sur la terre.

Et il regardait encore cette figure qui s'évanouissait, qui ne faisait déjà plus qu'une tache grise, touchée d'une flamme blanche sur le grand mur vert de la falaise ; et, comme il regardait toujours dans cette direction, apparut, au sommet de la dune, derrière l'aubergiste, une armée d'hommes noirs en marche. Ils étaient suspendus au-dessus de ce brave homme et de sa maison comme une nuée noire de sauterelles.

Les chevaux n'avaient été sellés qu'à temps.

12

The Earth in anarchy

Urging the horses to a gallop, without respect to the rather rugged descent of the road, the horsemen soon regained their advantage over the men on the march, and at last the bulk of the first buildings of Lancy cut off the sight of their pursuers.

Nevertheless, the ride had been a long one, and by the time they reached the real town the west was warming with the colour and quality of sunset.

The Colonel suggested that, before making finally for the police station, they should make the effort, in passing, to attach to themselves one more individual who might be useful.

"Four out of the five rich men in this town," he said, "are common swindlers. I suppose the proportion is pretty equal all over the world. The fifth is a friend of mine, and a very fine fellow; and what is even more important from our point of view, he owns a motor-car."

12

La Terre en anarchie

Mettant leurs chevaux au galop, sans tenir compte de la rapidité de la descente, les fugitifs eurent bientôt pris sur les poursuivants une nouvelle avance. Et bientôt intervenait entre les uns et les autres, comme un rempart, la masse des premières maisons de Lancy.

La chevauchée avait été longue. Quand Syme et ses amis atteignirent le cœur de la ville, l'occident s'animait déjà des chaudes et capiteuses couleurs du couchant.

Le colonel proposa de s'attacher un certain personnage de sa connaissance qui pourrait être utile ; on se dirigerait ensuite vers le poste de police.

— Il y a, dit-il, dans cette ville, cinq individus fort riches. Quatre d'entre eux sont de vulgaires coquins. Je crois bien qu'en telle matière la proportion est sensiblement la même dans tous les pays. Le cinquième est un honnête homme, de mes amis, et, ce qui ne manque pas d'importance dans notre cas, il possède une automobile.

"I am afraid," said the Professor in his mirthful way, looking back along the white road on which the black, crawling patch might appear at any moment, "I am afraid we have hardly time for afternoon calls."

"Doctor Renard's house is only three minutes off," said the Colonel.

"Our danger," said Dr. Bull, "is not two minutes off."

"Yes," said Syme, "if we ride on fast we must leave them behind, for they are on foot."

"He has a motor-car," said the Colonel.

"But we may not get it," said Bull.

"Yes, he is quite on your side."

"But he might be out."

"Hold your tongue," said Syme suddenly. "What is that noise?"

For a second they all sat as still as equestrian statues, and for a second—for two or three or four seconds—heaven and earth seemed equally still. Then all their ears, in an agony of attention, heard along the road that indescribable thrill and throb that means only one thing—horses!

The Colonel's face had an instantaneous change, as if lightning had struck it, and yet left it scatheless.

— J'ai bien peur, dit le professeur avec un sourire mélancolique et tout en jetant un regard en arrière, sur la route blanche, où la tache noire et rampante pouvait apparaître d'un moment à l'autre, j'ai bien peur qu'on ne nous laisse pas le temps de faire des visites…

— La maison du docteur Renard n'est qu'à trois minutes d'ici, dit le colonel.

— Et le danger n'est pas à deux minutes, dit Bull.

— Oui, dit Syme, en faisant diligence nous les laisserons en arrière, puisqu'ils sont à pied.

— Je vous répète, insista le colonel, que mon ami a une automobile.

— Êtes-vous sûr qu'il nous la donne ? demanda Bull.

— Mais oui ! Il est avec nous.

— Silence ! fit tout à coup Syme. Quel est ce bruit ?

Pendant une seconde, ils se tinrent immobiles, comme des statues équestres, et, pendant une, deux, trois secondes, la terre et le ciel aussi parurent s'immobiliser : et sur la route ils entendirent tous ce bruit cadencé, répété, indescriptible mais qu'il est impossible de méconnaître, le bruit que font des chevaux au trot.

La figure du colonel s'altéra instantanément comme si un éclair l'avait frappé sans l'endommager.

"They have done us," he said, with brief military irony. "Prepare to receive cavalry!"

"Where can they have got the horses?" asked Syme, as he mechanically urged his steed to a canter.

The Colonel was silent for a little, then he said in a strained voice—

"I was speaking with strict accuracy when I said that the 'Soleil d'Or' was the only place where one can get horses within twenty miles."

"No!" said Syme violently, "I don't believe he'd do it. Not with all that white hair."

"He may have been forced," said the Colonel gently. "They must be at least a hundred strong, for which reason we are all going to see my friend Renard, who has a motor-car."

With these words he swung his horse suddenly round a street corner, and went down the street with such thundering speed, that the others, though already well at the gallop, had difficulty in following the flying tail of his horse.

Dr. Renard inhabited a high and comfortable house at the top of a steep street, so that when the riders alighted at his door they could once more see the solid green ridge of the hill, with the white road across it, standing up above all the roofs of the town. They breathed again to see that the road as yet was clear, and they rang the bell.

— Ils nous tiennent ! dit-il.

Et après un instant, sur le ton d'une ironie militaire :

— À vos rangs pour recevoir la cavalerie !

— Où diable ont-ils pu trouver des chevaux ? murmura Syme tout en faisant, machinalement, cabrer sa monture.

Le colonel eut un moment de silence, puis d'une voix altérée :

— Je suis absolument sûr, dit-il, comme je vous l'ai déjà dit, qu'à vingt lieues à la ronde il est impossible de s'en procurer ailleurs qu'au *Soleil d'Or.*

— Non ! s'écria Syme violemment, non ! je ne puis croire qu'il ait fait cela, cet honnête homme, avec ses cheveux blancs !

— Peut-être a-t-il eu la main forcée, dit le colonel doucement… Ils sont cent, au moins… Si vous m'en croyez, au galop chez mon ami Renard qui a une auto !

Et, sans attendre de réponse, il piqua des deux et tourna un coin de rue. De toute la vitesse de leurs bêtes, les autres avaient peine à suivre la queue de son cheval.

Le docteur Renard habitait une haute et confortable maison, au point le plus élevé d'une rue montueuse, de sorte qu'en descendant à sa porte, les cavaliers purent apercevoir une fois de plus, dominant tous les toits de la ville, le vert sommet de la colline et la route blanche qui en dévalait. Ils respirèrent en constatant que la route était libre et ils tirèrent la sonnette.

Dr. Renard was a beaming, brown-bearded man, a good example of that silent but very busy professional class which France has preserved even more perfectly than England. When the matter was explained to him he pooh-poohed the panic of the ex-Marquis altogether; he said, with the solid French scepticism, that there was no conceivable probability of a general anarchist rising.

"Anarchy," he said, shrugging his shoulders, "it is childishness!"

"*Et ca,*" cried out the Colonel suddenly, pointing over the other's shoulder, "and that is childishness, isn't it?"

They all looked round, and saw a curve of black cavalry come sweeping over the top of the hill with all the energy of Attila. Swiftly as they rode, however, the whole rank still kept well together, and they could see the black vizards of the first line as level as a line of uniforms. But although the main black square was the same, though travelling faster, there was now one sensational difference which they could see clearly upon the slope of the hill, as if upon a slanted map. The bulk of the riders were in one block; but one rider flew far ahead of the column, and with frantic movements of hand and heel urged his horse faster and faster, so that one might have fancied that he was not the pursuer but the pursued.

Le docteur Renard était un homme de santé florissante, à la barbe brune, un remarquable exemplaire de cette espèce ancienne de médecins consciencieux, calmes, très actifs, comme on en rencontre plus fréquemment en France qu'en Angleterre. Quand on lui eut expliqué le cas, il éclata de rire devant la panique de l'ex-marquis. Avec son robuste scepticisme français, il assura qu'un soulèvement anarchiste universel était totalement impossible :

— L'anarchie, dit-il en haussant les épaules, quel enfantillage !

— Et ça ! dit tout à coup le colonel en invitant du geste son ami à regarder du côté de la colline, est-ce aussi de l'enfantillage ?

Ils virent tous alors un vol de cavalerie noire qui s'abattait sur la route du sommet de la colline avec toute l'irrésistible furie des hordes d'Attila. Mais les cavaliers, bien qu'ils allassent à toute allure, gardaient leurs rangs, et les masques noirs restaient exactement alignés à l'avant-garde, avec une rectitude toute militaire. Malgré l'allure précipitée, la masse ne fléchissait pas, mais une différence apparaissait maintenant dont ils purent se rendre compte comme si la pente de la colline eût été une carte disposée sur un plan incliné. Toute cette masse en mouvement formait un seul bloc. Toutefois, en tête de la colonne, un cavalier isolé galopait ; avec des gestes fous des mains et des talons, il excitait son cheval, et l'on eût plutôt cru voir un homme poursuivi par des ennemis qu'un homme à leur poursuite.

But even at that great distance they could see something so fanatical, so unquestionable in his figure, that they knew it was the Secretary himself.

"I am sorry to cut short a cultured discussion," said the Colonel, "but can you lend me your motor-car now, in two minutes?"

"I have a suspicion that you are all mad," said Dr. Renard, smiling sociably; "but God forbid that madness should in any way interrupt friendship. Let us go round to the garage."

Dr. Renard was a mild man with monstrous wealth; his rooms were like the Musee de Cluny, and he had three motor-cars. These, however, he seemed to use very sparingly, having the simple tastes of the French middle class, and when his impatient friends came to examine them, it took them some time to assure themselves that one of them even could be made to work. This with some difficulty they brought round into the street before the Doctor's house.

When they came out of the dim garage they were startled to find that twilight had already fallen with the abruptness of night in the tropics. Either they had been longer in the place than they imagined, or some unusual canopy of cloud had gathered over the town. They looked down the steep streets, and seemed to see a slight mist coming up from the sea.

Or, même à cette grande distance, les détectives ne tardèrent pas à reconnaître, dans ce fanatique chevaucheur, le secrétaire de Dimanche.

— Je regrette vivement d'abréger une discussion savante, dit le colonel. Pourriez-vous, cher ami, me prêter votre automobile sur-le-champ ?

— J'ai une vague idée que vous êtes tous fous, observa le docteur avec un aimable sourire, mais, à Dieu ne plaise que la folie et l'amitié ne puissent faire bon ménage ! Allons au garage.

Le docteur Renard était un homme très bon et puissamment riche. Sa maison était un petit musée de Cluny, et il possédait trois automobiles, dont, personnellement, il faisait un usage très discret, ayant les goûts simples de la classe moyenne française. Nos gens perdirent quelques minutes à examiner les voitures, à s'assurer que l'une d'elles était en bon état de service, et ce ne fut pas sans peine qu'ils la poussèrent dans la rue, devant la porte du docteur.

En sortant du garage, ils s'aperçurent avec surprise que le jour s'éteignait : la nuit venait avec cette soudaineté qu'elle n'a qu'aux pays tropicaux. Avaient-ils mis à faire leur choix plus de temps qu'ils ne pensaient, ou s'était-il formé au-dessus de la ville quelque extraordinaire amas de nuages ? Ils regardèrent le long de la rue en pente, et crurent distinguer un léger brouillard qui s'élevait de la mer.

"It is now or never," said Dr. Bull. "I hear horses."

"No," corrected the Professor, "a horse."

And as they listened, it was evident that the noise, rapidly coming nearer on the rattling stones, was not the noise of the whole cavalcade but that of the one horseman, who had left it far behind—the insane Secretary.

Syme's family, like most of those who end in the simple life, had once owned a motor, and he knew all about them. He had leapt at once into the chauffeur's seat, and with flushed face was wrenching and tugging at the disused machinery. He bent his strength upon one handle, and then said quite quietly—

"I am afraid it's no go."

As he spoke, there swept round the corner a man rigid on his rushing horse, with the rush and rigidity of an arrow. He had a smile that thrust out his chin as if it were dislocated. He swept alongside of the stationary car, into which its company had crowded, and laid his hand on the front. It was the Secretary, and his mouth went quite straight in the solemnity of triumph.

Syme was leaning hard upon the steering wheel, and there was no sound but the rumble of the other pursuers riding into the town. Then there came quite suddenly a scream of scraping iron, and the car leapt forward.

— Maintenant ou jamais ! dit Bull. J'entends les chevaux.

— Non, corrigea le professeur : *un* cheval.

Ils écoutèrent attentivement : en effet, ce n'était pas la cavalcade entière qui se rapprochait, mais un seul cavalier, en avance sur l'armée, et c'était le forcené secrétaire.

La famille de Syme, comme la plupart de celles qui aboutissent à la *vie simple*, avait jadis possédé une automobile. Syme connaissait donc à merveille la manœuvre. Il s'était hissé sur le siège du chauffeur, et, de toutes ses forces, en se congestionnant, il tirait sur les rouages, hors d'usage depuis longtemps. Il appuya sur le volant :

— Je crains bien qu'il n'y ait pas moyen, dit-il avec un flegme irréprochable.

Il n'avait pas achevé, qu'un homme, droit en selle sur un cheval écumant, tournait le coin de la rue avec la rapidité, la rigidité d'une flèche. Le menton, crispé par un rictus, faisait saillie, comme disloqué. Le cavalier s'avança vers l'auto stationnaire, où les détectives étaient en train de monter, et mit la main sur le rebord de la capote. C'était le secrétaire. Un muet rire de triomphe tordait sa bouche.

Syme pesait toujours sur le volant. On n'entendait que la galopade furieuse de l'armée anarchiste entrant dans la ville. À ce bruit, tout à coup un autre bruit se mêla, celui du fer grinçant contre le fer, et l'auto s'enleva dans une brusque embardée.

It plucked the Secretary clean out of his saddle, as a knife is whipped out of its sheath, trailed him kicking terribly for twenty yards, and left him flung flat upon the road far in front of his frightened horse.

As the car took the corner of the street with a splendid curve, they could just see the other anarchists filling the street and raising their fallen leader.

"I can't understand why it has grown so dark," said the Professor at last in a low voice.

"Going to be a storm, I think," said Dr. Bull. "I say, it's a pity we haven't got a light on this car, if only to see by."

"We have," said the Colonel, and from the floor of the car he fished up a heavy, old-fashioned, carved iron lantern with a light inside it.

It was obviously an antique, and it would seem as if its original use had been in some way semi-religious, for there was a rude moulding of a cross upon one of its sides.

"Where on earth did you get that?" asked the Professor.

"I got it where I got the car," answered the Colonel, chuckling, "from my best friend. While our friend here was fighting with the steering wheel, I ran up the front steps of the house and spoke to Renard, who was standing in his own porch, you will remember.

Elle arracha le secrétaire de sa selle, comme on tire une épée d'une gaine, le traîna pendant une dizaine de pas en le secouant terriblement, et finit par le jeter sur la route, où il tomba de tout son long, devant son cheval hennissant d'effroi.

Comme l'auto tournait le coin dans un magnifique virage, les détectives purent voir les anarchistes qui se répandaient dans la rue. Les premiers arrivants mirent pied à terre pour relever leur chef.

— Je ne puis comprendre que la nuit soit tombée si tôt, dit le professeur à voix basse.

— C'est un orage qui se prépare, dit le docteur Bull. Quel dommage que nous n'ayons pas de lanterne, ne fût-ce que pour y voir !

— Nous en avons une ! s'écria le colonel en ramassant dans le fond de la voiture une lourde lanterne démodée en fer forgé.

C'était, évidemment, un objet fort ancien. Sa destination première avait dû être religieuse, car, sur l'un de ses côtés, elle portait une croix, grossièrement figurée.

— Où donc avez-vous trouvé cela ? demanda le professeur.

— Où nous avons trouvé l'auto, répondit le colonel, chez le meilleur de mes amis. Pendant que notre chauffeur s'escrimait contre le volant, j'ai couru à la porte, où se tenait Renard qui nous regardait partir.

'I suppose,' I said, 'there's no time to get a lamp.' He looked up, blinking amiably at the beautiful arched ceiling of his own front hall. From this was suspended, by chains of exquisite ironwork, this lantern, one of the hundred treasures of his treasure house. By sheer force he tore the lamp out of his own ceiling, shattering the painted panels, and bringing down two blue vases with his violence. Then he handed me the iron lantern, and I put it in the car. Was I not right when I said that Dr. Renard was worth knowing?"

"You were," said Syme seriously, and hung the heavy lantern over the front.

There was a certain allegory of their whole position in the contrast between the modern automobile and its strange ecclesiastical lamp.

Hitherto they had passed through the quietest part of the town, meeting at most one or two pedestrians, who could give them no hint of the peace or the hostility of the place. Now, however, the windows in the houses began one by one to be lit up, giving a greater sense of habitation and humanity.

Dr. Bull turned to the new detective who had led their flight, and permitted himself one of his natural and friendly smiles.

"These lights make one feel more cheerful."

« Je pense, lui ai-je dit, qu'il n'est plus temps de chercher une lampe. » Il leva les yeux en souriant aimablement vers le splendide plafond voûté de son vestibule : cette lanterne y était suspendue par des chaînes d'une admirable ferronnerie ; c'est un des mille trésors anciens de son trésor. À la force du poignet, il arracha cette lampe du plafond : les panneaux peints se fendirent, deux vases bleus tombèrent en même temps. Et il me tendit cette lanterne que je me hâtai de placer dans l'auto. Avais-je tort de dire que Renard méritait d'être connu ?

— Vous aviez raison, dit Syme, gravement.

Et il plaça la lourde lanterne devant lui.

Il y avait comme une allégorie de leur aventure dans le contraste de cette auto, si moderne, et de cette lampe, étrangement ecclésiastique.

Jusqu'à présent, ils n'avaient encore traversé que les parties les plus paisibles de la ville ; ils n'avaient encore rencontré que deux ou trois piétons dont l'aspect ne leur permettait de rien préjuger des dispositions sympathiques ou hostiles de la population. Mais maintenant les fenêtres s'allumaient une à une ; on se sentait dans un lieu habité, entouré d'humanité.

Le docteur Bull se tourna vers Ratcliff, et avec un de ses sourires d'amitié :

— Ces lumières vous remontent un peu le cœur, dit-il.

Inspector Ratcliffe drew his brows together.

"There is only one set of lights that make me more cheerful," he said, "and they are those lights of the police station which I can see beyond the town. Please God we may be there in ten minutes."

Then all Bull's boiling good sense and optimism broke suddenly out of him.

"Oh, this is all raving nonsense!" he cried. "If you really think that ordinary people in ordinary houses are anarchists, you must be madder than an anarchist yourself. If we turned and fought these fellows, the whole town would fight for us."

"No," said the other with an immovable simplicity, "the whole town would fight for them. We shall see."

While they were speaking the Professor had leant forward with sudden excitement.

"What is that noise?" he said.

"Oh, the horses behind us, I suppose," said the Colonel. "I thought we had got clear of them."

"The horses behind us! No," said the Professor, "it is not horses, and it is not behind us."

Almost as he spoke, across the end of the street before them two shining and rattling shapes shot past. They were gone almost in a flash, but everyone could

L'inspecteur Ratcliff fronça le sourcil.

— Il n'y a qu'une lumière qui puisse me remonter le cœur, répliqua-t-il, c'est celle du poste de police que je vois à l'autre bout de la ville. Plaise à Dieu que nous y parvenions avant dix minutes !

Le bon sens et l'optimisme de Bull se révoltèrent. Il s'écria :

— Tout cela n'est que folie et sottise ! Si vous croyez vraiment que de bons bourgeois, dans leurs bonnes maisons bourgeoises, nourrissent des sentiments anarchistes, c'est que vous êtes vous-même plus fou qu'un anarchiste ! Si nous retournions pour nous battre avec ces misérables, nous aurions toute la ville avec nous !

— Non, dit l'autre avec une simplicité déconcertante, c'est pour eux que toute la ville prendrait parti. D'ailleurs, vous allez voir…

Tandis qu'ils parlaient, le professeur, soudainement inquiet, s'était penché en avant :

— Qu'est-ce encore que ce bruit ? fit-il.

— Les chevaux ! dit le colonel. Je croyais pourtant que nous avions du chemin entre eux et nous !

— Les chevaux ? dit le professeur. Non ! Ce ne sont pas des chevaux ! Et le bruit ne vient pas de derrière nous.

Au même moment, au bout de la rue devant eux et en travers, deux formes éclairées passèrent avec un bruit de ferraille. Elles s'évanouirent dans un éclair, mais chacun avait

see that they were motor-cars, and the Professor stood up with a pale face and swore that they were the other two motor-cars from Dr. Renard's garage.

"I tell you they were his," he repeated, with wild eyes, "and they were full of men in masks!"

"Absurd!" said the Colonel angrily. "Dr. Renard would never give them his cars."

"He may have been forced," said Ratcliffe quietly. "The whole town is on their side."

"You still believe that," asked the Colonel incredulously.

"You will all believe it soon," said the other with a hopeless calm.

There was a puzzled pause for some little time, and then the Colonel began again abruptly—

"No, I can't believe it. The thing is nonsense. The plain people of a peaceable French town—"

He was cut short by a bang and a blaze of light, which seemed close to his eyes. As the car sped on it left a floating patch of white smoke behind it, and Syme had heard a shot shriek past his ear.

"My God!" said the Colonel, "someone has shot at us."

reconnu des automobiles, et le professeur se leva tout pâle et jura que c'étaient celles qu'ils avaient laissées dans le garage du docteur Renard.

— Je vous dis que ce sont les siennes, répéta-t-il et elles étaient pleines d'hommes masqués !

— Absurde ! fit le colonel. Jamais Renard ne leur aurait livré ses autos !

— On les lui aura prises, dit Ratcliff tranquillement. Je vous dis que toute la ville est contre nous.

— Vraiment, demanda le colonel incrédule, vous avez cette conviction ?

— Et ce sera bientôt la vôtre, fit Ratcliff, avec le calme du désespoir.

Il se fit un silence embarrassé. Puis, le colonel reprit tout à coup :

— Non ! Je ne puis le croire ! C'est pure folie ! Les bonnes et simples gens d'une paisible petite ville française…

Il fut brutalement interrompu par une détonation, tandis qu'une soudaine lueur l'éblouissait. Dans sa course, l'auto laissa derrière elle une fumée blanche. Syme avait entendu une balle siffler à ses oreilles.

— Bon Dieu ! fit le colonel, on nous tire dessus !

"It need not interrupt conversation," said the gloomy Ratcliffe. "Pray resume your remarks, Colonel. You were talking, I think, about the plain people of a peaceable French town."

The staring Colonel was long past minding satire. He olled his eyes all round the street.

"It is extraordinary," he said, "most extraordinary."

"A fastidious person," said Syme, "might even call it unpleasant. However, I suppose those lights out in the field beyond this street are the Gendarmerie. We shall soon get there."

"No," said Inspector Ratcliffe, "we shall never get there."

He had been standing up and looking keenly ahead of him. Now he sat down and smoothed his sleek hair with a weary gesture.

"What do you mean?" asked Bull sharply.

"I mean that we shall never get there," said the pessimist placidly. "They have two rows of armed men across the road already; I can see them from here. The town is in arms, as I said it was. I can only wallow in the exquisite comfort of my own exactitude."

— Que cela n'interrompe pas notre conversation, dit Ratcliff. Je vous en prie, colonel, poursuivez vos judicieuses observations : vous disiez, je crois, que les simples gens d'une paisible petite ville française…

Le colonel n'était plus en état de s'arrêter aux ironies du détective ; il regardait tout autour de lui, en grommelant :

— C'est extraordinaire ! Tout à fait extraordinaire…

Syme ajouta :

— Un gêneur dirait même que…

— Que c'est désagréable ! n'est-ce pas ? Mais je pense que ces lumières, au bout de la rue, dans le faubourg, sont celles de la gendarmerie. Nous allons y arriver.

— Non, dit Ratcliff, nous n'y arriverons jamais.

Il s'était levé pour regarder au loin ; il s'assit, en lissant ses cheveux d'un geste las.

— Que voulez-vous dire ? demanda Bull, sèchement.

— J'ai dit et je répète que nous n'atteindrons jamais le poste, répondit le pessimiste placide. Les anarchistes ont déjà placé deux rangs d'hommes armés en travers du chemin ; je les vois d'ici. La ville est en armes, comme je l'avais prévu. Je ne puis que me reposer dans le délicieux sentiment de n'avoir commis aucune erreur de calcul.

And Ratcliffe sat down comfortably in the car and lit a cigarette, but the others rose excitedly and stared down the road.

Syme had slowed down the car as their plans became doubtful, and he brought it finally to a standstill just at the corner of a side street that ran down very steeply to the sea.

The town was mostly in shadow, but the sun had not sunk; wherever its level light could break through, it painted everything a burning gold. Up this side street the last sunset light shone as sharp and narrow as the shaft of artificial light at the theatre. It struck the car of the five friends, and lit it like a burning chariot. But the rest of the street, especially the two ends of it, was in the deepest twilight, and for some seconds they could see nothing. Then Syme, whose eyes were the keenest, broke into a little bitter whistle, and said,

"It is quite true. There is a crowd or an army or some such thing across the end of that street."

"Well, if there is," said Bull impatiently, "it must be something else—a sham fight or the mayor's birthday or something. I cannot and will not believe that plain, jolly people in a place like this walk about with dynamite in their pockets. Get on a bit, Syme, and let us look at them."

Et Ratcliff, s'installant d'une manière confortable, alluma une cigarette, tandis que les autres se levaient précipitamment et sondaient la rue de leurs regards inquiets.

Syme avait peu à peu modéré l'allure de l'auto, dans la mesure où les plans des fugitifs perdaient de leur décision ; il fit halte à l'angle d'une rue qui descendait vers la mer par une pente très rapide.

Presque toute la ville était déjà plongée dans l'ombre, bien que le soleil n'eût pas encore disparu de l'horizon. Tout ce qu'il touchait du bout de ses rayons se colorait d'or ardent, et ces derniers feux du couchant étaient aigus et minces comme des projections de lumière artificielle dans un théâtre. L'auto atteinte par ces clartés, brillait comme un char enflammé. Mais, autour d'elle, et surtout aux extrémités de la rue, tout était déjà dans la nuit. Pendant quelques secondes, les détectives ne purent rien voir. Enfin, Syme, de qui la vue était singulièrement perçante, eut un petit rire amèrement ironique :

— C'est parfaitement vrai, dit-il. Il y a une foule, ou une armée, ou je ne sais quoi d'analogue, au bout de cette rue.

— Dans ce cas, fit le docteur Bull, il s'agit d'autre chose. Cette foule se livre peut-être à quelque réjouissance locale ; par exemple, elle célèbre la fête du maire, ou quelque chose dans ce genre. Je ne puis ni ne veux admettre que les habitants de cette honnête ville se promènent avec de la dynamite dans leurs poches. Avançons un peu, Syme, et voyons de plus près.

The car crawled about a hundred yards farther, and then they were all startled by Dr. Bull breaking into a high crow of laughter.

"Why, you silly mugs!" he cried, "what did I tell you. That crowd's as law-abiding as a cow, and if it weren't, it's on our side."

"How do you know?" asked the professor, staring.

"You blind bat," cried Bull, "don't you see who is leading them?"

They peered again, and then the Colonel, with a catch in his voice, cried out—

"Why, it's Renard!"

There was, indeed, a rank of dim figures running across the road, and they could not be clearly seen; but far enough in front to catch the accident of the evening light was stalking up and down the unmistakable Dr. Renard, in a white hat, stroking his long brown beard, and holding a revolver in his left hand.

"What a fool I've been!" exclaimed the Colonel. "Of course, the dear old boy has turned out to help us."

Dr. Bull was bubbling over with laughter, swinging the sword in his hand as carelessly as a cane. He jumped out of the car and ran across the intervening space, calling out—

L'auto fit une centaine de mètres. Tout à coup, le docteur Bull partit d'un grand éclat de rire qui étonna tout le monde.

— Eh bien ! s'écria-t-il, que vous disais-je, sots que vous êtes ? Ces gens-là sont aussi doux et respectueux des lois que des moutons, et s'ils ne l'étaient pas ils seraient de notre bord.

— Qu'en savez-vous ? demanda le professeur, étonné.

— Chauve-souris aveugle ! s'écria Bull. Voyez donc qui les commande !

Ils regardèrent de tous leurs yeux.

— C'est Renard ! s'écria le colonel d'une voix enrouée.

En effet, un groupe d'hommes, ou plutôt d'ombres, formait au bout de la rue une masse indistincte ; mais, détaché de cette masse et éclairé par la lumière du soir, le docteur Renard faisait les cent pas. C'était lui, c'était bien lui, avec sa barbe brune, qu'il caressait, et son chapeau blanc. Mais, dans sa main gauche, il tenait un revolver.

— Fou que j'étais ! dît joyeusement le colonel, ce brave garçon est venu à notre aide !

Bull étouffait de rire. Tout en brandissant l'une des épées du duel, négligemment, comme il eût fait d'une canne, il sauta à terre en criant :

"Dr. Renard! Dr. Renard!"

An instant after Syme thought his own eyes had gone mad in his head. For the philanthropic Dr. Renard had deliberately raised his revolver and fired twice at Bull, so that the shots rang down the road.

Almost at the same second as the puff of white cloud went up from this atrocious explosion a long puff of white cloud went up also from the cigarette of the cynical Ratcliffe. Like all the rest he turned a little pale, but he smiled.

Dr. Bull, at whom the bullets had been fired, just missing his scalp, stood quite still in the middle of the road without a sign of fear, and then turned very slowly and crawled back to the car, and climbed in with two holes through his hat.

"Well," said the cigarette smoker slowly, "what do you think now?"

"I think," said Dr. Bull with precision, "that I am lying in bed at No. 217 Peabody Buildings, and that I shall soon wake up with a jump; or, if that's not it, I think that I am sitting in a small cushioned cell in Hanwell, and that the doctor can't make much of my case. But if you want to know what I don't think, I'll tell you. I don't think what you think. I don't think, and I never shall think, that the mass of ordinary men are

— Docteur Renard, hé ! docteur Renard !

L'instant d'après, Syme crut que ses yeux étaient devenus fous dans sa tête : le philanthropique docteur Renard avait délibérément braqué son revolver et fait feu sur Bull, par deux fois. La double détonation éveillait tous les échos de la rue.

Au flocon de fumée qui s'élevait de la main du docteur Renard, la cigarette du cynique Ratcliff répondit par un mince nuage bleu. Comme ses compagnons, Ratcliff avait pâli, mais il ne cessait de sourire.

Cible vivante, le docteur Bull, dont les cheveux avaient été frôlés par les balles, resta un instant immobile au milieu de la rue, sans manifester aucune peur, puis, lentement, se retourna et se hissa dans l'auto. Il avait deux trous à son chapeau.

— Eh bien ! dit lentement le fumeur de cigarettes, qu'en pensez-vous, à présent ?

— Je pense, répondit le docteur Bull avec beaucoup de précision, je pense que je suis couché dans mon lit, au numéro 217 de Peabody Buildings, et que je vais bientôt me réveiller en sursaut. Ou bien encore je pense que je suis dans une petite cellule matelassée de Hanwell et que le médecin désespère de mon cas. Mais, si vous voulez savoir ce que je ne pense pas, je vais vous le dire. Je ne pense pas ce que vous pensez. Je ne pense pas et je ne penserai jamais que la multitude des honnêtes gens du commun soit

a pack of dirty modern thinkers. No, sir, I'm a democrat, and I still don't believe that Sunday could convert one average navvy or counter-jumper. No, I may be mad, but humanity isn't."

Syme turned his bright blue eyes on Bull with an earnestness which he did not commonly make clear.

"You are a very fine fellow," he said. "You can believe in a sanity which is not merely your sanity. And you're right enough about humanity, about peasants and people like that jolly old innkeeper. But you're not right about Renard. I suspected him from the first. He's rationalistic, and, what's worse, he's rich. When duty and religion are really destroyed, it will be by the rich."

"They are really destroyed now," said the man with a cigarette, and rose with his hands in his pockets. "The devils are coming on!"

The men in the motor-car looked anxiously in the direction of his dreamy gaze, and they saw that the whole regiment at the end of the road was advancing upon them, Dr. Renard marching furiously in front, his beard flying in the breeze.

The Colonel sprang out of the car with an intolerant exclamation.

composée de sales penseurs modernes. Non, Monsieur, je suis un démocrate, et je ne crois pas que Dimanche puisse convertir un manœuvre ou un saute-ruisseau, non ! Je suis peut-être fou, mais l'humanité n'est pas folle.

Syme tourna vers lui son regard bleu clair, et, avec une gravité insolite :

— Vous êtes un bien brave garçon, dit-il. Votre bon sens croit à celui des autres, qui n'est pas nécessairement le vôtre. Et vous avez raison quand vous parlez ainsi de l'humanité en général, des paysans, par exemple, ou de l'aubergiste du *Soleil d'Or*. Mais vous vous trompez sur le cas de Renard. Je l'ai tout de suite soupçonné. C'est un rationaliste, et, circonstance aggravante, il est riche. Si le sentiment du devoir et la foi religieuse doivent un jour disparaître, ce sera par la faute des riches.

— Le devoir et la religion ont dès maintenant disparu, dit Ratcliff en se levant, les mains dans les poches : voici les diables qui s'avancent.

Ils regardèrent tous, avec inquiétude, dans la direction que désignait le regard rêveur de Ratcliff, et virent que tout le régiment massé au bout de la rue marchait sur eux, le docteur Renard en tête, furieux, la barbe au vent.

Le colonel bondit hors de l'auto :

"Gentlemen," he cried, "the thing is incredible. It must be a practical joke. If you knew Renard as I do—it's like calling Queen Victoria a dynamiter. If you had got the man's character into your head—"

"Dr. Bull," said Syme sardonically, "has at least got it into his hat."

"I tell you it can't be!" cried the Colonel, stamping.

"Renard shall explain it. He shall explain it to me," and he strode forward.

"Don't be in such a hurry," drawled the smoker. "He will very soon explain it to all of us."

But the impatient Colonel was already out of earshot, advancing towards the advancing enemy. The excited Dr. Renard lifted his pistol again, but perceiving his opponent, hesitated, and the Colonel came face to face with him with frantic gestures of remonstrance.

"It is no good," said Syme. "He will never get anything out of that old heathen. I vote we drive bang through the thick of them, bang as the bullets went through Bull's hat. We may all be killed, but we must kill a tidy number of them."

"I won't 'ave it," said Dr. Bull, growing more vulgar in the sincerity of his virtue. "The poor chaps may be making a mistake. Give the Colonel a chance."

— Messieurs ! cria-t-il, cela n'est pas possible, cela n'est pas ! Ce ne peut être qu'une plaisanterie. Si vous connaissiez Renard comme je le connais !... Autant vaudrait dire que la reine Victoria est un dynamitard ! Si vous aviez dans la tête la moindre idée du caractère de cet homme...

— Dans son chapeau, du moins, Bull a quelque idée de ce précieux caractère, dit Syme sardonique.

— Je vous dis que c'est impossible ! répéta le colonel en frappant du pied. Renard s'expliquera ; il m'expliquera tout, à moi.

Et le colonel fit un pas en avant.

— Ne vous pressez pas tant ! murmura Ratcliff. Il nous aura bientôt tout expliqué, à nous tous à la fois.

Mais le bouillant colonel, sans plus rien écouter, marchait à l'ennemi. Renard, dans l'ardeur du combat, leva de nouveau son revolver. Toutefois, en reconnaissant l'homme qu'il avait devant lui, il hésita, et le colonel l'aborda en faisant des gestes de remontrance.

— Il perd son temps, dit Syme, il n'y a rien à espérer de ce vieux païen. Je serais d'avis de foncer à travers cette foule, bang ! comme les balles ont passé à travers le chapeau de Bull. Nous serions probablement tués, mais du moins nous tuerions en retour, bon nombre de ces enragés.

— *Pas d'ça, mon vieux !* fit Bull avec l'accent faubourien où sonnait sincèrement sa vertu démocratique. Peut-être ces pauvres gens font-ils erreur. Laissons parlementer le colonel.

"Shall we go back, then?" asked the Professor.

"No," said Ratcliffe in a cold voice, "the street behind us is held too. In fact, I seem to see there another friend of yours, Syme."

Syme spun round smartly, and stared backwards at the track which they had travelled. He saw an irregular body of horsemen gathering and galloping towards them in the gloom. He saw above the foremost saddle the silver gleam of a sword, and then as it grew nearer the silver gleam of an old man's hair. The next moment, with shattering violence, he had swung the motor round and sent it dashing down the steep side street to the sea, like a man that desired only to die.

"What the devil is up?" cried the Professor, seizing his arm.

"The morning star has fallen!" said Syme, as his own car went down the darkness like a falling star.

The others did not understand his words, but when they looked back at the street above they saw the hostile cavalry coming round the corner and down the slopes after them; and foremost of all rode the good innkeeper, flushed with the fiery innocence of the evening light.

"The world is insane!" said the Professor, and buried his face in his hands.

"No," said Dr. Bull in adamantine humility, "it is I."

— Retournons en arrière, alors, proposa le professeur.

—— Non, dit Ratcliff, froidement : la rue est fermée derrière nous aussi. D'ailleurs, il me semble que j'y aperçois un autre de vos amis, Syme.

Syme retourna vivement l'auto et vit un corps irrégulier de cavaliers qui s'approchaient d'eux dans l'ombre. Au-dessus de la selle du cheval de tête, il aperçut le reflet argenté d'un sabre, et bientôt le reflet argenté des cheveux d'un vieillard. Aussitôt, il remit l'auto en marche en sens inverse, à toute vitesse, dans la direction de la mer. Un homme décidé au suicide n'aurait pas agi autrement.

— Qu'y a-t-il, que diable ? s'écria le professeur en lui saisissant le bras.

— L'étoile du matin est tombée ! dit Syme.

Et l'auto elle-même se précipitait dans la nuit comme une étoile qui tombe.

Les autres, sans comprendre l'énigmatique parole de Syme, regardaient autour d'eux avec désespoir. Mais, en se retournant, ils virent la cavalerie lancée à leur poursuite : en avant galopait le bon aubergiste du *Soleil d'Or*, et son visage flamboyait dans l'innocence des derniers feux du soir.

— Le monde est devenu fou ! gémit le professeur en se cachant la figure dans ses mains.

— Non, protesta Bull avec l'entêtement d'une humilité plus solide que le diamant, c'est moi qui suis fou.

"What are we going to do?" asked the Professor.

"At this moment," said Syme, with a scientific detachment, "I think we are going to smash into a lamppost."

The next instant the automobile had come with a catastrophic jar against an iron object. The instant after that four men had crawled out from under a chaos of metal, and a tall lean lamp-post that had stood up straight on the edge of the marine parade stood out, bent and twisted, like the branch of a broken tree.

"Well, we smashed something," said the Professor, with a faint smile. "That's some comfort."

"You're becoming an anarchist," said Syme, dusting his clothes with his instinct of daintiness.

"Everyone is," said Ratcliffe.

As they spoke, the white-haired horseman and his followers came thundering from above, and almost at the same moment a dark string of men ran shouting along the sea-front.

Syme snatched a sword, and took it in his teeth; he stuck two others under his arm-pits, took a fourth in his left hand and the lantern in his right, and leapt off the high parade on to the beach below.

— Qu'allons-nous faire ? demanda le professeur.

— Pour le moment, répondit Syme du ton précis d'un observateur désintéressé, nous allons cogner un réverbère.

La seconde d'après l'automobile, avec un bruit de catastrophe heurta un objet de fer. L'instant d'après les quatre hommes s'étaient à grand-peine dégagés d'un chaos de métal et au bord de la jetée, un réverbère tordu et courbé ressemblait à la branche d'un arbre brisé.

— Allons, dit le professeur avec un léger sourire, nous avons cassé quelque chose, c'est une consolation.

— Deviendriez-vous anarchiste ? gronda Syme, tout en secouant par un instinct de propreté la poussière de ses habits.

— Tout le monde l'est, affirma Ratcliff.

Cependant, l'aubergiste et son escadron descendaient la rue dans un bruit de tonnerre, tandis qu'une autre troupe poussait des cris et formait la haie, le long de la mer.

Syme saisit une épée entre ses dents, en plaça deux autres sous ses bras, en empoigna de la main gauche une quatrième, et, la lanterne dans la main droite, bondit du quai sur le rivage.

The others leapt after him, with a common acceptance of such decisive action, leaving the debris and the gathering mob above them.

"We have one more chance," said Syme, taking the steel out of his mouth. "Whatever all this pandemonium means, I suppose the police station will help us. We can't get there, for they hold the way. But there's a pier or breakwater runs out into the sea just here, which we could defend longer than anything else, like Horatius and his bridge. We must defend it till the Gendarmerie turn out. Keep after me."

They followed him as he went crunching down the beach, and in a second or two their boots broke not on the sea gravel, but on broad, flat stones. They marched down a long, low jetty, running out in one arm into the dim, boiling sea, and when they came to the end of it they felt that they had come to the end of their story.

They turned and faced the town.

That town was transfigured with uproar.

All along the high parade from which they had just descended was a dark and roaring stream of humanity, with tossing arms and fiery faces, groping and glaring towards them. The long dark line was dotted with torches and lanterns; but even where no flame lit up a furious face, they could see in the farthest figure, in the most shadowy gesture, an organised hate.

Les autres sautèrent derrière lui, se ralliant au parti qu'il prenait et abandonnant à la foule les débris de l'auto.

— Il nous reste une dernière chance, expliqua Syme en ôtant l'épée d'entre ses dents. Quoi que puisse signifier ce pandémonium, je pense que la police nous viendra en aide. La route, il est vrai, nous est fermée, nous ne pouvons atteindre le poste. Mais distinguez-vous ce brise-lames qui entre dans la mer ? Nous pouvons y tenir assez longtemps, comme Horatius Coclès, vous savez, quand il défendait le pont. Tâchons de résister au moins jusqu'à l'arrivée des gendarmes. Suivez-moi !

Ils descendirent, le long du rivage, jusqu'à ce qu'ils sentissent sous leurs pieds, non plus le gravier naturel, mais de larges pavés. Ils suivirent alors une longue et basse jetée qui s'engageait dans la mer bouillonnante, et, quand ils eurent atteint l'extrémité de cette jetée, ils comprirent qu'ils étaient au bout, aussi, de leur histoire.

Ils se retournèrent, face à la ville.

Cette ville ! La révolte l'avait transformée.

Tout le long du quai, c'était un fleuve confus et mugissant d'hommes qui agitaient les bras en dardant vers la mer des yeux ardents. Des torches et des lanternes trouaient, çà et là, cette épaisse ligne sombre. Mais, même sur les figures qu'on ne voyait point, même dans les gestes qu'on pouvait à peine deviner dans le tréfonds des ténèbres, on sentait une haine concertée.

It was clear that they were the accursed of all men, and they knew not why.

Two or three men, looking little and black like monkeys, leapt over the edge as they had done and dropped on to the beach.

These came ploughing down the deep sand, shouting horribly, and strove to wade into the sea at random. The example was followed, and the whole black mass of men began to run and drip over the edge like black treacle.

Foremost among the men on the beach Syme saw the peasant who had driven their cart. He splashed into the surf on a huge cart-horse, and shook his axe at them.

"The peasant!" cried Syme. "They have not risen since the Middle Ages."

"Even if the police do come now," said the Professor mournfully, "they can do nothing with this mob."

"Nonsense!" said Bull desperately; "there must be some people left in the town who are human."

"No," said the hopeless Inspector, "the human being will soon be extinct. We are the last of mankind."

"It may be," said the Professor absently. Then he added in his dreamy voice, "What is all that at the end of the 'Dunciad'?

Il était évident que la malédiction universelle s'acharnait sur eux. Mais pourquoi ?

Deux ou trois hommes sautèrent du quai sur le rivage comme ils avaient fait eux-mêmes. On eût dit des singes tant ils paraissaient petits, tant ils étaient agiles et noirs.

Ils s'engagèrent sur le sable en poussant des cris horribles et tentèrent de gagner à gué la jetée. Leur exemple fut suivi, et toute la masse hurlante se déversa par-dessus le parapet du quai, comme une noire marmelade.

Parmi les premiers arrivants, Syme reconnut le paysan qui avait mis sa charrette à leur disposition. Il s'élançait dans l'écume, monté sur un grand cheval de trait en brandissant sa hache de bûcheron.

— Les paysans ! s'écria Syme : ils ne s'étaient pas révoltés depuis le Moyen Âge !

— Même la police, si elle survenait, ne pourrait rien contre cette foule, dit le professeur tristement.

— Folie ! fit Bull désespéré, il y a sûrement encore des êtres humains dans cette ville !

— Non, dit Ratcliff. Le genre humain va disparaître. Nous en sommes les derniers représentants.

— Peut-être, répondit le professeur, d'un air distrait ; puis il ajouta de sa voix rêveuse : comment est-ce donc, la fin de la *Dunciade ?* Vous rappelez-vous ?...

'Nor public flame; nor private, dares to shine;
Nor human light is left, nor glimpse divine!
Lo! thy dread Empire, Chaos, is restored;
Light dies before thine uncreating word:
Thy hand, great Anarch, lets the curtain fall;
And universal darkness buries all.'"

"Stop!" cried Bull suddenly, "the gendarmes are out."

The low lights of the police station were indeed blotted and broken with hurrying figures, and they heard through the darkness the clash and jingle of a disciplined cavalry.

"They are charging the mob!" cried Bull in ecstacy or alarm.

"No," said Syme, "they are formed along the parade."

"They have unslung their carbines," cried Bull dancing with excitement.

"Yes," said Ratcliffe, "and they are going to fire on us."

As he spoke there came a long crackle of musketry, and bullets seemed to hop like hailstones on the stones in front of them.

"The gendarmes have joined them!" cried the Professor, and struck his forehead.

"Tout s'éteint, le feu de la nation comme celui du citoyen.
Il ne reste ni le flambeau de l'homme ni l'éclair de Dieu.
Vois, ton noir Empire, Chaos, est restauré.
La lumière s'évanouit devant ta parole qui ne crée pas.
Ta main, grand Anarque, laisse tomber le rideau
Et la nuit universelle engloutit tout !"

— Silence ! cria Bull, voici les gendarmes !

En effet, devant les fenêtres éclairées du poste de police défilaient hâtivement des ombres, et, dans la nuit, on entendait le cliquetis d'une cavalerie disciplinée.

— Ils chargent la foule, continuait Bull, fou de joie, ou peut-être de peur.

— Non, dit Syme, les gendarmes se rangent le long du quai.

Bull se mit à danser :

— Ils ont épaulé leurs carabines ! s'écria-t-il.

— Oui, concéda Ratcliff, pour tirer sur nous.

On entendit une décharge de mousqueterie, et les balles grêlèrent sur les pierres de la jetée.

— Les gendarmes sont avec eux ! fit le professeur en se frappant la tête des deux poings.

"I am in the padded cell," said Bull solidly.

There was a long silence, and then Ratcliffe said, looking out over the swollen sea, all a sort of grey purple—

"What does it matter who is mad or who is sane? We shall all be dead soon."

Syme turned to him and said—

"You are quite hopeless, then?"

Mr. Ratcliffe kept a stony silence; then at last he said quietly—

"No; oddly enough I am not quite hopeless. There is one insane little hope that I cannot get out of my mind. The power of this whole planet is against us, yet I cannot help wondering whether this one silly little hope is hopeless yet."

"In what or whom is your hope?" asked Syme with curiosity.

"In a man I never saw," said the other, looking at the leaden sea.

"I know what you mean," said Syme in a low voice, "the man in the dark room. But Sunday must have killed him by now."

"Perhaps," said the other steadily; "but if so, he was the only man whom Sunday found it hard to kill."

— Je suis dans le cabanon des fous furieux, déclara Bull avec résignation.

Tous se turent, Ratcliff considéra la mer gris-violet, et dit :

— Fous ou sages, qu'importe ? Nous serons tous morts tout à l'heure.

— Vous avez donc perdu tout espoir ? lui demanda Syme.

M. Ratcliff observa le silence d'un rocher.

— Non, ce qu'il y a de plus étrange, répondit-il enfin, c'est que je n'ai pas perdu tout espoir. Je sens palpiter en moi un tout petit espoir insensé, que je ne puis chasser de mon esprit. Toutes les puissances de la planète sont coalisées contre nous. Et je ne puis m'empêcher de me demander si cette folle petite espérance est tout à fait déraisonnable.

— En qui ou en quoi espérez-vous ? questionna Syme, curieux.

— En un homme que je n'ai jamais vu, répondit l'autre en se tournant vers la mer de plomb.

— Je sais qui vous voulez dire, répondit Syme à voix basse, l'homme de la chambre obscure. Il y a longtemps que Dimanche l'aura tué !

— Peut-être. En tout cas, c'est le seul homme que Dimanche ait pu avoir quelque peine à tuer.

"I heard what you said," said the Professor, with his back turned. "I also am holding hard on to the thing I never saw."

All of a sudden Syme, who was standing as if blind with introspective thought, swung round and cried out, like a man waking from sleep—

"Where is the Colonel? I thought he was with us!"

"The Colonel! Yes," cried Bull, "where on earth is the Colonel?"

"He went to speak to Renard," said the Professor.

"We cannot leave him among all those beasts," cried Syme. "Let us die like gentlemen if—"

"Do not pity the Colonel," said Ratcliffe, with a pale sneer. "He is extremely comfortable. He is—"

"No! no! no!" cried Syme in a kind of frenzy, "not the Colonel too! I will never believe it!"

"Will you believe your eyes?" asked the other, and pointed to the beach.

Many of their pursuers had waded into the water shaking their fists, but the sea was rough, and they could not reach the pier. Two or three figures, however, stood on the beginning of the stone footway, and seemed to be cautiously advancing down it. The glare of a chance lantern lit up the faces of the two foremost.

— J'ai entendu ce que vous avez dit, intervint le professeur, qui leur tournait le dos ; moi aussi, je crois fermement en ce que je n'ai jamais vu.

Syme qui était là comme aveuglé à force de réfléchir se tourna tout à coup et s'écria brusquement comme un homme subitement réveillé :

— Où est le colonel ? Je le croyais avec nous !

— Le colonel ? répéta Bull. Ah ! oui, où est donc le colonel ?

— Il est parti pour conférer avec Renard, dit le professeur.

— Nous ne pouvons l'abandonner à ces brutes ! dit Syme. Mourons en gens d'honneur, si…

— Ne vous apitoyez pas trop sur le sort du colonel, fit Ratcliff avec un pâle sourire de mépris. Le colonel est tout à fait à son aise, il est…

— Non ! Non ! Et non ! interrompit Syme avec une sorte de fureur. Qui vous voudrez, mais pas le colonel ! Je ne le croirai jamais !

— En croirez-vous vos yeux ? demanda l'autre en montrant le rivage.

Beaucoup de leurs ennemis étaient entrés dans l'eau en serrant les poings. Mais la mer était mauvaise, et ils ne pouvaient atteindre la jetée. Deux ou trois, pourtant, avaient réussi à gagner les marches de pierre et continuaient à s'avancer, prudemment. La lueur d'une lanterne éclaira la figure des deux premiers.

One face wore a black half-mask, and under it the mouth was twisting about in such a madness of nerves that the black tuft of beard wriggled round and round like a restless, living thing. The other was the red face and white moustache of Colonel Ducroix. They were in earnest consultation.

"Yes, he is gone too," said the Professor, and sat down on a stone. "Everything's gone. I'm gone! I can't trust my own bodily machinery. I feel as if my own hand might fly up and strike me."

"When my hand flies up," said Syme, "it will strike somebody else," and he strode along the pier towards the Colonel, the sword in one hand and the lantern in the other.

As if to destroy the last hope or doubt, the Colonel, who saw him coming, pointed his revolver at him and fired. The shot missed Syme, but struck his sword, breaking it short at the hilt. Syme rushed on, and swung the iron lantern above his head.

"Judas before Herod!" he said, and struck the Colonel down upon the stones.

Then he turned to the Secretary, whose frightful mouth was almost foaming now, and held the lamp high with so rigid and arresting a gesture, that the man was, as it were, frozen for a moment, and forced to hear.

L'une portait un masque, au-dessous duquel la bouche se tordait avec une telle frénésie nerveuse que la barbe, agitée par le mouvement de la mâchoire inférieure, se retournait en tous sens, comme quelque chose de vivant et d'inquiet. L'autre avait le visage rouge et la moustache grise — la moustache du colonel Ducroix. Les deux hommes se consultaient gravement.

— Oui, lui aussi a déserté, dit le professeur en s'asseyant sur une pierre. Tout est perdu. Je suis perdu. Je n'ai aucune confiance en ma propre personne. Il se pourrait très bien que ma propre main se levât contre moi pour me frapper.

— Quand ma main se lèvera, déclara Syme, c'est un autre que moi qu'elle frappera.

Et il se dirigea le long de la jetée vers le colonel, une épée dans une main, la lanterne dans l'autre.

Comme pour dissiper les dernières espérances ou les derniers doutes, le colonel, dès qu'il l'aperçut, le mit en joue et fit feu de son revolver. La balle manqua Syme, mais frappa son épée qu'elle brisa près de la garde. Syme s'élança en brandissant la lanterne au-dessus de sa tête.

— Judas avant Hérode ! cria-t-il.

Et il abattit le colonel sur les pierres de la jetée.

Puis il se tourna vers le secrétaire, dont la bouche écumait. Il élevait la lanterne dans un geste si étrangement solennel que l'autre, un instant stupéfié, resta immobile et fut forcé de l'écouter.

"Do you see this lantern?" cried Syme in a terrible voice. "Do you see the cross carved on it, and the flame inside? You did not make it. You did not light it. Better men than you, men who could believe and obey, twisted the entrails of iron and preserved the legend of fire. There is not a street you walk on, there is not a thread you wear, that was not made as this lantern was, by denying your philosophy of dirt and rats. You can make nothing. You can only destroy. You will destroy mankind; you will destroy the world. Let that suffice you. Yet this one old Christian lantern you shall not destroy. It shall go where your empire of apes will never have the wit to find it."

He struck the Secretary once with the lantern so that he staggered; and then, whirling it twice round his head, sent it flying far out to sea, where it flared like a roaring rocket and fell.

"Swords!" shouted Syme, turning his flaming face to the three behind him. "Let us charge these dogs, for our time has come to die."

His three companions came after him sword in hand. Syme's sword was broken, but he rent a bludgeon from the fist of a fisherman, flinging him down. In a moment they would have flung themselves upon the face of the mob and perished, when an interruption came.

— Voyez-vous cette lanterne ? cria Syme d'une voix terrible. Voyez-vous la croix qu'elle porte gravée ? Voyez-vous la lampe qu'elle protège ? Vous n'avez pas forgé cette lanterne ! Vous n'avez pas allumé cette lampe ! Ce sont des hommes meilleurs que vous, ce sont des hommes qui savaient croire et obéir qui ont travaillé les entrailles de ce fer, qui ont préservé la légende du feu. Tout, la rue où vous passez, l'habit que vous portez, tout a été fait comme l'a été cette lanterne, par une négation de votre philosophie de rat et de poussière. Vous ne pouvez rien édifier. Vous ne savez que détruire. Détruisez donc l'humanité, détruisez le monde. Que cela vous suffise ! Vous ne détruirez pas cette vieille lanterne chrétienne ! Elle ira là où votre empire de singes n'aura jamais la malice de la trouver !

Il frappa de la lanterne le secrétaire, qui chancela sous le coup, puis, la faisant tournoyer par deux fois au-dessus de sa tête, il la précipita au loin dans la mer, où elle jeta une dernière lueur comme une fusée et s'engloutit.

— Des épées ! clama Syme en tournant sa face enflammée vers ses trois compagnons : chargeons ces chiens ! L'heure de mourir a sonné !

Les trois compagnons venaient, l'épée au poing. Syme était désarmé ; mais, terrassant un pêcheur, il lui arracha des mains un gourdin, et les quatre détectives allaient s'élancer sur la foule et périr — quand il se fit dans l'action un brusque arrêt.

The Secretary, ever since Syme's speech, had stood with his hand to his stricken head as if dazed; now he suddenly pulled off his black mask.

The pale face thus peeled in the lamplight revealed not so much rage as astonishment. He put up his hand with an anxious authority.

"There is some mistake," he said. "Mr. Syme, I hardly think you understand your position. I arrest you in the name of the law."

"Of the law?" said Syme, and dropped his stick.

"Certainly!" said the Secretary. "I am a detective from Scotland Yard," and he took a small blue card from his pocket.

"And what do you suppose we are?" asked the Professor, and threw up his arms.

"You," said the Secretary stiffly, "are, as I know for a fact, members of the Supreme Anarchist Council. Disguised as one of you, I—"

Dr. Bull tossed his sword into the sea.

"There never was any Supreme Anarchist Council," he said. "We were all a lot of silly policemen looking at each other. And all these nice people who have been peppering us with shot thought we were the dynamiters. I knew I couldn't be wrong about the mob," he said,

Depuis que Syme avait parlé, le secrétaire était resté là, comme ébloui, la tête dans ses mains. Tout à coup, il arracha son masque.

Ainsi exposée à la lueur des réverbères, cette pâle figure révélait moins de rage que d'étonnement.

— Il y a erreur, dit-il. Monsieur Syme, je doute fort que vous vous rendiez compte de votre situation. Au nom de la loi, je vous arrête.

— Au nom de la loi ? répéta Syme, en laissant échapper son gourdin.

— Certainement, répondit le secrétaire ; je suis un détective de Scotland Yard.

Et il tira de sa poche une carte bleue.

— Et que croyez-vous donc que nous soyons, nous ? demanda le professeur en levant les bras au ciel.

— Vous, dit le secrétaire d'un ton glacial, vous êtes, je le sais pertinemment, membres du Conseil suprême des anarchistes. Déguisé comme l'un de vous, j'ai...

Le docteur Bull lança son épée dans la mer.

— Il n'y a jamais eu de Conseil suprême des anarchistes, dit-il. Nous sommes tous de stupides *policemen* qui perdions notre temps à nous espionner les uns les autres. Et tous ces braves gens, qui nous tiraient dessus, nous prenaient pour des dynamiteurs !Je savais bien que je ne me trompais pas, au sujet de la foule, ajouta-t-il

beaming over the enormous multitude, which stretched away to the distance on both sides. "Vulgar people are never mad. I'm vulgar myself, and I know. I am now going on shore to stand a drink to everybody here."

en jetant sur l'énorme multitude qui s'agitait au loin un regard rayonnant : les gens du vulgaire ne sont jamais fous. J'en sais quelque chose, car moi-même j'en suis, du vulgaire ! Maintenant, allons à terre. Je paye à boire à tout le monde !

13

The pursuit of the President

Next morning five bewildered but hilarious people took the boat for Dover.

The poor old Colonel might have had some cause to complain, having been first forced to fight for two factions that didn't exist, and then knocked down with an iron lantern. But he was a magnanimous old gentleman, and being much relieved that neither party had anything to do with dynamite, he saw them off on the pier with great geniality.

The five reconciled detectives had a hundred details to explain to each other.

The Secretary had to tell Syme how they had come to wear masks originally in order to approach the supposed enemy as fellow-conspirators. Syme had to explain how they had fled with such swiftness through a civilised country.

13
À la poursuite du président

Le lendemain matin, cinq personnes, encore un peu étonnées, mais joyeuses, prenaient le bateau de Douvres.

Le pauvre vieux colonel aurait eu quelque raison de se plaindre, ayant dû se battre successivement pour deux partis qui n'existaient pas, puis ayant été assommé d'un rude coup de lanterne de fer. Mais c'était un vieillard magnanime. Content de savoir que ni les uns ni les autres ne jouaient de la dynamite, il accompagna les voyageurs jusqu'au quai et manifesta une fort bonne humeur.

Les cinq détectives réconciliés avaient une foule de détails à se communiquer.

Le secrétaire dut expliquer pourquoi ils s'étaient affublés de masques afin de pouvoir atteindre l'ennemi sous les dehors de conspirateurs. Syme dut expliquer pourquoi lui et ses amis avaient pris la fuite avec une telle célérité à travers un pays civilisé.

But above all these matters of detail which could be explained, rose the central mountain of the matter that they could not explain. What did it all mean? If they were all harmless officers, what was Sunday? If he had not seized the world, what on earth had he been up to?

Inspector Ratcliffe was still gloomy about this.

"I can't make head or tail of old Sunday's little game any more than you can," he said. "But whatever else Sunday is, he isn't a blameless citizen. Damn it! do you remember his face?"

"I grant you," answered Syme, "that I have never been able to forget it."

"Well," said the Secretary, "I suppose we can find out soon, for tomorrow we have our next general meeting. You will excuse me," he said, with a rather ghastly smile, "for being well acquainted with my secretarial duties."

"I suppose you are right," said the Professor reflectively. "I suppose we might find it out from him; but I confess that I should feel a bit afraid of asking Sunday who he really is."

"Why," asked the Secretary, "for fear of bombs?"

"No," said the Professor, "for fear he might tell me."

"Let us have some drinks," said Dr. Bull, after a silence.

Mais tous ces menus faits, tous ces petits mystères, dont maintenant ils avaient le mot, étaient dominés par la masse énorme de la seule énigme qui restât insoluble. Que signifiait tout cela, en effet ? S'ils étaient tous d'inoffensifs policiers, qu'était-ce que Dimanche ? S'il ne s'était pas emparé du monde, qu'avait-il donc fait ?

À ce sujet, l'inspecteur Ratcliff persistait dans de sombres doutes.

— Comme vous, dit-il, je ne comprends rien au petit jeu de Dimanche. Mais, quoi qu'il en soit, ce gaillard-là n'est pas un citoyen sans reproche. Eh ! bon Dieu, rappelez-vous donc sa figure !

— J'avoue, opina Syme, qu'elle est inoubliable.

— Nous serons renseignés bientôt, dit le secrétaire, puisque demain doit avoir lieu notre grande réunion. Excusez-moi, ajouta-t-il en grimaçant son sourire effrayant, de rester fidèle à mes devoirs de secrétaire.

Le professeur réfléchissait.

— Peut-être avez-vous raison, dit-il, peut-être nous dira-t-il tout. Mais je n'aurais pas le courage de l'interroger, de lui demander qui il est.

— Est-ce de la bombe que vous avez peur ? demanda le secrétaire.

— Non. J'ai simplement peur… qu'il ne me réponde.

— Allons boire quelque chose, proposa le docteur Bull après un silence.

Throughout their whole journey by boat and train they were highly convivial, but they instinctively kept together. Dr. Bull, who had always been the optimist of the party, endeavoured to persuade the other four that the whole company could take the same hansom cab from Victoria; but this was over-ruled, and they went in a four-wheeler, with Dr. Bull on the box, singing.

They finished their journey at an hotel in Piccadilly Circus, so as to be close to the early breakfast next morning in Leicester Square.

Yet even then the adventures of the day were not entirely over. Dr. Bull, discontented with the general proposal to go to bed, had strolled out of the hotel at about eleven to see and taste some of the beauties of London. Twenty minutes afterwards, however, he came back and made quite a clamour in the hall. Syme, who tried at first to soothe him, was forced at last to listen to his communication with quite new attention.

"I tell you I've seen him!" said Dr. Bull, with thick emphasis.

"Whom?" asked Syme quickly. "Not the President?"

"Not so bad as that," said Dr. Bull, with unnecessary laughter, "not so bad as that. I've got him here."

"Got whom here?" asked Syme impatiently.

Pendant tout le voyage, dans le train comme sur le bateau, ils furent très bavards et burent considérablement. Un instinct les tenait réunis. Le docteur Bull, qui avait constamment été l'optimiste de la bande, émit l'idée de monter tous dans le même cab, à Victoria, idée qui ne rallia pas la majorité. On prit une voiture à quatre roues. Bull était assis à côté du cocher et chantait.

Cette journée du retour s'acheva dans un hôtel de Piccadilly Circus : ainsi, les cinq membres du Conseil seraient prêts, le lendemain matin, pour le déjeuner de Leicester Square.

Mais, même arrivés à l'hôtel, ils n'étaient pas encore au terme de leurs aventures.

Bull, mécontent du parti que ses amis avaient pris d'aller se coucher sans plus attendre, était sorti de l'hôtel, vers onze heures, pour voir et goûter quelques-unes des beautés de Londres. Vingt minutes après, il rentrait et faisait un vacarme de tous les diables dans le vestibule. Syme essaya de le calmer, mais ne put s'empêcher d'écouter avec beaucoup d'attention ce qu'il prétendait avoir à dire :

— Je vous affirme que je l'ai vu ! répétait Bull avec une lourde énergie.

— Qui ? demanda Syme, le président ?

— C'est moins grave que cela, répondit Bull avec un rire dont il aurait pu se dispenser, c'est moins grave que cela : je l'ai vu et je l'ai amené ici.

— Mais qui donc ? demanda Syme, impatient.

"Hairy man," said the other lucidly, "man that used to be hairy man—Gogol. Here he is," and he pulled forward by a reluctant elbow the identical young man who five days before had marched out of the Council with thin red hair and a pale face, the first of all the sham anarchists who had been exposed.

"Why do you worry with me?" he cried. "You have expelled me as a spy."

"We are all spies!" whispered Syme.

"We're all spies!" shouted Dr. Bull. "Come and have a drink."

Next morning the battalion of the reunited six marched stolidly towards the hotel in Leicester Square.

"This is more cheerful," said Dr. Bull; "we are six men going to ask one man what he means."

"I think it is a bit queerer than that," said Syme. "I think it is six men going to ask one man what they mean."

They turned in silence into the Square, and though the hotel was in the opposite corner, they saw at once the little balcony and a figure that looked too big for it. He was sitting alone with bent head, poring over a newspaper.

— L'homme chevelu, répondit l'autre, lucide, ou, du moins, l'homme qui était chevelu, Gogol ! Le voici.

Et Bull tirait par le bras un jeune homme qui faisait de vains efforts pour se dérober à l'étreinte du solide petit docteur. C'était bien le même blondin au visage pâle qui, cinq jours auparavant, avait été expulsé du Conseil, le premier démasqué de tous ces prétendus anarchistes.

— Que me voulez-vous ? criait-il. Ne m'avez-vous pas chassé ? Ne suis-je pas un espion ?

— Nous sommes tous des espions, lui dit à demi-voix Syme.

— Nous sommes tous des espions ! hurla Bull. Allons boire !

Le lendemain, les six détectives se dirigèrent du même pas vers l'hôtel de Leicester Square.

— Ça va bien ! dit Bull. Nous sommes six, et nous allons demander à un seul homme ce qu'il veut.

— Notre situation n'est pas aussi simple que cela, corrigea Syme : nous sommes six qui allons demander à un seul homme ce que nous voulons nous-mêmes.

Ils entrèrent en silence dans le square, et, bien que l'hôtel se trouvât à l'extrémité opposée, ils virent tout de suite sur le petit balcon un homme d'une stature disproportionnée. Il était assis, la tête penchée sur un journal.

But all his councillors, who had come to vote him down, crossed that Square as if they were watched out of heaven by a hundred eyes.

They had disputed much upon their policy, about whether they should leave the unmasked Gogol without and begin diplomatically, or whether they should bring him in and blow up the gunpowder at once. The influence of Syme and Bull prevailed for the latter course, though the Secretary to the last asked them why they attacked Sunday so rashly.

"My reason is quite simple," said Syme. "I attack him rashly because I am afraid of him."

They followed Syme up the dark stair in silence, and they all came out simultaneously into the broad sunlight of the morning and the broad sunlight of Sunday's smile.

"Delightful!" he said. "So pleased to see you all. What an exquisite day it is. Is the Czar dead?"

The Secretary, who happened to be foremost, drew himself together for a dignified outburst.

"No, sir," he said sternly "there has been no massacre. I bring you news of no such disgusting spectacles."

"Disgusting spectacles?" repeated the President, with a bright, inquiring smile. "You mean Dr. Bull's spectacles?"

Ces six hommes, venus dans l'intention d'en écraser un seul sous le poids de leur majorité, traversèrent le square sans mot dire, comme s'ils eussent senti que, du haut du ciel, cent yeux les épiaient.

Ils avaient beaucoup discuté sur la conduite à tenir. Fallait-il laisser Gogol dehors et commencer diplomatiquement ? Valait-il mieux l'introduire et mettre le feu aux poudres aussitôt ? Syme et Bull tenaient pour ce dernier parti et l'emportèrent, malgré cette observation du secrétaire :

— Pourquoi attaquer Dimanche si témérairement ?

— C'est bien simple, avait répondu Syme, je l'attaque témérairement parce que j'ai peur de lui.

Ils suivirent Syme en silence par l'escalier obscur, et tous simultanément émergèrent au grand soleil du malin et au grand soleil du sourire de Dimanche.

— Charmé, dit le président, charmé de vous voir tous réunis ! Quelle belle journée ! Le Tsar est-il mort ?

Le secrétaire, qui se trouvait être le plus voisin de Dimanche, répondit avec une extrême dignité et encore plus de sévérité :

— Non, Monsieur. Il n'y a pas eu de sang. Je n'ai pas à vous décrire le spectacle révoltant de…

— Spectacle révoltant ? répéta le président sur un ton interrogatif. Peut-être voulez-vous parler du spectacle que nous offre le docteur Bull, avec ses lunettes ?

The Secretary choked for a moment, and the President went on with a sort of smooth appeal—

"Of course, we all have our opinions and even our eyes, but really to call them disgusting before the man himself—"

Dr. Bull tore off his spectacles and broke them on the table.

"My spectacles are blackguardly," he said, "but I'm not. Look at my face."

"I dare say it's the sort of face that grows on one," said the President, "in fact, it grows on you; and who am I to quarrel with the wild fruits upon the Tree of Life? I dare say it will grow on me some day."

"We have no time for tomfoolery," said the Secretary, breaking in savagely. "We have come to know what all this means. Who are you? What are you? Why did you get us all here? Do you know who and what we are? Are you a half-witted man playing the conspirator, or are you a clever man playing the fool? Answer me, I tell you."

"Candidates," murmured Sunday, "are only required to answer eight out of the seventeen questions on the paper. As far as I can make out, you want me to tell you what I am, and what you are, and what this table is, and what this Council is, and what this world is for all I know.

Le secrétaire resta muet, interloqué. Le président poursuivit, et son intonation invitait à l'indulgence :

— Je sais bien que chacun a sa manière de voir, et aussi ses yeux. Mais traiter de révoltant le spectacle que nous offre l'aspect d'un homme, et cela en présence de cet homme même !…

Le docteur Bull enleva ses lunettes et les brisa sur la table.

— Mes lunettes sont des coquines ! s'écria-t-il, mais je ne suis pas un coquin ! Regardez-moi, plutôt !

— Eh bien, vous avez la figure que la nature vous a donnée, dit le président. Oui, comment reprocherais-je à la nature les fruits qu'elle fait mûrir sur l'arbre de la vie ? Peut-être aurai-je moi-même, un jour, votre figure…

— Le moment n'est pas à la plaisanterie ! interrompit le secrétaire, furieux. Nous sommes ici pour savoir ce que tout cela signifie. Qui êtes-vous ? Et que faites-vous ? Pourquoi nous avez-vous réunis ? Savez-vous qui nous sommes ? Êtes-vous un imbécile qui joue au conspirateur, ou un homme d'esprit qui s'amuse ? Je vous conseille de me répondre !

— Les candidats, dans les examens, susurra le président, n'ont l'obligation de répondre qu'à huit questions sur dix-sept. À ce qu'il me semble, vous prétendez que je vous dise qui je suis, qui vous êtes, ce que c'est que cette table et ce que c'est que le Conseil suprême, et peut-être aussi quelle est la fin de l'univers.

Well, I will go so far as to rend the veil of one mystery. If you want to know what you are, you are a set of highly well-intentioned young jackasses."

"And you," said Syme, leaning forward, "what are you?"

"I? What am I?" roared the President, and he rose slowly to an incredible height, like some enormous wave about to arch above them and break. "You want to know what I am, do you? Bull, you are a man of science. Grub in the roots of those trees and find out the truth about them. Syme, you are a poet. Stare at those morning clouds. But I tell you this, that you will have found out the truth of the last tree and the top-most cloud before the truth about me. You will understand the sea, and I shall be still a riddle; you shall know what the stars are, and not know what I am. Since the beginning of the world all men have hunted me like a wolf—kings and sages, and poets and lawgivers, all the churches, and all the philosophies. But I have never been caught yet, and the skies will fall in the time I turn to bay. I have given them a good run for their money, and I will now."

Before one of them could move, the monstrous man had swung himself like some huge orang-utang over the balustrade of the balcony. Yet before he dropped

Eh bien ! j'irai jusqu'à violer un de ces mystères, un seul. Puisque vous désirez savoir qui vous êtes, je vais vous le dire : apprenez que vous êtes une bande de jeunes singes animés des meilleures intentions.

— Et vous ? interrogea Syme en se penchant vers lui, et vous, qui êtes-vous ?

— Moi ! Qui je suis ? hurla Dimanche, et il s'élevait progressivement à une hauteur vertigineuse, comme une vague qui va, en se brisant, tout engloutir autour d'elle. Vous voulez savoir qui je suis ? continua-t-il. Bull, vous êtes un homme de science : étudiez ces arbres dans leurs racines et cherchez-en l'origine cachée. Syme, vous êtes poète : regardez ces nuages du matin, et tâchez donc de me dire la vérité sur les nuages du matin. Mais, je vous en préviens tous : vous aurez trouvé la vérité de l'arbre et la vérité du nuage que vous serez loin encore de ma vérité. Vous aurez compris la mer, que je resterai une énigme ; vous saurez ce que sont les étoiles, et vous ne saurez pas qui je suis. Depuis le commencement du monde, tous les hommes m'ont pourchassé, comme un loup, tous, les rois et les sages, les poètes et les législateurs, toutes les églises et toutes les philosophies. Jamais, jusqu'à cette heure, on ne m'a pris. Les cieux s'effondreront quand je serai aux abois. Je les ai tous fait joliment courir ! Ah ! ils en ont pour leur argent !… Et je vais continuer.

Avant qu'aucun d'eux eût fait un geste, le monstrueux personnage, comme un orang-outan gigantesque, avait enjambé la balustrade du balcon. Mais, avant de se laisser

he pulled himself up again as on a horizontal bar, and thrusting his great chin over the edge of the balcony, said solemnly—

"There's one thing I'll tell you though about who I am. I am the man in the dark room, who made you all policemen."

With that he fell from the balcony, bouncing on the stones below like a great ball of india-rubber, and went bounding off towards the corner of the Alhambra, where he hailed a hansom-cab and sprang inside it.

The six detectives had been standing thunderstruck and livid in the light of his last assertion; but when he disappeared into the cab, Syme's practical senses returned to him, and leaping over the balcony so recklessly as almost to break his legs, he called another cab.

He and Bull sprang into the cab together, the Professor and the Inspector into another, while the Secretary and the late Gogol scrambled into a third just in time to pursue the flying Syme, who was pursuing the flying President.

Sunday led them a wild chase towards the north-west, his cabman, evidently under the influence of more than common inducements, urging the horse at breakneck speed.

choir dans le vide, il se redressa à la force des poignets, et, dressant son menton au niveau de la balustrade, il dit, avec solennité :

— Il est une chose, pourtant, que je veux vous apprendre : c'est moi qui étais dans la chambre obscure, c'est moi qui vous ai fait entrer dans la police.

Là-dessus, il se laissa tomber et rebondit sur le pavé comme un ballon en caoutchouc. D'un pas élastique, il gagna le coin de l'Alhambra, héla un cab et y prit place.

Les six détectives restaient là, livides, comme frappés de la foudre à la suite de cette révélation. Mais, le premier, Syme reprit ses sens et son esprit pratique. Au risque de se briser bras et jambes, il bondit du haut du balcon et, à son tour, appela un cab.

Bull le rejoignit juste à temps pour sauter avec lui dans la voiture. Wilks et Ratcliff en prirent une autre ; le secrétaire et Gogol, une troisième. Et la troisième suivit la seconde, qui suivit la première, qui poursuivait, vite comme le vent, celle, non moins rapide, de Dimanche.

Ce fut une course folle vers le nord-ouest de Londres. Le cocher de Dimanche, évidemment sous l'influence d'un impérial pourboire, poussait ses chevaux à une allure de casse-cou.

But Syme was in no mood for delicacies, and he stood up in his own cab shouting, "Stop thief!" until crowds ran along beside his cab, and policemen began to stop and ask questions.

All this had its influence upon the President's cabman, who began to look dubious, and to slow down to a trot. He opened the trap to talk reasonably to his fare, and in so doing let the long whip droop over the front of the cab. Sunday leant forward, seized it, and jerked it violently out of the man's hand. Then standing up in front of the cab himself, he lashed the horse and roared aloud, so that they went down the streets like a flying storm. Through street after street and square after square went whirling this preposterous vehicle, in which the fare was urging the horse and the driver trying desperately to stop it.

The other three cabs came after it (if the phrase be permissible of a cab) like panting hounds. Shops and streets shot by like rattling arrows.

At the highest ecstacy of speed, Sunday turned round on the splashboard where he stood, and sticking his great grinning head out of the cab, with white hair whistling in the wind, he made a horrible face at his pursuers, like some colossal urchin. Then raising his right hand swiftly, he flung a ball of paper in Syme's face and vanished. Syme caught the thing while instinctively warding it off, and discovered that it consisted of two crumpled papers.

Mais Syme, qui n'était pas en ce moment d'humeur à raffiner, se leva dans son cab et se mit à crier :

— Au voleur !

Si bien que des groupes commencèrent à se former, puis à suivre les voitures à toutes jambes, tandis que les *policemen* s'informaient.

Cela ne fut pas sans produire sur le cocher du président un certain effet. Hésitant, il retint ses chevaux, puis, ouvrant le guichet, tenta de parlementer avec son client. Mais celui-ci s'empara du fouet, que le cocher, en se penchant en arrière, laissait pendre sur le devant du cab, et l'on vit Dimanche se dresser et fouetter les chevaux en poussant des cris qui les effrayèrent, si bien que le cab se mit à filer à une vitesse folle, de rue en rue. Et sans répit Dimanche excitait les chevaux que le cocher s'efforçait de retenir.

Les trois autres cabs suivaient, si l'on peut dire, comme des chiens courants.

Au moment le plus vertigineux de cette vertigineuse course, Dimanche se retourna. Debout sur le marchepied, la tête hors du cab, ses cheveux blancs éparpillés au vent, il fit à ses anciens conseillers une épouvantable grimace, la grimace de quelque gamin colossal. Puis, levant la main, il jeta à la figure de Syme une boulette de papier et disparut. Syme, ayant eu un mouvement instinctif pour éviter de recevoir la boulette dans la figure, la reçut dans ses mains.

One was addressed to himself, and the other to Dr. Bull, with a very long, and it is to be feared partly ironical, string of letters after his name. Dr. Bull's address was, at any rate, considerably longer than his communication, for the communication consisted entirely of the words:—

"What about Martin Tupper now?"

"What does the old maniac mean?" asked Bull, staring at the words. "What does yours say, Syme?"

Syme's message was, at any rate, longer, and ran as follows:—

"No one would regret anything in the nature of an interference by the Archdeacon more than I. I trust it will not come to that. But, for the last time, where are your goloshes? The thing is too bad, especially after what uncle said."

The President's cabman seemed to be regaining some control over his horse, and the pursuers gained a little as they swept round into the Edgware Road. And here there occurred what seemed to the allies a providential stoppage. Traffic of every kind was swerving to right or left or stopping, for down the long road was coming the unmistakable roar announcing the fire-engine, which in a few seconds went by like a brazen thunderbolt.

Elle se composait de deux petites feuilles froissées et roulées entre les doigts ; sur l'une Syme lut son propre nom, et sur l'autre le nom du docteur Bull, suivi de titres ironiquement honorifiques. L'adresse du docteur, en tout cas, était beaucoup plus longue que la missive elle-même, qui se bornait à ceci :

« *Qu'advient-il de Martin Tupper, maintenant ?* »

— Que veut dire ce vieil original ? demanda Bull et que vous dit-il, à vous, Syme ?

La lettre adressée à Syme était plus longue :

« *Personne plus que moi ne regretterait l'intervention de l'archidiacre. J'espère que les choses n'en arriveront pas là. Mais, pour la dernière fois, où sont vos galoches ? C'est impardonnable, à la fin, surtout après ce que l'oncle a dit !* »

Le cocher du président semblait recouvrer quelque empire sur ses chevaux ; leur allure se modérait, et, dans Edgware Road, les détectives gagnaient de l'avance, quand se produisit une circonstance qui, d'abord, leur parut providentielle. La circulation fut interrompue à cause d'une pompe à incendie qu'on entendait mugir et qui bientôt fut là, dans un bruit de tonnerre.

But quick as it went by, Sunday had bounded out of his cab, sprung at the fire-engine, caught it, slung himself on to it, and was seen as he disappeared in the noisy distance talking to the astonished fireman with explanatory gestures.

"After him!" howled Syme. "He can't go astray now. There's no mistaking a fire-engine."

The three cabmen, who had been stunned for a moment, whipped up their horses and slightly decreased the distance between themselves and their disappearing prey.

The President acknowledged this proximity by coming to the back of the car, bowing repeatedly, kissing his hand, and finally flinging a neatly-folded note into the bosom of Inspector Ratcliffe. When that gentleman opened it, not without impatience, he found it contained the words:—

"Fly at once. The truth about your trouser-stretchers is known.

—A FRIEND."

The fire-engine had struck still farther to the north, into a region that they did not recognise; and as it ran by a line of high railings shadowed with trees, the six friends were startled, but somewhat relieved, to see the

Mais, d'un bond, Dimanche s'enleva du cab et sauta sur la pompe, qui l'emporta : dans le lointain tumultueux, on le vit qui discutait avec les pompiers étonnés, en prodiguant les gestes explicatifs.

— Suivons toujours ! s'écria Syme : pas moyen qu'il nous échappe, à présent ! On ne peut perdre de vue une pompe à incendie.

Les trois cochers, un moment abasourdis, fouettèrent leurs chevaux, et peu à peu la distance diminua qui séparait les chasseurs de leur proie.

Le président, pour manifester combien il était sensible à tant d'empressement, parut à l'arrière de la pompe à incendie, salua les détectives à plusieurs reprises et leur envoya des baise-mains. Finalement, il jeta dans le sein de l'inspecteur Ratcliff un petit papier soigneusement plié. Ratcliff l'ouvrit, non sans impatience, et y lut ceci :

« *Fuyez à l'instant. On sait toute la vérité sur vos bretelles à ressort.*

Un ami. »

La pompe à incendie s'était dirigée vers le nord et s'engageait dans un quartier que les détectives ne reconnaissaient pas. Ils furent surpris à la fois et un peu tranquillisés en voyant

President leap from the fire-engine, though whether through another whim or the increasing protest of his entertainers they could not see. Before the three cabs, however, could reach up to the spot, he had gone up the high railings like a huge grey cat, tossed himself over, and vanished in a darkness of leaves.

Syme with a furious gesture stopped his cab, jumped out, and sprang also to the escalade. When he had one leg over the fence and his friends were following, he turned a face on them which shone quite pale in the shadow.

"What place can this be?" he asked. "Can it be the old devil's house? I've heard he has a house in North London."

"All the better," said the Secretary grimly, planting a foot in a foothold, "we shall find him at home."

"No, but it isn't that," said Syme, knitting his brows. "I hear the most horrible noises, like devils laughing and sneezing and blowing their devilish noses!"

"His dogs barking, of course," said the Secretary.

"Why not say his black-beetles barking!" said Syme furiously, "snails barking! geraniums barking! Did you ever hear a dog bark like that?"

le président sauter à terre au moment où la pompe passait le long d'un haut grillage ombragé par les arbres. On ne pouvait savoir si Dimanche obéissait à une fantaisie nouvelle ou aux objurgations de plus en plus énergiques de ses hôtes involontaires. Mais, avant que les trois cabs eussent atteint l'endroit où il était descendu, il avait escaladé la grille comme un énorme chat et disparu dans l'ombre du feuillage.

Syme arrêta son cab, d'un geste furieux sauta à terre et à son tour escalada la grille. Déjà il allait la franchir et ses amis allaient le suivre, quand il tourna vers eux une figure étrangement pâle dans la demi-obscurité.

— Où pouvons-nous bien être ? demanda-t-il. Serait-ce ici la maison du vieux diable ? On m'a dit qu'il en possédait une quelque part dans le nord de Londres.

— Tant mieux ! gronda le secrétaire en commençant l'ascension de la grille, tant mieux, nous le trouverons chez lui.

— Non, ce n'est pas cela, dit Syme en fronçant les sourcils. J'entends des bruits épouvantables, comme des diables qui riraient, qui éternueraient ou qui moucheraient leurs diaboliques nez.

— Ses chiens qui aboient, tout simplement-dit le secrétaire.

— Pourquoi pas ses scarabées qui aboient ! fit Syme avec colère, ou ses limaces, ou ses géraniums qui aboient ! Avez-vous jamais entendu des chiens aboyer de la sorte ?

He held up his hand, and there came out of the thicket a long growling roar that seemed to get under the skin and freeze the flesh—a low thrilling roar that made a throbbing in the air all about them.

"The dogs of Sunday would be no ordinary dogs," said Gogol, and shuddered.

Syme had jumped down on the other side, but he still stood listening impatiently.

"Well, listen to that," he said, "is that a dog—anybody's dog?"

There broke upon their ear a hoarse screaming as of things protesting and clamouring in sudden pain; and then, far off like an echo, what sounded like a long nasal trumpet.

"Well, his house ought to be hell!" said the Secretary; "and if it is hell, I'm going in!"

And he sprang over the tall railings almost with one swing.

The others followed. They broke through a tangle of plants and shrubs, and came out on an open path. Nothing was in sight, but Dr. Bull suddenly struck his hands together.

"Why, you asses," he cried, "it's the Zoo!"

Il éleva la main pour commander le silence. Du fourré retentissait un hurlement lent, nasal, qui semblait se glisser sous la peau, qui donnait la chair de poule, un long hurlement qui faisait vibrer l'air indéfiniment.

— Les chiens de Dimanche ne sont pas des chiens ordinaires, dit Gogol en frémissant.

Syme avait sauté de l'autre côté de la grille.

— Écoutez ! fit-il après avoir lui-même prêté l'oreille, sont-ce là des chiens ?

Un cri étouffé à demi, douloureux comme d'une bête qui proteste contre une douleur soudaine, puis, un long mugissement de trompe.

— Il est tout naturel que sa maison soit infernale, dit le secrétaire ; mais, quand ce serait l'enfer lui-même, j'y vais !

Et il franchit la grille presque d'un élan.

Les autres le suivirent. Ils traversèrent le fourré touffu et parvinrent dans une allée. On ne voyait rien.

— Sots ! triples sots ! fit soudain le docteur Bull en battant des mains. Mais, c'est le jardin zoologique.

As they were looking round wildly for any trace of their wild quarry, a keeper in uniform came running along the path with a man in plain clothes.

"Has it come this way?" gasped the keeper.

"Has what?" asked Syme.

"The elephant!" cried the keeper. "An elephant has gone mad and run away!"

"He has run away with an old gentleman," said the other stranger breathlessly, "a poor old gentleman with white hair!"

"What sort of old gentleman?" asked Syme, with great curiosity.

"A very large and fat old gentleman in light grey clothes," said the keeper eagerly.

"Well," said Syme, "if he's that particular kind of old gentleman, if you're quite sure that he's a large and fat old gentleman in grey clothes, you may take my word for it that the elephant has not run away with him. He has run away with the elephant. The elephant is not made by God that could run away with him if he did not consent to the elopement. And, by thunder, there he is!"

Comme ils regardaient de tous côtés, cherchant leur proie fugitive, un gardien en uniforme, accompagné d'un civil, survint au pas de course.

— A-t-il passé par ici ? demanda le gardien, essoufflé.

— Qui ? qui ? interrogea Syme.

— L'éléphant ! lui répondit le gardien. Un de nos éléphants a pris le mors aux dents et s'est évadé !

— Il a emporté un vieux monsieur, ajouta l'autre, hors d'haleine, un pauvre vieux monsieur aux cheveux blancs.

— Quelle espèce de vieux monsieur ? demanda Syme, très intrigué.

— Un très gros et gras vieux monsieur, habillé de gris, répondit le gardien.

— Eh bien ! si tel est votre vieux monsieur, si vous êtes certains qu'il est très gros, qu'il est très gras et qu'il porte des vêtements gris, croyez-moi, ce n'est pas l'éléphant qui l'a emporté ! C'est lui qui a emporté l'éléphant ! Il n'y a pas d'éléphant capable d'enlever ce vieux monsieur-là, s'il ne consent pas à l'enlèvement !... Et, par le tonnerre ! le voici !

There was no doubt about it this time. Clean across the space of grass, about two hundred yards away, with a crowd screaming and scampering vainly at his heels, went a huge grey elephant at an awful stride, with his trunk thrown out as rigid as a ship's bowsprit, and trumpeting like the trumpet of doom. On the back of the bellowing and plunging animal sat President Sunday with all the placidity of a sultan, but goading the animal to a furious speed with some sharp object in his hand.

"Stop him!" screamed the populace. "He'll be out of the gate!"

"Stop a landslide!" said the keeper. "He is out of the gate!"

And even as he spoke, a final crash and roar of terror announced that the great grey elephant had broken out of the gates of the Zoological Gardens, and was careening down Albany Street like a new and swift sort of omnibus.

"Great Lord!" cried Bull, "I never knew an elephant could go so fast. Well, it must be hansom-cabs again if we are to keep him in sight."

As they raced along to the gate out of which the elephant had vanished, Syme felt a glaring panorama of the strange animals in the cages which they passed. Afterwards he thought it queer that he should have seen them so clearly. He remembered especially seeing

Pas de doute possible, en effet. À deux cents pas de là, à travers la pelouse, toute une foule bruyante et gesticulante à ses talons, un énorme éléphant gris passait à grandes enjambées, le corps aussi rigide que la carène d'un vaisseau, et barrissant comme la trompette du Jugement. Sur le dos de l'animal, le président Dimanche siégeait, plus calme que le sultan sur son trône. Au moyen de quelque objet tranchant, il aiguillonnait sa monture, et la poussait méthodiquement à une furieuse allure.

— Arrêtez-le ! criait la foule. Il va sortir du jardin !

— Arrêtez le déserteur ! vociféra le gardien. Il est sorti du jardin !

Trop tard ! Un écroulement définitif et de furieuses clameurs annoncèrent que le grand éléphant gris venait de se faire un passage à travers les grilles du jardin zoologique : il filait maintenant par Albany Street, tel un omnibus d'une vitesse et d'un genre inédits.

— Grand Dieu ! fit Bull, je n'aurais jamais cru qu'un éléphant pût courir si vite ! Il va falloir prendre encore des cabs si nous ne voulons pas perdre notre homme de vue.

Tout en se précipitant vers la grille que l'éléphant venait de franchir, Syme eut une vision éblouie des singuliers animaux prisonniers dans les cages. Plus tard, il s'étonna d'avoir pu les distinguer si nettement. Il se rappela surtout

pelicans, with their preposterous, pendant throats. He wondered why the pelican was the symbol of charity, except it was that it wanted a good deal of charity to admire a pelican. He remembered a hornbill, which was simply a huge yellow beak with a small bird tied on behind it. The whole gave him a sensation, the vividness of which he could not explain, that Nature was always making quite mysterious jokes. Sunday had told them that they would understand him when they had understood the stars. He wondered whether even the archangels understood the hornbill.

The six unhappy detectives flung themselves into cabs and followed the elephant sharing the terror which he spread through the long stretch of the streets.

This time Sunday did not turn round, but offered them the solid stretch of his unconscious back, which maddened them, if possible, more than his previous mockeries.

Just before they came to Baker Street, however, he was seen to throw something far up into the air, as a boy does a ball meaning to catch it again. But at their rate of racing it fell far behind, just by the cab containing Gogol; and in faint hope of a clue or for some impulse unexplainable, he stopped his cab so as to pick it up. It was addressed to himself, and was quite a bulky parcel.

les pélicans, avec leur cou bizarre et pendant. Il se demanda pourquoi le pélican est le symbole de la charité : peut-être à cause de la charité qu'il faut pour admirer un pélican. Il se rappela aussi un énorme bec jaune, avec un petit corps attaché à l'une des extrémités de ce bec. Il garda de cet oiseau un souvenir dont il ne pouvait s'expliquer la vivacité, et il songea que la nature ne se lasse jamais de faire de mystérieuses plaisanteries. Dimanche avait dit à ses conseillers qu'ils le comprendraient quand ils auraient compris les étoiles. Mais les archanges eux-mêmes comprennent-ils ce volatile au bec insolemment excessif ?

Les six malheureux détectives se jetèrent dans des cabs et se lancèrent à la poursuite de l'éléphant. Ils subissaient pour leur compte la terreur que l'éléphant répandait tout le long des rues où il passait.

Cette fois, Dimanche ne se retourna pas. Il se contenta d'opposer à ses persécuteurs le solide rempart de son dos indifférent, et cette indifférence les affecta, les affola plus encore que n'avaient fait ses énigmatiques plaisanteries.

Mais, juste avant d'atteindre Baker Street, il jeta quelque chose en l'air, avec le geste d'un enfant qui lance un ballon pour le rattraper. Mais à l'allure de leur course, ce « quelque chose » tomba loin derrière, tout près de Gogol, qui, dans le vague espoir d'une indication quelconque, fit arrêter son cab et ramassa l'objet. C'était un paquet volumineux, adressé à Gogol en personne.

On examination, however, its bulk was found to consist of thirty-three pieces of paper of no value wrapped one round the other. When the last covering was torn away it reduced itself to a small slip of paper, on which was written:—

"The word, I fancy, should be 'pink'."

The man once known as Gogol said nothing, but the movements of his hands and feet were like those of a man urging a horse to renewed efforts.

Through street after street, through district after district, went the prodigy of the flying elephant, calling crowds to every window, and driving the traffic left and right.

And still through all this insane publicity the three cabs toiled after it, until they came to be regarded as part of a procession, and perhaps the advertisement of a circus. They went at such a rate that distances were shortened beyond belief, and Syme saw the Albert Hall in Kensington when he thought that he was still in Paddington. The animal's pace was even more fast and free through the empty, aristocratic streets of South Kensington, and he finally headed towards that part of the sky-line where the enormous Wheel of Earl's Court stood up in the sky. The wheel grew larger and larger, till it filled heaven like the wheel of stars.

Gogol le trouva composé de trente-trois feuilles de papier, serrées les unes sur les autres ; la dernière qui se réduisait à une étroite bande portait cette inscription :

« *Le mot, selon moi, doit être* rose. »

Celui qu'on avait nommé Gogol ne dit rien, mais les trépignements de ses mains et de ses pieds suggéraient l'image d'un cavalier qui presse sa monture.

Rue après rue, quartier après quartier, furent ainsi traversés par ce prodigieux éléphant de course. Des têtes curieuses apparaissaient à toutes les fenêtres. La circulation se trouvait rejetée sur les trottoirs.

Comme les trois cabs se maintenaient avec exactitude dans le sillage de l'éléphant, les badauds finirent par croire à quelque cortège : une réclame, peut-être, pour un cirque. Et ce cortège dévorait l'espace avec une vitesse qui passe toute imagination. Syme aperçut l'Albert Hall de Kensington, alors qu'il se croyait encore à Paddington. L'allure de l'éléphant s'accéléra dans les rues vides de l'aristocratique quartier de South Kensington. Il se dirigea enfin vers le point de l'horizon où apparaissait l'énorme roue d'Earl's Court. La roue grandit, grandit jusqu'à remplir tout le ciel, comme la roue des étoiles.

The beast outstripped the cabs. They lost him round several corners, and when they came to one of the gates of the Earl's Court Exhibition they found themselves finally blocked. In front of them was an enormous crowd; in the midst of it was an enormous elephant, heaving and shuddering as such shapeless creatures do. But the President had disappeared.

"Where has he gone to?" asked Syme, slipping to the ground.

"Gentleman rushed into the Exhibition, sir!" said an official in a dazed manner.

Then he added in an injured voice:

"Funny gentleman, sir. Asked me to hold his horse, and gave me this."

He held out with distaste a piece of folded paper, addressed: "To the Secretary of the Central Anarchist Council."

The Secretary, raging, rent it open, and found written inside it:—

> *"When the herring runs a mile,*
> *Let the Secretary smile;*
> *When the herring tries to fly,*
> *Let the Secretary die.*
>
> *Rustic Proverb."*

L'éléphant avait laissé les cabs assez loin derrière lui. Les détectives l'avaient perdu de vue, au tournant des coins de rue, et, quand ils parvinrent à l'une des portes de l'Exposition d'Earl's Court, ils se trouvèrent bloqués. Devant eux s'agitait une foule énorme autour d'un énorme éléphant ; l'animal tressaillait comme une bête forcée. Quant au président, il avait disparu.

— Où donc est-il ? demanda Syme en mettant pied à terre.

— Le gentleman est entré en courant à l'Exposition, lui dit un gardien effaré.

Et il ajouta, du ton d'un homme offensé :

— Singulier gentleman, monsieur ! Il m'a prié de tenir son « cheval » et voilà ce qu'il m'a donné.

D'un air dégoûté, il montrait une feuille de papier, pliée, avec cette adresse : « Au secrétaire du Conseil suprême des anarchistes. »

Le secrétaire, furieux, ouvrit ce papier et y lut ceci :

Quand le hareng court un mille,
Le secrétaire peut sourire ;
Quand le hareng s'envole,
Le secrétaire doit mourir.

(Proverbe rustique.)

"Why the eternal crikey," began the Secretary, "did you let the man in? Do people commonly come to your Exhibition riding on mad elephants? Do—"

"Look!" shouted Syme suddenly. "Look over there!"

"Look at what?" asked the Secretary savagely.

"Look at the captive balloon!" said Syme, and pointed in a frenzy.

"Why the blazes should I look at a captive balloon?" demanded the Secretary. "What is there queer about a captive balloon?"

"Nothing," said Syme, "except that it isn't captive!"

They all turned their eyes to where the balloon swung and swelled above the Exhibition on a string, like a child's balloon. A second afterwards the string came in two just under the car, and the balloon, broken loose, floated away with the freedom of a soap bubble.

"Ten thousand devils!" shrieked the Secretary. "He's got into it!"

And he shook his fists at the sky.

The balloon, borne by some chance wind, came right above them, and they could see the great white head of the President peering over the side and looking benevolently down on them.

— Pourquoi diable ! s'écria le secrétaire, avez-vous laissé entrer cet homme ? Vient-on d'ordinaire à votre Exposition à dos d'éléphant enragé ?

— Regardez ! fit soudain Syme, regardez là-haut !

— Regarder quoi ? demanda le secrétaire, hargneux.

— Le ballon captif ! dit Syme, qui montrait le ciel avec un geste frénétique.

— Et pourquoi regarderais-je le ballon captif ? Qu'a-t-il de particulier, ce ballon captif ?

— Rien, répondit Syme, excepté qu'il n'est pas captif.

Ils considéraient tous le ballon gonflé, qui se balançait au-dessus de l'Exposition comme un ballon d'enfant, attaché à sa ficelle : une seconde, puis le fil fut coupé juste au-dessous de la nacelle, et le ballon libéré s'envola, léger comme une bulle de savon.

— Par les dix mille diables ! hurla le secrétaire, il y est monté !

Et il montrait le poing au ciel.

Emporté par le vent, le ballon passa au-dessus d'eux, et ils purent voir la grande tête blanche du président qui les saluait avec bienveillance.

"God bless my soul!" said the Professor with the elderly manner that he could never disconnect from his bleached beard and parchment face. "God bless my soul! I seemed to fancy that something fell on the top of my hat!"

He put up a trembling hand and took from that shelf a piece of twisted paper, which he opened absently only to find it inscribed with a true lover's knot and, the words:—

"Your beauty has not left me indifferent.—From LITTLE SNOWDROP."

There was a short silence, and then Syme said, biting his beard—

"I'm not beaten yet. The blasted thing must come down somewhere. Let's follow it!"

— Ma parole ! dit le professeur, sur ce ton pleurard de petit vieux auquel sa figure parcheminée et sa barbe blanche l'avaient condamné à perpétuité, ma parole ! il me semble que quelque chose est tombé sur mon chapeau !

Il porta une main tremblante à ce chapeau et y trouva un bout de papier roulé, et, dans ce papier, un nœud d'amour avec ces mots :

« Votre beauté ne m'a pas laissée indifférente ;

de la part de Petit Flocon de Neige. »

Syme mordilla sa barbiche pendant un long moment, puis :

— Je ne me tiens pas pour battu, déclara-t-il. Il faudra bien qu'il tombe quelque part ! Suivons.

14

The six philosophers

Across green fields, and breaking through blooming hedges, toiled six draggled detectives, about five miles out of London. The optimist of the party had at first proposed that they should follow the balloon across South England in hansom-cabs. But he was ultimately convinced of the persistent refusal of the balloon to follow the roads, and the still more persistent refusal of the cabmen to follow the balloon. Consequently the tireless though exasperated travellers broke through black thickets and ploughed through ploughed fields till each was turned into a figure too outrageous to be mistaken for a tramp. Those green hills of Surrey saw the final collapse and tragedy of the admirable light grey suit in which Syme had set out from Saffron Park. His silk hat was broken over his nose by a swinging bough, his coat-tails were torn to the shoulder by arresting thorns,

14
Les six philosophes

À travers les prés verts et au grand dommage des haies en fleur, six misérables détectives se frayaient un chemin, dans la campagne, à cinq lieues de Londres. L'optimiste de la bande avait d'abord proposé de pourchasser en cab le ballon qui prenait la direction du sud. Mais il avait été amené à changer d'avis, devant le refus obstiné du ballon à suivre les routes et devant le refus, plus obstiné encore, des cochers à suivre le ballon. En conséquence, nos pèlerins, intrépides, mais exaspérés, durent franchir d'interminables champs labourés, des fourrés affreusement touffus, si bien qu'au bout de quelques heures, ils étaient déguenillés au point qu'on aurait pu les traiter de vagabonds sans leur faire un compliment injustifiable. Les verts coteaux du Surrey virent la tragique et finale catastrophe de cet admirable complet gris clair qui, depuis Saffron Park, avait fidèlement accompagné Syme. Son chapeau de soie fut défoncé par une branche flexible qui se rabattit sur lui ; les pans de son habit furent déchirés jusqu'aux épaules par les épines des buissons,

the clay of England was splashed up to his collar; but he still carried his yellow beard forward with a silent and furious determination, and his eyes were still fixed on that floating ball of gas, which in the full flush of sunset seemed coloured like a sunset cloud.

"After all," he said, "it is very beautiful!"

"It is singularly and strangely beautiful!" said the Professor. "I wish the beastly gas-bag would burst!"

"No," said Dr. Bull, "I hope it won't. It might hurt the old boy."

"Hurt him!" said the vindictive Professor, "hurt him! Not as much as I'd hurt him if I could get up with him. Little Snowdrop!"

"I don't want him hurt, somehow," said Dr. Bull.

"What!" cried the Secretary bitterly. "Do you believe all that tale about his being our man in the dark room? Sunday would say he was anybody."

"I don't know whether I believe it or not," said Dr. Bull. "But it isn't that that I mean. I can't wish old Sunday's balloon to burst because—"

"Well," said Syme impatiently, "because?"

et la boue argileuse du sol anglais l'éclaboussa jusqu'au col. Il n'en continuait pas moins à porter fièrement sa barbiche blonde, et une implacable volonté brillait dans son regard fixé sur cette errante bulle de gaz qui, parfois, dans les feux du couchant, se colorait comme les nuages.

— Après tout, dit-il, c'est beau !

— C'est d'une beauté étrange et singulière, accorda le professeur, mais je voudrais bien que cette outre volatile éclatât.

— Je ne le voudrais pas, dit Bull : le vieux pourrait en souffrir.

— En souffrir ! s'écria le vindicatif professeur. Il souffrirait bien davantage si je pouvais lui mettre la main dessus ! « Petit Flocon de Neige !... »

— Je ne sais comment il se fait, dit le docteur Bull, mais je n'éprouve pas le besoin de le faire souffrir.

— Comment ! s'écria le secrétaire amèrement, croyez-vous au conte qu'il nous a fait ? Croyez-vous qu'il était vraiment l'homme de la chambre obscure ? Dimanche est capable de tous les mensonges !

— Je ne sais si je le crois ou non, dit Bull, mais ce n'est pas ce que je veux dire. Je ne puis désirer que le ballon crève parce que...

— Eh bien ? fit Syme, impatient, parce que ?...

"Well, because he's so jolly like a balloon himself," said Dr. Bull desperately. "I don't understand a word of all that idea of his being the same man who gave us all our blue cards. It seems to make everything nonsense. But I don't care who knows it, I always had a sympathy for old Sunday himself, wicked as he was. Just as if he was a great bouncing baby. How can I explain what my queer sympathy was? It didn't prevent my fighting him like hell! Shall I make it clear if I say that I liked him because he was so fat?"

"You will not," said the Secretary.

"I've got it now," cried Bull, "it was because he was so fat and so light. Just like a balloon. We always think of fat people as heavy, but he could have danced against a sylph. I see now what I mean. Moderate strength is shown in violence, supreme strength is shown in levity. It was like the old speculations—what would happen if an elephant could leap up in the sky like a grasshopper?"

"Our elephant," said Syme, looking upwards, "has leapt into the sky like a grasshopper."

"And somehow," concluded Bull, "that's why I can't help liking old Sunday. No, it's not an admiration of force, or any silly thing like that. There is a kind of gaiety in the thing, as if he were bursting with some good news.

— Eh bien ! parce que Dimanche lui-même est un ballon ! répondit Bull, désespéré de ne pouvoir exprimer clairement sa pensée. Qu'il soit l'homme aux cartes bleues, cela confond ma raison. Et il semble bien que cela confonde toute l'histoire. Mais — peu m'importe qu'on le sache — j'ai toujours eu de la sympathie pour lui, malgré sa méchanceté. Comment expliquer cela ? Il me semble qu'il est un enfant, un grand enfant ! Remarquez que cette sympathie ne m'a pas empêché de le combattre comme l'enfer. Serai-je plus clair en disant que je l'aime d'être si gros ?

— Vous ne serez pas plus clair du tout, déclara le secrétaire.

— Ah ! voici : je l'aime d'être à la fois si gros et si léger, tout comme ce ballon. Il est naturel qu'un gros homme soit lourd. Celui-là danserait plus légèrement qu'un sylphe. Oui, je vois maintenant ce qu'il faut dire : une force moyenne se manifeste par la violence ; une force suprême se manifeste par la légèreté. Vous rappelez-vous ces questions qu'on aimait à discuter, jadis, comme : « Qu'arriverait-il si un éléphant sautait en l'air comme une sauterelle ? »

— Notre éléphant, dit Syme en levant les yeux, a précisément sauté en l'air comme une sauterelle.

— Et voilà pourquoi, conclut Bull, je ne puis m'empêcher d'aimer ce vieux Dimanche. Ce n'est pas que j'aie une admiration pour la force ou quelque autre sottise de ce genre. Il y a, dans tout cela, je ne sais quelle gaîté supérieure. C'est comme s'il devait nous apporter d'heureuses nouvelles…

Haven't you sometimes felt it on a spring day? You know Nature plays tricks, but somehow that day proves they are good-natured tricks. I never read the Bible myself, but that part they laugh at is literal truth, 'Why leap ye, ye high hills?' The hills do leap—at least, they try to.... Why do I like Sunday?... how can I tell you?... because he's such a Bounder."

There was a long silence, and then the Secretary said in a curious, strained voice—

"You do not know Sunday at all. Perhaps it is because you are better than I, and do not know hell. I was a fierce fellow, and a trifle morbid from the first. The man who sits in darkness, and who chose us all, chose me because I had all the crazy look of a conspirator—because my smile went crooked, and my eyes were gloomy, even when I smiled. But there must have been something in me that answered to the nerves in all these anarchic men. For when I first saw Sunday he expressed to me, not your airy vitality, but something both gross and sad in the Nature of Things. I found him smoking in a twilight room, a room with brown blind down, infinitely more depressing than the genial darkness in which our master lives. He sat there on a bench, a huge heap of a man, dark and out of shape. He listened to all my words without speaking or even stirring.

N'avez-vous pas eu un sentiment de ce genre, par une matinée de printemps ? La nature se plaît à nous jouer des tours ; mais, un matin de printemps, on sent que ses tours sont de bons tours... Je n'ai jamais lu la Bible, quant à moi, mais ce passage dont on s'est tant moqué : « Pourquoi sautez-vous, collines élevées ? » recèle une vérité littérale. Les collines, en effet, sautent. Tout au moins, elles font de visibles efforts pour sauter... Pourquoi j'aime Dimanche ?... Comment vous dire ? Eh bien, parce que c'est un grand sauteur !

Le secrétaire prit à son tour la parole. Sa voix était singulière, singulièrement douloureuse :

— Bull, vous ne connaissez pas du tout Dimanche. Peut-être ne pouvez-vous le connaître, parce que vous êtes meilleur que moi, parce que vous ne connaissez pas l'Enfer. J'ai toujours été d'une humeur sombre et décidée, quelque peu morbide. L'homme de la chambre obscure m'a choisi, moi, parce que j'ai naturellement l'air d'un conspirateur, avec mes yeux tragiques, même quand je souris, et mon rictus. Il doit y avoir en moi, quelque chose de l'anarchiste... Quand je vis Dimanche pour la première fois, ce n'est pas cette sorte de vitalité aérienne dont vous parliez que je remarquai en lui, mais bien plutôt cette grossièreté et cette tristesse qu'il y a dans la nature des choses. Il fumait dans le demi-jour, les persiennes closes, et ce demi-jour était autrement pénible que l'obscurité généreuse où vit notre maître. Dimanche était assis sur un banc : une informe, incolore et vaste masse humaine. Il m'écouta sans m'interrompre, sans bouger.

I poured out my most passionate appeals, and asked my most eloquent questions. Then, after a long silence, the Thing began to shake, and I thought it was shaken by some secret malady. It shook like a loathsome and living jelly. It reminded me of everything I had ever read about the base bodies that are the origin of life—the deep sea lumps and protoplasm. It seemed like the final form of matter, the most shapeless and the most shameful. I could only tell myself, from its shudderings, that it was something at least that such a monster could be miserable. And then it broke upon me that the bestial mountain was shaking with a lonely laughter, and the laughter was at me. Do you ask me to forgive him that? It is no small thing to be laughed at by something at once lower and stronger than oneself."

"Surely you fellows are exaggerating wildly," cut in the clear voice of Inspector Ratcliffe. "President Sunday is a terrible fellow for one's intellect, but he is not such a Barnum's freak physically as you make out. He received me in an ordinary office, in a grey check coat, in broad daylight. He talked to me in an ordinary way. But I'll tell you what is a trifle creepy about Sunday. His room is neat, his clothes are neat, everything seems in order; but he's absent-minded. Sometimes his great bright eyes go quite blind. For hours he forgets that you are there.

Cependant, j'étais éloquent, d'une éloquence tragiquement passionnée. Après un long silence, la Chose se mit à remuer, et j'eus l'impression que ses mouvements étaient déterminés par quelque secrète maladie. Cela oscillait comme une gelée vivante, répugnante. Cela me rappelait ce que j'avais lu sur ces matières ignobles qui sont à l'origine de la vie, les protoplasmes, au fond de la mer. On eût dit un corps au moment de la dissolution suprême, alors qu'il est le plus informe et le plus ignoble, et je trouvais quelque consolation à penser que le monstre était malheureux. Mais je finis par découvrir que cette montagne bestiale était secouée par un rire énorme comme elle, et que ce rire, c'est moi qui le causais. Et vous croyez que je pourrai jamais lui pardonner cela ? Ce n'est pas peu de chose que d'être raillé par plus bas et plus fort que soi !

— Sûrement, vous exagérez tous deux, dit de sa voix claire et coupante l'inspecteur Ratcliff. Le président est très difficile à comprendre, intellectuellement ; mais, matériellement, ce n'est pas le clou de Barnum que vous imaginez. Moi, il m'a reçu dans un cabinet tout à fait ordinaire, très éclairé. Il portait un vêtement gris, à carreaux, et le ton de sa voix était parfaitement normal. Voici, pourtant, ce qui m'étonna : la chambre et l'aspect de l'individu étaient donc propres, convenables ; tout paraissait en ordre sur lui et autour de lui ; mais il était distrait : par instants, ses grands yeux brillants étaient ceux d'un aveugle. Il peut, en effet, oublier, pendant des heures, que vous êtes là.

Now absent-mindedness is just a bit too awful in a bad man. We think of a wicked man as vigilant. We can't think of a wicked man who is honestly and sincerely dreamy, because we daren't think of a wicked man alone with himself. An absentminded man means a good-natured man. It means a man who, if he happens to see you, will apologise. But how will you bear an absentminded man who, if he happens to see you, will kill you? That is what tries the nerves, abstraction combined with cruelty. Men have felt it sometimes when they went through wild forests, and felt that the animals there were at once innocent and pitiless. They might ignore or slay. How would you like to pass ten mortal hours in a parlour with an absent-minded tiger?"

"And what do you think of Sunday, Gogol?" asked Syme.

"I don't think of Sunday on principle," said Gogol simply, "any more than I stare at the sun at noonday."

"Well, that is a point of view," said Syme thoughtfully. "What do you say, Professor?"

The Professor was walking with bent head and trailing stick, and he did not answer at all.

"Wake up, Professor!" said Syme genially. "Tell us what you think of Sunday."

Eh bien, la distraction, dans un méchant, nous épouvante. Un méchant doit, selon nous, être sans cesse vigilant. Nous ne pouvons nous représenter un méchant qui s'abandonnerait sincèrement, honnêtement, à ses rêves, parce que nous ne pouvons nous représenter un méchant seul avec lui-même. Un homme distrait est un brave homme. S'il s'aperçoit de votre présence, après l'avoir oubliée, il vous fera des excuses. Comment supporter l'idée d'un distrait qui vous tuerait s'il s'apercevait tout à coup que vous êtes là ? Voilà ce qui nous porte aux nerfs, la distraction unie à la cruauté. Ceux qui ont traversé les grandes forêts ont connu un sentiment de cet ordre, en songeant que les fauves sont à la fois innocents et impitoyables. Ils peuvent vous ignorer ou vous dévorer. Vous plairait-il de passer dix mortelles heures dans un salon, en compagnie d'un tigre distrait ?

— Et vous, Gogol, que pensez-vous de Dimanche ? demanda Syme.

— Je ne pense pas à Dimanche du tout, répondit Gogol : par principe. Je ne pense pas plus à Dimanche que je ne cherche à regarder le soleil à midi.

— C'est un point de vue, dit Syme pensif. Et vous, professeur ? Que dites-vous ?

Le professeur marchait, tête basse, en laissant traîner sa canne derrière lui. Il ne répondit pas.

— Réveillez-vous, professeur ! reprit Syme, gaîment. Dites-nous ce que vous pensez de Dimanche.

The Professor spoke at last very slowly.

"I think something," he said, "that I cannot say clearly. Or, rather, I think something that I cannot even think clearly. But it is something like this. My early life, as you know, was a bit too large and loose.

"Well, when I saw Sunday's face I thought it was too large—everybody does, but I also thought it was too loose. The face was so big, that one couldn't focus it or make it a face at all. The eye was so far away from the nose, that it wasn't an eye. The mouth was so much by itself, that one had to think of it by itself. The whole thing is too hard to explain."

He paused for a little, still trailing his stick, and then went on—

"But put it this way. Walking up a road at night, I have seen a lamp and a lighted window and a cloud make together a most complete and unmistakable face. If anyone in heaven has that face I shall know him again. Yet when I walked a little farther I found that there was no face, that the window was ten yards away, the lamp ten hundred yards, the cloud beyond the world. Well, Sunday's face escaped me; it ran away to right and left, as such chance pictures run away.

Enfin, le professeur se décida :

— Ce que je pense, dit-il avec lenteur, ne saurait s'exprimer clairement. Ou plutôt, ce que je pense, je ne puis même le penser clairement. Voici. Ma jeunesse, vous le savez, fut un peu trop débraillée et incohérente.

» Eh bien, quand j'ai vu la figure de Dimanche, j'ai d'abord constaté, comme vous tous, qu'elle est de proportions excessives ; puis, je me suis dit qu'elle était hors de proportion, qu'elle n'avait pas de proportions du tout, qu'elle était incohérente, comme ma jeunesse. Elle est si grande qu'il est impossible de la voir à la distance nécessaire pour que le regard puisse se concentrer sur elle. L'œil est si loin du nez que ce n'est plus un œil. La bouche tient tant de place qu'il faut la considérer isolément... Tout cela, d'ailleurs, est bien trop difficile à expliquer...

Il se tut un instant, laissant toujours traîner sa canne, puis il reprit :

— Je vais essayer de me faire comprendre. Une nuit, dans la rue, j'ai vu une lampe, une fenêtre éclairée et un nuage, qui formaient un visage, si parfait qu'il n'y avait pas moyen de s'y tromper. S'il y a quelqu'un, au ciel, qui porte un tel visage, je le reconnaîtrai. Mais bientôt je m'aperçus que ce visage n'existait pas, que la fenêtre était à dix pas de moi, la lampe à mille et le nuage au-delà de la terre. C'est ainsi qu'existe et n'existe pas, pour moi, la figure de Dimanche : elle se désagrège, elle s'échappe par la droite et par la gauche, comme ces images que le hasard compose, et détruit, dessine et efface.

And so his face has made me, somehow, doubt whether there are any faces. I don't know whether your face, Bull, is a face or a combination in perspective. Perhaps one black disc of your beastly glasses is quite close and another fifty miles away. Oh, the doubts of a materialist are not worth a dump. Sunday has taught me the last and the worst doubts, the doubts of a spiritualist. I am a Buddhist, I suppose; and Buddhism is not a creed, it is a doubt. My poor dear Bull, I do not believe that you really have a face. I have not faith enough to believe in matter."

Syme's eyes were still fixed upon the errant orb, which, reddened in the evening light, looked like some rosier and more innocent world.

"Have you noticed an odd thing," he said, "about all your descriptions? Each man of you finds Sunday quite different, yet each man of you can only find one thing to compare him to—the universe itself. Bull finds him like the earth in spring, Gogol like the sun at noonday. The Secretary is reminded of the shapeless protoplasm, and the Inspector of the carelessness of virgin forests. The Professor says he is like a changing landscape. This is queer, but it is queerer still that I also have had my odd notion about the President, and I also find that I think of Sunday as I think of the whole world."

Et c'est ainsi que cette figure me fait douter de toutes les figures. Je ne sais pas si la vôtre, Bull, en est vraiment une, ou si ce n'est pas la perspective qui lui prête une apparence de figure. Peut-être l'un des disques noirs de vos maudites lunettes est-il tout près de moi, et l'autre à cinquante lieues. Les doutes du matérialiste ne sont qu'une plaisanterie. Dimanche m'a enseigné les derniers et les pires de tous les doutes, les doutes du spiritualiste. Il a fait de moi un bouddhiste, à ce qu'il me semble. Et le bouddhisme n'est pas une foi, c'est un doute. Mon pauvre cher Bull, je ne crois décidément pas que vous ayez une figure : je n'ai pas assez de foi pour croire à la matière.

Les regards de Syme étaient toujours fixés sur l'orbe errant qui, rougissant à la lumière du soir, semblait un autre monde, un monde rose, plus innocent que le nôtre.

— Avez-vous remarqué, dit-il, ce qu'il y a de plus singulier dans vos descriptions ? Chacun de vous voit Dimanche à sa manière, qui est toute différente de celle du voisin. Pourtant, tous, vous le comparez à une seule et même chose : à l'univers lui-même. À propos de lui, Bull parle de la terre au printemps ; Gogol, du soleil à midi ; le secrétaire, du protoplasme informe ; Ratcliff, de l'indifférence des forêts vierges ; le professeur, des changeants paysages du ciel. Cela est étrange, et ce qui l'est plus encore, c'est que, moi aussi, je pense du président comme je pense du monde.

"Get on a little faster, Syme," said Bull; "never mind the balloon."

"When I first saw Sunday," said Syme slowly, "I only saw his back; and when I saw his back, I knew he was the worst man in the world. His neck and shoulders were brutal, like those of some apish god. His head had a stoop that was hardly human, like the stoop of an ox. In fact, I had at once the revolting fancy that this was not a man at all, but a beast dressed up in men's clothes."

"Get on," said Dr. Bull.

"And then the queer thing happened. I had seen his back from the street, as he sat in the balcony. Then I entered the hotel, and coming round the other side of him, saw his face in the sunlight. His face frightened me, as it did everyone; but not because it was brutal, not because it was evil. On the contrary, it frightened me because it was so beautiful, because it was so good."

"Syme," exclaimed the Secretary, "are you ill?"

"It was like the face of some ancient archangel, judging justly after heroic wars. There was laughter in the eyes, and in the mouth honour and sorrow. There was the same white hair, the same great, grey-clad shoulders that I had seen from behind. But when I saw him from behind I was certain he was an animal, and when I saw him in front I knew he was a god."

— Plus vite, Syme, dit Bull, ne regardez plus le ballon.

— J'ai d'abord vu Dimanche de dos seulement, poursuivit Syme lentement, et, en regardant ce dos, j'ai compris qu'il était celui du plus méchant des hommes. Il y avait, dans la nuque, dans les épaules, la formidable brutalité d'un Dieu qui serait un Singe. Et l'inclinaison de la tête était d'un bœuf plutôt que d'un homme. J'eus l'idée révoltante que j'avais devant moi, non plus un homme, mais une bête revêtue d'habits humains.

— Continuez, fit Bull.

— Et alors il y eut ceci qui me stupéfia. J'avais vu ce dos de la rue, tandis que Dimanche était assis sur le balcon. Quelques instants plus tard, étant entré, je le vis de l'autre côté, je le vis de face, en pleine lumière. Cette face m'épouvanta, comme elle épouvante chacun, mais non pas parce que je la trouvai brutale ou mauvaise. Elle m'épouvanta parce qu'elle était belle et parce qu'elle respirait la bonté.

— Syme ! s'écria le secrétaire, êtes-vous fou ?

— C'était comme la figure de quelque vieil archange rendant des jugements équitables, au lendemain d'héroïques combats. Il y avait un sourire dans les yeux, et, sur les lèvres, de l'honneur et de la tristesse. C'étaient les mêmes cheveux blancs, les mêmes larges épaules vêtues de gris, que j'avais vus de la rue. Mais, de derrière j'étais sûr de voir une brute ; de face, je crus qu'il était un Dieu.

"Pan," said the Professor dreamily, "was a god and an animal."

"Then, and again and always," went on Syme like a man talking to himself, "that has been for me the mystery of Sunday, and it is also the mystery of the world. When I see the horrible back, I am sure the noble face is but a mask. When I see the face but for an instant, I know the back is only a jest. Bad is so bad, that we cannot but think good an accident; good is so good, that we feel certain that evil could be explained. But the whole came to a kind of crest yesterday when I raced Sunday for the cab, and was just behind him all the way."

"Had you time for thinking then?" asked Ratcliffe.

"Time," replied Syme, "for one outrageous thought. I was suddenly possessed with the idea that the blind, blank back of his head really was his face—an awful, eyeless face staring at me! And I fancied that the figure running in front of me was really a figure running backwards, and dancing as he ran."

"Horrible!" said Dr. Bull, and shuddered.

"Horrible is not the word," said Syme. "It was exactly the worst instant of my life. And yet ten minutes afterwards, when he put his head out of the cab and made a grimace like a gargoyle, I knew that he was only like a father playing hide-and-seek with his children."

— *Pan*, murmura le professeur comme dans un rêve. Pan était un Dieu et une bête.

— Alors, et toujours depuis, continua Syme, comme s'il se fût parlé à lui-même, tel fut pour moi le mystère de Dimanche. Or, c'est aussi le mystère du monde. Quand je vois ce dos effrayant, je me persuade que la noble figure n'est qu'un masque. Mais que j'entraperçoive seulement, dans un éclair, cette figure, et je sais que ce dos est une plaisanterie. Le mal est si mauvais que nous ne pouvons voir dans le bien qu'un accident. Le bien est si bon qu'il nous impose cette certitude : le mal peut s'expliquer. Mais toutes ces rêveries culminèrent, pour ainsi dire, hier, quand je poursuivais Dimanche pour prendre un cab et que je me trouvais constamment derrière lui.

— Avez-vous eu alors le temps de penser ? demanda Ratcliff.

— J'ai eu le temps d'avoir cette pensée unique, et affreuse : je fus envahi par cette impression que le derrière du crâne de Dimanche était sa vraie figure — une figure effrayante qui me regardait sans yeux. Et je m'imaginai que cette homme courait à reculons et dansait en courant.

— Horrible ! fit Bull en frissonnant.

— Horrible est un mot faible, dit Syme : ce fut exactement le pire moment de ma vie. Et pourtant, quelques minutes plus tard, quand il sortit la tête de sa voiture et nous fit une grimace de gargouille, je sentis qu'il était comme un père qui joue à cache-cache avec ses enfants.

"It is a long game," said the Secretary, and frowned at his broken boots.

"Listen to me," cried Syme with extraordinary emphasis. "Shall I tell you the secret of the whole world? It is that we have only known the back of the world. We see everything from behind, and it looks brutal. That is not a tree, but the back of a tree. That is not a cloud, but the back of a cloud. Cannot you see that everything is stooping and hiding a face? If we could only get round in front—"

"Look!" cried out Bull clamorously, "the balloon is coming down!"

There was no need to cry out to Syme, who had never taken his eyes off it. He saw the great luminous globe suddenly stagger in the sky, right itself, and then sink slowly behind the trees like a setting sun.

The man called Gogol, who had hardly spoken through all their weary travels, suddenly threw up his hands like a lost spirit.

"He is dead!" he cried. "And now I know he was my friend—my friend in the dark!"

"Dead!" snorted the Secretary. "You will not find him dead easily. If he has been tipped out of the car, we shall find him rolling as a colt rolls in a field, kicking his legs for fun."

— Le jeu dure bien longtemps, observa le secrétaire en fronçant les sourcils et en regardant ses chaussures brisées par la marche.

— Écoutez-moi ! s'écria Syme avec une énergie extraordinaire : je vais vous dire le secret du monde ! C'est que nous n'en avons vu que le derrière. Nous voyons tout par-derrière, et tout nous paraît brutal. Ceci n'est pas un arbre mais le dos d'un arbre ; cela n'est pas un nuage, mais le dos d'un nuage ! Ne comprenez-vous pas que tout nous tourne le dos et nous cache un visage ? Si seulement nous pouvions passer de l'autre côté et voir de face !

— Ah ! s'écria Bull, puissamment, le ballon descend !

Il n'était pas besoin de crier pour informer Syme de l'événement : Syme n'avait pas quitté le ballon des yeux. Il vit le vaste globe lumineux s'arrêter soudain dans le ciel, hésiter, puis descendre lentement derrière les arbres, comme un soleil qui se couche.

Gogol, qui n'avait guère ouvert la bouche de tout leur pénible voyage, leva soudain les bras au ciel, comme une âme en peine.

— Il est mort ! s'écria-t-il, et maintenant je sais que c'était mon ami, mon ami dans les ténèbres !

— Mort ! ricana le secrétaire. N'ayez pas cette crainte. S'il est tombé de la nacelle, attendez-vous à le voir se jouer dans l'herbe en cabriolant comme un jeune poulain.

"Clashing his hoofs," said the Professor. "The colts do, and so did Pan."

"Pan again!" said Dr. Bull irritably. "You seem to think Pan is everything."

"So he is," said the Professor, "in Greek. He means *everything*."

"Don't forget," said the Secretary, looking down, "that he also means Panic."

Syme had stood without hearing any of the exclamations.

"It fell over there," he said shortly. "Let us follow it!"

Then he added with an indescribable gesture—

"Oh, if he has cheated us all by getting killed! It would be like one of his larks."

He strode off towards the distant trees with a new energy, his rags and ribbons fluttering in the wind. The others followed him in a more footsore and dubious manner.

And almost at the same moment all six men realised that they were not alone in the little field.

Across the square of turf a tall man was advancing towards them, leaning on a strange long staff like a sceptre. He was clad in a fine but old-fashioned suit with knee-breeches; its colour was that shade between blue,

— Il fera sonner ses sabots ! dit le professeur : ainsi font les poulains, ainsi faisait Pan.

— Encore Pan ! s'écria Bull, irrité : vous paraissez croire que Pan est tout.

— En effet, répondit le professeur ; en grec, *Pan* signifie *Tout.*

— N'oubliez pas, observa le secrétaire, les yeux baissés, qu'il a aussi le sens de *panique.*

Syme s'était tenu là, sourd à toutes leurs exclamations.

— Je vois où il est tombé, dit-il brièvement. Allons !

Puis, il ajouta, avec un geste indescriptible :

— Oh ! s'il s'était laissé mourir, pour se jouer de nous ! Ce serait encore une de ses farces !

Il se dirigea vers les arbres lointains, avec une nouvelle énergie. Ses vêtements déchirés flottaient au vent. Les autres le suivaient, mais d'un pas hésitant, presque dolent.

Et presque au même moment, les six philosophes s'aperçurent qu'ils n'étaient pas seuls dans le petit champ.

À travers les labours, un homme de haute taille venait à eux. Il s'appuyait sur un étrange et long bâton, pareil à un sceptre. Il était vêtu d'un beau vêtement aux formes surannées, avec des culottes à jarretières. La couleur hésitait entre le gris, le violet et le bleu,

violet and grey which can be seen in certain shadows of the woodland. His hair was whitish grey, and at the first glance, taken along with his knee-breeches, looked as if it was powdered.

His advance was very quiet; but for the silver frost upon his head, he might have been one to the shadows of the wood.

"Gentlemen," he said, "my master has a carriage waiting for you in the road just by."

"Who is your master?" asked Syme, standing quite still.

"I was told you knew his name," said the man respectfully.

There was a silence, and then the Secretary said—

"Where is this carriage?"

"It has been waiting only a few moments," said the stranger. "My master has only just come home."

Syme looked left and right upon the patch of green field in which he found himself. The hedges were ordinary hedges, the trees seemed ordinary trees; yet he felt like a man entrapped in fairyland.

He looked the mysterious ambassador up and down, but he could discover nothing except that the man's coat was the exact colour of the purple shadows, and

nuance composite qu'on observe souvent dans certaines ombres de la forêt. Ses cheveux étaient gris-blanc, et quand on les considérait en même temps que ses culottes à boucles, ils paraissaient poudrés.

Il marchait très lentement et, n'eût été la neige argentée de son front, on eût pu le confondre avec les ombres des arbres.

— Messieurs, dit-il, une voiture de mon maître vous attend sur la route, tout près d'ici.

— Qui est votre maître ? demanda Syme sans bouger.

— On m'avait dit que vous saviez son nom, dit l'autre, respectueusement.

Il se fit un silence, puis le secrétaire demanda :

— Où est cette voiture ?

— Elle est sur la route, depuis quelques instants seulement, répondit l'étranger. Mon maître vient de rentrer chez lui.

Syme regarda à droite et à gauche ce bout de champ vert où il se tenait. Les haies étaient des haies ordinaires, les arbres n'avaient rien d'extraordinaire, et pourtant il avait l'impression d'être prisonnier dans l'empire des fées.

Il examina de haut en bas le mystérieux ambassadeur, mais tout ce qu'il découvrit fut que l'habit du personnage avait la couleur violette des arbres de la forêt,

that the man's face was the exact colour of the red and brown and golden sky.

"Show us the place," Syme said briefly, and without a word the man in the violet coat turned his back and walked towards a gap in the hedge, which let in suddenly the light of a white road.

As the six wanderers broke out upon this thoroughfare, they saw the white road blocked by what looked like a long row of carriages, such a row of carriages as might close the approach to some house in Park Lane. Along the side of these carriages stood a rank of splendid servants, all dressed in the grey-blue uniform, and all having a certain quality of stateliness and freedom which would not commonly belong to the servants of a gentleman, but rather to the officials and ambassadors of a great king.

There were no less than six carriages waiting, one for each of the tattered and miserable band. All the attendants (as if in court-dress) wore swords, and as each man crawled into his carriage they drew them, and saluted with a sudden blaze of steel.

"What can it all mean?" asked Bull of Syme as they separated. "Is this another joke of Sunday's?"

"I don't know," said Syme as he sank wearily back in the cushions of his carriage; "but if it is, it's one of the jokes you talk about. It's a good-natured one."

et son visage, les teintes du ciel, exactement : or, rouge et bronze.

— Montrez-nous le chemin, dit-il.

Aussitôt, l'homme tourna le dos et se dirigea vers un endroit de la haie où, par une brèche, apparaissait la ligne blanche de la route.

Sur cette route, les six voyageurs virent une file de voitures, comme il y en a aux abords d'un hôtel de Park Lane. Auprès de ces équipages se tenaient des valets vêtus de la livrée gris-bleu. Ils avaient tous ce maintien fier et solennel, très rare chez les serviteurs d'un simple particulier, et qui caractérise plutôt les officiers et ambassadeurs d'un grand roi.

Il n'y avait pas moins de six équipages, un pour chacun des pauvres déguenillés. Comme s'ils eussent été en habit de cour, les valets portaient l'épée au côté, et au moment de monter en voiture, chacun des amis de Syme fut salué d'un soudain flamboiement d'acier.

— Qu'est-ce que tout cela peut bien signifier ? demanda Bull à Syme au moment où ils se séparèrent. Serait-ce une nouvelle plaisanterie de Dimanche ?

— Je ne sais, répondit Syme en se laissant tomber sur les coussins ; mais, si plaisanterie il y a, elle est de celles dont vous parliez : elle est sans malice.

The six adventurers had passed through many adventures, but not one had carried them so utterly off their feet as this last adventure of comfort. They had all become inured to things going roughly; but things suddenly going smoothly swamped them. They could not even feebly imagine what the carriages were; it was enough for them to know that they were carriages, and carriages with cushions. They could not conceive who the old man was who had led them; but it was quite enough that he had certainly led them to the carriages.

Syme drove through a drifting darkness of trees in utter abandonment. It was typical of him that while he had carried his bearded chin forward fiercely so long as anything could be done, when the whole business was taken out of his hands he fell back on the cushions in a frank collapse.

Very gradually and very vaguely he realised into what rich roads the carriage was carrying him. He saw that they passed the stone gates of what might have been a park, that they began gradually to climb a hill which, while wooded on both sides, was somewhat more orderly than a forest. Then there began to grow upon him, as upon a man slowly waking from a healthy sleep, a pleasure in everything. He felt that the hedges were what hedges should be, living walls; that a hedge is like a human army, disciplined, but all the more alive.

Les six aventuriers avaient passé par bien des aventures, mais celle-ci avait ceci de particulièrement étonnant qu'elle était « confortable ». Ils étaient habitués aux catastrophes ; ils furent stupéfaits de l'heureuse tournure que prenaient les choses. Ils ne pouvaient pas se faire la moindre idée de ce qu'étaient ces voitures, ils se contentèrent de savoir que c'étaient des voitures, et des voitures capitonnées. Ils ne savaient pas du tout qui était le vieillard qui les avait conduits ; ils se contentèrent de savoir qu'il les avait conduits jusqu'à ces voitures.

Syme s'abandonnait au destin. Tandis que les roues tournaient, il regardait passer l'ombre fuyante des arbres. Tant que l'initiative avait été possible, il avait tenu haut son menton barbu. Maintenant que tout échappait à ses mains, il s'abandonnait. Bientôt, sur les coussins, il perdit conscience de l'heure et des choses.

Vaguement, insensiblement presque, il s'aperçut toutefois que la route était belle, que la voiture franchissait la porte de pierre d'une sorte de parc, puis gravissait une colline, boisée à gauche et à droite, mais soigneusement cultivée. Peu à peu, comme s'il sortait d'un sommeil bienfaisant, il se mit à prendre à toutes choses un singulier plaisir. Il y avait des buissons, et il s'aperçut-qu'ils étaient ce que doivent être des buissons, des murailles vivantes ; car un buisson est comme une armée humaine, d'autant plus vivante qu'elle est plus disciplinée.

He saw high elms behind the hedges, and vaguely thought how happy boys would be climbing there. Then his carriage took a turn of the path, and he saw suddenly and quietly, like a long, low, sunset cloud, a long, low house, mellow in the mild light of sunset.

All the six friends compared notes afterwards and quarrelled; but they all agreed that in some unaccountable way the place reminded them of their boyhood. It was either this elm-top or that crooked path, it was either this scrap of orchard or that shape of a window; but each man of them declared that he could remember this place before he could remember his mother.

When the carriages eventually rolled up to a large, low, cavernous gateway, another man in the same uniform, but wearing a silver star on the grey breast of his coat, came out to meet them. This impressive person said to the bewildered Syme—

"Refreshments are provided for you in your room."

Syme, under the influence of the same mesmeric sleep of amazement, went up the large oaken stairs after the respectful attendant.

He entered a splendid suite of apartments that seemed to be designed specially for him. He walked up to a long mirror with the ordinary instinct of his class,

Il y avait de grands ormeaux, au-delà des buissons, et Syme songea au plaisir des enfants qui pouvaient y grimper. Puis, la voiture décrivit une courbe, sans effort, sans hâte, et il vit une longue maison basse, tel un long et bas nuage du soir, baignée de la douce lumière du couchant.

Dans la suite, les six amis purent échanger leurs impressions. Ils ne furent pas d'accord sur les détails, mais tous convinrent que ce lieu leur avait, pour une raison ou pour une autre, rappelé leur enfance. Cela tenait au sommet de cet ormeau, ou à ce tournant du chemin, à ce bout de jardin pour l'un, et pour l'autre à la forme de cette fenêtre ; mais chacun d'eux déclara qu'il se rappelait plus aisément cet endroit que les traits de sa mère.

Les équipages étaient parvenus à une porte large, basse, voûtée. Un homme portant la livrée des domestiques, mais avec une étoile d'argent sur la poitrine de son habit gris, vint les accueillir. Ce personnage imposant, s'adressant à Syme ahuri, lui dit :

— Des rafraîchissements vous attendent dans votre chambre.

Toujours sous l'influence d'une sorte de sommeil magnétique, Syme suivit l'intendant, qui monta un grand escalier de chêne.

Syme pénétra dans un appartement splendide qui paraissait lui avoir été spécialement réservé. Il s'approcha tout de suite d'un grand miroir, avec l'instinct des gens de sa classe,

to pull his tie straight or to smooth his hair; and there he saw the frightful figure that he was—blood running down his face from where the bough had struck him, his hair standing out like yellow rags of rank grass, his clothes torn into long, wavering tatters.

At once the whole enigma sprang up, simply as the question of how he had got there, and how he was to get out again.

Exactly at the same moment a man in blue, who had been appointed as his valet, said very solemnly—

"I have put out your clothes, sir."

"Clothes!" said Syme sardonically. "I have no clothes except these," and he lifted two long strips of his frock-coat in fascinating festoons, and made a movement as if to twirl like a ballet girl.

"My master asks me to say," said the attendant, "that there is a fancy dress ball tonight, and that he desires you to put on the costume that I have laid out. Meanwhile, sir, there is a bottle of Burgundy and some cold pheasant, which he hopes you will not refuse, as it is some hours before supper."

"Cold pheasant is a good thing," said Syme reflectively, "and Burgundy is a spanking good thing. But really I do not want either of them so much as I want to know what the devil all this means, and what sort of costume you have got laid out for me. Where is it?"

dans le dessein de rectifier le nœud de sa cravate ou de remettre de l'ordre dans sa chevelure. Mais il vit dans ce miroir un visage effrayant, tout saignant des écorchures que lui avaient faites les branches des arbres, avec ses cheveux blonds hérissés pareils à de l'herbe flétrie, et ses vêtements déchirés flottaient en longues banderoles.

Il se demanda alors comment il était arrivé dans ce château et comment il en sortirait.

En cet instant même, un valet habillé de bleu, attaché à sa personne, entra et lui dit avec solennité :

— J'ai préparé les habits de Monsieur.

— Les habits de Monsieur ! répéta Syme sardonique ; je n'en ai pas d'autres que ceux-ci !

Et il relevait du bout de ses doigts les festons de sa redingote en esquissant un pas de cavalier seul.

— Mon maître, reprit le valet, vous fait dire qu'il y a bal travesti ce soir, et qu'il vous prie de revêtir les habits préparés pour vous. En attendant, il y a là du faisan froid et une bouteille de bourgogne que Monsieur voudra bien accepter, car le souper n'aura lieu que dans quelques heures.

— Le faisan froid, dit Syme songeur, est une bonne chose, le bourgogne est une chose excellente. Mais, vraiment, je suis beaucoup moins pressé de manger et de boire que de savoir ce que signifie tout ceci et de voir le costume qui m'est destiné. Où est ce costume ?

The servant lifted off a kind of ottoman a long peacock-blue drapery, rather of the nature of a domino, on the front of which was emblazoned a large golden sun, and which was splashed here and there with flaming stars and crescents.

"You're to be dressed as Thursday, sir," said the valet somewhat affably.

"Dressed as Thursday!" said Syme in meditation. "It doesn't sound a warm costume."

"Oh, yes, sir," said the other eagerly, "the Thursday costume is quite warm, sir. It fastens up to the chin."

"Well, I don't understand anything," said Syme, sighing. "I have been used so long to uncomfortable adventures that comfortable adventures knock me out. Still, I may be allowed to ask why I should be particularly like Thursday in a green frock spotted all over with the sun and moon. Those orbs, I think, shine on other days. I once saw the moon on Tuesday, I remember."

"Beg pardon, sir," said the valet, "Bible also provided for you."

And with a respectful and rigid finger he pointed out a passage in the first chapter of Genesis. Syme read it wondering. It was that in which the fourth day of the week is associated with the creation of the sun and moon. Here, however, they reckoned from a Christian Sunday.

Le valet prit sur une ottomane une longue draperie bleu paon, assez semblable à un domino ; sur le devant brillait un grand soleil d'or, et de-ci de-là étaient semés des étoiles et des croissants.

— Monsieur devra s'habiller en Jeudi, dit le valet, affable.

— En Jeudi, répéta Syme, toujours plongé dans ses méditations. Cela ne me paraît pas bien chaud.

— Oh ! Monsieur, cela est très chaud, cela monte jusqu'au menton.

— Soit, dit Syme avec un soupir. Je n'y comprends rien du tout. Je suis depuis si longtemps habitué aux aventures désagréables qu'il suffit d'une circonstance agréable pour me démonter. Mais il m'est peut-être permis de demander pourquoi je ressemblerai particulièrement à Jeudi en revêtant cette blouse verte, décorée du soleil et de la lune. Cette étoile et cette planète brillent les autres jours aussi. Je me rappelle avoir vu la lune un mardi.

— Pardon, Monsieur, dit le valet : la Bible a pris soin de Monsieur.

Et, d'un doigt respectueusement allongé, il attira l'attention de Syme sur un verset du premier chapitre de la *Genèse*. Syme le lut avec étonnement. C'était ce passage où le quatrième jour de la semaine est associé à la création du soleil et de la lune. Ici, du moins, on comptait les jours à partir du dimanche chrétien.

"This is getting wilder and wilder," said Syme, as he sat down in a chair. "Who are these people who provide cold pheasant and Burgundy, and green clothes and Bibles? Do they provide everything?"

"Yes, sir, everything," said the attendant gravely. "Shall I help you on with your costume?"

"Oh, hitch the bally thing on!" said Syme impatiently.

But though he affected to despise the mummery, he felt a curious freedom and naturalness in his movements as the blue and gold garment fell about him; and when he found that he had to wear a sword, it stirred a boyish dream.

As he passed out of the room he flung the folds across his shoulder with a gesture, his sword stood out at an angle, and he had all the swagger of a troubadour.

For these disguises did not disguise, but reveal.

— Cela devient de plus en plus étrange, dit Syme, en s'asseyant sur une chaise. Qu'est-ce que ces gens qui fournissent du faisan froid, du bourgogne, des habits verts, des bibles ? Ne fournissent-ils pas autre chose encore ? n'importe quoi ? tout ?

— Oui, Monsieur, tout, répondit gravement le valet. Dois-je aider Monsieur à mettre son costume ?

— Oui, fit Syme impatienté, allez ! Mettez-moi ça sur le dos !

Mais, quelque dédain qu'il affectât pour cette mascarade, il se trouva étrangement à l'aise dans ce vêtement bleu et or et, quand on lui mit une épée au côté, il sentit que s'éveillait un rêve.

En sortant de cette chambre, il se drapa fièrement et rejeta sur son épaule gauche un pli de l'étoffe flottante dont l'épée dépassait l'extrémité inférieure. Syme marchait du pas héroïquement cadencé d'un troubadour.

Car ce déguisement ne déguisait pas : il révélait.

15

The accuser

As Syme strode along the corridor he saw the Secretary standing at the top of a great flight of stairs. The man had never looked so noble. He was draped in a long robe of starless black, down the centre of which fell a band or broad stripe of pure white, like a single shaft of light. The whole looked like some very severe ecclesiastical vestment.

There was no need for Syme to search his memory or the Bible in order to remember that the first day of creation marked the mere creation of light out of darkness. The vestment itself would alone have suggested the symbol; and Syme felt also how perfectly this pattern of pure white and black expressed the soul of the pale and austere Secretary, with his inhuman veracity and his cold frenzy, which made him so easily make war on the anarchists, and yet so easily pass for

15

L'accusateur

En traversant un corridor, Syme aperçut le secrétaire, au sommet d'une haute rampe d'escalier. Jamais cet homme n'avait eu si noble mine. Il était drapé dans une ample robe d'un noir absolu, comme une nuit sans étoiles, traversée d'une large bande d'un blanc pur, comme d'un unique rayon de lumière. Ce déguisement avait un caractère de grande sévérité monacale.

Syme n'eut pas à faire un trop pénible effort de mémoire ni à consulter la Bible pour se rappeler que le premier des six jours est celui de la création de la lumière, séparée des ténèbres : symbole que ce vêtement imposait à la pensée. Et Syme admira combien ce simple vêtement blanc et noir exprimait avec exactitude l'âme du pâle et austère secrétaire. Cet amour inhumain de la vérité, cette sombre frénésie qui l'animait contre les anarchistes et qui l'eût fait passer pour

one of them. Syme was scarcely surprised to notice that, amid all the ease and hospitality of their new surroundings, this man's eyes were still stern. No smell of ale or orchards could make the Secretary cease to ask a reasonable question.

If Syme had been able to see himself, he would have realised that he, too, seemed to be for the first time himself and no one else. For if the Secretary stood for that philosopher who loves the original and formless light, Syme was a type of the poet who seeks always to make the light in special shapes, to split it up into sun and star. The philosopher may sometimes love the infinite; the poet always loves the finite. For him the great moment is not the creation of light, but the creation of the sun and moon.

As they descended the broad stairs together they overtook Ratcliffe, who was clad in spring green like a huntsman, and the pattern upon whose garment was a green tangle of trees. For he stood for that third day on which the earth and green things were made, and his square, sensible face, with its not unfriendly cynicism, seemed appropriate enough to it.

They were led out of another broad and low gateway into a very large old English garden, full of torches and bonfires, by the broken light of which a vast carnival of people were dancing in motley dress.

un anarchiste lui-même ! Syme ne s'étonna pas que, même dans ce lieu d'abondance et de plaisance, les regards de cet homme fussent restés sévères. Il n'était pas de bière ni de jardin dont le parfum pût empêcher le secrétaire de poser une question raisonnable.

Mais s'il avait pu lui-même se voir, Syme aurait constaté que, pour la première fois, il se ressemblait, vraiment, à lui-même et à nul autre. Le secrétaire représentait le philosophe épris de la lumière en soi, originelle et sans forme. En Syme, il fallait reconnaître le poète, qui cherche à donner une forme à la lumière, à en faire des étoiles et des soleils. Le philosophe peut s'éprendre de l'infini ; le poète aimera toujours le fini. Le grand jour, pour lui, ce n'est pas celui où naquit la lumière : c'est le jour où brillèrent le soleil et la lune.

En descendant ensemble le grand escalier, ils rencontrèrent Ratcliff. Il était vêtu tel un chasseur d'un habit vert printanier, illustré d'arbres qui entrelaçaient leurs branches. C'est que Ratcliff était l'homme du troisième jour, celui qui vit la création de la terre et de toutes les choses vertes. Son visage carré, intelligent, où se révélait un aimable cynisme, convenait à ce rôle.

Un autre couloir, bas de plafond et large, les mena dans un grand jardin anglais, tout illuminé de torches et de feux de joie. Là, dans cette lumière brisée et multiple, évoluaient d'innombrables danseurs aux costumes bigarrés,

Syme seemed to see every shape in Nature imitated in some crazy costume. There was a man dressed as a windmill with enormous sails, a man dressed as an elephant, a man dressed as a balloon; the two last, together, seemed to keep the thread of their farcical adventures. Syme even saw, with a queer thrill, one dancer dressed like an enormous hornbill, with a beak twice as big as himself—the queer bird which had fixed itself on his fancy like a living question while he was rushing down the long road at the Zoological Gardens.

There were a thousand other such objects, however. There was a dancing lamp-post, a dancing apple tree, a dancing ship. One would have thought that the untamable tune of some mad musician had set all the common objects of field and street dancing an eternal jig. And long afterwards, when Syme was middle-aged and at rest, he could never see one of those particular objects—a lamppost, or an apple tree, or a windmill—without thinking that it was a strayed reveller from that revel of masquerade.

On one side of this lawn, alive with dancers, was a sort of green bank, like the terrace in such old-fashioned gardens.

Along this, in a kind of crescent, stood seven great chairs, the thrones of the seven days. Gogol and Dr. Bull were already in their seats; the Professor was just

d'une fantaisie folle qui semblait chercher à reproduire toutes les formes de la nature. Il y avait un homme habillé en moulin à vent, avec d'énormes ailes, un autre en éléphant, un autre en ballon, allusions ceux-ci à des épisodes récents. Syme découvrit même avec un curieux frisson, un danseur déguisé en oiseau, avec un bec deux fois aussi grand que son corps, et il se souvint de l'oiseau bizarre, de ce problème vivant qui avait occupé son imagination, tandis qu'il courait le long de l'avenue du jardin zoologique.

Mais combien d'autres objets s'animaient dans ce jardin ! Il y avait un réverbère qui dansait, un pommier qui dansait, un bateau qui dansait. C'était comme si la mélodie endiablée de quelque musicien fou eût entraîné dans une gigue interminable tous les objets qu'on rencontre à travers les champs et les rues. — Bien plus tard, alors qu'il eut dépassé la maturité et quand il vécut dans la retraite, Syme ne pouvait voir un réverbère, un pommier, un moulin à vent, sans se demander si ce n'étaient pas là quelques témoins attardés de cette folle mascarade.

La pelouse était limitée, d'un seul côté, par un remblai de verdure, une sorte de terrasse comme on en trouve souvent dans ces parcs de style ancien.

Là, sept sièges avaient été disposés en croissant : les trônes des sept jours. Gogol et Bull occupaient déjà les leurs ; le professeur prenait place. — La simplicité de Gogol-Mardi était

mounting to his. Gogol, or Tuesday, had his simplicity well symbolised by a dress designed upon the division of the waters, a dress that separated upon his forehead and fell to his feet, grey and silver, like a sheet of rain. The Professor, whose day was that on which the birds and fishes—the ruder forms of life—were created, had a dress of dim purple, over which sprawled goggle-eyed fishes and outrageous tropical birds, the union in him of unfathomable fancy and of doubt. Dr. Bull, the last day of Creation, wore a coat covered with heraldic animals in red and gold, and on his crest a man rampant. He lay back in his chair with a broad smile, the picture of an optimist in his element.

One by one the wanderers ascended the bank and sat in their strange seats. As each of them sat down a roar of enthusiasm rose from the carnival, such as that with which crowds receive kings. Cups were clashed and torches shaken, and feathered hats flung in the air. The men for whom these thrones were reserved were men crowned with some extraordinary laurels.

But the central chair was empty.

Syme was on the left hand of it and the Secretary on the right.

The Secretary looked across the empty throne at Syme, and said, compressing his lips—

heureusement exprimée par un costume où avait été dessinée la division des eaux : la séparation commençait au front et s'achevait aux pieds, en plis gris et argent, telle une ondée de pluie. Le professeur, qui portait le nom du jour où furent créés les oiseaux et les poissons, formes élémentaires de la vie, portait un costume violet-pourpre : les poissons aux yeux fixes et les étranges oiseaux qu'on y voyait foisonner signifiaient ce mélange d'insondable fantaisie et de scepticisme qui le caractérisait. Le vêtement du docteur Bull, dernier jour de la Semaine, était couvert de bêtes héraldiques, rouge et or, et au sommet de sa tête il y avait l'image d'un homme rampant. Il se carrait dans son siège, le visage épanoui d'un large sourire : c'était l'image de l'Optimiste, dans son élément.

L'un après l'autre, les pèlerins gravirent le remblai et, comme ils s'asseyaient dans leurs étranges sièges, ils furent salués par un tonnerre d'applaudissements : les danseurs leur faisaient une royale ovation ; les coupes s'entrechoquaient, on brandissait des torches, des chapeaux à plumes volaient dans l'air. Les hommes à qui ces trônes étaient réservés étaient des hommes couronnés d'exceptionnels lauriers.

Mais le trône central restait vide.

Syme était assis à la gauche de ce trône et le secrétaire à droite.

Le secrétaire se tourna vers Syme en regardant la place vide et lui dit, en pinçant les lèvres :

"We do not know yet that he is not dead in a field."

Almost as Syme heard the words, he saw on the sea of human faces in front of him a frightful and beautiful alteration, as if heaven had opened behind his head. But Sunday had only passed silently along the front like a shadow, and had sat in the central seat. He was draped plainly, in a pure and terrible white, and his hair was like a silver flame on his forehead.

For a long time—it seemed for hours—that huge masquerade of mankind swayed and stamped in front of them to marching and exultant music. Every couple dancing seemed a separate romance; it might be a fairy dancing with a pillar-box, or a peasant girl dancing with the moon; but in each case it was, somehow, as absurd as *Alice in Wonderland*, yet as grave and kind as a love story.

At last, however, the thick crowd began to thin itself. Couples strolled away into the garden-walks, or began to drift towards that end of the building where stood smoking, in huge pots like fish-kettles, some hot and scented mixtures of old ale or wine.

Above all these, upon a sort of black framework on the roof of the house, roared in its iron basket a gigantic bonfire, which lit up the land for miles. It flung the homely effect of firelight over the face of vast forests of grey or brown, and it seemed to fill with warmth even the emptiness of upper night.

— Nous ne savons pas encore s'il n'est pas mort dans la campagne.

Il se taisait à peine, que Syme aperçut, sur la mer de visages humains qu'il avait devant lui, une altération à la fois effrayante et très belle : c'était comme si, derrière lui, les cieux s'étaient ouverts. C'était simplement Dimanche qui avait passé en silence, comme une ombre, et pris possession du trône central. Il était simplement drapé d'un blanc pur et terrible et ses cheveux faisaient sur son front des flammes d'argent.

Longtemps — des heures — le grand ballet de l'humanité défila et dansa devant eux, aux sons d'une musique entraînante et joyeuse. Chaque couple de danseurs avait comme la signification d'un conte. C'était une fée qui dansait avec une boîte aux lettres, une jeune paysanne avec la lune… Et c'était à la fois absurde comme le conte d'*Alice au Pays des merveilles*, et grave et touchant comme une histoire d'amour.

Peu à peu la foule se dispersa. Les couples se perdirent dans les allées du jardin ou se dirigèrent vers les communs, où l'on voyait fumer de grandes cuves pleines d'un mélange bouillant et parfumé de vin vieux et de bière vénérable.

Sur le toit de la maison, isolé par une estrade en fer, un gigantesque feu de joie grondait dans un pot à feu, illuminant la campagne à plusieurs milles à la ronde. Sur les vastes forêts brunes et grises, il jetait les reflets attendris du foyer domestique et semblait porter de la chaleur jusque dans les régions désertes de la nuit supérieure.

Yet this also, after a time, was allowed to grow fainter; the dim groups gathered more and more round the great cauldrons, or passed, laughing and clattering, into the inner passages of that ancient house. Soon there were only some ten loiterers in the garden; soon only four. Finally the last stray merry-maker ran into the house whooping to his companions. The fire faded, and the slow, strong stars came out.

And the seven strange men were left alone, like seven stone statues on their chairs of stone. Not one of them had spoken a word. They seemed in no haste to do so, but heard in silence the hum of insects and the distant song of one bird.

Then Sunday spoke, but so dreamily that he might have been continuing a conversation rather than beginning one.

"We will eat and drink later," he said. "Let us remain together a little, we who have loved each other so sadly, and have fought so long. I seem to remember only centuries of heroic war, in which you were always heroes—epic on epic, iliad on iliad, and you always brothers in arms. Whether it was but recently (for time is nothing), or at the beginning of the world, I sent you out to war. I sat in the darkness, where there is not any created thing, and to you I was only a voice commanding

Mais ce feu de joie aussi peu à peu s'éteignit ; les couples vagues se pressèrent de plus en plus étroitement autour des grands chaudrons ou, riant et causant, disparurent dans les passages de cette antique demeure. Bientôt il n'y eut plus qu'une dizaine de promeneurs dans le jardin, puis il n'en resta que quatre. Enfin, le dernier danseur disparut en courant dans le château et en criant à ses compagnons de l'attendre. Le feu s'éteignit et, au ciel, les lentes étoiles brillaient, impérieusement.

Les sept hommes étaient seuls, comme des statues de pierre, sur leurs sièges de pierre. Aucun d'eux n'avait proféré une parole. Ils ne semblaient pas pressés de parler, se complaisant dans ce silence, écoutant le bruissement des insectes et le chant lointain d'un oiseau.

Puis Dimanche parla. Mais d'un ton si rêveur qu'on eût dit qu'il continuait une conversation interrompue, plutôt qu'il n'en commençait une.

— Nous irons manger et boire plus tard, dit-il. Restons ensemble quelque temps, nous qui nous sommes si douloureusement aimés, si opiniâtrement combattus. Je crois me rappeler des siècles de guerres héroïques, dont vous avez toujours été les héros, épopée sur épopée. Iliade sur Iliade où vous fûtes toujours compagnons d'armes ! Que ces événements soient récents ou qu'ils datent de l'origine du monde, peu importe, car le temps n'est qu'illusion. Je vous ai envoyés dans la bataille. Je restais dans les ténèbres, où il n'est rien de créé, et je n'étais pour vous qu'une voix qui vous commandait

valour and an unnatural virtue. You heard the voice in the dark, and you never heard it again. The sun in heaven denied it, the earth and sky denied it, all human wisdom denied it. And when I met you in the daylight I denied it myself."

Syme stirred sharply in his seat, but otherwise there was silence, and the incomprehensible went on.

"But you were men. You did not forget your secret honour, though the whole cosmos turned an engine of torture to tear it out of you. I knew how near you were to hell. I know how you, Thursday, crossed swords with King Satan, and how you, Wednesday, named me in the hour without hope."

There was complete silence in the starlit garden, and then the black-browed Secretary, implacable, turned in his chair towards Sunday, and said in a harsh voice—

"Who and what are you?"

"I am the Sabbath," said the other without moving. "I am the peace of God."

The Secretary started up, and stood crushing his costly robe in his hand.

"I know what you mean," he cried, "and it is exactly that that I cannot forgive you. I know you are contentment, optimism, what do they call the thing,

le courage et une vertu surnaturelle. Vous entendiez cette voix dans les ténèbres, puis, vous ne l'entendiez jamais plus. Le soleil dans le ciel la démentait, le ciel même et la terre, la sagesse humaine, tout démentait cette voix. Et moi-même, je la démentais, quand je vous apparaissais à la lumière du jour.

Syme eut un brusque mouvement. Mais le silence ne fut pas rompu et l'incompréhensible poursuivit :

— Mais vous étiez des hommes. Vous avez gardé le secret de votre honneur, bien que la création tout entière se transformât en instrument de torture pour vous l'arracher. Je sais combien près vous avez été de l'enfer. Je sais, Jeudi, comment vous avez croisé le fer avec Satan-Roi, et vous, Mercredi, comment vous avez proféré mon nom à l'heure du désespoir.

Il régnait un absolu silence dans le jardin illuminé d'étoiles, et le secrétaire se tourna implacable, les sourcils froncés, vers Dimanche, et l'interrogea d'une voix rauque :

— Qui êtes-vous ? qui êtes-vous ?

— Je suis le Sabbat, répondit l'autre sans bouger : je suis la paix du Seigneur.

Le secrétaire bondit sur ses pieds, froissant dans ses mains le drap précieux de son vêtement :

— Je comprends ce que vous voulez dire, cria-t-il, et c'est là précisément ce que je ne puis vous pardonner ! Je sais que vous êtes la satisfaction, l'optimisme et — comment dit-on encore ?

an ultimate reconciliation. Well, I am not reconciled. If you were the man in the dark room, why were you also Sunday, an offense to the sunlight? If you were from the first our father and our friend, why were you also our greatest enemy? We wept, we fled in terror; the iron entered into our souls—and you are the peace of God! Oh, I can forgive God His anger, though it destroyed nations; but I cannot forgive Him His peace."

Sunday answered not a word, but very slowly he turned his face of stone upon Syme as if asking a question.

"No," said Syme, "I do not feel fierce like that. I am grateful to you, not only for wine and hospitality here, but for many a fine scamper and free fight. But I should like to know. My soul and heart are as happy and quiet here as this old garden, but my reason is still crying out. I should like to know."

Sunday looked at Ratcliffe, whose clear voice said—

"It seems so silly that you should have been on both sides and fought yourself."

Bull said—

"I understand nothing, but I am happy. In fact, I am going to sleep."

— la réconciliation finale. Eh bien ! moi, je ne suis pas réconcilié ! Si vous étiez l'homme des ténèbres, pourquoi étiez-vous aussi Dimanche, cet outrage à la lumière ? Si vous étiez dès l'abord notre père et notre ami, pourquoi étiez-vous aussi notre pire ennemi ? Nous pleurions, nous fuyions, terrifiés, le froid du fer dans le cœur — et vous êtes la paix du Seigneur ! Oh ! je pardonne à Dieu son courroux, même quand ce courroux détruit des nations, mais je ne puis lui pardonner sa paix.

Dimanche ne répondit pas un mot ; mais il tourna sa figure de pierre vers Syme, comme pour l'interroger.

— Non, dit Syme, je ne suis pas aussi féroce. Je vous suis reconnaissant, non seulement du bon vin et de l'hospitalité dont nous jouissons ici, mais encore des belles aventures où vous nous avez jetés et de maint joyeux combat. Mais je voudrais savoir. Mon âme et mon cœur sont calmes et heureux comme ce vieux jardin, mais ma raison ne cesse de gémir : je voudrais savoir !

Dimanche jeta un regard à Ratcliff, qui dit de sa voix claire :

— Il me semble *cocasse* que vous ayez été des deux côtés à la fois, vous combattant vous-même.

Bull dit :

— Je n'y comprends rien, mais je suis heureux. Je crois que je vais m'endormir.

"I am not happy," said the Professor with his head in his hands, "because I do not understand. You let me stray a little too near to hell."

And then Gogol said, with the absolute simplicity of a child—

"I wish I knew why I was hurt so much."

Still Sunday said nothing, but only sat with his mighty chin upon his hand, and gazed at the distance. Then at last he said—

"I have heard your complaints in order. And here, I think, comes another to complain, and we will hear him also."

The falling fire in the great cresset threw a last long gleam, like a bar of burning gold, across the dim grass. Against this fiery band was outlined in utter black the advancing legs of a black-clad figure. He seemed to have a fine close suit with knee-breeches such as that which was worn by the servants of the house, only that it was not blue, but of this absolute sable. He had, like the servants, a kind of sword by his side.

It was only when he had come quite close to the crescent of the seven and flung up his face to look at them, that Syme saw, with thunder-struck clearness, that the face was the broad, almost ape-like face of his old friend Gregory, with its rank red hair and its insulting smile.

— Je ne suis pas heureux, dit le professeur, la tête entre ses mains, parce que je ne comprends pas. Vous m'avez fait frôler l'enfer d'un peu trop près.

Et alors Gogol, avec l'absolue simplicité d'un enfant :

— Je voudrais savoir pourquoi j'ai tant souffert.

Dimanche ne disait toujours rien. Il se tenait immobile, son puissant menton appuyé sur sa main, son regard perdu au loin dans le vague.

— J'ai entendu vos plaintes l'une après l'autre, dit-il enfin. Et voici, je crois, qu'un dernier arrive, avec des plaintes aussi. Écoutons-le.

Une dernière flamme du grand pot à feu jeta sur le gazon une dernière lueur, qui s'allongea comme une barre d'or fondu. Sur ce rayon clair se détachèrent d'un noir intense les jambes d'un personnage qui s'avançait, tout de noir vêtu. Il portait un habit étroit à la mode de jadis et des culottes à boucles, comme en portaient les valets du château, mais au lieu d'être bleus, son habit et ses culottes étaient d'un noir absolu. Comme les valets, il avait l'épée au côté.

Quand il se fut approché tout près du croissant des Sept Jours, quand il leva la tête pour les dévisager, Syme, dans un éclair fulgurant, reconnut le large visage presque simiesque, les cheveux fauves et drus et le sourire insolent de son vieil ami Gregory.

"Gregory!" gasped Syme, half-rising from his seat. "Why, this is the real anarchist!"

"Yes," said Gregory, with a great and dangerous restraint, "I am the real anarchist."

"'Now there was a day,'" murmured Bull, who seemed really to have fallen asleep, "'when the sons of God came to present themselves before the Lord, and Satan came also among them.'"

"You are right," said Gregory, and gazed all round. "I am a destroyer. I would destroy the world if I could."

A sense of a pathos far under the earth stirred up in Syme, and he spoke brokenly and without sequence.

"Oh, most unhappy man," he cried, "try to be happy! You have red hair like your sister."

"My red hair, like red flames, shall burn up the world," said Gregory. "I thought I hated everything more than common men can hate anything; but I find that I do not hate everything so much as I hate you!"

"I never hated you," said Syme very sadly.

Then out of this unintelligible creature the last thunders broke.

— Gregory ! s'écria Syme en se levant à demi de son trône : le voici donc enfin, le véritable anarchiste !

— Oui, dit Gregory menaçant et se maîtrisant, je suis le véritable anarchiste.

— *Or il arriva un jour*, murmura Bull qui paraissait s'être endormi pour tout de bon, *que les fils de Dieu étant venus se présenter devant l'Éternel, Satan vint aussi au milieu d'eux.*

— Vous avez raison, dit Gregory en regardant autour de lui, je suis le destructeur. Je détruirais le monde si je le pouvais.

Un sentiment de pathétique qui semblait venir des profondeurs de la terre s'empara de Syme, et il parla d'une façon saccadée et incohérente.

— Oh ! s'écria-t-il, ô le plus malheureux des hommes, essayez d'être heureux ! Vous avez les cheveux blonds, comme votre sœur…

— J'ai des cheveux fauves, fauves comme le feu, dit Gregory, couleur de la fournaise où périra le monde ! Je pensais haïr toutes choses plus qu'aucun homme ordinaire ne saurait haïr une seule entre toutes les choses. Mais je vois maintenant qu'il n'est rien ni personne que je haïsse autant que vous.

— Je ne vous ai jamais haï, dit Syme tristement.

Alors, l'inintelligible créature jeta ces dernières clameurs :

"You!" he cried. "You never hated because you never lived. I know what you are all of you, from first to last—you are the people in power! You are the police—the great fat, smiling men in blue and buttons! You are the Law, and you have never been broken. But is there a free soul alive that does not long to break you, only because you have never been broken? We in revolt talk all kind of nonsense doubtless about this crime or that crime of the Government. It is all folly! The only crime of the Government is that it governs. The unpardonable sin of the supreme power is that it is supreme. I do not curse you for being cruel. I do not curse you (though I might) for being kind. I curse you for being safe! You sit in your chairs of stone, and have never come down from them. You are the seven angels of heaven, and you have had no troubles. Oh, I could forgive you everything, you that rule all mankind, if I could feel for once that you had suffered for one hour a real agony such as I—"

Syme sprang to his feet, shaking from head to foot.

"I see everything," he cried, "everything that there is. Why does each thing on the earth war against each other thing? Why does each small thing in the world have to fight against the world itself? Why does a fly have to fight the whole universe? Why does a dandelion

— Ô vous ! s'écria-t-il, vous n'avez jamais haï parce que vous n'avez jamais vécu ! Je sais qui vous êtes, vous tous, depuis le premier jusqu'au dernier. Vous êtes les gens en place, les hommes au pouvoir. Vous êtes la police, les hommes gros et gras, souriants, vêtus d'habits bleus aux boutons de métal. Vous êtes la Loi, contre qui rien n'a prévalu. Y a-t-il âme pourtant vraiment vivante et libre, qui ne désire enfreindre la Loi, ne fût-ce que parce que vous n'avez jamais été brisés ? Nous autres, les révoltés, il nous arrive sans doute de dire bien des sottises à propos de tel ou tel crime du gouvernement. Mais le gouvernement n'a jamais commis qu'un seul crime : et c'est de gouverner et d'être. Le péché impardonnable du pouvoir suprême, c'est qu'il est suprême. Je ne maudis pas votre cruauté. Je ne maudis pas même (encore que j'eusse quelque raison de la maudire) votre bonté. Je maudis votre paix et votre sécurité. Vous voilà assis sur vos trônes de pierre, d'où vous n'êtes jamais descendus. Vous êtes les sept anges du ciel. Vous n'avez jamais souffert. Oh ! vous qui gouvernez toute l'humanité, je vous pardonnerais tout si je pouvais me persuader qu'une heure seulement vous avez connu l'agonie dont, moi…

Syme bondit, frémissant des pieds à la tête :

— Je vois tout ! s'écria-t-il, je vois tout ce qui est ! Pourquoi toute chose, sur terre, est-elle en lutte contre toutes les autres choses ? Pourquoi chaque être, si petit qu'il soit, doit-il être en guerre avec l'univers entier ? Pourquoi la mouche doit-elle livrer bataille au monde ? Pourquoi le bouton d'or

have to fight the whole universe? For the same reason that I had to be alone in the dreadful Council of the Days. So that each thing that obeys law may have the glory and isolation of the anarchist. So that each man fighting for order may be as brave and good a man as the dynamiter. So that the real lie of Satan may be flung back in the face of this blasphemer, so that by tears and torture we may earn the right to say to this man, 'You lie!' No agonies can be too great to buy the right to say to this accuser, 'We also have suffered.'

"It is not true that we have never been broken. We have been broken upon the wheel. It is not true that we have never descended from these thrones. We have descended into hell. We were complaining of unforgettable miseries even at the very moment when this man entered insolently to accuse us of happiness. I repel the slander; we have not been happy. I can answer for every one of the great guards of Law whom he has accused. At least—"

He had turned his eyes so as to see suddenly the great face of Sunday, which wore a strange smile.

"Have you," he cried in a dreadful voice, "have you ever suffered?"

doit-il livrer bataille au monde ? Pour la même raison qui me condamnait à être seul dans le Conseil des Sept Jours. C'est pour que chaque être fidèle à la loi puisse mériter la gloire de l'anarchiste dans son isolement. C'est pour que chacun des défenseurs de la loi et de l'ordre soit aussi brave qu'un dynamiteur et le vaille. C'est pour que le mensonge de Satan puisse lui être rejeté au visage. C'est pour que les tortures subies et les larmes versées nous donnent le droit de dire à ce blasphémateur : vous mentez ! Nous ne saurions payer trop cher, d'agonies trop cruelles, le droit de répondre à notre accusateur : " Nous aussi, nous avons souffert. "

» Non, il n'est pas vrai que nous n'ayons jamais été brisés. Nous avons été brisés et roués sur la roue. Il n'est pas vrai que nous ne soyons jamais descendus de ces trônes : nous sommes descendus en enfer. Nous nous plaignions encore de souffrances inoubliables, dans le moment même où cet homme est venu nous accuser insolemment d'être heureux. Je repousse la calomnie : non, nous n'avons pas été heureux, je puis le dire au nom de chacun des grands gardiens de la Loi qu'il a accusés. Du moins…

Il s'était tourné de telle sorte que tout à coup il vit le grand visage de Dimanche qui souriait étrangement.

— *Avez-vous jamais souffert ?* s'écria Syme d'une voix épouvantable.

As he gazed, the great face grew to an awful size, grew larger than the colossal mask of Memnon, which had made him scream as a child. It grew larger and larger, filling the whole sky; then everything went black.

Only in the blackness before it entirely destroyed his brain he seemed to hear a distant voice saying a commonplace text that he had heard somewhere, "Can ye drink of the cup that I drink of?"

* * *

When men in books awake from a vision, they commonly find themselves in some place in which they might have fallen asleep; they yawn in a chair, or lift themselves with bruised limbs from a field. Syme's experience was something much more psychologically strange if there was indeed anything unreal, in the earthly sense, about the things he had gone through. For while he could always remember afterwards that he had swooned before the face of Sunday, he could not remember having ever come to at all.

He could only remember that gradually and naturally he knew that he was and had been walking along a country lane with an easy and conversational companion. That companion had been a part of his recent drama; it was the red-haired poet Gregory.

Le grand visage prit soudain des proportions effrayantes, infiniment plus effrayantes que celles du colossal masque de Memnon qui terrorisait Syme, au Musée, qui le faisait pleurer et crier quand Syme était enfant. Le visage s'étendit de plus en plus jusqu'à remplir le ciel. Puis, toutes choses s'anéantirent dans la nuit.

Mais, Syme crut entendre, du profond des ténèbres, avant que sa conscience s'y fût abolie tout à fait, une voix lointaine s'élever, qui murmurait cette vieille parole, cet antique lieu commun qu'il avait entendu quelque part :

— *Pouvez-vous boire à la coupe où je bois ?*

* * *

D'ordinaire, dans les romans, quand un homme se réveille, après un rêve, il se retrouve dans un lieu où, vraisemblablement, il a pu s'endormir : c'est un fauteuil, où il bâille, ou quelque champ, d'où il se lève moulu et fourbu. Le cas de Syme fut, psychologiquement, bien plus étrange, si tant est toutefois qu'il y eût rien d'irréel, terrestrement, dans son aventure. En effet, il se rappela bien, dans la suite, qu'il s'était évanoui devant le visage de Dimanche emplissant le ciel ; mais il lui fut impossible de se rappeler comment il avait repris ses sens.

C'est tout juste s'il se rendit compte, peu à peu, qu'il était à la campagne où il venait de faire une promenade avec un aimable et communicatif compagnon. Celui-ci avait eu un rôle dans le rêve de Syme : c'était Gregory, le poète aux cheveux fauves.

They were walking like old friends, and were in the middle of a conversation about some triviality.

But Syme could only feel an unnatural buoyancy in his body and a crystal simplicity in his mind that seemed to be superior to everything that he said or did. He felt he was in possession of some impossible good news, which made every other thing a triviality, but an adorable triviality.

Dawn was breaking over everything in colours at once clear and timid; as if Nature made a first attempt at yellow and a first attempt at rose. A breeze blew so clean and sweet, that one could not think that it blew from the sky; it blew rather through some hole in the sky.

Syme felt a simple surprise when he saw rising all round him on both sides of the road the red, irregular buildings of Saffron Park. He had no idea that he had walked so near London.

He walked by instinct along one white road, on which early birds hopped and sang, and found himself outside a fenced garden. There he saw the sister of Gregory, the girl with the gold-red hair, cutting lilac before breakfast, with the great unconscious gravity of a girl.

Ils allaient, comme de vieux amis, et étaient engagés dans une conversation sur quelque sujet de peu d'importance.

Syme sentait dans ses membres une élasticité surnaturelle, et dans son âme une limpidité cristalline. Ce sentiment planait, supérieur à tout ce qu'il disait et faisait. Il se savait en possession de quelque impossible bonne nouvelle, qui réduisait tout le reste au rang de banal accessoire, et pourtant, d'accessoire adorable.

L'aube répandait sur les choses ses claires et timides couleurs. C'était comme si la nature, pour la première fois, osât risquer le jaune et arborer le rose. La brise était si fraîche, si douce, que, certainement, elle ne venait pas de tout le ciel, mais seulement d'une fissure du ciel.

Syme éprouva un étonnement enfantin quand il vit se dresser autour de lui, des deux côtés du chemin, les rouges bâtiments irréguliers de Saffron Park. Il n'aurait jamais cru qu'il était si près de Londres.

Il suivit instinctivement une route blanche, où les oiseaux du matin sautaient et chantaient, et il arriva devant la grille d'un petit jardin. Là, il vit la sœur de Gregory, la jeune fille aux cheveux d'or, qui cueillait des branches de lilas avant le déjeuner, avec toute l'inconsciente gravité d'une jeune fille.

The End

Fin

Contents

Table des Matières

DANS LA MÊME ÉDITION BILINGUE + AUDIO INTÉGRÉ :

- HAMLET (William Shakespeare) *anglais-français*
- OTHELLO (William Shakespeare) *anglais-français*
- WUTHERING HEIGHTS (Emily Brontë) *anglais-français*
- LE PORTRAIT DE DORIAN GRAY (Oscar Wilde) *anglais-français*
- SALOMÉ (Oscar Wilde) *anglais-français*
- L'ÎLE AU TRÉSOR (R. L. Stevenson) *anglais-français*
- L'ÉTRANGE CAS DE DR JEKYLL ET M. HYDE (Stevenson) *anglais-français*
- LE TOUR D'ÉCROU (Henry James) *anglais-français*
- LES PAPIERS D'ASPERN (Henry James) *anglais-français*
- LES VAGABONDS DU RAIL (Jack London) *anglais-français*
- WALDEN, OU LA VIE DANS LES BOIS (Thoreau) *anglais-français*
- LA DÉSOBÉISSANCE CIVILE (Thoreau) *anglais-français*
- MA VIE, MON ŒUVRE (Henry Ford) *anglais-français*

- MA VIE D'ESCLAVE AMÉRICAIN (Frederick Douglass) *anglais-français*
- LE LIVRE DES MERVEILLES (Nathaniel Hawthorne) *anglais-français*
- RASSELAS, PRINCE D'ABYSSINIE (Samuel Johnson) *anglais-français*
- LE JOUEUR D'ÉCHECS (Stefan Zweig) *allemand-français*
- LE BOUQUINISTE MENDEL (Stefan Zweig) *allemand-français*
- LES CAHIERS DE MALTE LAURIDS BRIGGE (R.M. Rilke) *allemand-français*
- LES SOUFFRANCES DU JEUNE WERTHER (J.W. Goethe) *allemand-français*
- LES AVENTURES DE PINOCCHIO (Carlo Collodi) *italien-français*
- MAX HAVELAAR (Multatuli) *néerlandais-français*
- LE PETIT JOHANNES (Frederik van Eeden) *néerlandais-français*
- MÉMOIRES POSTHUMES DE BRÁS CUBAS (M. de Assis) *portugais-français*
- CONTES (H.C. Andersen) *danois-français*
- BARTEK VAINQUEUR (Henryk Sienkiewicz) *polonais-français*
- LE PORTRAIT (Nicolas Gogol) *russe-français*
- LA FILLE DU CAPITAINE (Alexandre Pouchkine) *russe-français*
- NIETOTCHKA NEZVANOVA (Fiodor Dostoïevski) *russe-français*
- NOUS AUTRES (Ievgueni Zamiatine) *russe-français*
- LA MÈRE (Maxime Gorki) *russe-français*
- UNE MAISON DE POUPÉE (Henrik Ibsen) *norvégien-français*
- LA SAGA DE NJAL (Anonyme) *islandais-français*

Impression CreateSpace
à Charleston SC, en février 2018.

Imprimé aux États-Unis.